QUEM TEME A MORTE

Nnedi Okorafor

QUEM TEME A MORTE

tradução
Mariana Mesquita

GERAÇÃO

Título original:
Who fears death
Copyright © 2012 by Nnedi Okorafor

1ª edição – Abril de 2014

Grafia atualizada segundo o Acordo Ortográfico da Língua Portuguesa
de 1990, que entrou em vigor no Brasil em 2009

Editor e Publisher
Luiz Fernando Emediato

Diretora Editorial
Fernanda Emediato

Produtora Editorial e Gráfica
Priscila Hernandez

Assistente Editorial
Carla Anaya Del Matto

Auxiliar de Produção Editorial
Isabella Vieira

Modelo de Capa
Jade Almeida

Foto por
Edgard Chaves

Capa
Alan Maia

Diagramação
Megaarte Design

Preparação de Texto
Marcia Benjamim

Revisão
Rinaldo Milesi
Josias A. Andrade

Dados Internacionais de Catalogação na Publicação (CIP)
(Câmara Brasileira do Livro, SP, Brasil)

Okorafor, Nnedi
Quem teme a morte / Nnedi Okorafor ; tradução Mariana Mesquita.
-- 1. ed. -- São Paulo : Geração Editorial, 2014.

Título original: Who fears death?
ISBN 978-85-8130-159-4

1. Ficção - Literatura juvenil I. Título.

13-01732   CDD-028.5

Índices para catálogo sistemático:
1. Ficção : Literatura juvenil   028.5

GERAÇÃO EDITORIAL

Rua Gomes Freire, 225 – Lapa
CEP: 05075-010 – São Paulo – SP
Telefax : (+55 11) 3256-4444
E-mail: geracaoeditorial@geracaoeditorial.com.br
www.geracaoeditorial.com.br

Impresso no Brasil
Printed in Brazil

Parte 1
TORNANDO-SE

Capítulo I

O ROSTO DO MEU PAI

Minha vida desmoronou quando eu tinha dezesseis anos. Papai morreu. Ele tinha um coração tão forte, mas ainda assim morreu. Terá sido por causa do calor e da fumaça oriundos de sua oficina de ferreiro? É verdade que nada poderia afastá-lo de seu trabalho, sua arte. Ele amava fazer o metal se curvar para obedecê-lo. Mas seu trabalho parecia apenas fortalecê-lo; ele era tão feliz em sua oficina. Então o que o matou? Até hoje não tenho certeza. Espero que não tenha tido nada a ver comigo ou com o que fiz no passado.

Imediatamente após sua morte, minha mãe saiu correndo do quarto deles, soluçando e se jogando contra a parede. Então eu soube que eu seria diferente. Naquele momento eu soube que jamais seria capaz de controlar o fogo dentro de mim novamente. Me tornei uma criatura diferente naquele dia, não tão humana. Tudo o que aconteceu depois, agora entendo, teve início naquele momento.

A cerimônia aconteceu nas cercanias da cidade, próximo às dunas. Era meio-dia e estava terrivelmente quente. O corpo dele jazia num pedaço de pano branco grosso cercado por uma guirlanda feita de folhas de palmeira. Me ajoelhei na areia, próxima ao seu corpo, dizendo meu último adeus. Jamais me esquecerei de seu rosto. Não se parecia mais com papai. A pele de papai era escura, seus lábios carnudos. Esse rosto tinha as maçãs encovadas, os lábios murchos e a pele como papel marrom-acinzentado. Seu espírito estava em outro lugar.

Minha nuca se eriçou. Meu véu branco era uma proteção inócua contra os olhares ignorantes e amedrontados das pessoas. A essa altura, todos *sempre* estavam me observando. Cerrei as mandíbulas. Ao meu redor havia mulheres ajoelhadas, chorando, lamentando. Papai era muito querido, apesar do fato de ter se casado com minha mãe, uma mulher com uma filha como eu — uma filha *Ewu*. Isso, havia muito tempo, foi desculpado como um daqueles erros que até mesmo os grandes homens podem cometer. Por sobre os lamúrios, ouvi o choramingo suave de minha mãe. *Ela* havia sofrido a maior das perdas.

Era a vez dela ter seu último momento com ele. Posteriormente iriam levá-lo para ser cremado. Olhei para o rosto dele mais uma vez. "Jamais o verei novamente", pensei. Eu não estava pronta. Pisquei os olhos e toquei meu peito. Foi então que aconteceu... quando toquei meu peito. Inicialmente senti como um formigamento. Rapidamente se transformou em algo mais.

Quanto mais eu tentava me levantar, mais intenso aquilo se tornava e mais ainda meu pesar crescia. "Não podem levá-lo", pensei, furiosa. "Ainda há tanto metal em sua oficina. Ele não terminou seu trabalho!" A sensação do meu peito se espalhou pelo restante do corpo. Curvei os ombros para tentar contê-la. Então comecei a sugar aquela sensação das pessoas que estavam ao meu redor. Estremeci e rangi os dentes. Estava ficando cheia de raiva. "Ah, não aqui!", pensei. "Não no velório de papai." A vida não me deixava em paz tempo suficiente nem mesmo para lamentar a morte de meu pai.

Atrás de mim, os lamentos cessaram. Tudo o que eu ouvia era o sopro suave da brisa. Foi completamente assustador. Havia algo sob mim, no chão, ou talvez em algum outro lugar. De repente, fui inundada pelos sentimentos que todos ao meu redor nutriam pelo meu pai.

Instintivamente, pousei minha mão em seu braço. As pessoas começaram a gritar. Não me virei. Estava concentrada demais no que tinha que fazer. Ninguém tentou me afastar dele. Ninguém me tocou. Certa vez, o tio da minha amiga Luyu foi atingido por um relâmpago numa rara tempestade Ungwa durante a estação de estiagem. Ele sobreviveu, mas não conseguia parar de falar sobre a sensação de ter sido chacoalhado violentamente de dentro para fora. Era como estava me sentindo naquele momento.

Respirei de forma ofegante, aterrorizada. Não conseguia tirar minha mão do braço dele. Estava *fundida* a ele. Minha pele cor de areia fluiu pela palma da minha mão para a sua pele marrom-acinzentada. Um montículo de pele misturada.

Comecei a gritar.

Então o grito ficou preso na minha garganta e tossi. Fitei-o. O peito de papai estava se movendo lentamente, para cima e para baixo, para cima e para baixo... ele estava respirando! Senti ao mesmo tempo repulsa e uma esperança enorme. Respirei fundo e gritei:

— Viva, papai! *Viva!*

Duas mãos pousaram em meus pulsos. Eu sabia exatamente de quem eram. Um de seus dedos estava quebrado e enfaixado. Se ele não tirasse as mãos de mim, iria machucá-lo ainda mais do que já tinha feito havia cinco dias.

— Onyesonwu — disse Aro em meu ouvido, tirando rapidamente as mãos de meus pulsos. Ah, como eu o odiava! Mas escute. — Ele se foi — disse. — Deixe-o ir, para que todos possamos ficar livres disso.

De alguma forma... eu o fiz. Deixei papai ir.

Tudo ficou em silêncio mais uma vez.

Como se, por um momento, o mundo estivesse submerso em água.

Então o poder que estava se acumulando dentro de mim explodiu. Meu véu foi soprado de minha cabeça e minhas tranças, agora livres, penderam para trás. Tudo e todos foram lançados para trás — Aro, minha mãe, familiares, amigos, conhecidos, desconhecidos, a mesa de comida, cinquenta inhames, treze grandes makuas,[1] cinco vacas, dez bodes, trinta galinhas e muita areia. A cidade ficou sem luz durante trinta segundos; as casas tiveram que ser limpas por causa da areia e os computadores tiveram que ser consertados devido aos danos causados pela poeira.

Novamente o silêncio, como se tudo estivesse debaixo d'água.

Olhei para minha mão. Quando tentei retirá-la do braço frio, imóvel e morto de papai, ouvi o som de um rasgo, como uma cola fraca se soltando. Minha mão deixou uma silhueta de muco seco no braço dele. Esfreguei meus dedos uns nos outros. Mais daquele muco seco esfarelou e caiu deles. Olhei para papai mais uma vez. Então caí de lado e desmaiei.

Isso foi há quatro anos. Agora olhe para mim. As pessoas daqui sabem que fui eu quem causou tudo. Querem ver meu sangue, me fazer sofrer e então me matar. Aconteça o que acontecer depois disso... deixe-me parar.

---

1   Fruto do baobá. (N.T.)

Esta noite você quer saber como me tornei o que sou. Quer saber como cheguei aqui... é uma longa história. Mas eu a contarei a você... contarei a você. É um tolo se acredita nas coisas que os outros dizem a meu respeito. Contarei a minha história para desfazer todas aquelas mentiras. Por sorte, mesmo a minha longa história irá caber nesse seu laptop.

Tenho dois dias. Espero que seja tempo suficiente. Logo tudo irá me alcançar.

Minha mãe me batizou de Onyesonwu. Significa "Quem teme a morte". Ela escolheu um bom nome. Nasci há vinte anos, durante tempos difíceis. Ironicamente, cresci longe de toda a matança...

Capítulo 2

PAPAI

Só de olhar para mim, todos sabem que fui gerada por um estupro. Mas quando papai me viu pela primeira vez, enxergou além disso. Ele é a única pessoa, além da minha mãe, que posso dizer que me amou à primeira vista. Em parte foi por isso que achei tão difícil deixá-lo ir quando ele morreu.

Fui eu quem escolheu papai para mamãe. Tinha seis anos. Eu e minha mãe havíamos acabado de chegar a Jwahir. Antes disso éramos nômades, vivendo no deserto. Um dia, enquanto caminhávamos pelo deserto, mamãe parou, como se estivesse ouvindo uma voz. Às vezes ela era assim, estranha, parecendo conversar com outra pessoa além de mim. Então disse:

— Está na hora de você começar a ir para a escola.

Eu era jovem demais para entender seus reais motivos. Eu era bastante feliz no deserto, mas depois que chegamos à cidade de Jwahir, o mercado rapidamente se tornou meu parque de diversões.

Naqueles primeiros dias, para conseguir ganhar dinheiro rapidamente, minha mãe vendeu a maior parte do figo-da-índia que possuía. Em Jwahir, figo-da-índia era mais valioso do que dinheiro. Era uma iguaria deliciosa. Minha mãe havia aprendido sozinha como cultivá-lo. Talvez sempre tenha tido a intenção de algum dia voltar à civilização.

Ao longo das semanas, ela plantou os pedaços de cacto que possuía e armou uma barraca. Ajudei o máximo que pude. Carreguei e arrumei as coisas, chamei os clientes. Em troca, ela me permitia uma hora por dia de tempo livre para perambular pelo mercado. No deserto, eu costumava caminhar mais de um quilômetro e meio, nos dias mais limpos, sem minha mãe. Jamais me perdi. Sendo assim, o mercado era pequeno para mim.

Entretanto, havia muito a ser visto e a possibilidade de um problema se escondia em cada esquina.

Eu era uma criança feliz. As pessoas chupavam os dentes, murmuravam e viravam os olhos quando eu passava. Mas eu não me importava. Havia galinhas e filhotes de raposa para perseguir, outras crianças para encarar, discussões para acompanhar. A areia no chão às vezes ficava úmida de leite de camela; outras vezes ficava oleosa e perfumada por causa das garrafas cheias demais que derramavam óleos perfumados, cinzas de incenso e frequentemente esterco de camelo, raposa ou vaca. A areia aqui era bastante remexida, enquanto no deserto era imaculada.

Estávamos em Jwahir havia apenas alguns meses quando encontrei papai. Aquele dia fatídico foi quente e ensolarado. Quando deixei minha mãe, levei comigo um copo d'água. Meu primeiro impulso foi ir para a construção mais estranha de Jwahir: a casa de Osugbo. Alguma coisa sempre me atraiu para aquela enorme construção quadrada. Decorado com estranhas formas e símbolos, era o prédio mais alto e o único totalmente feito de pedra.

— Algum dia entrarei aqui — falei, olhando o prédio. — Mas não hoje.

Me aventurei a caminhar para mais além do mercado, numa área que eu ainda não havia explorado. Uma loja de eletrônicos vendia feios computadores recauchutados. Eles eram pequenos objetos pretos e cinzas com placas-mãe expostas e estojos rachados. Me perguntei se sentiria que eram tão feios ao tocá-los quanto eram aos olhos. Jamais havia tocado num computador. Estendi a mão para tocar num deles.

— *Ta!* — disse o dono da loja por detrás do balcão. — Não mexa!

Beberiquei minha água e continuei andando.

Minhas pernas acabaram me levando a uma caverna cheia de fogo e barulho. O prédio de adobes brancos tinha uma abertura na frente. Dentro era escuro, às vezes com um lampejo momentâneo. De dentro dele soprava um calor mais intenso que a brisa, como o hálito da boca aberta de um monstro. Na frente do prédio, lia-se uma placa:

FERRARIA OGUNDIMU — FORMIGAS BRANCAS JAMAIS
DEVORAM BRONZE, VERMES NÃO COMEM FERRO

Pisquei os olhos, conseguindo enxergar um homem alto e musculoso lá dentro. Sua pele escura e brilhante estava mais enegrecida por causa da fuligem. "Como um dos heróis do Grande Livro", pensei. Ele usava luvas feitas de finos fios de metal entrelaçados e óculos de segurança pretos bem ajustados ao rosto. Suas narinas se inflavam enquanto martelava o ferro no fogo com um martelo enorme. Seus braços musculosos se flexionavam a cada golpe. Ele poderia ser filho de Ogum, o deus do metal. Havia tanta alegria em seus movimentos. "Mas ele parece ter tanta sede", pensei. Imaginei sua garganta queimando e cheia de poeira. Ainda segurava meu copo d'água. Estava pela metade. Entrei na oficina.

Era ainda mais quente lá dentro. Entretanto, eu havia crescido no deserto. Estava acostumada ao calor e frio extremos. Observei com cautela enquanto as fagulhas voavam do metal que ele martelava. Então, da maneira mais respeitosa possível, disse:

— *Oga*, tenho aqui água para você.

Minha voz o sobressaltou. A visão de uma garota magricela, que era o que as pessoas chamavam de *Ewu*, de pé em sua oficina, o sobressaltou ainda mais. Ele tirou os óculos. A área ao redor de seus olhos, onde a fuligem não alcançara, era semelhante à compleição marrom-escura de minha mãe. "A parte branca de seus olhos é tão branca para alguém que fica o dia inteiro olhando o fogo", pensei.

— Criança, você não deveria estar aqui — disse ele. Dei um passo para trás. A voz dele era harmoniosa. Forte. Esse homem poderia falar no deserto e animais a quilômetros de distância seriam capazes de ouvi-lo.

— Não está tão quente — respondi. Ergui o copo d'água. — Aqui está. — Me aproximei, completamente consciente do que eu era. Estava usando o vestido verde que minha mãe havia costurado. O tecido era fino, mas cobria cada centímetro do meu corpo, dos pulsos aos tornozelos. Ela teria feito com que eu usasse um véu sobre o rosto, mas teve pena.

Era estranho. Na maioria das vezes as pessoas me evitavam porque eu era *Ewu*. Mas às vezes as mulheres se reuniam ao meu redor.

— Mas a pele dela — diziam umas para as outras, jamais diretamente para mim — é tão suave e delicada. Quase como leite de camela.

— E seu cabelo é bastante cheio, como uma nuvem de grama seca.

— Seus olhos são como os de um gato do deserto.

— Ani produz uma beleza estranha mesmo da feiura.

— Ela provavelmente será linda à época de passar pelo rito dos onze anos.

— E de que adianta ela passar pelo rito? Ninguém se casará com ela. — E então risos.

No mercado, alguns homens tentaram me agarrar, mas eu sempre fui mais rápida e sabia como arranhar. Havia aprendido com os gatos do deserto. Tudo isso confundia minha cabeça aos seis anos. Agora, enquanto estava de pé diante do ferreiro, temia que ele pudesse achar minha compleição feia igualmente agradável.

Ergui o copo em sua direção. Ele o pegou e tomou um longo gole, sorvendo cada gota. Eu era alta para minha idade, mas ele também era alto para a dele. Precisava virar minha cabeça para trás para poder ver o sorriso em seu rosto. Ele soltou um longo suspiro de alívio e me devolveu o copo.

— Ótima água — disse, voltando para sua bigorna. — Você é grande demais e forte demais para ser um espírito da água.

Sorri e disse:

— Meu nome é Onyesonwu Ubaid. Qual o seu nome, *Oga*?

— Fadil Ogundimu — respondeu. Olhou para suas mãos enluvadas. — Eu apertaria sua mão, Onyesonwu, mas minhas luvas estão quentes.

— Tudo bem, *Oga* — falei. — Você é um ferreiro.

Ele assentiu.

— Assim como meu pai, o pai dele e assim por diante.

— Minha mãe e eu chegamos aqui há apenas alguns meses — falei, sem pensar. Me lembrei de que estava ficando atrasada. — Oh, preciso ir, *Oga* Ogundimu!

— Obrigado pela água — disse ele. — Você tinha razão, eu estava com sede.

Depois disso, passei a visitá-lo com frequência. Ele se tornou meu melhor e único amigo. Se minha mãe tivesse descoberto que eu andava na companhia de um homem estranho, teria me batido e tirado meu tempo livre por semanas. O aprendiz do ferreiro, um homem chamado Ji, me odiava e demonstrava isso me olhando com desprezo sempre que me via, como se eu fosse um animal selvagem doente.

— Ignore Ji — disse o ferreiro. — Ele é bom com o metal, mas falta-lhe imaginação. Perdoe-o. Ele é antiquado.

— *Você* acha que pareço malévola?

— Você é adorável — disse ele, sorrindo. — A maneira como uma criança é concebida não é sua culpa ou fardo.

Eu não sabia o que queria dizer *concebida* e também não perguntei. Ele havia dito que eu era adorável e eu não queria que ele retirasse o que dissera. Por sorte, Ji normalmente chegava tarde, durante o horário mais fresco do dia.

Logo eu estava contando ao ferreiro sobre minha vida no deserto. Eu era jovem demais para entender que não deveria contar aos outros coisas tão pessoais. Não entendia que meu passado, minha própria existência, eram assuntos delicados. Em troca, ele me ensinou algumas coisas sobre os metais, por exemplo, quais tipos se curvavam ao calor com mais facilidade e quais resistiam.

— Como era a sua esposa? — perguntei certo dia. Na verdade, eu estava apenas jogando conversa fora. Estava mais interessada no pequeno pedaço de pão que ele havia comprado para mim.

— Njeri. Ela tinha a pele negra — falou. Ele colocou ambas as mãos ao redor de uma de suas coxas. — E tinha pernas muito fortes. Ela era jóquei de camelos.

Engoli o pão que estava mastigando.

— Sério? — exclamei.

— As pessoas diziam que eram suas pernas que a mantinham no camelo, mas eu sei que ela tinha um dom.

— Dom de quê? — perguntei, me inclinando para frente. — Ela conseguia atravessar paredes? Voar? Comer vidro? Se transformar num besouro?

O ferreiro riu.

— Você é mesmo uma figura — disse ele.

— Já li o Grande Livro duas vezes! — gabei-me.

— Impressionante. Bem, minha Njeri podia conversar com os camelos. Conversar com camelos é uma profissão para homens, por isso ela decidiu entrar para as corridas. E Njeri não apenas corria. Ela *vencia* as corridas. Nos conhecemos quando éramos adolescentes. Nos casamos quando tínhamos vinte anos.

— Como era a voz dela? — perguntei.

— Oh, a voz dela era irritante e linda — disse ele.

Fiz uma careta diante dessa explicação, confusa.

— Ela falava muito alto — explicou ele, pegando um pedaço do meu pão. — Ria bastante quando estava feliz e gritava bastante quando estava irritada. Entende?

Balancei a cabeça.

— Fomos felizes por algum tempo — disse ele, depois parou.

Esperei que continuasse. Sabia que essa era a parte ruim da história. Quando ele simplesmente ficou olhando o pedaço de pão, falei.

— Então? O que aconteceu depois? Ela não foi boa para você?

Ele riu e fiquei aliviada, embora tenha feito a pergunta num tom sério.

— Não, não — disse ele. — No dia em que ela correu a corrida mais rápida de sua vida, algo terrível aconteceu. Você deveria ter visto, Onyesonwu. Era a final das Corridas do Festival da Chuva. Ela havia vencido essa corrida anteriormente, mas nesse dia estava prestes a quebrar o recorde dos 800 metros mais rápidos.

Ele fez uma pausa.

— Eu estava esperando por ela na linha de chegada. O chão ainda estava escorregadio por causa da forte chuva da noite anterior. Eles deveriam ter adiado a corrida para outro dia. O camelo dela se aproximou, correndo com sua andadura de joelhos juntos. Estava correndo mais rápido do que qualquer camelo correra antes. — Ele fechou os olhos. — Deu um passo em falso e... caiu. — Sua voz ficou embargada. — No final, as pernas fortes de Njeri foram seu ponto fraco. Elas se agarraram ao camelo e quando ele caiu, ela foi esmagada pelo peso do animal.

Resfoleguei, cobrindo a boca com as mãos.

— Se ela tivesse se soltado do camelo, teria vivido. Estávamos casados havia apenas três meses — suspirou. — O camelo que ela montava se recusou a sair do seu lado. Seguia o corpo para onde quer que ele fosse. Dias após ela ter sido cremada, morreu de tristeza. Camelos por todos os lugares ficaram cuspindo e gemendo por várias semanas. — Ele vestiu as luvas novamente e retornou à bigorna. A conversa morreu.

Meses se passaram. Eu continuava a visitá-lo com frequência. Sabia que estava arriscando demais, que minha mãe poderia desconfiar. Mas acreditava ser um risco que valia a pena correr. Certa vez ele me perguntou como estava sendo meu dia.

— Tudo bem — respondi. — Uma senhora estava falando sobre você ontem. Ela disse que você era o melhor ferreiro e que alguém chamado Osugbo lhe paga bem. Ele é o dono da Casa de Osugbo? Eu sempre quis entrar lá.

— Osugbo não é um homem — disse ele enquanto examinava um pedaço de ferro forjado. — É o grupo de anciãos de Jwahir que mantém a ordem, nossos governantes.

— Ah! — exclamei, sem saber nem me importar com o que significava a palavra *governantes*.

— Como está a sua mãe? — perguntou.

— Bem.

— Quero conhecê-la.

Prendi a respiração, fazendo uma careta. Se ela descobrisse sobre o ferreiro, eu levaria a pior surra da minha vida e então perderia meu único amigo. "Para que ele quer conhecê-la?", pensei, subitamente me sentindo extremamente possessiva com relação à minha mãe. Mas como eu poderia evitar que ele a conhecesse? Mordi os lábios e disse, relutante:

— Tudo bem.

Para meu desalento, ele foi à nossa tenda naquela mesma noite. Estava muito elegante em suas calças brancas longas e esvoaçantes e uma bata também branca. Usava um véu igualmente branco sobre a cabeça. Trajar roupas brancas era se apresentar com humildade. Normalmente eram as mulheres que faziam isso. Era muito especial quando um homem o fazia. Ele sabia que deveria se aproximar de minha mãe com cuidado.

Inicialmente, minha mãe teve medo e ficou irritada com ele. Quando ele contou a ela sobre a amizade que tinha comigo, ela me deu uma palmada tão forte, que corri e chorei por horas. Ainda assim, em um mês papai e minha mãe se casaram. No dia seguinte ao casamento, eu e minha mãe nos mudamos para a casa dele. Tudo deveria ter sido perfeito depois disso. Ficou tudo ótimo durante cinco anos. Então começaram a acontecer coisas estranhas.

Capítulo 3

CONVERSA INTERROMPIDA

Papai fez com que eu e mamãe nos ancorássemos a Jwahir. Mas mesmo se ele tivesse vivido, ainda assim eu teria acabado aqui. Não era meu destino *permanecer* em Jwahir. Eu era muito volátil e havia outras coisas a me mover. Desde o momento em que fui concebida, sempre fui problema. Eu era uma mancha negra. Veneno. Percebi isso quando tinha onze anos de idade. Quando algo estranho aconteceu comigo. O incidente fez com que minha mãe se sentisse obrigada a me contar a minha própria história horrorosa.

Era tarde e uma tempestade se aproximava. Eu estava de pé na porta dos fundos observando-a chegar quando, bem diante dos meus olhos, uma águia pousou sobre um pardal no jardim de minha mãe. A águia pressionou o pardal contra o chão e voou com ele nas garras. Três penas marrons ensanguentadas se desprenderam do corpo do pardal. Caíram entre os tomates de minha mãe. Um trovão soou enquanto caminhei até lá e peguei uma das penas. Esfreguei o sangue entre meus dedos. Não sei por que fiz isso.

Era pegajoso. O odor ferroso penetrou minhas narinas, como se eu estivesse coberta por ele. Virei a cabeça, por algum motivo, ouvindo, percebendo. "Alguma coisa está acontecendo", pensei. O céu ficou escuro. O vento começou a soprar forte. E trouxe... outro cheiro. Um cheiro estranho que desde então reconheço, mas jamais conseguirei descrever.

À medida que eu inalava aquele cheiro, alguma coisa começou a acontecer na minha cabeça. Pensei em correr para dentro de casa, mas não queria levar o que quer que fosse aquilo para dentro. Depois eu não conseguia me mover, mesmo que tentasse. Houve um zunido e então dor. Fechei os olhos.

Havia portas na minha cabeça, portas feitas de aço, madeira e pedra. A dor era causada por essas portas se abrindo. Um ar quente soprava por elas. Meu corpo estava estranho, como se a cada movimento meu alguma coisa fosse se quebrar. Caí de joelhos e tive ânsia de vômito. Cada músculo do meu corpo se retesou. Então parei de existir. Não me lembro de nada. Nem mesmo da escuridão.

Foi terrível.

Quando me dei conta, estava presa no alto da gigante árvore iroco que crescia no centro da cidade. Eu estava nua. Chovia. Humilhação e confusão eram sentimentos que sempre estiveram presentes durante minha infância. Era de se estranhar que a raiva nunca estivesse muito atrás?

Prendi a respiração, tentando não soluçar de choque e medo. O grande galho ao qual eu estava agarrada estava escorregadio. Eu não conseguia afastar o sentimento de que havia morrido espontaneamente e simplesmente retornara à vida. Mas isso não importava naquele momento. Como eu iria descer?

— Você tem que pular! — gritou alguém.

Lá embaixo estavam meu pai e um menino que segurava um cesto sobre a cabeça. Rangi os dentes e me agarrei ao galho com mais força, com raiva e envergonhada.

Papai ergueu os braços.

— Pule! — gritou ele.

Hesitei, pensando, "não quero morrer novamente". Choraminguei. Para evitar pensar mais, pulei. Eu e papai rolamos pelo chão coberto de frutas da iroco. Pressionei meu corpo contra o dele, tentando me esconder enquanto ele tirava a camisa. Rapidamente a vesti. O cheiro das frutas despedaçadas era forte e azedo sob a chuva. Precisaríamos de um bom banho para tirar aquele cheiro e as manchas roxas de nossas peles. As roupas de papai estavam arruinadas. Olhei ao redor. O garoto se fora.

Papai me pegou pela mão e caminhamos para casa em silêncio e choque. Enquanto marchávamos na chuva, eu lutava para manter meus olhos abertos. Estava completamente exausta. Parecia que a caminhada até nossa casa duraria para sempre. "Eu realmente andei isso tudo?" Pensei. "O que... como?" Já em casa, parei papai, ainda na porta:

— O que aconteceu? — perguntei finalmente. — Como você sabia onde me encontrar?

— Vamos apenas nos preocupar em colocar roupas secas em você, no momento — disse ele, suavemente.

Quando abrimos a porta, minha mãe veio correndo. Insisti que estava bem, mas não estava. Minha cabeça começava a ficar leve novamente. Fui para o meu quarto.

— Deixe-a ir — papai falou à minha mãe.

Me arrastei até a cama e dessa vez caí num sono profundo.

— Levante — disse minha mãe com sua voz fraca. Horas haviam se passado. Meus olhos estavam grudados e meu corpo inteiro doía. Lentamente me sentei, esfregando os olhos. Minha mãe arrastou a cadeira para perto da minha cama. — Não sei o que aconteceu com você — disse. Mas ela evitou o meu olhar. Mesmo naquele momento me perguntei se ela estava falando a verdade.

— Eu também não sei, mamãe — falei. Suspirei, massageando meus braços e pernas doloridos. Ainda sentia o perfume das frutas da iroco na minha pele.

Ela pegou minhas mãos.

— Esta é a única vez em que lhe contarei isso. — Ela hesitou e balançou a cabeça, dizendo para si mesma. — Oh, Ani. Ela tem apenas onze anos. — Então inclinou a cabeça e vi aquela expressão que eu tanto conhecia. Como se estivesse escutando alguma coisa. Ela chupou os dentes e assentiu.

— Mamãe, o que...

— O sol estava alto no céu — disse ela com sua voz suave. — Iluminava tudo. Foi então que eles vieram. Quando a maioria das mulheres, aquelas entre nós que tinham mais do que quinze anos de idade, estavam rezando no deserto. Eu tinha mais ou menos vinte anos...

Os combatentes Nuru esperaram pelo retiro, quando as mulheres Okeke caminhavam até o deserto e lá ficavam durante sete dias, para prestar respeito à deusa Ani. Okeke significa "aqueles que foram criados". O povo Okeke possui a pele da cor da noite porque foram criados antes do dia. Eles foram os primeiros. Mais tarde, depois que muita coisa aconteceu, os Nuru chegaram. Eles vieram das estrelas e é por isso que sua pele é da cor do sol.

Esses nomes devem ter sido criados em comum acordo durante tempos de paz, pois era bem sabido que os Okeke haviam nascido para serem escravos dos Nuru. Há muito tempo, durante a era da África Antiga, eles haviam feito algo terrível, o que fez com que Ani colocasse esse fardo sobre suas costas. Está tudo escrito no Grande Livro.

Embora Najeeba vivesse com seu marido numa pequena aldeia Okeke onde ninguém era escravo, ela sabia o seu lugar. Assim como os demais habitantes da aldeia, se ela vivesse no Reino dos Sete Rios, apenas vinte e oito quilômetros a leste, onde havia mais recursos, passaria toda a vida servindo aos Nuru.

A maioria tolerava o destino conforme o velho ditado "uma cobra é tola se sonha em se tornar um lagarto". Mas um dia, havia trinta anos, um grupo de homens e mulheres Okeke da cidade de Zin rejeitou isso. Eles já haviam aturado demais. Ergueram as vozes em revolta, exigindo mudanças e recusando a ordem atual. O fervor deles se espalhou pelas cidades e aldeias vizinhas ao Reino dos Sete Rios. Esses Okeke pagaram caro por terem querido mudanças. *Todos* pagaram, como é sempre o caso quando há genocídios. Desde então os genocídios acontecem frequentemente. Aqueles Okeke rebeldes que não foram exterminados foram para o leste.

Najeeba estava com a cabeça pousada na areia, os olhos fechados, a atenção voltada para dentro de si mesma. Ela sorria enquanto conversava com Ani. Quando tinha dez anos, juntava-se ao pai e aos irmãos nas jornadas para comercializar sal. Desde então havia aprendido a amar o deserto. E ela sempre havia gostado de viajar. Abriu um sorriso ainda mais largo e afundou mais a cabeça na areia, ignorando o ruído das mulheres rezando ao redor dela.

Najeeba estava contando a Ani como ela e o marido haviam sentado do lado de fora na noite anterior e visto cinco estrelas caírem do céu. Diz-se que o número de estrelas que marido e mulher veem cair é o número de filhos que eles terão. Ela riu consigo mesma. Não fazia ideia de que, por um longo tempo, esta seria a última vez que iria rir.

— Não temos muito, mas meu pai ficaria orgulhoso — disse Najeeba em sua voz forte. — Temos uma casa na qual a areia está sempre entrando. Nosso computador já era velho quando o compramos. Nossa estação de coleta de água retira apenas metade do que deveria da água das nuvens. A matança começou novamente e não está muito longe de nós. Não temos filhos ainda. Mas somos felizes. E eu agradeço a você...

O som de motocicletas. Najeeba ergueu os olhos. Havia uma tropa delas, cada uma com uma bandeira laranja no banco traseiro. Deveria haver pelo menos umas quarenta. Najeeba e seu grupo estavam a quilômetros de distância da aldeia. Haviam saído fazia quatro dias, bebendo água e comendo apenas pão. Portanto, elas não apenas estavam sozinhas, estavam fracas. Ela sabia exatamente quem eram essas pessoas. "Como eles sabiam onde nos encontrar?", pensou. O deserto apagara o rastro delas havia dias.

O ódio finalmente chegara até ela. Sua aldeia era um lugar calmo onde as casas eram pequenas, mas bem construídas; o mercado pequeno, mas bem abastecido, onde os casamentos eram os eventos mais importantes. Era um lugar agradável e inofensivo, escondido entre palmeiras. Até agora.

Enquanto as motocicletas corriam em círculos ao redor das mulheres, Najeeba olhou para trás, em direção à aldeia. Grunhiu, sentindo como se tivesse levado um murro no estômago. Fumaça negra se erguia no céu. A deusa Ani não havia dito às mulheres que eles estavam morrendo. Que enquanto elas descansavam as cabeças na areia, suas crianças, maridos e familiares estavam sendo assassinados, suas casas sendo incendiadas.

Em cada motocicleta havia um homem, e em várias delas havia mulheres também. Eles usavam véus laranjas sobre seus rostos da cor do sol. Seus caros trajes militares — calças e camisas cor de areia e botas de couro — eram provavelmente tratados com um gel especial que os tornava frescos sob o sol. Enquanto Najeeba permanecia de pé olhando para a fumaça, a boca aberta, lembrou como seu marido sempre quisera o gel para usar em suas roupas quando trabalhava em cima dos coqueiros. Ele nunca teve dinheiro suficiente para comprá-lo. "Nunca mais poderá comprá-lo", pensou ela.

As mulheres Okeke gritavam e corriam em todas as direções. Najeeba gritou tão alto, que todo o ar deixou seus pulmões e ela sentiu algo deixar sua garganta. Mais tarde percebeu que havia sido a sua voz, abandonando-a para sempre. Ela correu na direção oposta à aldeia. Mas os Nuru fizeram um grande círculo ao redor delas, mantendo-as amontoadas como camelos selvagens. Enquanto as mulheres Okeke se agachavam, seus longos vestidos roxos flutuavam ao sabor do vento. Os homens Nuru desceram de suas motocicletas, as mulheres Nuru atrás deles. Se aproximaram. E foi então que os estupros começaram.

Todas as mulheres Okeke, jovens, moças e velhas, foram estupradas. Repetidamente. Aqueles homens não se cansavam; era como se estivessem enfeitiçados. Quando se aliviavam dentro de uma mulher, tinham mais a dar à seguinte, depois à outra e à outra. Eles cantavam enquanto estupravam. As mulheres Nuru que os acompanhavam riam, apontavam e cantavam também. Eles cantavam na língua comum Sipo, para que as Okeke pudessem entender.

O sangue dos Okeke corre como água
Pilhamos seus bens e humilhamos seus antepassados
Batemos neles com uma mão pesada
E então pegamos o que eles dizem ser sua terra.
O poder de Ani nos pertence
Então iremos escravizá-los até virarem pó
Escravos feios e nojentos, Ani finalmente os matou!

Najeeba teve a pior sorte. As outras mulheres Okeke foram estupradas e surradas, e então os estupradores seguiam em frente, dando a elas um momento para respirar. O homem que pegou Najeeba, ao contrário, permaneceu com ela e não havia mulher Nuru para rir ou observar. Ele era alto e forte como um touro. Um animal. Seu véu cobria seu rosto, mas não seu ódio.

Ele agarrou Najeeba pelas suas tranças grossas e a arrastou até que estivessem a vários metros de distância dos demais. Najeeba tentou se levantar e correr, mas ele já estava sobre ela. Parou de lutar quando viu sua faca... brilhante e afiada. Ele riu, usando-a para rasgar sua roupa. Olhou nos olhos dele, a única parte do seu rosto que podia ver. Eles eram dourados, castanhos e furiosos.

Enquanto ele a mantinha presa, tirou do bolso um objeto redondo como uma moeda e o colocou ao lado dela. Era o tipo de mecanismo que as pessoas usavam para medir o tempo, o clima, para carregar um trecho do Grande Livro. Este tinha um mecanismo de gravação. Sua lente se ergueu, fazendo um clique enquanto começava a gravar. O Nuru começou a cantar, cravando sua faca na areia ao lado da cabeça de Najeeba. Dois grandes besouros pretos pousaram no cabo.

Ele afastou suas pernas e continuou cantando enquanto entrava nela. E entre uma música e outra, ele falava palavras em Nuru que ela não conseguia entender. Palavras acaloradas, rosnadas. Depois de algum tempo, o ódio se acumulou dentro de Najeeba e ela cuspiu e rosnou de volta para ele. Ele a segurou pelo pescoço, pegou a faca e direcionou a ponta para o seu olho esquerdo até que ela ficasse quieta novamente. Então cantou ainda mais alto e foi ainda mais fundo dentro dela.

Em determinado momento Najeeba ficou gelada, então insensível, depois quieta. Ela se transformou em dois olhos que observavam a coisa acontecendo. De certa forma, sempre fora assim. Enquanto criança, havia caído de uma árvore e quebrara o braço. Embora sentisse dor, havia se levantado calmamente, deixando para trás suas amigas em pânico, caminhou para casa e encontrou a mãe, que a levou até uma amiga que sabia como consertar ossos quebrados. O comportamento singular de Najeeba costumava irritar seu pai sempre que ela se comportava mal e apanhava. Não importava o quão forte ele batesse, ela não emitia um ruído.

— O Alusi dessa criança não tem respeito! — o pai sempre dizia à sua mãe. Mas quando ele voltava ao seu bom humor de costume, elogiava essa característica de Najeeba, frequentemente dizendo:

— Deixe seu Alusi viajar, filha. Veja tudo o que pode ver!

Agora o seu Alusi, aquela sua parte etérea que era capaz de silenciar a dor e observar, veio à tona. Sua mente registrava os eventos da mesma maneira que a câmera do homem. Cada detalhe. Sua mente observava que enquanto ele cantava, a despeito das palavras que dizia, sua voz era linda.

Tudo durou cerca de duas horas, embora tenha parecido a Najeeba que durou um dia e meio. Em sua memória, viu o sol se mover através do céu, se pôr e então nascer novamente. Durou bastante tempo, é isso que importa. Os Nuru cantaram, riram, estupraram e, algumas vezes, mataram. Então foram embora. Najeeba ficou ali, deitada de costas, suas roupas rasgadas, a parte inferior de seu corpo machucada, surrada, exposta ao sol. Ficou ouvindo a respiração, o choro, os gemidos das outras mulheres, e depois de algum tempo não ouviu nada. Ficou grata.

Então ouviu Amaka gritar:

— Levantem-se! — Amaka era vinte anos mais velha que Najeeba. Ela era forte e normalmente era a voz das mulheres da aldeia. — Levantem-se, todas vocês! — disse Amaka, mancando. — Levantem-se! — Ela foi até cada mulher e deu um chute. — Estamos mortas, mas não vamos morrer aqui, pelo menos aquelas de nós que estão respirando.

Najeeba escutou sem se mover enquanto Amaka chutava as coxas das mulheres e as puxava pelos braços. Ela esperava conseguir se fingir de morta para poder enganar Amaka. Sabia que seu marido estava morto e, mesmo que não estivesse, ele jamais a tocaria novamente.

Os homens Nuru e suas mulheres haviam feito tudo aquilo por motivos além da simples humilhação e tortura. Eles queriam gerar crianças *Ewu*. Tais crianças não são fruto do amor proibido entre um Nuru e uma Okeke, nem são *Noahs*, Okeke que nascem sem cor. Os *Ewu* são filhos da violência.

Uma mulher Okeke *jamais* irá matar uma criança que esteja crescendo dentro dela. Ficaria até mesmo contra seu marido para manter viva a criança dentro de seu ventre. Entretanto, o costume dita que uma criança é filha do seu pai. Esses Nuru plantaram um veneno. Uma mulher Okeke que dê à luz uma criança *Ewu* estava ligada aos Nuru através de sua criança. Os Nuru queriam destruir as famílias Okeke em sua raiz. Najeeba não se importava com esse plano cruel deles. Não havia criança alguma dentro dela. Tudo o que ela queria era morrer. Quando Amaka chegou até ela, bastou um único chute para fazê-la tossir.

— Você não me engana, Najeeba. Levante-se — disse Amaka. O lado esquerdo do rosto de Amaka estava roxo. Seu olho esquerdo estava fechado de tão inchado.

— Por quê? — disse Najeeba em sua nova voz quase inaudível.

— Porque é isso que fazemos. — Amaka estendeu a mão para ela.

Najeeba se virou para o outro lado. — Deixe-me acabar de morrer. Não tenho filhos. É melhor assim. — Najeeba sentiu o peso em seu ventre. Se ficasse de pé, todo o sêmen que havia sido colocado dentro dela iria escorrer. Sentiu vontade de vomitar diante desse pensamento e virou o rosto para o outro lado, vomitando em seco. Quando seu estômago se acalmou, Amaka ainda estava lá. Ela cuspiu no chão próximo a Najeeba. O cuspe estava vermelho de sangue. Ela tentou puxar Najeeba e colocá-la de pé. Najeeba sentiu o abdome latejar, mas manteve seu corpo rígido e pesado. Frustrada, Amaka largou o braço de Najeeba, cuspiu novamente e seguiu seu caminho.

As mulheres que escolheram viver se colocaram de pé e caminharam de volta à aldeia. Najeeba fechou os olhos, sentindo o sangue escorrer de um corte em sua testa. Logo tudo ficou em silêncio novamente. "Deixar esse corpo será fácil", pensou. Ela sempre gostou de viajar.

Ficou deitada ali até seu rosto queimar no sol. A morte estava demorando mais do que ela queria. Abriu os olhos e se sentou. Seus olhos levaram um minuto para se acostumar novamente à luz do sol. Quando o fizeram, viu corpos e poças de sangue, a areia bebendo o sangue como se aquelas mulheres tivessem sido sacrificadas para o deserto. Lentamente ela se levantou, foi até sua bolsa e a pegou.

— Deixe-me — disse Teka minutos depois, quando Najeeba a balançou. Teka era a única que estava viva dentre aqueles cinco corpos. Najeeba se deixou cair sentada ao lado dela. Esfregou a mão sobre o couro cabeludo dolorido onde seu estuprador havia puxado com tanta brutalidade. Olhou para Teka. Suas tranças estavam cheias de areia e seu rosto se contorcia a cada respiração. Lentamente, Najeeba se levantou e tentou puxá-la.

— Deixe-me! — repetiu Teka, olhando com raiva para ela. E foi o que Najeeba fez. Ela relutou em voltar à aldeia, apenas seguindo naquela direção por força do hábito. Implorou para que Ani enviasse alguma coisa para matá-la, como um leão ou mais Nuru. Mas não era a vontade de Ani.

Sua aldeia estava em chamas. Casas foram destruídas, jardins destroçados, motocicletas incendiadas. Havia corpos no chão. Muitos estavam queimados, irreconhecíveis. Durante esse tipo de ataque, os soldados Nuru pegavam os Okeke mais fortes, molhavam-nos com querosene e queimavam-nos.

Najeeba não viu nenhum homem Nuru, vivo ou morto. A aldeia havia sido uma presa fácil, pegos de surpresa, vulneráveis. "Idiotas", pensou ela. Mulheres gemiam nas ruas. Homens choravam diante de suas casas. Crianças caminhavam de um lado para outro, confusas. O calor era sufocante, vindo do sol e das casas, motocicletas e pessoas queimadas. Ao pôr do sol, haveria um êxodo para o leste.

Najeeba disse o nome do marido quando chegou à casa deles. Então urinou. A urina queimava e corria por suas pernas machucadas. Metade da casa estava em chamas. O jardim havia sido destruído. A motocicleta queimava. Mas lá estava Idris, seu marido, sentado no chão com a cabeça entre as mãos.

— Idris — Najeeba falou mais uma vez, baixinho. "Estou vendo um fantasma", pensou. "O vento vai soprar e ele irá embora com o vento." Não havia sangue escorrendo pelo seu rosto. E embora os joelhos de suas calças azuis estivessem sujos de areia e sua bata estivesse molhada sob os braços, ele estava intacto. Era ele, não seu fantasma. Najeeba queria gritar, *Ani é piedosa*, mas a deusa não era. De forma alguma. Pois, embora seu marido tenha sido poupado, Ani havia matado Najeeba e a mantivera viva.

Quando a viu, Idris gritou de alegria. Eles correram para os braços um do outro e se abraçaram por vários minutos. Idris cheirava a suor, ansiedade, medo e destruição. Najeeba não ousava pensar como ela mesma cheirava.

— Sou um homem, mas tudo o que pude fazer foi me esconder como uma criança — disse em sua orelha. Ele beijou seu pescoço. Ela fechou os olhos, desejando que Ani a matasse naquele instante.

— Foi o melhor a fazer — sussurrou Najeeba.

Então ele se afastou dela e Najeeba soube.

— Mulher — disse ele olhando para baixo, para suas roupas rasgadas. Seus pelos púbicos estavam expostos, suas coxas machucadas, seu ventre nu. — Cubra-se! — disse ele, fechando a parte de baixo de seu vestido. Seus olhos se encheram de lágrimas. — Cubra-se. Oh! — A expressão em seu rosto era de dor e ele colocou os braços do lado do corpo. Deu um passo para trás. Olhou para Najeeba novamente, gemendo, então balançou a cabeça como se tentasse afastar alguma coisa. — Não!

Najeeba permaneceu ali enquanto seu marido se afastava, suas mãos estendidas em frente ao corpo.

— Não! — repetiu ele. Seus olhos estavam cheios de lágrimas, mas seu rosto endureceu.

O rosto dele ficou sem expressão alguma enquanto observou Najeeba entrar na casa em chamas. Dentro dela, ignorou o calor e o som da casa estalando, estourando e morrendo. Juntou algumas coisas metodicamente, algum dinheiro que havia escondido, uma panela, a estação de captura de água, um jogo que sua irmã dera a ela anos atrás, uma foto do marido sorrindo e um saco de pano com sal. Sal era algo bom de se ter quando se ia para o deserto. A única foto que ela tinha de seus falecidos pais estava queimando.

Najeeba não iria sobreviver por muito tempo. Ela achava que se tornara o Alusi que seu pai sempre dissera que vivia dentro dela; o espírito do deserto que amava ir para lugares distantes. Ao chegar na aldeia, Najeeba havia desejado que o marido estivesse vivo. Quando o encontrou, havia tido esperanças de que ele fosse diferente. Mas ela era uma Okeke. Quem disse que deveria ter esperanças?

Ela poderia sobreviver no deserto. Seus retiros anteriores com as mulheres e suas jornadas com o pai e os irmãos pelas estradas de sal a haviam ensinado como. Sabia como usar a estação de captura de água para sugar do céu água de beber. Sabia como fazer armadilhas para raposas e lebres. Sabia onde encontrar ovos de tartaruga, cobras e lagartos. Sabia quais cactos eram comestíveis. E já que estava morta, não tinha medo.

Najeeba caminhou quilômetros, procurando um lugar em que pudesse deixar o corpo morrer. "Daqui a uma semana", pensou ela, enquanto montava acampamento. "Amanhã", pensou enquanto marchava adiante. Quando percebeu que estava grávida, a morte não era mais uma opção. Mas em sua mente, permanecia uma Alusi, controlando e mantendo seu corpo como quem controla um computador. Viajou para o leste, evitando as cidades Nuru, em direção às terras onde os Okeke viviam exilados. À noite, quando deitava em sua tenda, ouvia mulheres Nuru rindo e cantando do lado de fora. Ela gritava de volta para elas, sem voz, para que viessem terminar o que haviam começado a fazer com ela, se pudessem.

— Rasgarei seus seios! — dizia ela. — Beberei seu sangue e alimentarei aquele que cresce dentro de mim!

Quando dormia, normalmente via o marido, Idris, de pé, perturbado e triste. Idris a havia amado intensamente durante dois anos. Ela tinha que acordar e olhar a foto para se lembrar dele como era antes. Após um tempo isso não adiantava mais.

Durante meses Najeeba viveu no limbo, enquanto sua barriga crescia e o dia do parto se aproximava. Quando não tinha nada para fazer, se sentava e fitava o nada. Algumas vezes jogava o jogo das sombras com as mãos, mas ela sempre ganhava, cada vez com uma pontuação mais alta. Outras vezes, conversava com a criança que crescia dentro dela.

— O mundo é duro — dizia. — Mas o deserto é adorável. Alusi, *mmuo*, todos os espíritos podem conviver em paz aqui. Quando você chegar, vai adorar viver aqui também.

Ela era nômade, viajando durante as horas mais frescas do dia, evitando aldeias e cidades. Quando estava com cerca de quatro meses de gravidez, foi picada no calcanhar por um escorpião enquanto caminhava. Seu pé inchou e doeu bastante e ela teve que permanecer deitada durante dois dias. Mas logo se levantou e continuou a caminhar.

Quando finalmente entrou em trabalho de parto, foi forçada a admitir que o que vinha dizendo a si mesma durante todos esses meses estava errado. Ela não era uma Alusi prestes a dar à luz uma criança Alusi. Ela era uma mulher completamente sozinha no deserto. Aterrorizada, deitou-se sobre a esteira fina em sua tenda, vestindo uma camisola castigada pelas intempéries, a única peça de roupa que abrigava seu corpo agora redondo.

O corpo que finalmente admitiu ser seu estava conspirando contra ela. Puxões e empurrões violentos, era como lutar contra um monstro invisível. Ela xingou, gritou e ficou extenuada. "Se eu morrer aqui, a criança morrerá sozinha", pensou desesperada. "Nenhuma criança merece morrer sozinha." Então ela aguentou firme. Se concentrou.

Após uma hora de contrações terríveis, seu Alusi saiu do corpo. Ela relaxou, se recolheu e observou, deixando seu corpo fazer o que foi feito para fazer. Horas mais tarde, a criança emergiu. Najeeba podia jurar que a criança estava chorando antes mesmo de sair. Tão brava. Logo que o bebê nasceu, Najeeba entendeu que não iria gostar de surpresas e seria impaciente. Ela cortou o cordão umbilical, deu um nó no umbigo e levou a criança ao peito. Uma menina.

Najeeba a ninou e observou horrorizada enquanto ela mesma sangrava continuamente. Imagens dela deitada na areia cheia de sêmen que escorria de dentro dela tentaram ocupar sua mente. Agora que ela era humana novamente, não era mais imune a essas memórias. Expulsou os pensamentos e se concentrou na criança irritadiça que tinha nos braços.

Uma hora mais tarde, enquanto estava sentada em silêncio e se perguntava se sangraria até a morte, o sangramento foi diminuindo e parou.

Segurando a criança, ela dormiu. Quando acordou, era capaz de ficar de pé. Sentiu como se suas entranhas fossem cair por entre as pernas, mas ficar de pé não era impossível. Olhou atentamente para sua filha. Ela tinha os lábios grossos e as maçãs do rosto altas, assim como Najeeba, porém o nariz fino de alguém que Najeeba não conhecia.

E seus olhos, oh, seus olhos. Eram castanhos dourados, os olhos *dele*. Era como se *ele* a estivesse observando por meio da criança. A pele e os cabelos do bebê eram da cor de areia. Najeeba conhecia esse fenômeno, que acontecia apenas com crianças que eram concebidas por meio da violência. *Isso estava descrito no Grande Livro?* Ela não tinha certeza. Não havia lido muito.

O povo Nuru tinha a pele morena amarelada, nariz e lábios finos e cabelos castanhos ou pretos que eram como a crina bem penteada de um cavalo. Os Okeke tinham a pele escura, nariz largo, lábios grossos e cabelos pretos e grossos como a lã de um carneiro. Ninguém sabe por que as crianças *Ewu* sempre têm aquela aparência. Não se parecem nem com os Okeke nem com os Nuru, parecem mais com espíritos do deserto. Levaria meses até que as sardas características aparecessem nas bochechas da criança. Najeeba olhou nos olhos do bebê. Então encostou os lábios em seu ouvido e disse seu nome.

— Onyesonwu — disse novamente Najeeba. Estava certo. Ela queria gritar aquela pergunta para os céus. — Quem teme a morte? — Mas Najeeba não tinha mais voz e podia apenas sussurrar a pergunta. "Um dia, Onyesonwu irá dizer seu nome corretamente", pensou.

Najeeba caminhou lentamente até a estação de coleta de água e conectou o grande saco plástico. Ele fez o som característico enquanto enchia e logo ela sentiu o frescor da água. Onyesonwu acordou com o ruído e começou a chorar. Najeeba sorriu. Após lavar Onyesonwu, lavou a si mesma. Então bebeu e comeu, amamentando Onyesonwu com certa dificuldade. A criança não entendia ainda como fazer a pega corretamente. Era hora de ir. O sangue do parto iria atrair animais selvagens.

Ao longo dos meses, Najeeba se concentrou em Onyesonwu. E fazê-lo forçou-a a cuidar bem de si mesma. Mas havia mais do que isso. "Ela brilha como uma estrela. É a minha esperança", pensou Najeeba observando sua filha. Onyesonwu era barulhenta e inquieta enquanto estava acordada, mas dormia com a mesma ferocidade, dando a Najeeba tempo suficiente para fazer o que devia ser feito e descansar. Foram dias calmos para mãe e filha.

Quando Onyesonwu ficou com febre e nenhum dos remédios de Najeeba funcionou, chegara a hora de procurar um curandeiro. Onyesonwu tinha quatro meses. Elas haviam passado recentemente por uma cidade Okeke chamada Diliza. Tinham que retornar. Seria a primeira vez em mais de um ano que Najeeba teria contato com outras pessoas. O mercado estava armado nas cercanias da cidade. Onyesonwu se remexia e ardia em febre às suas costas. — Não se preocupe — disse Najeeba enquanto descia a duna.

Najeeba se controlou para não pular a cada ruído ou quando alguém encostava em seu braço ao passar por ela. Ela assentia com a cabeça sempre que alguém a cumprimentava. Havia pirâmides de tomate, barris de tâmaras, pilhas de estações de coleta de água usadas, garrafas de óleo de cozinha, caixas de pregos, itens de um mundo ao qual ela e a filha não pertenciam. Ela ainda tinha o dinheiro que pegou ao deixar sua casa, e a moeda era a mesma nessa cidade. Teve medo de pedir informações, então levou cerca de uma hora para encontrar um curandeiro.

Ele era pequeno e tinha a pele macia. Sob sua pequena tenda havia garrafas com líquidos e pós marrons, pretos, amarelos e vermelhos, vários talos amarrados e cestos com folhas. Uma vareta de incenso queimava, conferindo ao ar um cheiro adocicado. Em suas costas, Onyesonwu emitia sons fracos.

— Boa-tarde — disse o curandeiro.

— Meu... bebê está doente — disse Najeeba, cautelosamente..

Ele franziu a testa.

— Por favor, fale alto.

Ela tocou a garganta. Ele assentiu, se aproximando mais.

— Como você perdeu sua...

— Não para mim — falou. — Para a minha filha.

Ela desembrulhou Onyesonwu, segurando-a próxima ao corpo enquanto o curandeiro a fitava. Ele deu um passo para trás e Najeeba quase chorou. A reação dele diante de sua filha era muito parecida com a reação que seu marido teve diante dela.

— Ela é...?

— Sim — respondeu Najeeba.

— Vocês são nômades?

— Sim.

— Sozinhas?

Najeeba pressionou os lábios.

Ele olhou para trás dela e então disse:

— Rápido, deixe-me vê-la. — Ele inspecionou Onyesonwu, perguntando a Najeeba o que ela comia, pois nem ela nem a criança estavam mal nutridas. Entregou a ela uma garrafa com rolha contendo um líquido rosa.

— Dê três gotas a ela a cada oito horas. Ela é forte, mas se não der isso a ela, morrerá.

Najeeba tirou a tampa e cheirou. O cheiro era doce. O que quer que fosse, era misturado com seiva fresca de palmeira. O remédio custou um terço do dinheiro que ela tinha. Deu três gotas a Onyesonwu. O bebê sugou o líquido e voltou a dormir.

Ela gastou o restante do dinheiro com suprimentos. O dialeto falado na aldeia era diferente, mas ela ainda conseguia se comunicar tanto em Sipo quanto em Okeke. Enquanto fazia compras com pressa, começou a acumular uma plateia. Apenas a determinação fez com que ela não corresse de volta para o deserto após comprar o remédio. O bebê precisava de mamadeiras e roupas. Najeeba precisava de uma bússola, um mapa e uma nova faca para cortar carne. Após comprar um pequeno pacote de tâmaras, se virou e viu-se encarando uma fileira de pessoas. Eram homens, em sua maioria, alguns deles velhos, outros jovens. A maioria deles tinha por volta da mesma idade de seu marido. Lá estava ela novamente. Mas dessa vez estava sozinha, e os homens que a estavam ameaçando eram Okeke.

— O que foi? — perguntou baixinho. Ela podia sentir Onyesonwu remexendo-se às suas costas.

— De quem é essa criança, mamãe? — perguntou um jovem de cerca de dezoito anos.

Ela sentiu Onyesonwu se remexer novamente e subitamente se encheu de raiva.

— Não sou sua mãe! — bradou Najeeba, desejando que sua voz funcionasse.

— Essa criança é sua, mulher? — perguntou um velho com uma voz que parecia a de um homem que não bebia água fresca havia décadas.

— Sim — respondeu. — Ela é *minha*! De mais ninguém.

— Você não pode falar? — perguntou outro homem. Ele olhou para o homem que estava ao lado dele. — Ela mexe a boca, mas não emite som algum. Ani cortou sua língua imunda.

— O bebê é Nuru! — disse alguém.

— Ela é *minha*! — sussurrou Najeeba o mais alto que pôde. Suas cordas vocais estavam se esforçando e ela pôde sentir o gosto de sangue.

— Concubina de Nuru! *Tffya*! Vá procurar seu marido!

— Escrava!

— Mãe de *Ewu*!

Para essas pessoas, o assassinato de Okekes no oeste era mais história do que fato. Ela havia viajado para mais longe do que pensava. Essas pessoas não queriam saber a verdade. Então observaram enquanto mãe e filha andavam pelo mercado. Enquanto olhavam, paravam e conversavam com amigos, falando coisas feias que ficavam mais feias à medida que passavam de uma pessoa para outra. Eles ficaram mais irritados e mais agitados. Finalmente abordaram Najeeba e sua criança *Ewu*. Ficaram mais fortes e se sentiam os donos da verdade. Até que atacaram-na.

Quando a primeira pedra atingiu o peito de Najeeba, ela se sentiu chocada demais para correr. Doeu. Não foi apenas um aviso. Quando a segunda pedra a atingiu na coxa, ela se lembrou de um ano atrás, quando morreu. Quando, em vez de pedras, o corpo de um homem se chocou contra o dela. Quando a terceira pedra a atingiu no rosto, ela soube que se não corresse sua filha iria morrer.

Najeeba correu como deveria ter corrido quando os Nuru a atacaram naquele dia. Pedras atingiam seus ombros, pescoço e pernas. Ouviu Onyesonwu se remexendo e chorando. Correu até sair do mercado e entrar na segurança do deserto. Só depois de escalar a terceira duna ela se permitiu parar. Provavelmente aquelas pessoas pensaram que a haviam enviado para a morte. Como se uma mulher e uma criança não pudessem sobreviver sozinhas no deserto.

Uma vez a salvo da violência de Diliza, Najeeba desenrolou Onyesonwu. Ela arfava e soluçava. Havia sangue escorrendo de um corte acima da sobrancelha da criança, onde uma pedra a havia atingido. O bebê esfregava o rosto, desajeitado, espalhando o sangue. Onyesonwu continuava lutando enquanto Najeeba mantinha suas mãozinhas longe do rosto. O ferimento era superficial. Naquela noite, embora Onyesonwu tenha dormido bem e o remédio tenha acabado com sua febre, Najeeba chorou e chorou.

Por seis anos Najeeba criou Onyesonwu sozinha no deserto. Ela cresceu e se tornou uma criança feliz. Amava a areia, o vento e as criaturas do deserto. Embora Najeeba pudesse apenas sussurrar, ria e sorria sempre que Onyesonwu gritava. Quando gritava as palavras que Najeeba a ensinara, a mãe a abraçava e a beijava. Foi assim que a criança aprendeu a usar a voz sem nunca ter ouvido alguém falar.

E Onyesonwu tinha uma voz linda. Ela aprendeu a cantar ouvindo o vento. Frequentemente, ficava de frente para a vastidão e cantava para ela. Algumas vezes, se cantava à noite, atraía corujas. Elas pousavam na areia e ficavam escutando. Esse foi o primeiro sinal que mostrou a Najeeba que sua filha não era apenas uma *Ewu*, era muito especial, diferente.

Naquele sexto ano, Najeeba percebeu: sua filha precisava viver cercada de outras pessoas. Em seu coração, sabia que o que quer que essa criança fosse se tornar, só poderia sê-lo vivendo numa civilização. Então ela usou seu mapa, a bússola e as estrelas para levar a filha até lá. Que lugar poderia ser mais promissor para sua criança cor de areia do que Jwahir, que significava "O lar da mulher dourada"?

De acordo com a lenda local, há 700 anos lá vivia uma mulher Okeke gigante feita de ouro. Seu pai a levou para a cabana de engorda e semanas depois ela surgiu gorda e linda. Casou-se com um jovem rico e decidiram se mudar para uma cidade grande. Entretanto, no meio do caminho, devido ao seu peso (era muito gorda *além de ser* feita de ouro) ela ficou cansada, tão cansada que teve que se deitar.

A mulher de ouro não conseguia se levantar, por isso o casal teve que morar naquele lugar. Por esse motivo, a planície que ela deixou foi chamada Jwahir, e aqueles que ali moravam prosperaram. A cidade foi construída há muito tempo pelos primeiros Okeke que fugiram do oeste. Os ancestrais dos jwahirianos[2] eram um povo especial, de fato.

Najeeba rezava para jamais ter que contar para sua estranha filha a história de sua concepção. Mas ela era realista. A vida não era fácil.

---

2   Habitantes de Jwahir.

Eu poderia ter matado alguém depois que minha mãe me contou essa história.

— Me desculpe! — disse minha mãe. — Você é tão jovem. Mas prometi a mim mesma que *no instante* que alguma coisa começasse a acontecer com você, eu a contaria. Saber da verdade pode ser de alguma ajuda para você. O que aconteceu com você hoje... naquela árvore... é apenas o começo, acho.

Eu tremia e suava. Minha garganta parecia em carne viva enquanto falava.

— Eu... eu me lembro daquele primeiro dia — falei, afastando o suor da minha testa. — Você escolheu um lugar no mercado para vender alguns figos-da-índia. — Fiz uma pausa, franzindo o cenho enquanto os detalhes me vinham à memória. — E aquele vendedor de pão nos obrigou a sair. Ele gritou com você. E me olhou como... — toquei a pequena cicatriz em minha testa. "Vou queimar meu exemplar do Grande Livro", pensei. "É a causa de tudo isso." Queria cair de joelhos e implorar a Ani que queimasse todo o oeste.

Eu sabia um pouco sobre sexo. Tinha até uma certa curiosidade sobre o assunto... bem, talvez eu tivesse mais suspeitas do que curiosidade propriamente dita. Mas eu não sabia sobre *isso*... sexo como violência, violência que gerava crianças... que me gerou, que aconteceu com minha mãe. Senti vontade de vomitar e de rasgar minha pele. Queria abraçar minha mãe, mas ao mesmo tempo não queria tocá-la. Eu era venenosa. Não tinha esse direito. Não conseguia de fato compreender o que aquele... homem, aquele monstro havia feito com ela. Não aos onze anos de idade.

O homem na foto, o único homem que vi durante os seis primeiros anos de minha vida, não era meu pai. Ele nem mesmo era uma boa pessoa. "Traidor idiota", pensei, lágrimas correndo pelo meu rosto. "Se algum dia eu o encontrar, cortarei o seu pênis." Tremi, pensando como gostaria de fazer coisa pior àquele homem que estuprou minha mãe.

Até esse dia eu pensava que era um *Noah*. *Noah* são filhos de pais Okeke, mas que ainda assim nasciam com pele cor de areia. Ignorei o fato de não possuir os olhos vermelhos característicos e nem ser sensível à claridade. E que, além de possuir a mesma cor de pele, os *Noah* basicamente se pareciam com os Okeke. Ignorei o fato de que os outros *Noah* não tinham problema algum para fazer amizade com as crianças de "aparência normal". Não eram párias como eu. E os *Noah* me olhavam com o mesmo medo e desprezo que os Okeke de pele mais escura. Até mesmo *para eles*, eu era diferente. Por que minha mãe não queimara aquela foto de seu marido, Idris? Ele a havia traído para proteger sua honra estúpida. Ela havia me contado que ele morrera... ele *deveria* ter morrido... deveria ter sido MORTO... violentamente!

— Papai sabe? — odiava o som da minha voz. "Quando canto", pensei, "de quem será a voz que ela está ouvindo?" Meu pai biológico também cantava lindo.

— Sim.

"Papai sabia desde o primeiro momento em que me viu", percebi. "Todos sabiam, menos eu."

— *Ewu* — falei devagar. — O que isso significa? — Jamais havia perguntado antes.

— Nascido da dor — disse ela. — As pessoas acreditam que os nascidos *Ewu* em determinado momento se tornam violentos. Acreditam que um ato de violência só pode gerar mais violência. Eu sei que isso não é verdade, e você também deveria saber que não.

Olhei para minha mãe. Ela parecia saber tanto.

— Mamãe — falei. — Alguma vez aconteceu com você algo parecido ao que aconteceu comigo naquela árvore?

— Querida, você pensa demais — foi tudo o que disse. — Venha aqui. — Ela se levantou e me abraçou. Choramos e soluçamos. Mas quando terminamos, tudo o que podíamos fazer era continuar vivendo.

CAPÍTULO 4

O RITO DOS ONZE ANOS

Sim, o décimo primeiro ano de minha vida foi difícil.

Meu corpo se desenvolveu cedo, portanto a essa altura eu tinha seios, já menstruava e tinha o corpo de uma mulher. Também tinha que lidar com olhares maliciosos de homens e meninos que tentavam me agarrar. Então veio aquele misterioso dia chuvoso em que eu subitamente apareci nua na árvore iroco e minha mãe ficou tão impressionada, que sentiu que era hora de me contar a verdade repulsiva sobre minhas origens. A vida raramente me poupava.

O rito dos onze anos é uma tradição de 2 mil anos que acontece no primeiro dia da estação das chuvas. Participam as garotas que possuem onze anos naquele ano. Minha mãe achava que a prática era primitiva e inútil. Não queria que eu fizesse parte dela. Em sua aldeia, a prática do rito havia sido banida anos antes de seu nascimento. Então cresci tendo a certeza de que a circuncisão aconteceria com as outras meninas, aquelas que *nasceram* em Jwahir.

Depois que uma menina passa pelo rito, passa a ser ouvida como um adulto. Os meninos não ganham esse privilégio até terem treze anos. Portanto, o período entre os onze e os dezesseis anos é o mais feliz para uma menina, porque ela é ao mesmo tempo criança e adulto. A informação sobre o rito não era secreta. Havia uma imensidão de livros sobre o processo na biblioteca da escola. Ainda assim, ninguém era encorajado a ler a respeito.

Portanto, nós, garotas, sabíamos que um pedaço de carne entre nossas pernas seria cortado e que a circuncisão não mudava o que somos literalmente ou nos tornava pessoas melhores. Mas não sabíamos *para que servia* aquele pedaço de carne. E como era uma prática antiga, ninguém se lembrava mais *por que* ela era realizada. Assim, a tradição era aceita, antecipada e realizada.

Eu não queria participar. Não era usado nenhum anestésico. Isso era parte do ritual. Eu havia visto duas meninas que participaram do ritual no ano anterior e me lembrava de como elas caminhavam. E, além disso, não gostava da ideia de cortar uma parte do meu corpo. Nem mesmo gostava de cortar meus cabelos, por isso usava longas tranças. E com certeza eu também não era o tipo de pessoa que fazia qualquer coisa em nome da tradição. Não havia sido criada daquela maneira.

Mas enquanto sentava no chão fitando o nada, sabia que algo havia mudado dentro de mim na última semana, quando acabei no topo daquela árvore. Seja o que for, provocou um certo vacilar no meu caminhar que apenas eu percebi. Havia ouvido mais de minha mãe do que simplesmente a história de minha concepção. Ela não falou nada sobre a esperança que nutria a meu respeito. A esperança de que eu iria vingar seu sofrimento. Também não havia dito detalhes sobre o estupro. Tudo isso estava escondido *entre* suas palavras.

Eu tinha muitas perguntas que não podiam ser respondidas. Mas quando o assunto era o rito dos onze anos, eu sabia o que deveria fazer. Naquele ano havia apenas quatro de nós que tinham onze anos e eram meninas. Havia quinze meninos. As três outras meninas no meu grupo com certeza diriam a todos que eu não estava presente no ritual. Em Jwahir, não fazer a circuncisão aos onze anos gera má-sorte e vergonha para a família. Não interessava que eu não houvesse nascido em Jwahir. Esperava-se que você, a menina sendo criada em Jwahir, passasse pelo rito.

Eu trouxera desonra para minha mãe ao existir. Escândalo para papai ao entrar em sua vida. Enquanto antes ele era um viúvo respeitado, agora as pessoas riam e diziam que ele havia sido enfeitiçado por uma Okeke do oeste sangrento, uma mulher que havia sido usada por um homem Nuru. Meus pais carregavam vergonha suficiente.

Além disso tudo, aos onze anos, eu ainda tinha esperanças. Acreditava que poderia ser normal. Que eu poderia *me tornar* normal. O rito dos onze anos era antigo e respeitado. Era poderoso. O rito iria colocar um fim às coisas estranhas que estavam acontecendo comigo. No dia seguinte, antes de ir para a escola, fui à casa de Ada, a sacerdotisa que realizaria o rito.

— Bom-dia, *Ada-m* — falei de forma respeitosa quando ela abriu a porta.

Ela fez uma careta quando nossos olhos se encontraram. Deveria ser uns dez anos mais velha do que minha mãe, talvez vinte. Eu tinha quase a mesma altura que ela. Seu longo vestido verde era elegante e seu cabelo *black power* era perfeitamente arrumado. Ela cheirava a incenso.

— O que foi, *Ewu*?

Estremeci diante daquela palavra.

— Desculpe-me — falei, dando um passo para trás. — Estou perturbando-a?

— Deixe que eu decida isso — disse ela, cruzando os braços sobre os seios pequenos. — Entre.

Entrei na casa, percebendo que chegaria atrasada na escola. "Vou mesmo fazer isso", pensei.

Do lado de fora, a casa dela era uma pequena cabana de areia e tijolos; por dentro, continuava pequena. Ainda assim, de alguma forma era capaz de abrigar uma obra de arte que era enorme em apelo visual. O mural que ocupava toda a parede estava inacabado, mas o local já parecia como se estivesse submerso em um dos Sete Rios. Próximo à porta, havia a pintura de um pescador em tamanho natural, e seu rosto era inacreditavelmente real. Seus olhos eram cheios de sabedoria.

Os livros falavam sobre grandes corpos d'água. Mas eu jamais havia visto o desenho de um deles, muito menos uma pintura colorida gigante. "Isso não pode existir de verdade", pensei. Tanta água. E nela havia insetos prateados, tartarugas com patas e cascos verdes, plantas aquáticas, peixes dourados, pretos e vermelhos. Olhei a pintura, impressionada. A casa cheirava à tinta fresca. As mãos de Ada também estavam sujas de tinta. Eu a havia interrompido.

— Gosta? — perguntou.

— Nunca vi nada parecido — disse baixinho, observando.

— Minha reação favorita — disse ela, parecendo genuinamente contente.

Me sentei e ela se sentou à minha frente, esperando.

— Eu... eu gostaria de colocar meu nome na lista, *Ada-m* — falei. Fazer esse pedido o tornava realidade, epecialmente quando era dito para essa mulher.

Ela assentiu.

— Estava me perguntando quando você viria.

Ada sabia o que estava acontecendo com cada um em Jwahir. Era ela que se certificava de que as tradições fossem propriamente realizadas durante enterros, nascimentos, celebrações pela primeira menstruação, a festa realizada quando a voz de um menino engrossa, o rito dos onze anos, o rito dos treze anos, todas as etapas importantes da vida. Ela havia planejado o casamento de meus pais e eu me escondia dela sempre que aparecia. Esperava que não se lembrasse de mim.

— Colocarei o seu nome na lista. A lista será então submetida ao Osugbo — disse ela.

— Obrigada.

— Esteja aqui às duas da manhã daqui a uma semana. Use roupas velhas. Venha sozinha. — Ela me olhou dos pés à cabeça. — Seus cabelos. Solte as tranças, penteie-os e trance-os novamente, sem apertar demais.

Uma semana mais tarde, às vinte para as duas da manhã, saí de mansinho pela janela do meu quarto.

A porta da casa de Ada estava aberta quando cheguei. Entrei devagar. A sala de estar estava cheia de velas, os móveis haviam sido arrastados para o canto. O mural de Ada, quase pronto, parecia mais vivo do que nunca à luz de velas.

As outras três garotas já estavam lá. Me juntei a elas rapidamente. Me olharam com surpresa e com certo alívio. Eu era mais uma pessoa para dividir o medo com elas. Não nos falamos, nem mesmo nos saudamos, mas nos mantivemos juntas.

Além de Ada, havia outras cinco mulheres na casa. Uma delas era minha tia-avó, Abeo Ogundimu. Ela nunca gostou de mim. Se soubesse que eu estava ali sem a permissão de papai, estaria encrencada. Não conhecia as outras quatro mulheres, mas uma delas era bastante velha e sua presença exigia respeito. Tremi de culpa, de repente não tendo mais certeza se realmente deveria estar ali.

Olhei para uma pequena mesa no centro da sala. Sobre ela havia bandagens, garrafas de álcool, iodo, quatro escalpelos e outros itens que eu desconhecia. Meu estômago se remexia, nauseado. Um minuto mais tarde, Ada iniciou o rito. Elas deveriam estar esperando a minha chegada.

— Somos as mulheres do rito dos onze anos — disse Ada. — Nós seis guardamos o cruzamento entre menina e mulher. Apenas por nosso intermédio vocês poderão cruzar livremente entre os dois papéis. Eu sou Ada.

— Eu sou a senhora Abadie, a curandeira da cidade — disse a pequena mulher perto dela. Suas mãos seguravam com firmeza seu vestido amarelo esvoaçante.

— Sou Ochi Naka — disse a outra. Ela tinha a pele bastante escura e o corpo voluptuoso que se fazia ver através de seu belo vestido roxo. — Costureira.

— Sou Zuni Whan — falou a outra. Sob seu vestido azul medieval ela usava calças, algo que as mulheres raramente faziam em Jwahir. — Arquiteta.

— Sou Abeo Ogundimu — disse minha tia-avó com um sorriso malicioso. — Mãe de quinze filhos.

As mulheres riram. Todas rimos. Ser mãe de quinze filhos era certamente uma carreira bastante atribulada.

— E eu sou Nana, a Sábia — disse a imponente anciã, olhando para cada uma de nós com seu único olho bom, sua corcunda a impelindo continuamente para frente. Minha tia-avó era velha, mas comparada a esta mulher ela era jovem. A voz de Nana, a Sábia, era clara e seca. Ela segurou meu olhar por mais tempo do que fez com as outras garotas. — Agora quais os *seus nomes*, para que todas nós possamos nos conhecer bem? — disse ela.

— Luyu Chiki — disse a garota ao meu lado.

— Diti Goitsemedime.

— Binta Keita.

— Onyesonwu Ubaid-Ogundimu.

— Esta — disse Nana, a Sábia, apontando para mim. Prendi a respiração.

— Dê um passo à frente — disse Ada.

Eu havia perdido bastante tempo me preparando psicologicamente para este dia. Durante toda a semana eu tivera dificuldade para comer e dormir, temendo a dor e o sangue. A essa altura eu finalmente havia relaxado quanto ao que estava por vir. Agora a velha iria barrar minha entrada.

Nana, a Sábia, olhou para mim de cima a baixo. Caminhou ao meu redor vagarosamente, me olhando com seu único olho que enxergava, como uma tartaruga espiando de dentro do casco. Ela resmungou.

— Desfaça essas tranças — disse ela. Eu era a única com os cabelos longos o suficiente para serem trançados. Todas ali usavam cabelos curtos, outra diferença entre as mulheres de Jwahir e da aldeia de minha mãe. — Este é o dia dela. Deve estar completamente desobstruída.

Corei de alívio. Enquanto soltava as tranças dos meus cabelos, Ada perguntou:

— Quem chegou até aqui intocada?

Apenas eu levantei a mão. Ouvi a menina chamada Luyu rir. Ela rapidamente se calou quando Ada falou novamente:

— Quem, Diti?

Diti deu uma risada sem graça. — Um... colega da escola — disse ela, baixinho.

— O nome dele?

— Fanasi.

— Vocês fizeram sexo?

Engasguei. Não conseguia imaginar. Éramos tão jovens.

Diti balançou a cabeça e respondeu:

— Não.

Ada então prosseguiu.

— Quem, Luyu? — perguntou.

Quando Luyu se limitou a encará-la, desafiante, Ada caminhou em direção a ela tão rapidamente, que achei que iria dar uma bofetada em Luyu. A garota nem se moveu. Ergueu o queixo ainda mais alto, desafiando Ada. Eu estava impressionada. Percebi as roupas de Luyu. Eram feitas dos tecidos mais nobres. Eram coloridas; nunca haviam sido lavadas. Luyu vinha de uma família rica e obviamente achava que não deveria responder a ninguém, nem mesmo a Ada.

— Não sei o nome dele — respondeu ela, finalmente.

— Nada deixará esta sala — disse Ada. Mas pressenti uma ameaça em sua voz. Luyu deve ter pressentido também.

— Wokike.

— Vocês fizeram sexo?

Luyu não disse nada. Então olhou para o pescador na parede e disse:

— Sim.

Eu estava boquiaberta.

— Quantas vezes?

— Muitas.

— Por quê?

Luyu corou.

— Não sei.

Ada olhou para ela com dureza.

— Após esta noite, você irá se guardar até se casar. Após esta noite, você deve pensar melhor no que faz. Ela continuou a perguntar, agora para Binta, que estivera chorando o tempo todo.

— Quem?

Os ombros de Binta se curvaram mais. Ela chorou mais forte.

— Binta, quem? — perguntou Ada mais uma vez. Então ela olhou em direção às cinco mulheres e elas se aproximaram de Binta, tão perto, que Luyu, Diti e eu tivemos que nos virar para podermos vê-la. Ela era a menor entre nós quatro.

— Você está segura aqui — disse Ada.

As outras mulheres tocaram nos ombros, nas bochechas e no pescoço de Binta, repetindo calmamente:

— Você está a salvo, a salvo, você está a salvo aqui.

Nana, a Sábia, colocou as mãos no rosto de Binta.

— Após esta noite, tudo o que está nesta sala estará amarrado — disse ela com sua voz seca. — Você, Diti, Onyesonwu e Luyu protegerão umas às outras, mesmo depois de terem se casado. E nós, as Anciãs, iremos proteger todas vocês. Mas a verdade é a única coisa que manterá firme esse laço entre nós.

— Quem? — perguntou Ada pela terceira vez.

Binta caiu de joelhos e encostou o rosto na coxa de uma das mulheres.

— Meu pai.

Luyu, Diti e eu ficamos impressionadas. As outras mulheres não pareceram nem um pouco surpresas.

— Houve sexo? — perguntou Nana, a Sábia, o rosto endurecido.

— Sim — sussurrou Binta.

Várias das mulheres xingaram, chuparam os dentes e resmungaram, irritadas. Fechei meus olhos e cocei as têmporas. A dor de Binta era como a de minha mãe.

— Quantas vezes? — perguntou Nana, a Sábia.

— Muitas vezes — respondeu Binta, sua voz agora tomava força. Então ela deixou escapar:

— E-eu quero matá-lo. — Então colocou as mãos sobre os lábios. — Me desculpem! — disse ela, a voz abafada sob as mãos.

Nana, a Sábia, retirou as mãos de Binta de sua boca.

— Você está a salvo aqui — falou. Ela parecia enojada e balançou a cabeça. — Agora finalmente poderemos fazer algo a respeito.

Na verdade, esse grupo de mulheres já sabia sobre o comportamento do pai de Binta havia algum tempo. Elas eram incapazes de intervir até que Binta passasse pelo rito dos onze anos.

Binta balançou a cabeça vigorosamente.

— Não. Eles o levarão embora e...

As mulheres sussurravam e chupavam os dentes.

— Não se preocupe — disse Nana, a Sábia. — Protegeremos você e sua felicidade.

— Minha mãe não irá...

— Shhh — disse Nana, a Sábia. — Você pode ser uma menina ainda, mas depois dessa noite será também uma mulher. Suas palavras finalmente irão valer alguma coisa.

Nana e Ada mal olharam para mim. Não havia perguntas a serem feitas.

— Hoje — disse Ada para todas nós — vocês se tornarão meninas e mulheres. Serão impotentes e poderosas. Serão ignoradas e ouvidas. Vocês aceitam?

— Sim — dissemos todas.

— Vocês não devem gritar — disse a curandeira.

— Não devem chutar — disse a costureira.

— Devem sangrar — disse a arquiteta.

— Ani é grande — disse minha tia-avó.

— Vocês já deram o primeiro passo em direção à vida adulta ao deixarem suas casas e saírem sozinhas na noite perigosa — disse Ada. — Cada uma de vocês receberá um pequeno saco com ervas, gaze, iodo e sais. Voltarão para casa sozinhas. Em três noites, deverão tomar um longo banho.

Disseram para tirarmos nossas roupas e nos deram pedaços de pano vermelho para nos enrolarmos. Nossas camisetas seriam levadas para os fundos da casa e queimadas. Cada uma de nós recebeu uma blusa branca nova e um véu, símbolos de nossa maioridade. Em casa, deveríamos usar nossas *rapas*; eram os símbolos de nossa infância.

Binta foi a primeira, seu rito era o mais urgente. Então Luyu, Diti e depois eu. Um pedaço de pano vermelho foi estendido no chão. Binta recomeçou a chorar enquanto se deitava nele, sua cabeça no travesseiro vermelho. As luzes foram acesas, tornando ainda mais assustador o que estava para acontecer. "O que estou fazendo?", pensei, observando Binta. "Isso é loucura! Não preciso fazer isso! Deveria simplesmente sair correndo, correr para casa, voltar para a minha cama e fingir que nada disso aconteceu." Dei um passo em direção à porta. Sabia que não estaria trancada. O rito era uma escolha da menina. Apenas no passado as meninas eram obrigadas a passar por ele. Dei outro passo. Ninguém estava olhando para mim. Todos os olhos estavam em Binta.

A sala estava quente e lá fora a noite era como qualquer outra. Meus pais estavam dormindo, como se essa fosse apenas uma noite comum. Mas Binta estava deitada sobre um pano vermelho, as pernas abertas e seguras pela curandeira e pela arquiteta. Ada desinfetou o escalpelo e então o aqueceu sobre uma chama. Deixou que esfriasse um pouco. Os curandeiros normalmente usam facas com corte a *laser* durante as cirurgias. Elas possuem o corte mais limpo e podem cauterizar o ferimento imediatamente, se necessário. Me perguntei por que Ada estava usando um escalpelo primitivo.

— Prenda a respiração — disse Ada. — Não grite.

Antes que Binta pudesse terminar de prender a respiração, Ada usou o escalpelo nela. Pegou um pequeno pedaço de carne rosa escuro que ficava na *yeye* de Binta. Quando o escalpelo o cortou, jorrou sangue. Meu estômago se revirou. Binta não gritou, mas mordeu os lábios com tanta força, que um fio de sangue escorreu pelo canto de sua boca. Seu corpo estremeceu, mas as mulheres a seguraram.

A curandeira estancou o sangue do ferimento com gelo envolto em gaze. Por alguns momentos todas congelaram, exceto Binta, que respirava rapidamente. Então uma das outras mulheres a ajudou a se levantar e a caminhar até o outro canto da sala. Binta se sentou, as pernas abertas, segurando a gaze sobre o ferimento e com um olhar assustado. Era a vez de Luyu.

— Não posso fazer isso! — disse Luyu. — Não posso fazer isso! — ainda assim ela se permitiu ser deitada e segura pela curandeira e pela arquiteta. A costureira e minha tia-avó seguraram os braços dela por segurança enquanto Ada pegava outro escalpelo e o desinfetava. Luyu não gritou, mas soltou um guincho agudo. Lágrimas rolaram de seus olhos enquanto lutava contra a dor. Era a vez de Diti.

Diti se deitou devagar e respirou fundo. Então disse alguma coisa, mas foi baixinho demais para que eu conseguisse escutar. Assim que Ada começou a cortar sua carne com o escalpelo, Diti pulou, sangue escorrendo pelas suas pernas. Seu rosto era uma máscara de terror enquanto tentava se recompor calada. As mulheres devem testemunhar esse tipo de reação com frequência, pois, sem dizer palavra, pegaram-na e rapidamente a seguraram, mantendo-a quieta. Ada terminou o corte, rápido e limpo.

Era a minha vez. Eu mal conseguia manter meus olhos abertos. A dor das outras meninas fervilhava ao meu redor, como vespas e moscas. Me cortavam como espinhos de cacto.

— Vamos, Onyesonwu! — disse Ada.

Eu era um animal encurralado. Não pelas mulheres, pela casa ou pela tradição. Encurralado pela vida. Como seu eu tivesse sido um espírito livre durante milênios e então um dia algo me agarrasse, algo violento, bravo e vingativo, e eu tivesse sido presa no corpo que hoje ocupo. Presa à mercê dele, conforme suas regras. Então pensei em minha mãe. Ela havia se mantido sã por causa de mim. Havia sobrevivido por minha causa. Eu poderia fazer isso por ela.

Me deitei no pano, tentando ignorar os olhares das outras três garotas enquanto olhavam meu corpo *Ewu*. Eu poderia ter estapeado as três. Não merecia olhares de escrutínio durante um momento tão aterrorizante. A curandeira e a arquiteta seguraram minhas pernas. A costureira e minha tia-avó seguraram meus braços. Ada pegou o escalpelo.

— Fique calma — disse Nana, a Sábia, em meu ouvido.

Senti Ada abrindo os lábios de minha *yeye*.

— Respire fundo — disse ela. — Não grite.

Quando eu estava na metade da respiração, ela me cortou. A dor explodiu. Pude senti-la em cada parte do meu corpo e quase desmaiei. Então comecei a gritar. Não sabia que era capaz de tal barulho. Quase desmaiando, senti as outras mulheres me segurando. Fiquei surpresa ao ver que elas não haviam me soltado e saído correndo. Ainda estava gritando quando percebi que tudo havia caído. Que eu estava num lugar roxo, amarelo e verde em sua maioria.

Teria ofegado se tivesse uma boca com a qual ofegar. Teria gritado mais, batido, arranhado, cuspido. Tudo o que pude pensar foi que havia morrido... novamente. Quando permaneci como estava, me acalmei. Olhei para mim mesma. Eu era apenas uma mancha azul, como a névoa que paira após uma tempestade forte e rápida. Podia ver as outras ao meu redor agora. Algumas eram vermelhas, outras verdes, outras douradas. As coisas voltaram ao foco e pude ver a sala também. As meninas e as mulheres. Cada uma delas tinha sua própria cor. Não queria ver meu corpo deitado ali.

Então percebi. Vermelho, oval e com uma mancha oval branca no centro, como o olho gigante de um *jinni*.[3] Ele chiava e sibilava, a parte branca se expandindo, se aproximando. Me deixou completamente horrorizada. "Tenho que sair daqui!", pensei. "Agora! Ele me vê!" Mas eu não sabia como me mover. Me mover com o quê? Eu não tinha corpo. O vermelho era um veneno. O branco era como o calor do sol mais quente. Comecei a gritar e chorar novamente. Então abri os olhos e vi um copo d'água. Todas sorriram.

— Oh, Ani seja louvada! — disse Ada.

Senti a dor e pulei, prestes a me levantar e sair correndo. Eu tinha que correr. Daquele olho. Por um momento fiquei tão confusa, que tive certeza de que aquela visão estava causando a dor.

— Não se mexa! — disse a curandeira. Ela estava pressionando um pedaço de gaze envolto em gelo entre as minhas pernas e não tive certeza do que doía mais, a dor do corte ou o frio do gelo. Meus olhos percorreram a sala. Quando meu olhar caía sobre algo vermelho ou branco, meu coração parava de bater e minhas mãos tremiam.

Após alguns minutos, comecei a relaxar. Disse a mim mesma que tudo não passava de um pesadelo provocado pela dor. Deixei minha boca aberta. O ar fez meu lábio inferior ficar seco. Agora eu era *ana m-bobi*. Não haveria mais vergonha pairando sobre meus pais. Pelo menos não porque

---

3   Na mitologia árabe, o *jinni* é um espírito sobrenatural abaixo do nível dos anjos e dos demônios. Está também presente no folclore africano, turco, sírio, persa e egípcio. (N.T.)

eu já tinha onze anos e não era circuncidada. Meu alívio durou cerca de um minuto. Não foi apenas um pesadelo. Eu sabia disso. E embora não soubesse exatamente o que era, sabia que algo extremamente ruim acabara de acontecer.

— Quando ela te cortou, você simplesmente começou a dormir — disse Luyu, deitada de costas. Ela me olhava com respeito. Franzi a testa.

— Foi mesmo, e você ficou transparente! — Diti completou rapidamente. Ela parecia ter se recuperado do próprio susto.

— O quê?

— Shhh! — disse Luyu para Diti, irritada.

— Mas ela ficou! — sussurrou Diti.

Eu queria arranhar minhas unhas no chão. "O que foi isso?", me perguntei. Podia sentir o cheiro de estresse na minha pele. E percebi que podia sentir aquele outro cheiro também. Aquele que senti pela primeira vez durante o incidente na árvore.

— Ela deveria conversar com Aro — disse Ada para Nana, a Sábia.

Nana, a Sábia, apenas resmungou, fazendo uma careta para ela. Ada desviou os olhos, com medo.

— Quem é esse? — perguntei.

Ninguém respondeu. Nenhuma das outras mulheres olhava para mim.

— Quem é Aro? — perguntei, me virando para Diti, Luyu e Binta.

As três deram de ombros.

— Não sei — disse Luyu.

Como nenhuma das mulheres falou mais nada sobre esse Aro, deixei suas palavras para lá. Tinha outras coisas com as quais me preocupar. Como aquele lugar de luzes e cores. Como o olho oval. Como o sangramento e a dor entre minhas pernas. Como dizer aos meus pais o que eu havia feito.

Nós quatro permanecemos ali deitadas, lado a lado, por meia hora. Cada uma de nós recebeu um cinto delicado feito de ouro que deveríamos usar para sempre. As mulheres levantaram as blusas mostrando os delas.

— Foram abençoados no sétimo dos Sete Rios — disse Ada. — Viverão ainda por muito tempo depois que tivermos morrido.

Cada uma de nós também recebeu uma pedra que deveria ser mantida sob a língua. Eram chamadas *talembe etanou*. Minha mãe aprovava essa tradição, embora seus propósitos tenham sido esquecidos havia muito tempo. A pedra de minha mãe era bem pequena e feita de uma pedra lisa e laranja. As pedras variam entre cada grupo de Okeke. As nossas eram diamantes, uma pedra sobre a qual eu jamais ouvira falar anteriormente. Pareciam com pedras de gelo ovais. Mantive a minha sob a língua com facilidade. Só deveríamos tirá-la para comer ou dormir. E deveríamos ter cuidado para não engoli-la. Engolir a pedra era má-sorte na certa. Pensei como minha mãe não havia engolido a pedra dela quando fui concebida.

— Em algum tempo sua boca se acostumará com ela — disse Nana, a Sábia.

Nós quatro nos vestimos, colocando calcinhas com gaze pressionada contra nossa pele e vestindo os véus brancos sobre nossas cabeças. Saímos juntas.

— Nos saímos bem — disse Binta, enquanto caminhávamos. Ela falava meio enrolado porque seu lábio estava um pouco inchado pela mordida. Caminhávamos lentamente, cada passo sendo recebido com uma pontada de dor.

— Sim. Nenhuma de nós gritou — disse Luyu. Fiz uma careta. Eu certamente havia gritado. — Minha mãe disse que, no grupo dela, cinco das oito garotas gritaram.

— Onyesonwu achou tão gostoso, que dormiu — disse Diti, sorrindo.

— Eu... eu pensei que tivesse gritado — falei, coçando minha testa.

— Não, você desmaiou imediatamente — disse Diti. — Então você...

— Diti, cale a boca. Não devemos falar sobre esse tipo de coisa! — ralhou Luyu.

Ficamos em silêncio por um momento, nossa caminhada pela estrada ainda mais lenta. Uma coruja piou em algum lugar e um homem montado num camelo passou por nós.

— Nunca vamos contar, certo? — disse Luyu, olhando para Binta e Diti. Ambas assentiram. Então se virou para mim com olhos curiosos. — Então... o que aconteceu?

Eu não as conhecia muito bem. Mas podia perceber que Diti gostava de fofocar. Luyu também, embora tentasse agir como se não gostasse. Binta estava calada, fiquei pensando sobre ela. Eu não confiava nelas.

— Foi como se eu tivesse dormido — menti. — O que... o que vocês viram?

— Você realmente dormiu — disse Luyu.

— Você parecia feita de vidro — disse Diti, arregalando os olhos. — Era possível ver através de você.

— Tudo durou apenas alguns segundos. Todas ficaram em choque, mas não desistiram de você — disse Binta. Ela tocou o lábio e estremeceu.

Puxei meu véu mais para perto do meu rosto.

— Alguém a amaldiçoou? — perguntou Luyu. — Talvez por você ser...

— Não sei — disse rapidamente.

Seguimos caminhos diferentes quando chegamos à estrada. Entrar de volta no meu quarto sem fazer barulho foi fácil. Enquanto me arrumava para dormir, não conseguia afastar a sensação de que algo ainda me observava.

Na manhã seguinte, afastei as cobertas de cima das minhas pernas e percebi que o sangue havia vazado através do curativo de gaze e manchado a cama. Minha menstruação havia começado fazia um ano, por isso a visão do sangue não me incomodou muito. Mas a perda de sangue me deixara um pouco tonta. Me enrolei em minha *rapa* e caminhei devagar até a cozinha. Meus pais estavam rindo de alguma coisa que papai dissera.

— Bom-dia, Onyesonwu — disse papai, ainda rindo.

O sorriso de minha mãe morreu quando viu meu rosto.

— O que aconteceu? — perguntou ela em sua voz fraca.

— Eu... eu estou bem — respondi, querendo sair de onde estava. — Apenas...

Pude sentir o sangue escorrer pelas minhas pernas. Precisava de mais gaze. E um pouco de chá de folha de salgueiro para a dor. "E alguma coisa para a náusea", pensei, pensei, momentos antes de vomitar no chão. Meus pais me ajudaram a sentar numa cadeira. Viram o sangue quando me sentei. Minha mãe deixou a cozinha em silêncio. Papai limpou com as mãos o vômito nos meus lábios. Ela voltou com uma toalha.

— Onyesonwu, você está menstruada? — perguntou, limpando o sangue em minhas pernas. Detive suas mãos quando ela alcançou minha coxa.

— Não, mamãe — respondi, olhando em seus olhos. — Não é isso.

Papai franziu o cenho. Minha mãe me olhava, séria. Fiquei estática. Ela levantou devagar. Não ousei me mexer quando ela me deu um tapa no rosto, meu diamante quase pulando para fora da boca.

— Mulher! — exclamou papai, agarrando as mãos dela. — Pare com isso! A criança está machucada.

— Por quê? — me perguntou. Então olhou para papai, que ainda segurava suas mãos, impedindo que ela me batesse novamente. — Ela o fez na noite passada. Ela foi circuncidada.

Papai me olhou chocado, mas também percebi respeito em seu olhar. O mesmo olhar de quando me viu em cima daquela árvore.

— Eu o fiz por você, mamãe! — gritei.

Ela tentou puxar as mãos, que papai ainda mantinha presas, para me bater mais uma vez.

— Não me culpe! Menina burra, idiota! — disse ela quando percebeu que não iria conseguir libertar as mãos.

— Não a estou culpando... — pude sentir o sangue escorrendo, agora mais rapidamente. — Mamãe, papai, eu trago vergonha para vocês — falei, começando a chorar. — Minha própria existência é uma vergonha! Mamãe, eu sou dor para você... desde o dia em que fui concebida.

— Não, não — disse minha mãe, balançando a cabeça vigorosamente. – Não foi *por isso* que eu contei a história a você. — Ela olhou para papai. — Viu só, Fadil! Viu por que eu não havia contado a ela?

Papai ainda segurava as mãos dela, mas agora parecia que o fazia para se manter de pé.

— Todas as meninas da cidade o fazem — falei. — Papai, você é um ferreiro bem respeitado. Mamãe, você é a esposa dele. Ambos possuem respeito. Eu sou *Ewu*. Não fazer a circuncisão traria *ainda mais* vergonha.

— Onyesonwu! — disse papai. — *Não me importo* com o que as pessoas pensam! Você ainda não entendeu isso? Hein? Você deveria ter vindo conversar conosco. Insegurança *não* é motivo para participar desse rito!

Meu coração doía, mas eu ainda acreditava ter feito a escolha certa. Ele pode ter aceitado minha mãe e eu como somos, mas não vivíamos numa bolha.

— Em minha aldeia, não se esperava que *nenhuma* mulher fosse cortada desse jeito — resmungou minha mãe. — Que tipo de bárbaros... — ela se virou, evitando me olhar. Já estava feito. Ela bateu uma mão na outra e disse:

— Minha própria filha! — coçou a testa, como se ao fazer isso pudesse desfazer as rugas de irritação. Me pegou pelo braço. — Levante-se.

Não fui à escola naquele dia. Em vez disso, minha mãe ajudou a me limpar e a fazer um curativo novo. Fez um chá de folha de salgueiro e polpa de figo-da-índia para aliviar a dor. Passei o dia inteiro na cama, lendo. Minha mãe tirou o dia de folga para se sentar ao meu lado, o que me deixou pouco à vontade. Não queria que ela visse o que eu estava lendo. Depois que soube da história da minha concepção, fui à biblioteca. Fiquei surpresa ao encontrar o que estava procurando, um livro sobre a língua Nuru, a língua de meu pai biológico. Estava aprendendo o básico. Isso a teria enfurecido. Portanto, enquanto ela permancia sentada ao lado da minha cama, escondi o livro que estava lendo dentro de outro.

Durante todo o dia mamãe permaneceu na cadeira, sem se mover, levantando-se apenas para fazer uma refeição leve ou para ir ao banheiro. Uma vez ela foi ao jardim para ter uma conversa com Ani. Me perguntei o que disse à deusa que tudo sabe e tudo pode. Depois de tudo o que havia acontecido com ela, me perguntava que tipo de relacionamento minha mãe poderia ter com Ani.

Quando mamãe retornou, enquanto lia meu livro sobre a língua Nuru e rolava o diamante em minha boca, me perguntei em que ela estava pensando enquanto fitava a parede.

CAPÍTULO 5

AQUELE QUE ESTÁ CHAMANDO

Nenhuma delas disse coisa alguma a ninguém. Foi o primeiro sinal de que o laço atado pelo rito dos onze anos era verdadeiro. Assim, quando retornei à escola uma semana mais tarde, ninguém fez piadas a meu respeito. Tudo o que as pessoas sabiam era que agora eu era ao mesmo tempo menina e mulher. Eu era *ana m-bobi*. Tinham que me respeitar ao menos por isso. Obviamente, também não falamos nada a respeito do abuso sexual sofrido por Binta. Mais tarde ela disse que, no dia seguinte ao rito, seu pai foi se encontrar com os anciãos de Osugbo.

— Quando chegou em casa ele parecia... humilhado — disse Binta. — Acho que eles o açoitaram. — Deveriam ter feito mais do que isso. Pensei assim desde o momento em que soube da história. A mãe de Binta também teve que se apresentar diante dos anciãos. Tanto o pai quanto a mãe foram obrigados a fazer aconselhamento com Ada durante três anos, assim como Binta e seus irmãos.

Enquanto minha amizade com Binta, Luyu e Diti florescia, começou algo mais. Começou indiretamente no segundo dia após minha volta à escola. Estava encostada contra o prédio da escola enquanto os alunos ao meu redor jogavam futebol e socializavam. Ainda sentia dor, mas estava melhorando rapidamente.

— Onyesonwu! — gritou alguém. Dei um pulo e me virei, nervosa. Imagens daquele olho vermelho me vieram à mente. Luyu riu enquanto ela e Binta caminhavam em minha direção. Por um instante ficamos nos encarando. Havia tantas coisas comprimidas naquele momento: julgamento, medo, incerteza.

— Bom-dia! — falei finalmente.

— Bom-dia — disse Binta, dando um passo à frente para apertar minha mão e depois estalar os dedos, me cumprimentando. — Você voltou à escola hoje? Nós sim.

— Não — respondi. — Voltei ontem.

— Você parece estar bem — disse Luyu, também me cumprimentando.

— Vocês também.

Houve um momento de silêncio constrangedor. Então Binta disse:

— Todos sabem.

— Hã? — falei, um pouco alto demais. — Sabem? Sabem o quê?

— Que somos *ana m-bobi* — disse Luyu, orgulhosa. — *E também* que nenhuma de nós gritou.

— Ah! — exclamei, aliviada. — Onde está Diti?

— Não saiu da cama desde aquela noite — disse Luyu, rindo. — Ela é tão fraca!

— Não, ela está apenas tirando vantagem de poder faltar às aulas — disse Binta. — Diti sabe que é bonita demais para precisar da escola.

— Deve ser bom — resmunguei, embora não gostasse de faltar às aulas.

— Oh! — disse Luyu, arregalando os olhos. — Você ouviu falar sobre o aluno novo?

Balancei a cabeça. Luyu e Binta se entreolharam e riram.

— Que foi? — perguntei. — Mas vocês não acabaram de voltar à escola hoje?

— As notícias correm depressa — disse Binta.

— Pelo menos para algumas de nós — falou Luyu, presunçosa.

— Se vocês têm algo para me dizer, digam logo — falei, irritada.

— O nome dele é Mwita — disse Luyu, excitada. — Ele chegou quando estávamos de repouso. Ninguém sabe onde ele mora ou mesmo se *possui* pais. Aparentemente ele é bastante inteligente, mas se recusa a frequentar a escola. Há quatro dias, ele veio à escola e desdenhou dos professores, dizendo que *ele* é que devia dar aulas para *eles*! Não é a melhor maneira de causar uma boa impressão.

Dei de ombros.

— E por que isso deveria me interessar?

Luyu riu, inclinou a cabeça e disse:

— Porque pelo que ouvi falar, ele é *Ewu*!

O resto do dia foi um borrão. Na sala de aula, eu procurava por um rosto que tivesse a cor do couro do camelo com sardas como pimenta-do-reino e olhos que não fossem como os de um *Noah*. Durante o intervalo, procurei por ele no pátio da escola. Após as aulas, enquanto caminhava para casa juntamente com Binta e Luyu, ainda procurava por ele. Queria contar sobre ele para minha mãe, mas quando cheguei em casa decidi não fazê-lo. Será que ela realmente iria se interessar em saber a respeito de outra criança fruto da violência?

No dia seguinte foi a mesma coisa. Não conseguia parar de procurar por ele. Dois dias mais tarde, Diti retornou à escola.

— Minha mãe finalmente me obrigou a sair da cama — admitiu ela. Endureceu a voz. "Você não é a primeira a passar por isso!" Além disso, ela sabia que todas vocês já estavam de volta à escola. Ela olhou para mim, vacilante, depois desviou o olhar e percebi imediatamente que seus pais não gostaram do fato de eu estar no grupo do rito de sua filha. Como se eu me importasse com que os pais dela pensavam.

Independentemente disso, agora éramos só nós quatro. Quaisquer outros amigos que Luyu, Diti e Binta tivessem antes não eram mais importantes. Eu não tinha nenhum amigo para abandonar. A maioria das garotas que passavam juntas pelo rito dos onze anos, embora "atadas" umas às outras, não permaneciam assim algum tempo depois. Mas a mudança foi natural para nós. Já tínhamos nossos segredos. E era só o começo.

Nenhuma de nós era a "líder", mas Luyu era a que mais gostava de liderar. Ela era rápida e atrevida. Mais tarde soubemos que havia tido relações sexuais com outros dois meninos.

— Quem é Ada? — cuspiu Luyu. — Eu não tinha que contar *tudo* para ela.

Binta sempre tinha os olhos baixos e falava baixinho quando havia outras pessoas ao redor. O abuso sofrido por ela havia deixado cicatrizes profundas. Mas quando estava apenas conosco ela falava e sorria bastante. Se Binta não tivesse nascido tão cheia de vida, duvido que tivesse sobrevivido aos abusos do pai.

Diti era a princesa, a que gostava de ficar deitada o dia inteiro enquanto os empregados lhe traziam comida. Ela era rechonchuda e bonita e as coisas normalmente caíam no seu colo. Quando estava por perto, coisas boas aconteciam. Um comerciante que estava vendendo pão para a gente vendia pela metade do preço porque estava com pressa de chegar em casa. Ou enquanto caminhávamos um coqueiro deixava cair um coco aos pés dela. A deusa Ani amava Diti. Como será ser amada por Ani? Ainda estava por descobrir.

Depois da escola, estudávamos debaixo da iroco. No começo isso me deixava um pouco nervosa. Temia que a criatura vermelha que eu vira estivesse atada ao incidente na iroco. Sentar sob a árvore parecia ser a mesma coisa que estar convidando o olho vermelho a aparecer novamente. Com o passar do tempo, como não aconteceu nada, relaxei um pouco. Às vezes eu ia até lá sozinha, para pensar.

Estou me apressando um pouco. Deixe-me voltar.

Era o décimo primeiro dia após o rito dos onze anos, quatro dias depois de eu ter retornado à escola, três dias depois de eu ter percebido que estava atada a três outras meninas da minha idade e um dia após Diti ter retornado à escola, que a outra coisa aconteceu. Eu caminhava para casa. Minha ferida latejava. Aquela dor parecia acontecer duas vezes por dia.

— Eles ainda vão achar que você é má — disse alguém atrás de mim.

— Hã? O quê? — disse, me virando devagar. Congelei.

Era como olhar para um espelho quando você nunca viu seu reflexo. Pela primeira vez, entendi por que as pessoas paravam, derrubavam coisas e me encaravam quando me viam. Ele tinha a pele da mesma cor que a minha, as mesmas sardas, e seus cabelos dourados eram cortados tão rentes, que pareciam uma camada de areia. Ele devia ser um pouco mais alto, talvez alguns anos mais velho que eu. Enquanto meus olhos eram castanho dourados, como os de um gato do deserto, os dele eram cinza como os de um coiote.

Imediatamente soube quem ele era, embora só o tenha visto por um breve momento enquanto estava num estado de pânico. Ao contrário do que Luyu me contou, ele estava em Jwahir havia mais do que apenas alguns dias. Ele é o garoto que me viu nua na árvore. Ele havia me dito para pular. Estava chovendo forte e ele tinha um cesto na cabeça, mas eu sabia que era ele.

— Você é...

— Você também — disse ele.

— Sim. Eu jamais... quer dizer, já havia ouvido falar sobre outros...

— Eu já vi outros — disse, bruscamente.

— De onde você é? — perguntamos ao mesmo tempo.

— Do oeste — dissemos. Então assentimos com a cabeça. Todos os *Ewu* eram do oeste.

— Você está bem? — perguntou ele.

— Como?

— Você está andando estranho — disse ele. Senti meu rosto enrubescer. Ele sorriu novamente e balançou a cabeça. — Eu não deveria ser tão impertinente. Mas confie em mim, eles *sempre* a verão como algo malévolo. Mesmo se você se... cortar.

Fiz uma careta.

— Por que você fez isso? — perguntou. — Você nem é daqui.

— Mas eu *moro* aqui — respondi, defensivamente.

— E daí?

— Quem é você? — falei, irritada.

— Seu nome é Onyesonwu Ubaid-Ogundimu. Você é a filha do ferreiro. Mordi meu lábio, tentando permanecer irritada. Mas ele havia se referido a mim como a filha do ferreiro, não a filha adotiva, e eu queria sorrir diante do comentário. Ele sorriu maliciosamente.

— E você é a garota que acaba aparecendo nua em cima de árvores.

— Quem é você? — perguntei novamente. Como deveríamos parecer estranhos de pé, ali, conversando na beira da estrada.

— Mwita — respondeu ele.

— Qual o seu sobrenome?

— Não tenho sobrenome — disse ele, friamente.

— Oh... tudo bem. — Reparei em suas roupas. Ele vestia um traje tipicamente masculino, calças azul-claro e camiseta verde. Suas sandálias estavam gastas, mas eram de couro. Ele carregava uma mochila cheia de livros escolares velhos. — Bem... onde você mora?

A frieza era perceptível em sua voz.

— Não se preocupe com isso.

— Por que você não frequenta a escola?

— Eu estou na escola — disse ele. — Uma escola melhor do que aquela onde você estuda. — Ele enfiou a mão no bolso e puxou um envelope. — Isso é para o seu pai. Eu estava indo até a sua casa, mas você mesma pode entregar a ele. — Era um envelope de fibra de folha de coqueiro com o selo da insígnia de Osugbo, um lagarto caminhando. Cada uma de suas pernas representava um dos anciãos.

— Você mora seguindo essa rua, após a árvore de ébano, certo? — perguntou ele olhando para além de mim.

Assenti, completamente absorta pelo envelope.

— Muito bem — disse ele. Então foi embora. Fiquei ali observando enquanto ele caminhava, mal percebendo que o latejar entre as minhas pernas havia piorado.

Capítulo 6

ESHU

Após aquele dia, eu parecia ver Mwita por todos os cantos. Ele frequentemente vinha até a nossa casa trazendo mensagens. E algumas vezes eu o via indo para a oficina de papai.

— Por que vocês não me falaram sobre ele antes? — perguntei para os meus pais uma noite, durante o jantar. Papai estava colocando arroz apimentado na boca com a mão direita. Ele se recostou na cadeira, mastigando, a mão direita pousada sobre a comida. Minha mãe o serviu de outro pedaço de carne de bode.

— Achei que você sabia — respondeu ele, ao mesmo tempo em que minha mãe disse "não queria aborrecê-la". Meus pais sabiam de muitas coisas. Deveriam ter sabido também que não poderiam me proteger para sempre. O que estava em meu caminho iria chegar.

Mwita e eu conversávamos sempre que nos víamos. Brevemente. Ele estava sempre apressado.

— Para onde você está indo? — perguntei após ele ter entregado outro envelope dos anciãos destinado a papai. Meu pai estava fazendo uma grande mesa para a Casa de Osugbo e os símbolos talhados nela deveriam ser perfeitos. O envelope que Mwita trouxe continha mais desenhos dos símbolos.

— Para outro lugar — respondeu Mwita, sorrindo.

— Por que você está sempre com pressa? — falei. — Ora, vamos, me diga ao menos uma coisa.

Ele se virou para ir embora e então se virou novamente.

— Tudo bem — disse.

Sentamo-nos sobre os degraus de casa. Após um minuto, ele disse:

— Se você passar tempo o suficiente no deserto, irá ouvi-lo falar.

— É claro — falei. — Ele fala mais alto no vento.

— Isso — disse Mwita. — As borboletas entendem bem o deserto. É por isso que voam de um lado para o outro. Elas estão sempre conversando com a terra. Falam tanto quanto escutam. É na linguagem do deserto que você deve chamar as borboletas.

Ele levantou o queixo, respirou fundo, depois deixou o ar sair. Eu conhecia aquela música. O deserto a cantava quando estava tudo bem. Em nossos anos como nômades, minha mãe e eu pegávamos escaravelhos que passavam voando nos dias em que o deserto cantava aquela música. Removíamos a casca e as asas, deixávamos a carne secar ao sol, adicionávamos especiarias... delicioso. A música que Mwita cantou atraiu três borboletas, uma branca pequena e duas amarelo e preta grandes.

— Deixe-me tentar — falei, excitada. Pensei em minha primeira casa. Então abri a boca e cantei a música de paz do deserto. Atraí dois beija-flores, que voaram ao redor de nossas cabeças antes de irem embora. Mwita se esquivou, chocado.

— Você canta como... sua voz é linda — disse.

Desviei o olhar, pressionando meus lábios. Minha voz era um presente que me foi dado por um homem mal.

— Mais — disse ele. — Cante mais um pouco.

Cantei uma música que havia feito quando era livre, feliz e tinha apenas cinco anos de idade. Minhas memórias daquela época eram um pouco embaralhadas, mas me lembrava claramente das músicas que eu cantava.

Era assim cada vez que eu estava com Mwita. Ele me ensinava um pouco de magia simples e então ficava impressionado com a facilidade com que eu aprendia. Ele era a terceira pessoa a enxergar aquilo em mim (minha mãe e meu pai eram a primeira e a segunda), provavelmente porque tinha aquilo dentro dele também. Imaginava onde ele teria aprendido tudo o que sabia. Quem eram seus pais? Onde moravam? Mwita era tão misterioso... e muito bonito.

Binta, Diti e Luyu o viram pela primeira vez na escola. Ele me esperava no pátio, algo que jamais havia feito anteriormente. Não ficou surpreso de me ver saindo da escola acompanhada de Binta, Diti e Luyu. Eu havia contado a ele sobre elas. Todos estavam olhando. Tenho certeza de que naquele dia muitas histórias foram contadas a respeito de Mwita e eu.

— Boa-tarde — disse ele, assentindo educadamente.

Luyu estava rindo.

— Mwita — falei rapidamente. — Essas são Luyu, Diti e Binta, minhas amigas. Luyu, Diti, Binta, este é Mwita, meu amigo.

Diti riu quando falei isso.

— Então, Onyesonwu é um motivo bom o suficiente para trazê-lo aqui? — perguntou Luyu.

— Ela é o único motivo — respondeu ele.

Meu rosto ficou quente, enquanto os olhares de todos recaíram sobre mim.

— Aqui — disse Mwita, entregando-me um livro. — Pensei que o havia perdido, mas não.

Era um livro sobre a anatomia humana. Quando nos falamos da última vez, ele havia ficado incomodado sobre o pouco que eu sabia a respeito dos muitos músculos do corpo humano.

— Obrigada — falei, me sentindo incomodada pela presença das minhas amigas. Queria dizer a elas novamente que Mwita e eu éramos *apenas* amigos. O único tipo de interação que Luyu e Diti tinham com meninos era sexual.

Mwita me olhou e eu retornei o olhar, assentindo. Após esse dia, ele apenas se aproximava de mim quando achava que eu estaria sozinha. Na maioria das vezes ele conseguia, mas às vezes era forçado a lidar com minhas amigas. Ele se saía bem.

Eu sempre ficava feliz em ver Mwita. Mas um dia, meses mais tarde, eu fiquei extática ao vê-lo. *Aliviada*. Quando o vi subindo a rua, trazendo um envelope nas mãos, pulei. Estava sentada nos degraus de casa olhando o vazio, confusa e irritada, esperando por ele. Algo havia acontecido.

— Mwita! — gritei, começando a correr. Mas quando o alcancei, as palavras me fugiram e fiquei ali, de pé, calada.

Ele pegou minha mão. Nos sentamos nos degraus.

— Eu... eu... não sei — gaguejei. Parei, sentindo um soluço subir pelo meu peito. — Não pode ter acontecido, Mwita. Então perguntei se foi isso que aconteceu antes. Algo estava acontecendo comigo. Alguma coisa estava atrás de mim! Preciso ir até um curandeiro. Eu...

— Apenas me diga o que aconteceu, Onyesonwu. — disse ele, impaciente.

— Estou *tentando*!

— Bom, então tente com mais vontade.

Olhei para ele e ele me devolveu o olhar, fazendo um gesto com a mão, indicando para que eu continuasse a falar.

— Eu estava nos fundos da casa, olhando para o jardim de minha mãe — falei. — Tudo estava normal e... então ficou tudo vermelho. Milhares de tons de vermelho...

Parei. Não podia contar a ele sobre como uma naja marrom gigante de olhos vermelhos serpenteou até mim e se ergueu da altura do meu rosto. E então como eu de repente fui atingida por um nojo tão grande de mim mesma que ergui minhas mãos para arrancar meus próprios olhos! Que eu tive vontade de rasgar minha garganta com minhas próprias unhas. "Eu sou terrível. Sou malévola. Suja. Eu nem deveria existir!" O mantra em minha mente era vermelho e branco enquanto fitava o olho oval, horrorizada. Não contei a ele sobre como um momento mais tarde um abutre de penas pretas brilhantes apareceu voando, gritou e começou a bicar a cobra até ela ir embora. Como me esquivei bem a tempo. Não contei nada disso.

— Apareceu um abutre — falei. — Ele ficou olhando para mim. Próximo o suficiente para que eu visse seus olhos. Joguei uma pedra nele e ele se foi, uma de suas penas caiu no jardim. Uma grande pena preta... fui até lá e peguei-a. Estava ali de pé, desejando poder voar como aquele abutre. Então... não sei...

— Você se transformou — disse Mwita. Ele estava me olhando de perto.

— Sim! *Eu me tornei* o abutre. Juro! Não estou inventando isso...

— Eu acredito em você — disse Mwita. — Termine a história.

— Eu... eu tive que sair de baixo das minhas roupas — falei, estendendo os braços. — Podia ouvir *tudo*. Podia *ver*... era como se o mundo se abrisse para mim. Fiquei com medo. Então lá estava eu, deitada, eu mesma novamente, nua, minhas roupas ao meu lado. Meu diamante não estava na minha boca. Encontrei-o a alguns metros de distância e... — suspirei.

— Você é um *Eshu* — disse ele.

— Um o quê? — a palavra soava como um espirro.

— Um *Eshu*. Você é capaz de mudar de forma, entre outras coisas. Eu soube disso no dia em que se transformou em um pardal e voou para cima da árvore.

— O quê? — gritei, me afastando dele.

— Você sabe o que sabe, Onyesonwu — disse ele.

— Por que *não me disse*? — cerrei os punhos.

— Os *Eshus* nunca acreditam no que são até que percebam por conta própria.

— Então o que devo fazer? O que... como você sabe de tudo isso?

— Da mesma maneira que sei sobre todas as outras coisas — respondeu.

— Como?

— É uma longa história — disse ele. — Escute, não conte nada disso para as suas amigas.

— Eu não estava planejando contar nada.

— Vamos ao que é importante. Pardais são sobreviventes. Abutres são pássaros nobres.

— O que há de nobre em comer coisas mortas e roubar carne?

— Tudo o que é vivo precisa comer.

— Mwita — falei. — Você precisa me ensinar mais. Preciso aprender a me proteger.

— Do quê?

Lágrimas rolaram pelo meu rosto.

— Acho que alguma coisa quer me matar.

Ele parou, me olhou nos olhos e disse:

— Jamais deixarei que isso aconteça.

De acordo com minha mãe, todas as coisas estão determinadas. Para ela, tudo tinha um motivo, desde os massacres no oeste até o amor que ela encontrou no leste. Mas a mente por trás de todas as coisas, ao que eu chamo de destino, é dura e cruel. É óbvio que ninguém pode se considerar uma pessoa melhor se simplesmente se curvar diante do destino. O destino é imóvel, como um cristal, opaco na escuridão. Ainda assim, quando o assunto era Mwita, eu fazia reverência ao destino e dizia obrigada.

Nos encontrávamos duas vezes por semana, após a escola. Os ensinamentos de Mwita eram exatamente o que eu precisava para afastar meu medo do olho vermelho. Sou uma lutadora por natureza, e o simples fato de ter as ferramentas para lutar, não importando o quão inadequadas fossem, era o suficiente para afastar a ansiedade. Pelo menos durante aqueles dias.

O próprio Mwita era uma boa distração. Ele falava bem, se vestia bem e se comportava de forma respeitosa. E não tinha a mesma reputação de pária que eu. Luyu e Diti invejavam o tempo que eu passava com ele. Sentiam prazer em me contar que ele gostava de garotas mais velhas e casadas, no final da adolescência. Garotas que já haviam terminado a escola e tinham mais a oferecer intelectualmente.

Ninguém conseguia decifrar Mwita. Algumas pessoas diziam que ele era autodidata e que vivia com uma velha para quem ele lia livros em troca de um quarto e pagamento em dinheiro. Outros diziam que ele tinha sua própria casa. Eu não perguntava. Sabia que ele não me diria. Ainda assim, ele era *Ewu* e eu sempre ouvia as pessoas falando sobre sua pele "estranha" e seu "fedor" e sobre como não importava quantos livros ele lesse, ainda assim terminaria mal.

CAPÍTULO 7

LIÇÕES APRENDIDAS

Tirei o diamante de minha boca e o entreguei a Mwita, meu coração batendo acelerado. Se um homem tocasse em minha pedra, teria a habilidade de me fazer muito bem ou muito mal. Embora Mwita não respeitasse as tradições de Jwahir, sabia que eu o fazia. Por isso ele a pegou com muito cuidado.

Era manhã do final de semana. O sol acabara de nascer. Meus pais dormiam. Estávamos no jardim. Eu estava exatamente onde queria estar.

— De acordo com o que sei, você guarda para sempre o conhecimento daquilo em que se transformou — disse ele. — Isso parece certo para você?

Assenti. Quando me concentrei naquela ideia, pude sentir o abutre e o pardal, bem ali debaixo da minha pele.

— Está logo aí, sob a superfície — disse Mwita, calmamente. — Sinta a pena entre seus dedos. Toque-a, acaricie-a. Feche os olhos. Se lembre. Extraia dessa experiência. Então *transforme-se*.

A pena em minha mão era macia, delicada. Eu sabia exatamente onde ela iria se encaixar. No cálamo vazio da minha asa. Dessa vez eu estava ciente e no controle. Não foi como derreter me transformando numa piscina de algo sem forma e então adquirindo outra forma. Eu sempre era alguma coisa. Meus ossos vagarosamente se curvaram, estalaram e diminuíram de tamanho. Não doeu. Os tecidos do meu corpo estavam ondulando e se moldando. Minha mente se concentrou. Ainda era eu mesma, mas de uma perspectiva diferente. Ouvi um estalar suave, sons de sucção e senti o cheiro que só notava nos momentos em que aconteciam coisas estranhas.

Voei para o alto. Meu tato era menor, pois minha pele estava protegida por penas. Mas eu via tudo. Minha audição estava tão aguçada, que pude ouvir a terra respirando. Quando retornei, estava exausta e comecei a chorar. Todos os meus sentidos estavam aguçados, mesmo depois de me transformar. Não me importei de estar nua. Mwita teve que me cobrir com minha *rapa* enquanto eu chorava apoiada em seu ombro. Pela primeira vez na minha vida, eu poderia escapar. Quando as coisas parecessem muito difíceis, muito duras, eu poderia procurar abrigo no céu. De lá de cima, podia facilmente ver o deserto se estendendo para além de Jwahir. Podia voar tão alto, que nem mesmo o olho oval poderia me ver.

Naquela tarde, sentados no jardim de minha mãe, contei a Mwita tudo a meu respeito. Contei a história de minha mãe. Sobre o deserto. Contei sobre como eu havia ido para outro lugar quando fui circucindada. E finalmente contei detalhes a respeito do olho vermelho. Mwita não ficou chocado nem mesmo com isso. Esse fato deveria ter me feito parar, mas eu estava muito encantada por ele para me importar.

Foi minha a ideia de ir para o deserto. E foi dele a ideia de irmos naquela mesma noite. Foi a segunda vez que me esgueirei para fora de casa. Caminhamos vários quilômetros através das dunas. Quando paramos, fizemos uma fogueira. Estava tudo escuro ao nosso redor. O deserto não havia mudado desde que eu o deixara, havia seis anos. Estávamos tão em paz naquela quietude fresca que nos cercava, que ficamos calados durante os dez minutos seguintes. Então Mwita mexeu no fogo com um graveto e disse:

— Não sou como você. Não completamente.

— O quê? O que você quer dizer?

— Normalmente eu apenas deixo as pessoas pensarem o que quiserem pensar. Você foi assim comigo. Mesmo depois que a conheci melhor. Já faz mais de um ano desde que a vi naquela árvore.

— Diga logo onde quer chegar — falei, impaciente.

— Não — ralhou ele. — Vou falar sobre isso da maneira como eu quero, Onyesonwu. — Ele desviou os olhos, irritado. — Você precisa aprender a ficar quieta, às vezes.

— Não preciso.

— Sim, precisa.

Mordi meu lábio, tentando me manter calada.

— Não sou completamente como você — disse ele finalmente. — Apenas escute, está bem?

— Certo.

— Sua mãe... ela foi atacada. Minha mãe não. Todos acreditam que uma criança *Ewu* é como você, que a mãe dele ou dela foi atacada por um Nuru e que ele conseguiu engravidá-la. Bem, minha mãe *se apaixonou* por um Nuru. Tossi.

— Isso não é um assunto para brincadeiras.

— Acontece — insistiu ele. — E sim, nós nascemos com a mesma aparência das crianças geradas a partir de um... estupro. Você não deveria acreditar em tudo o que ouve ou lê.

— Muito bem — falei suavemente. — Continue.

— Minha tia disse que minha mãe trabalhava para uma família Nuru e que o filho deles costumava conversar com ela em segredo. Eles se apaixonaram e um ano mais tarde minha mãe engravidou. Quando nasci, a notícia de que eu era um *Ewu* se espalhou. Não havia acontecido nenhum ataque naquela área, por isso as pessoas ficaram perplexas, sem entender como eu aconteci. Logo, o amor entre meus pais foi descoberto. Minha tia disse que alguém os viu juntos logo após meu nascimento, que meu pai havia ido escondido até a tenda de minha mãe. Jamais saberei se quem nos traiu foi um Okeke ou um Nuru.

"Uma multidão foi até lá, e novamente não sei se foram Okeke ou Nuru. Atacaram minha mãe com pedras. Atacaram meu pai com os punhos. Esqueceram-se de mim. Minha tia, irmã de meu pai, me levou para um lugar seguro. Ela e o marido me criaram. A morte de meu pai parecia ter absolvido minha existência.

"Se o pai de uma criança é Nuru, então ela o é. Assim, fui criado como Nuru na casa de meus tios. Quando tinha seis anos, meu tio conseguiu que eu me tornasse aprendiz de um feiticeiro chamado Daib. Acho que deveria ser grato. Daib era conhecido por fazer frequentes exibições de sua magia. Meu tio disse que ele havia sido um homem do exército. Ele também conhecia literatura. Tinha muitos livros... todos eles acabariam sendo destruídos."

Mwita parou, fazendo uma careta. Esperei que ele continuasse.

— Meu tio teve que implorar para que Daib me aceitasse como aprendiz... porque eu era *Ewu*. Eu estava lá quando meu tio implorou. — Mwita parecia enojado. — Ele ficou de quatro no chão. Daib cuspiu nele, dizendo que faria o favor apenas porque conhecia minha avó. Meu ódio contra Daib virou o combustível da minha vontade de aprender. Eu era jovem, mas odiava com a mesma força de um homem de meia-idade no final da vida.

"Meu tio havia implorado, se humilhado daquela maneira, por um motivo. Ele queria que eu soubesse me proteger. Sabia que minha vida seria difícil. A vida seguiu em frente, os anos se passaram de certa forma agradáveis. Até eu ter onze anos. Há quatro anos. Os massacres começaram novamente nas cidades e rapidamente chegaram até nossa aldeia.

"Os Okeke revidaram. E, novamente, como já havia acontecido antes, eles eram em menor número e estavam desarmados. Mas o povo Okeke incendiou minha aldeia. Entraram na nossa casa e mataram meus tios. Mais tarde descobri que eles estavam atrás de Daib e de qualquer um ligado a ele. Eu lhe disse que Daib havia sido do exército... bem, é mais do que isso. Aparentemente, ele era conhecido por sua crueldade. Meus tios foram mortos por causa dele, porque eu estava sendo ensinado por ele.

"Daib havia me ensinado como me tornar 'ignorável'. Foi assim que escapei. Corri para o deserto, onde me escondi por um dia. Com o tempo a revolta foi debelada, todos os Okeke na aldeia foram mortos. Quando fui até a casa de Daib, esperando encontrá-lo morto, encontrei outra coisa. No meio de sua casa parcialmente incendiada estavam as roupas que ele usara na última vez em que o vi, espalhadas no chão como se ele tivesse sumido no ar. E a janela estava aberta.

"Juntei tudo o que pude e segui para o leste. Sabia como seria tratado. Esperava encontrar o Povo Vermelho, a tribo de pessoas que não eram Okeke nem Nuru e que viviam em algum lugar no deserto no meio de uma grande tempestade de areia. Dizem que o Povo Vermelho sabe bastante sobre *juju*.[4] Eu era jovem e estava desesperado. O Povo Vermelho é apenas um mito.

"Ganhei dinheiro pelo caminho realizando truques idiotas, como fazer bonecos dançarem ou levitar crianças. As pessoas, Nuru ou Okeke, se sentem mais à vontade diante de *Ewus* que se fazem de bobos, dançam ou

---

4 Religião cultuada por tribos no oeste da África, que venera supersticiosamente objetos variados e os usa como talismãs, amuletos. Diz-se também dos poderes atribuídos a tais objetos.

fazem truques, contanto que você evite olhá-los nos olhos e vá embora assim que terminar de entretê-los. Acabei aqui apenas por acaso."

Quando Mwita terminou de falar, apenas fiquei ali, sentada. Perguntei-me quão distante do que sobrou da aldeia de minha mãe era a aldeia de Mwita.

— Sinto muito — falei. — Sinto muito por todos nós.

Ele balançou a cabeça.

— Não sinta. É como se você dissesse que sente muito por existir.

— Eu sinto.

— *Não* diminua a importância das tentativas e acertos de sua mãe — disse Mwita, sombrio.

Chupei meus dentes e desviei o olhar, meus braços cruzados sobre o peito.

— Então você gostaria de não estar aqui neste momento? — perguntou.

Não respondi nada. "Pelo menos o pai dele não era um monstro", pensei.

— A vida não é simples — disse ele e sorriu. — Especialmente para os Eshus.

— Você não é Eshu.

— Tudo bem, então a vida não é fácil para nenhum de nós.

Capítulo 8

MENTIRAS

Um ano e meio mais tarde, escutei por acaso dois rapazes falando enquanto caminhavam. Eles tinham cerca de dezessete anos. Um deles tinha um hematoma no rosto e um braço enfaixado. Eu lia um livro sob a iroco.

— Parece que alguém pisou na sua cabeça — disse o rapaz que não estava machucado.

— Eu sei. Mal consigo caminhar.

— Acredite no que digo, o homem é mal, não um feiticeiro *de verdade*.

— Oh, Aro é um feiticeiro de verdade — disse o machucado. — Mal, mas de verdade.

Meus ouvidos registraram o nome mencionado brevemente durante a noite do meu rito dos onze anos.

— Aparentemente aquele *Ewu* é o único bom o bastante para aprender os Grandes Pontos Místicos — disse o rapaz machucado, seus olhos arregalados e com lágrimas. — Não faz sentido. A pessoa deve ter o sangue puro para...

Me levantei e saí caminhando, meus pensamentos ofuscados pela raiva. Procurei pelo mercado, pela biblioteca, até mesmo na minha casa. Nenhum sinal de Mwita. Eu não sabia onde ele morava. Isso me deixou ainda mais irritada. Enquanto saía de minha casa, o avistei subindo a rua. Corri até ele e tive que me segurar para não esmurrá-lo.

— Por que você não me contou? — gritei.

— Não fale comigo dessa maneira — rosnou ele quando o alcancei. — Você já deveria saber disso.

Sorri amargamente.

— Não sei nada a seu respeito.

— Estou falando sério, Onyesonwu — advertiu.

— Não me interessa o que você diz — gritei.

— O que há com você, mulher?

— O que você sabe sobre os Grandes Pontos Místicos? Hein? — Eu não fazia a menor ideia do que eram esses pontos místicos, mas estavam sendo escondidos de mim e eu queria saber sobre eles imediatamente. — E... e quanto a Aro? Por que você... — Eu estava tão brava, que comecei a me sentir sufocada. Permaneci ali, resfolegando. — Você... você é um mentiroso! Como posso ter acreditado em você?

Mwita deu um passo para trás quando falei isso. Eu havia passado dos limites. Continuei gritando.

— Tive que ficar sabendo ao ouvir a conversa entre dois rapazes! Dois rapazes idiotas e comuns! Jamais acreditarei em você novamente!

— Ele não quer ensiná-la — disse Mwita amargamente, estendendo os braços.

— O quê? — falei, minha voz fraquejando. — Por quê?

— Você quer saber? Tudo bem, vou lhe contar. Espero que fique feliz. Ele não quer ensiná-la porque você é uma menina, *uma mulher*! — gritou. Havia lágrimas de raiva em seus olhos. Ele bateu com a mão em minha barriga. — Por causa do que você carrega aqui! Você pode criar a vida, e quando ficar velha, essa habilidade se transforma em algo ainda maior, mais perigoso e instável!

— O quê? — perguntei novamente.

Ele riu com raiva e começou a ir embora.

— Você força demais as coisas. Ah, ficar com você não é saudável para mim.

— Não vire as costas para mim — falei.

Ele parou.

— Ou o quê? — virou-se para me encarar. — Você está me ameaçando?

— Talvez. — Ficamos nisso. Não me lembro se havia pessoas olhando. Deveria haver. As pessoas adoram uma discussão. E uma discussão entre dois adolescentes *Ewu*, um menino e uma menina, era inestimável.

— Onyesonwu. Ele não quer ensinar a você. Você nasceu no corpo errado.

— Bem, eu posso mudar isso.

— Não, *jamais* poderá mudar isso.

Não importava em que eu me transformasse, era sempre a versão feminina. Essa era uma regra da minha habilidade que sempre me pareceu trivial.

— Ele ensina a você.

Mwita assentiu.

— E tenho ensinado a você tudo o que sei.

Inclinei a cabeça.

— Mas... ele não lhe ensinou esses... esses pontos, ensinou?

Mwita não respondeu.

— Porque você é *Ewu*, não é? — perguntei.

Ele permaneceu calado.

— Mwita...

— O que tenho lhe ensinado terá que ser o suficiente — respondeu.

— E se não for?

Mwita desviou o olhar.

Balencei a cabeça.

— Omitir informação é mentir.

— Se minto, é apenas para protegê-la. Você é minha... você é especial para mim, Onyesonwu — disse ele, enxugando do rosto algumas das lágrimas de raiva. — Ninguém, *ninguém* deveria poder machucá-la.

— Alguma coisa tem tentado fazer *exatamente isso*! Aquele... aquele olho vermelho e branco horroroso! É maligno!... acho que ele me observa enquanto durmo, às vezes...

— Eu já pedi a ele — disse Mwita. — Certo? Pedi a ele. Olho para você e sei... *eu sei*. Falei a ele sobre você. Falei a ele depois que você acabou em cima daquela árvore. Pedi novamente depois que você descobriu que é Eshu. Ele não quer ensiná-la.

— Você contou a ele sobre o olho vermelho?

— Sim.

Silêncio.

— Então pedirei a ele eu mesma — disse sem rodeios.

— Não faça isso.

— Deixe que ele mesmo me rejeite, na minha cara.

Os olhos de Mwita brilharam de raiva e ele se afastou de mim.

— Eu não deveria amar uma garota como você — disse ele entredentes. Então se virou e começou a ir embora.

Esperei até que ele estivesse longe o suficiente. Então caminhei para o canto da estrada e me concentrei. Não estava com a pena em mãos, por isso tive que me acalmar primeiro. A discussão com Mwita havia me deixado tremendo de raiva, então levei vários minutos até me acalmar. A essa altura Mwita já havia ido embora. Mas como já falei, quando me transformo num abutre, o mundo se abre para mim. Não tive dificuldades para encontrá-lo. Segui Mwita em direção ao sul, através das palmeiras na fronteira de Jwahir. A cabana onde ele entrou era sólida, mas simples. Quatro bodes pastavam ao redor dela. Ele entrou numa cabana menor, que ficava ao lado da principal. Atrás de ambas as construções se abria o deserto.

No dia seguinte, fiz o mesmo caminho a pé, deixando a janela do quarto aberta para o caso de retornar como abutre. Uma cerca de cacto crescia em frente à cabana de Aro. Caminhei decidida através da abertura que era ladeada por dois enormes cactos. Tentei desviar dos espinhos, mas um deles pinicou meu braço quando passei. "Não importa", pensei.

A cabana principal era grande, feita de tijolos de areia e adobe e telhado de sapê. Eu podia ver Mwita ali por perto, sentado de costas para a única árvore forte o suficiente para crescer próxima à cabana. Sorri. Se esta era a cabana de Aro, eu poderia entrar furtivamente antes que Mwita pudesse me ver.

Um homem apareceu antes que eu pudesse chegar à metade da entrada da cabana. A primeira coisa que notei foi a névoa azul que o cercava. Ela desaparecia à medida que ele se aproximava. Devia ser uns vinte anos mais velho que meu pai. Seus cabelos eram cortados bem rentes à cabeça. Sua pele escura brilhava no calor seco. Vários amuletos de vidro e quartzo pendiam de seu pescoço, pousados em seu traje branco. Ele caminhou lentamente, me observando. Não gostei nada dele.

— O que... — disse ele.

— Oh, hum... — gaguejei. — Você é Aro, o feiticeiro?

Ele me fitou. Continuei.

— Meu nome é Onyesonwu Ubaid-Ogundimu, filha... filha adotiva de Fadil Ogundimu e filha de Najeeba Ubaid-Ogundimu...

— Eu sei quem você é — disse o homem, friamente. Ele tirou uma goma de mascar do bolso e a levou à boca. — Você é a garota que Ada disse poder ficar transparente e Mwita diz que pode se transformar num pardal.

Percebi que Mwita não havia mencionado que eu também podia me transformar num abutre.

— Sim, algumas coisas têm acontecido comigo. E acredito que estou em perigo. Alguma coisa tentou me matar, há cerca de um ano mais ou menos. Um olho vermelho enorme. Acho que ele continua me observando. Preciso me proteger. *Oga* Aro, vou me tornar a melhor e mais dedicada aprendiz que você já teve! Eu sei que sim. Posso sentir isso. Posso... quase tocar.

Me calei, lágrimas em meus olhos. Não havia percebido o quão determinada estava até então. Ele me observava com tal surpresa, que me perguntei se havia dito algo errado. Ele não me parecia ser do tipo que se impressiona facilmente. Seu rosto adquiriu novamente o que pensei ser sua expressão de sempre. Atrás dele pude ver Mwita se aproximando rapidamente.

— Você tem muito fogo — disse ele. — Mas não vou ensiná-la. — Ele moveu as mãos para cima e para baixo, referindo-se ao meu corpo. — Seu pai era um Nuru, um povo sujo e fedorento. Os Grandes Pontos Místicos são uma arte Okeke, destinados apenas aos espíritos puros.

— Mas... você tem ensinado Mwita — falei, fazendo força para controlar meu desespero.

— Não os Pontos Místicos. O que ensino a ele é limitado. Ele é homem. Você é mulher. Não está à altura. Mesmo das... habilidades mais simples.

— Como pode dizer isso? — gritei, meu diamante quase voando para fora da minha boca.

— E, além disso, você está imunda, suja de sangue de mulher enquanto falamos. Como ousa vir até aqui neste estado?

Pisquei, sem saber sobre o que ele estava falando. Mais tarde percebi que ele estava se referindo ao fato de que eu estava menstruada. Já estava no final do ciclo, o fluxo de sangue era quase nada. Ele havia falado como se eu estivesse jorrando sangue.

Apontou para a minha cintura, enojado.

— E *isso* é para ser visto apenas pelo seu marido.

Fiquei confusa mais uma vez. Então olhei para baixo e vi o brilho do meu cinto, que estava sobre minha *rapa*. Escondi-o rapidamente.

— Deixe aquilo que a assombra levar você. É melhor assim — disse ele.

— Por favor — disse Mwita, se aproximando. — Não a insulte, *Oga*. Ela é querida para mim.

— Sim, vocês estão mancomunados, eu sei.

— Eu não disse a ela para vir até aqui! — disse Mwita, sério. — Ela não escuta ninguém.

Encarei Mwita, surpresa e insultada.

— Não me interessa quem a mandou até aqui — disse Aro acenando. Mwita baixou os olhos e eu poderia ter gritado. "Ele é o escravo de Aro", pensei. "Como um Okeke para um Nuru. Mas ele foi criado como um Nuru. Que controvérsia!"

Aro deu as costas e foi embora. Me virei e andei rapidamente de volta pela cerca de cacto.

— Você procurou isso — disse Mwita irritado, me seguindo. — Eu disse para você não...

— Você não me disse *nada* — falei, andando mais rápido. — Você *mora* com ele! Ele pensa dessa maneira sobre pessoas como nós e ainda assim você MORA NA CASA DELE! Aposto que você cozinha e limpa para ele! Fico surpresa de ele se dignar a comer o que você prepara!

— Não é nada disso.

— É sim! — gritei. Estávamos passando pela cerca. — Não é o suficiente que eu seja *Ewu* e que aquela coisa queira me matar! Tinha que ser mulher também. Esse homem maluco com quem você mora o ama e o odeia, mas ele apenas me odeia! Todos me odeiam!

— Seus pais e eu não lhe odiamos. Suas amigas não a odeiam.

Eu não estava ouvindo nada do que Mwita dizia. Estava correndo. Corri até ter certeza de que ele não estava me seguindo. Procurei em minha mente a lembrança de penas negras cobrindo asas imponentes, um bico poderoso, uma cabeça carregando um cérebro que era inteligente de uma maneira que apenas eu e provavelmente aquele Aro pênis de bode entendíamos. Voei alto e para longe, pensando. E quando finalmente cheguei em casa, entrei pela janela do meu quarto e me transformei na menina de treze, quase quatorze anos que eu era. Deitei na cama nua, menstruada e tudo, e me cobri.

CAPÍTULO 9

PESADELO

Deixei de falar com Mwita e ele deixou de vir me ver. Passaram-se três semanas. Sentia falta dele, mas minha raiva era mais forte. Binta, Luyu e Diti preenchiam meu tempo livre. Certa manhã, enquanto esperava por elas no pátio da escola, Luyu passou direto por mim. Primeiro pensei que ela simplesmente não havia me visto. Então percebi que ela parecia perturbada. Seus olhos estavam vermelhos e inchados, como se tivesse estado chorando ou sem dormir. Corri atrás dela.

— Luyu? Tudo bem com você?

Ela se virou para me olhar, seu rosto estava sem expressão. Então ela sorriu, parecendo mais com a Luyu que eu conhecia.

— Você parece... cansada.

Ela riu.

— Você está certa. Dormi muito mal. — Luyu e suas observações sarcásticas. Essa era certamente uma delas. Mas eu a conhecia. Quando queria dizer alguma coisa, o fazia em seu próprio tempo. Binta e Diti chegaram e Luyu se afastou de mim enquanto nós quatro nos sentamos.

— Está um dia lindo — falou Diti.

— Se você está dizendo... — rosnou Luyu.

— Gostaria de estar sempre feliz como você, Diti — falei.

— Você está apenas irritada porque brigou com Mwita — respondeu Diti.

— O quê? C-como você sabe? — me empertiguei, frenética. Se elas sabiam sobre a briga, então devem ter ouvido falar sobre os motivos dela.

— Conhecemos você — falou Diti. Luyu e Binta resmungaram, concordando. — Nas duas últimas semanas temos visto você muito mais do que o normal.

— Não somos idiotas — disse Binta, comendo um sanduíche de ovo que tirou da sacola. O sanduíche havia sido esmagado pelos livros e estava bastante fino.

— Então, o que aconteceu? — disse Luyu, coçando a cabeça.

Dei de ombros.

— Seus pais reprovam o relacionamento de vocês? — perguntou Binta. Todas se aproximaram, interessadas.

— Deixem esse assunto quieto — ralhei.

— Você entregou sua virgindade para ele? — perguntou Luyu.

— Luyu! — exclamei.

— Só estou perguntando.

— Seu cinto ficou verde? — perguntou Binta. Ela parecia quase desesperada. — Ouvi dizer que é isso que acontece se você faz sexo depois do rito dos onze anos.

— Duvido que ela tenha feito sexo com ele — disse Diti, seca.

Antes de me deitar, me sentei no chão do quarto para meditar. Tive que me esforçar bastante para me acalmar. Quando terminei, meu rosto estava molhado de suor e lágrimas. Sempre que eu meditava, não apenas suava profusamente (o que era estranho, pois normalmente eu suava muito pouco), mas também chorava. Mwita disse que era porque eu estava tão acostumada a estar sob estresse constante que quando relaxava, literalmente chorava aliviada. Tomei um banho e desejei boa-noite para meus pais.

Na cama, adormeci e sonhei com areia calma. Seca, macia, imaculada e morna. Eu era o vento acariciando suas dunas. Então segui por terras rachadas. As folhas de árvores teimosas e arbustos secos cantavam enquanto eu passava. E então vi uma estrada de terra, depois mais estradas, pavimentadas e cheias de areia, lotadas de pessoas que viajavam com cargas pesadas, motocicletas, camelos, cavalos. As estradas eram pretas, lisas e brilhavam como se estivessem suando. As pessoas que caminhavam traziam poucos embrulhos. Não eram viajantes. Estavam perto de casa. Ao longo da estrada havia lojas e grandes prédios.

Em Jwahir, as pessoas não mantinham conversas nas estradas ou em mercados. E havia apenas algumas poucas pessoas de pele clara... e nenhuma delas era Nuru. O vento havia me levado para longe.

A maioria das pessoas aqui era Nuru. Tentei olhar mais de perto. Quanto mais eu tentava, mais as pessoas ficavam fora de foco. Com exceção de um homem. Ele estava de costas. Podia ouvi-lo rindo a quilômetros de distância. Era muito alto, estava de pé no meio de um grupo de homens Nuru. Ele falava apaixonadamente palavras que eu não conseguia ouvir direito. Sua risada reverberava em minha cabeça. Ele usava uma bata azul. Estava se virando... tudo o que pude ver foram seus olhos. Eram vermelhos com pupilas brancas. Se juntaram, transformando-se num único e gigante olho. O terror explodiu em minha mente. Entendi perfeitamente as palavras que ouvi a seguir.

Pare de respirar, rosnou ele. PARE DE RESPIRAR!

Acordei com um pulo, incapaz de respirar. Afastei as cobertas, ofegando, em busca de ar. Toquei meu pescoço dolorido enquanto me sentava. Cada vez que eu piscava, podia ver aqueles olhos vermelhos atrás dos meus. Ofeguei mais forte e me inclinei sobre minha barriga. Minha visão estava ficando turva. Admito que uma parte de mim estava aliviada. Morrer era melhor que viver com medo daquela coisa. Enquanto os segundos se passavam, o nó no meu peito foi aliviando. Um pouco de ar começou a entrar pela minha garganta. Era de manhã. Alguém fazia o café da manhã na cozinha.

Então o sonho voltou, pude lembrar de cada detalhe. Pulei da cama, as pernas tremendo. Já estava na metade do corredor quando parei. Voltei para o meu quarto e fiquei de frente para o espelho, olhando para os hematomas no meu pescoço. Me sentei no chão e coloquei a cabeça entre as mãos. O olho oval vermelho pertencia a um estuprador, meu pai biológico. E ele havia acabado de tentar me sufocar enquanto eu dormia.

CAPÍTULO 10

NDIICHIE

Se o fotógrafo maluco não tivesse chegado, teria ficado o dia inteiro na cama, amedrontada demais para ir lá fora. Minha mãe chegou em casa naquela tarde falando sobre ele. Ela parecia não conseguir se sentar quieta.

— Ele estava imundo — disse ela. — Foi direto do deserto para o mercado. Nem mesmo tentou se limpar antes!

Ela disse que ele poderia ter por volta de vinte e poucos anos, mas era difícil dizer devido ao emaranhado de pelos em seu rosto. A maioria de seus dentes havia caído, seus olhos estavam amarelos e sua pele queimada de sol estava opaca por causa da desnutrição e da areia. Não se sabe como ele conseguiu sobreviver viajando tamanha distância naquele estado.

Mas o que ele trouxe foi o suficiente para fazer com que todos em Jwahir entrassem em pânico. Suas fotos digitais. Ele havia perdido a máquina fotográfica fazia muito tempo, mas havia armazenado as fotos num dispositivo do tamanho da palma da mão. Fotos tiradas no oeste de Okeke mortos, queimados, mutilados. Mulheres Okeke sendo estupradas. Crianças mutiladas e com barrigas estufadas. Homens Okeke pendurados em construções ou apodrecidos no deserto. Bebês com cabeças esmagadas. Barrigas cortadas. Homens castrados. Mulheres cujos seios haviam sido mutilados.

— Ele está vindo — alertou o fotógrafo, saliva voando por seus lábios rachados enquanto deixava que as pessoas olhassem seu álbum de fotos. — Ele trará 10 mil homens. Nenhum de vocês está a salvo. Façam suas malas e vão embora, vão embora, seus tolos!

Um por um, grupo por grupo, ele permitiu que as pessoas olhassem seu álbum de fotos. Minha mãe viu o álbum duas vezes. Ela havia chorado durante todo o tempo. As pessoas vomitavam, choravam, gritavam; ninguém duvidava do que estava vendo. Finalmente ele foi preso. Pelo que ouvi dizer, após lhe servirem uma grande refeição, darem um banho, cortarem-lhe os cabelos e entregarem-lhe alguns suprimentos, pediram educadamente que ele deixasse Jwahir. De qualquer maneira, as notícias se espalharam, as pessoas estavam falando. Ele havia causado tanto rebuliço, que um Ndiichie, a reunião pública mais urgente de Jwahir, foi marcada para aquela noite.

Logo que papai chegou em casa, nós três fomos juntos.

— Você está bem? — perguntou ele, beijando minha mãe e segurando a mão dela.

— Vou sobreviver.

— Muito bem. Vamos. Rápido — disse ele, apressando o passo. — Ndiichis raramente duram mais do que cinco minutos.

A praça da cidade já estava lotada. Um palco foi montado e nele havia quatro cadeiras. Minutos mais tarde, quatro pessoas subiram as escadas. A multidão se calou. Apenas os bebês continuaram conversando. Fiquei na ponta dos pés, ansiosa por finalmente ver os Anciãos de Osugbo, dos quais tanto havia ouvido falar. Quando os vi, percebi que já conhecia dois deles. Um deles usava uma *rapa* azul com uma blusa da mesma cor.

— Aquela é Nana, a Sábia — papai sussurrou no meu ouvido. Eu apenas assenti. Não queria mencionar o rito dos onze anos.

Ela caminhou lentamente no palco e tomou seu lugar. Depois dela, veio um velho cego que usava uma bengala de madeira. Tiveram que ajudá-lo a subir as escadas. Uma vez sentado, ele olhou a multidão como se pudesse ver todos nós pelo que realmente somos. Papai me disse que ele era Dika, o Vidente. Então veio Aro, o Trabalhador. Fiz uma careta. Como eu detestava aquele homem que havia me negado tanto, que havia me recusado. Aparentemente poucas pessoas sabiam que ele era um feiticeiro, porque papai o descreveu como o homem que havia estruturado o governo.

— Aquele homem criou o sistema mais justo que Jwahir já teve — sussurrou papai.

O quarto ancião era Oyo, o Ponderador. Ele era baixo e magro com tufos de cabelos brancos nas têmporas. Seu bigode era cheio e tinha uma barba longa e grisalha. Papai disse que ele era conhecido pelo seu ceticismo. Se uma ideia passava por Oyo, então iria funcionar.

— Jwahir, Kwenu! — disseram os anciãos, empunhando as mãos acima da cabeça.

— Yah! — respondeu a multidão. Papai cutucou mamãe e eu para que fizéssemos o mesmo.

— Jwahir, Kwenu!

— Yah!

— Jwahir Kwenu!

— Yah!

— Boa-noite, Jwahir — disse Nana, a Sábia, levantando-se. — O nome do fotógrafo é Ababuo. Ele veio de Gadi, uma das cidades dos Sete Rios. Ele trabalhou e viajou para nos trazer as notícias. Nós o agradecemos e o abençoamos.

Ela se sentou. Oyo, o Ponderador, se levantou e disse:

— Eu considerei as probabilidades, margens de erros, improbabilidades. Embora a condição do nosso povo no oeste seja trágica, é improvável que esse sofrimento nos afete. Rezemos para Ani por coisas melhores. Mas não há necessidade de fazer as malas.

Ele se sentou. Olhei a multidão. As pessoas pareciam persuadidas pelas suas palavras. Eu não tinha certeza sobre como me sentia. "Será que nossa segurança é mesmo o assunto?", pensei. Aro se levantou para falar. Ele era o único ancião de Osugbo que não era velho. Ainda assim, pensei a respeito de sua idade e sua aparência. Talvez ele fosse mais velho do que aparentava ser.

— Abadou trouxe a verdade. Aceitem-na, mas não entrem em pânico. Somos todos mulheres? — perguntou. Eu tossi e virei os olhos.

"O pânico não trará nenhum benefício — prosseguiu Aro. — Se quiserem aprender como soldar uma faca, Obi irá ensiná-los — ele apontou para um homem musculoso próximo do palco. — Ele também poderá treiná-los para correr longas distâncias sem se cansar. Mas somos um povo forte. O medo é para os fracos. Resistam. Vivam suas vidas."

Ele se sentou. Dika, o Vidente, se levantou lentamente, usando sua bengala. Tive que me esforçar para ouvi-lo falar.

— O que eu vejo... sim, o jornalista mostrou a verdade, embora sua mente tenha sido perturbada por ela. Mas tenham fé! Todos nós devemos ter fé!

Ele se sentou. Por um momento todos ficaram em silêncio.

— Isso é tudo — disse Nana, a Sábia.

Assim que os anciãos deixaram o palco e a praça, todos começaram a falar ao mesmo tempo. Discussões e acordos começaram a acontecer por toda a praça sobre o fotógrafo, sua sanidade, suas fotos e sua viagem. Entretanto, o Ndiichie havia funcionado — as pessoas não estavam mais em pânico. Meu pai entrou na discussão, minha mãe ficou ouvindo calada.

— Vejo vocês em casa — disse a eles.

— Pode ir — disse minha mãe, acariciando meu rosto.

Tive dificuldade em conseguir sair da praça. Odiava lugares lotados. Havia acabado de sair da multidão quando vi Mwita. Ele havia me visto primeiro.

— Oi — falei.

— Boa-noite, Onyesonwu — respondeu ele.

E assim a conexão foi feita. Nós havíamos sido amigos, brigado, aprendido, rido um com o outro, mas, nesse momento, percebemos que estávamos apaixonados. Essa percepção foi como ligar um interruptor. Mas a raiva que eu sentia dele não havia me abandonado. Eu me apoiava num pé e noutro, me sentindo levemente incomodada por algumas pessoas estarem nos olhando. Comecei a caminhar para casa e fiquei aliviada quando ele me acompanhou.

— Como tem passado? — disse ele, puxando conversa.

— Como você pôde fazer aquilo? — perguntei.

— Eu disse a você para que não fosse até lá.

— Só porque você me diz para fazer alguma coisa, não quer dizer que eu vá escutar!

— Eu deveria ter me certificado de que você não iria conseguir atravessar os cactos — murmurou ele.

— Eu teria encontrado uma maneira de atravessar. Foi a minha escolha e você deveria ter respeitado. Em vez disso, você ficou lá dizendo para Aro que não tinha sido sua culpa eu ter ido até lá, tentando se eximir. Eu poderia tê-lo matado.

— É exatamente por isso que ele não quer ensiná-la! Você age como uma mulher. Suas emoções correm soltas. Você é perigosa.

Eu tive que me esforçar para não provar a observação de Mwita.

— Você acredita nisso?

Ele desviou o olhar.

Afastei uma lágrima dos meus olhos.

— Então não podemos...

— Não, eu não acredito nisso. Você pode ser irracional às vezes, mais irracional do que qualquer homem ou mulher. Mas não é por causa do que tem entre as pernas — ele sorriu e disse, com sarcasmo. — Além disso, você não passou pelo rito dos onze anos? Mesmo os Nuru sabem que ao passar por ele uma mulher tem sua mente alinhada com suas emoções.

— Não estou brincando — falei.

— Você é diferente. Sua paixão é mais forte do que a da maioria das pessoas — disse ele após uma breve pausa.

— Então por que...

— Aro *precisava* saber que você tinha ido até lá por vontade própria. As pessoas que são persuadidas pelos outros... acredite em mim, ele jamais as aceitaria. Venha, precisamos conversar.

Quando chegamos na minha casa, nos sentamos nos degraus dos fundos, em frente ao jardim de minha mãe.

— Papai sabe quem Aro é de verdade?

— Em parte. Muitas pessoas sabem sobre ele, aquelas que querem saber a verdade.

— Mas não a maioria.

— Isso.

— E em sua maioria, os homens, presumo.

— E alguns dos garotos mais velhos.

— Ele ensina outros garotos, não? — falei, incomodada. — Além de você.

— Ele tenta. Há um teste que você deve passar para poder aprender os Pontos Místicos. Você só pode fazer esse teste uma vez. Falhar é terrível. Quanto mais você se aproxima de passar no teste, mais doloroso. Os meninos que você escutou conversando, eles tentaram. Todos retornaram para casa machucados e cheios de hematomas. Seus pais pensam que eles passaram no teste de iniciação para serem aprendizes de Aro. Na verdade, eles falharam. Aro ensina aos meninos pequenas coisas para que eles tenham alguma habilidade.

— E o que são esses Pontos Místicos?

Mwita se aproximou de mim, perto o bastante para que eu pudesse ouvir o seu sussurro.

— Não sei — sorriu. — Mas sei que deve-se estar destinado a aprendê-los. Alguém deve pedir para que seja destinado, para que *você* seja destinado.

— Mwita, *eu preciso* aprendê-los. É meu pai! Não sei como eu...

E foi então que ele se inclinou e me beijou. Esqueci completamente sobre meu pai biológico. Sobre o deserto. Esqueci todas as perguntas que iria fazer. Não foi um beijo inocente. Foi molhado e profundo. Eu tinha quase catorze anos, ele tinha cerca de dezessete. Ambos tínhamos perdido nossa inocência havia anos. Não pensei sobre minha mãe e o homem que a estuprou como sempre achei que pensaria quando ficasse íntima de um garoto.

Suas mãos não hesitaram ao abrir caminho através da minha blusa. Não tentei impedi-lo de tocar meus seios. Ele não me impediu de beijar seu pescoço e desabotoar sua camisa. Eu sentia dor entre as pernas, uma dor aguda e desesperada. Tão forte, que meu corpo saltou. Mwita se afastou. Se levantou rapidamente.

— Tenho que ir — disse ele.

— Não! — eu falei, me levantando. A dor estava se espalhando por todo o meu corpo e eu mal podia permanecer de pé.

— Se eu não for... — ele se inclinou e tocou meu cinto, que havia ficado aparente quando ele abriu minha blusa. As palavras de Aro ficaram na minha cabeça. "Só o seu marido deve ver isso", dissera ele. Estremeci. Mwita tirou meu diamante de dentro de sua boca e me devolveu. Sorri e o coloquei novamente sob a língua.

— Eu me tornei sua noiva sem saber — falei.

— Quem acredita nesse mito? — perguntou ele. — Muito fácil. Virei vê-la em dois dias.

— Mwita — ofeguei.

— É melhor que você permaneça intocada... por enquanto.

Suspirei.

— Seus pais logo estarão em casa — falou. Ele levantou minha blusa e beijou meu mamilo com ternura. Estremeci, a dor entre as minhas pernas aumentando. Apertei uma perna contra a outra. Ele me olhou com tristeza, sua mão ainda envolvendo meu seio.

— Dói — disse ele, apologeticamente.

Assenti, meus lábios comprimidos. Doía tanto, que minha visão estava ficando turva. Lágrimas rolaram pelo meu rosto.

— Você irá melhorar em alguns minutos. Gostaria de tê-la conhecido antes de você ter passado pelo rito. O escalpelo usado é tratado por Aro. Há juju nele que faz com que uma mulher sinta dor sempre que ficar excitada... até se casar.

Capítulo 11

A DETERMINAÇÃO DE LUYU

Depois que Mwita foi embora, fui para o meu quarto e chorei. Era tudo o que eu podia fazer para acalmar a agitação. Agora eu entendia porque se usava um escalpelo em vez de uma faca com corte a *laser*. Um escalpelo, sendo mais simples, era mais fácil de enfeitiçar. Aro. Era sempre Aro. Durante a maior parte da noite, considerei as muitas maneiras que eu poderia machucar aquele homem.

Considerei arrancar a corrente de ouro ao redor da minha cintura e cuspir meu diamante no lixo, mas não consegui fazê-lo. De certa forma, esses dois itens se tornaram parte de minha identidade. Teria me sentido tão envergonhada sem eles. Não preguei os olhos aquela noite. Estava irritada demais com Aro e com muito medo de outra visita de meu pai biológico durante meu sono.

Na noite seguinte, dormi por pura exaustão. Por sorte, não teve olho vermelho algum. Quando me encontrei com Binta e Diti depois da escola, no dia seguinte, me sentia um pouco melhor.

— Sabe aquele fotógrafo? Ouvi dizer que suas unhas caíram — perguntou Diti, zombeteira, rolando seu diamante na boca enquanto falava.

— E daí? — falei, me encostando no muro da escola.

— E daí que é nojento! — ralhou Binta. Que tipo de homem é aquele?

— Onde está Luyu? — perguntei, mudando de assunto.

Diti riu.

— Ela provavelmente está com Kasie. Ou Gwan.

— Eu juro, Luyu vai ser a noiva mais cara — disse Binta.

— Algum desses meninos tentou tocar Luyu? E Calculus? — perguntei.

Calculus era o favorito de Luyu. Ele era também o menino com as maiores notas em matemática. Todas as minhas três amigas tinham diversos pretendentes, sendo que Luyu era a que tinha mais, depois Diti. Binta se recusava a falar com qualquer um dos dela. Ainda estávamos conversando quando Luyu dobrou a esquina. Ela tinha olheiras e caminhava inclinada para frente.

— Luyu! — gritou Diti. — O que aconteceu?

Binta começou a gritar, agarrando a mão de Luyu.

— Ajude-a a se sentar! — gritei. As mãos de Luyu tremiam enquanto ela abria e fechava os punhos. Então seu rosto se contorceu e ela gritou de dor.

— Vou buscar ajuda! — disse Binta, pulando.

— Não! — disse Luyu, com esforço. — Não chame ninguém!

— O que aconteceu? — perguntei.

Nós três nos agachamos ao redor dela. Luyu me encarou com grandes olhos cansados. — Você... você deve saber — disse ela. — Tem algo de errado comigo. Acho que estou amaldiçoada.

— O que você...?

— Eu estava com Calculus... — ela fez uma pausa — na árvore que tem aqueles arbustos ao redor.

Todas assentimos. Era para onde os estudantes iam para terem privacidade. Luyu sorriu, apesar da dor.

— Não sou como vocês três. Bem, talvez Diti me entenda. — Binta pegou uma garrafa d'água em sua sacola e a entregou a Luyu, que tomou um gole. Então ela começou a falar com uma raiva da qual eu não sabia que ela era capaz. — Eu tentei, mas eu gosto — disse ela. — Eu sempre gostei! Por que não deveria gostar?

— Luyu, do que você... — Diti começou a perguntar.

— De beijar, tocar, fazer sexo — disse Luyu, olhando para Diti. — Você sabe. É gostoso. Aprendemos isso desde cedo. — Ela olhou para Binta. — É gostoso quando é do jeito *certo*. Sei que nenhum homem deve nos tocar agora, e eu *tentei*! — Peguei a mão dela. Ela a puxou.

— Tentei durante três anos. Então Gwan veio um dia e eu deixei que ele me beijasse. Foi gostoso, mas então não foi mais gostoso. Começou... a doer! Quem me fez isso? Ninguém pode simplesmente... — ela estava ofegante. — Logo teremos dezoito anos, seremos completamente adultas! Por que esperar até o casamento para aproveitar o que Ani me deu! Seja qual for a maldição, eu queria quebrá-la. Tenho tentado... Hoje senti como se fosse morrer. Calculus se recusou a continuar... — ela olhou para trás de mim e gritou:

— Olhem só para ele!

Todas nos viramos e vimos Calculus de pé atrás da cerca dos fundos da escola. Ele começou a ir embora, caminhando rapidamente.

— Não serei eu que irá matá-la! — gritou ele.

— Ani vai fazer seu pênis murchar! — gritou Luyu.

— Luyu! — exclamou Diti.

— Não me importo — disse Luyu, desviando o olhar.

— Vai passar — falei. — Você vai se sentir melhor daqui a alguns minutos. — Não era a primeira vez que eu a via daquela maneira. "Naquele dia que ela passou direto por mim, parecendo doente", pensei.

— Jamais me sentirei melhor — disse ela.

— É uma maldição? — me perguntou Binta.

— Acho que não — respondi, incomodada por elas pensarem que eu sabia tudo sobre maldições.

— É sim! — falou Diti. — Há dois anos, deixei Fanasi... me tocar. Estávamos nos beijando e... doeu tanto, que comecei a chorar. Ele ficou ofendido e *até hoje* não fala comigo.

— Não é uma maldição — disse Binta, subitamente. — É uma maneira de Ani nos proteger.

— Do quê? — ralhou Luyu. — De gostar de garotos? Não quero esse tipo de proteção!

— *Eu quero*! — gritou Binta. — Você não sabe o que é melhor para você. Tem sorte de não estar grávida! Ani a protegeu. Ela me protege. Meu pai... — ela colocou a mão sobre a boca.

— Seu pai o quê? — perguntou Luyu, fazendo uma careta.

Senti a raiva subindo pela minha garganta.

— Fale, Binta. Ah, Binta, o que é isso?

— Ele tentou novamente? — perguntou Diti quando Binta se recusou a falar. — Ele tentou novamente, não foi?

—Ele não pôde fazê-lo porque você estava se curvando de dor? — perguntei.

— Ani me protege — insistiu Binta, lágrimas correndo pelo seu rosto.

Todas ficamos em silêncio.

— Ele... ele entende agora — disse Binta. — Não vai mais me tocar.

— Não me importa — disse Luyu. — Ele deveria ser castrado como os outros estupradores.

— Shhh, não diga isso — sussurrou Binta.

— Eu falarei e farei o que quiser! — gritou Luyu.

— Não, não vai — falei, abraçando Binta. Escolhi minhas palavras com cuidado. — Acho que fizeram juju na gente durante nosso rito dos onze anos. Provavelmente... será quebrado após o casamento. — Olhei séria para Luyu. — Acho que se você forçar o sexo, morrerá.

— Se quebrará com o casamento — disse Diti, assentindo. — Minha prima sempre fala como apenas uma mulher pura atrai um homem puro o bastante para levar prazer ao leito matrimonial. Ela diz que seu marido é o homem mais puro que conheceu... talvez porque ele foi o primeiro a não lhe causar dor.

— Arg! — rosnou Luyu, com raiva. — Estamos sendo enganadas, querem que achemos que nossos maridos são deuses.

No caminho para casa, encontrei Mwita. Ele lia sob a iroco. Sentei ao lado dele e suspirei pesadamente. Ele fechou o livro.

— Você sabia que Ada e Aro se apaixonaram certa vez? — me perguntou ele.

Ergui as sobrancelhas, surpresa.

— O que aconteceu?

Mwita se recostou.

— Quando ele chegou à cidade, anos atrás, a Sociedade Osugbo imediatamente o chamou para uma reunião. O Vidente deve ter visto que Aro era um feiticeiro. Não muito depois disso, ele foi convidado a trabalhar com os anciãos de Osugbo. Depois que ele resolveu pacificamente uma desavença entre dois dos maiores comerciantes de Jwahir, eles o convidaram a se tornar um membro permanente. Ele é o primeiro ancião de Jwahir a não ser velho. Aro não parecia nem um ano mais velho do que seus quarenta anos. Ninguém se importou por que Jwahir se beneficiou de seu trabalho. Você sabe a Casa de Osugbo?

Assenti.

— Foi construída com juju — disse Mwita. — Já estava aqui antes de Jwahir existir. De qualquer forma, ele tem um jeito de fazer as coisas... acontecerem. Um dia, Nana, a Sábia, pediu que Yere — esse era o nome de Ada quando ela era jovem — se encontrasse com ela na Casa. Aro também estava lá naquele dia. Ambos erraram o caminho e se encontraram cara a cara. A partir do momento que se viram, não gostaram um do outro.

"O amor é frequentemente confundido com ódio. Mas às vezes as pessoas aprendem com seus erros, assim como ambos rapidamente fizeram. Nana, a Sábia, estava de olho em Yere para ser a próxima Ada. Então Yere era constantemente chamada à Casa por um motivo ou outro. Aro passava quase o dia inteiro lá. A Casa de Osugbo continuava a aproximá-los, entende?

"Aro pedia e então Yere aceitava. Ele falava, ela ouvia. Ela esperava e então ele vinha até ela. Eles sentiam que entendiam como as coisas seriam. Yere acabou sendo nomeada Ada quando a Ada anterior morreu. Aro havia se estabelecido como o Trabalhador. Eles se completavam perfeitamente."

Mwita parou.

— Foi Aro que teve a ideia de fazer juju no escalpelo, mas foi Ada que concordou. Eles achavam que estavam fazendo algo de bom pelas meninas.

Ri amargamente e balancei a cabeça.

— Nana, a Sábia, sabe disso?

— Ela sabe. Para ela, tudo isso faz sentido. Ela é velha.

— Por que Aro e Ada não se casaram?

Mwita sorriu.

— Por acaso eu falei que não?

CAPÍTULO 12

A ARROGÂNCIA DE UM ABUTRE

O sol havia acabado de nascer. Eu estava empoleirada na árvore, curvada para frente.

Havia acordado fazia quinze minutos e o vira em frente à minha cama. Me olhando. Um lençol vermelho insubstancial com uma fumaça branca no centro. O olho assobiava de raiva e desapareceu.

E foi quando vi o escorpião preto e marrom andando pelos meus lençóis. Do tipo cuja picada pode matar. Ele teria chegado até o meu rosto numa fração de segundos se eu não tivesse acordado a tempo. Afastei o cobertor e ele saiu voando. Pousou no chão com um ruído quase metálico. Peguei o livro mais próximo e o esmaguei com ele. Pulei sobre o livro inúmeras vezes, até parar de tremer. Eu estava enfurecida quando tirei minhas roupas e saí voando pela janela.

A aparência irritada do abutre casava bem com meu estado de espírito. Do alto da árvore, observei os dois meninos caminhando através do portão de cacto. Voei de volta para o meu quarto e me transformei novamente. Permanecer abutre por muito tempo sempre me fazia sentir desapegada do que eu poderia apenas descrever como ser humano. Como abutre, me sentia condescendente quando olhava para Jwahir, como se eu conhecesse lugares melhores. Tudo o que eu queria era voar ao sabor do vento, procurar cadáveres e não retornar para casa. Sempre existe um preço a ser pago por me transformar.

Eu havia me transformado em algumas outras criaturas também. Tinha tentado pegar um pequeno lagarto. Em vez disso, peguei sua cauda. Usei isso para me transformar num lagarto. Surpreendentemente, isso foi quase tão fácil quanto me transformar num pássaro. Mais tarde, li num livro antigo que répteis e aves já estiveram relacionados. Teria existido inclusive um pássaro com escamas há milhares de anos. Ainda assim, quando me transformei novamente, a sensação de frio durante a noite permaneceu por vários dias.

Usando as asas de uma mosca, me transformei numa. O processo foi terrível — senti como se estivesse implodindo. E porque meu corpo mudou tão drasticamente, não consegui me sentir enjoada. Imagine querer vomitar e não poder. Como uma mosca, eu só pensava em comida, era rápida e cuidadosa. Não tinha nenhuma das emoções mais complexas que experimentava quando virava abutre. O mais perturbador a respeito de ser uma mosca era a sensação de que iria morrer dentro de alguns dias. Para uma mosca, aqueles dias provavelmente eram uma eternidade. Para mim, uma humana que tinha se transformado em mosca, havia a noção de que o tempo passava ao mesmo tempo devagar e rápido demais. Quando me transformei de volta, a paranoia residual era tão forte, que não consegui deixar meu quarto por horas.

Nesse dia, eu havia permanecido como abutre por mais de meia hora e aquela sensação de poder ainda me permeava quando voltei à cabana de Aro como eu mesma. Eu conhecia aqueles dois meninos. Idiotas, irritantes, ricos. Quando estava como abutre, ouvi um deles dizendo que preferia estar na cama, dormindo até mais tarde. O outro havia rido, concordando. Rangi os dentes enquanto caminhei pelo portão de cacto pela segunda vez na minha vida. Enquanto passava, novamente um dos cactos me arranhou. "É o melhor que pode fazer?", pensei. Continuei caminhando.

Quando cheguei próximo à cabana de Aro, lá estava ele, sentado no chão em frente aos dois meninos. Atrás deles, o deserto se abria, amplo e lindo. Lágrimas de frustração rolaram pelo meu rosto. Enquanto minhas lágrimas caíam, Aro ergueu a cabeça. Eu poderia ter me esbofeteado. Ele não precisava ver minha fraqueza. Os dois meninos se viraram e a expressão idiota em seus rostos me deixou ainda mais irritada. Aro e eu ficamos nos encarando. Eu queria bater nele, rasgar sua garganta e dilacerar seu espírito.

— Saia daqui — disse ele, com uma voz calma e baixa.

A finalidade em seu tom de voz afastou qualquer esperança que eu tivesse. Me virei e corri. Voei. Mas não fui embora de Jwahir. Ainda não.

CAPÍTULO 13

O SOL DE ANI

Naquela tarde, bati na porta mais forte do que intencionava. Ainda estava irritada. Na escola, tinha permanecido brava e calada. Binta, Luyu e Diti perceberam que tinham que me deixar quieta. Não deveria ter ido à escola após ir até a cabana de Aro naquela manhã. Mas meus pais estavam no trabalho e eu não me sentia a salvo sozinha. Depois das aulas fui direto para a casa de Ada.

Ela abriu a porta devagar e fez uma careta ao me ver. Estava vestindo roupas elegantes, como sempre. Sua *rapa* verde estava atada bem justa aos quadris e às pernas, e seu bustiê tinha ombreiras tão largas, que não passariam pela porta se ela desse um passo à frente.

— Você foi até lá novamente, não foi? — perguntou ela.

Estava agitada demais para imaginar como ela sabia disso.

— Ele é um idiota — ralhei. Ela me pegou pelo braço e me puxou para dentro da casa.

— Eu a tenho observado — disse ela, me dando uma xícara de chá quente e se sentando na minha frente. — Desde que planejei o casamento de seus pais.

— E daí?

— Por que você veio até aqui?

— Você precisa me ajudar. Aro precisa me ensinar. Você poderia convencê-lo? Ele é seu marido — falei, zombeteira. — Ou isso também é uma mentira, como o Rito dos Onze Anos?

Ela deu um salto e me deu uma bofetada com força. Meu rosto ardia e senti o gosto de sangue em minha boca. Ela ficou de pé me encarando por um momento. Então sentou-se novamente.

— Beba seu chá. Irá lavar o sangue.

Bebi um gole, minhas mãos tremendo, quase deixando a xícara cair.

— E-eu sinto muito — murmurei.

— Quantos anos tem agora?

— Quinze.

Ela assentiu.

— O que achou que aconteceria quando fosse até a cabana dele?

Permaneci quieta por um momento, com medo de falar. Observei o mural, agora finalizado.

— Pode falar — disse ela.

— E-eu não pensei a respeito — falei baixinho. — Apenas... — Como poderia explicar? Em vez de tentar, preferi dizer: — Ele é seu marido. Você deve saber o que ele sabe. É assim que as coisas são entre marido e mulher. Por favor, você poderia me ensinar sobre os Grandes Pontos Místicos? — fiz a minha expressão mais humilde. Devo ter parecido maluca.

— Como você sabe sobre nós?

— Mwita me contou.

Ela assentiu e chupou os dentes.

— Esse garoto. Eu deveria pintá-lo no meu mural. Farei dele um dos pescadores. Ele é forte, sábio e indigno de confiança.

— Somos muito próximos — falei, fria. — E aqueles que são próximos dividem segredos.

— Nosso casamento não é um segredo — disse ela. — Os mais velhos sabem a respeito. Todos estavam presentes.

— *Ada-m*, o que aconteceu? Entre você e Aro?

— Aro é bem mais velho do que parece. Ele é sábio e possui apenas alguns amigos. Onyesonwu, se ele quisesse, poderia tirar sua vida e fazer com que todos, incluindo sua mãe, esquecessem que você existe. Tenha cuidado. — Ela fez uma pausa. — Eu soube de tudo isso desde o momento em que o vi. Foi por isso que o odiei logo que nos conhecemos. Ninguém deveria ter esse tipo de poder. Mas ele parecia continuar me encontrando. Alguma coisa se conectava sempre que discutíamos. E à medida que o fui conhecendo melhor, percebi que o poder não era tudo para ele. Ele era mais maduro que isso. Ou pelo menos foi o que pensei. Nos casamos por amor. Ele me amava porque eu o acalmava e fazia com que pensasse com mais clareza. Eu o amava porque, quando conseguia ultrapassar sua arrogância, ele era bom para mim e... bem, eu queria aprender qualquer coisa que ele pudesse me ensinar. Minha mãe me ensinou que deveria me casar com um homem que não apenas pudesse prover para mim, mas que também me adicionasse algum conhecimento. Nosso casamento deveria ter sido forte. Por algum tempo de fato foi... trabalhávamos em conjunto quando necessário. O juju do rito dos onze anos ajuda uma garota a manter sua honra protegida. Eu mesma sei o quanto isso é difícil.

Ela fez uma pausa e olhou, inconscientemente, para a porta da frente, que estava fechada.

— Para fazer com que se *sinta* melhor, Onyesonwu... lhe direi um segredo sobre o qual nem mesmo Aro sabe.

— Tudo bem — respondi. Mas não tinha muita certeza se queria saber esse segredo.

— Eu tinha quinze anos. Amava um garoto e ele se aproveitou desse amor para fazer sexo comigo. Eu não queria, mas ele exigiu que eu o fizesse ou ele iria parar de falar comigo. Foi assim durante um mês. Então ele se cansou de mim e parou de falar comigo de qualquer forma. Fiquei arrasada, mas esse era o menor dos meus problemas. Eu engravidei. Quando contei aos meus pais, minha mãe gritou e disse que eu era uma desgraça e meu pai gritou e se agarrou em seu coração. Então me enviou para viver com a irmã de minha mãe e seu marido. Foi uma jornada de um mês no lombo de um camelo. A cidade onde moravam se chamava Banza.

"Não me era permitido sair de casa até que o bebê nascesse. Eu era uma menina magrela e permaneci assim durante a gravidez, exceto pela minha barriga. Meu tio achou aquilo engraçado. Ele disse que o menino que eu trazia na barriga devia ser um descendente da mulher de ouro gigante de Jwahir. Se eu sorri alguma vez durante esse período, foi por causa dele.

"Mas a maior parte do tempo, eu passava triste. Andava de um lado para o outro da casa o dia inteiro, ansiando poder sair. E o peso do meu corpo me fazia sentir uma alienígena. Minha tia sentiu pena de mim e um dia me trouxe do mercado algumas tintas, um pincel e cinco palhas de palmeira secas. Eu jamais havia tentado pintar antes. Aprendi a pintar o sol e as árvores, o mundo exterior. Meus tios até chegaram a vender algumas das minhas pinturas no mercado! Onyesonwu, sou mãe de gêmeos!"

Arfei e disse:

— Ani foi boa com você!

— Após engravidar de gêmeos aos quinze anos, pensei a respeito disso — disse ela. Mas sorriu. Gêmeos são um forte sinal do amor de Ani. Muitas vezes os gêmeos recebem dinheiro para viver numa cidade. Se algo de ruim acontece, sempre se diz que se eles não estivessem ali, teria sido bem pior. Eu nunca tinha ouvido falar de gêmeos em Jwahir.

"A menina se chamou Fanta e o menino, Nuumu — disse Ada. — Quando tinham cerca de um ano de idade, voltei para Jwahir. Os bebês permaneceram com meus tios. Banza era longe o suficiente para que eu não pudesse sair correndo até lá quando me desse vontade. Eles devem ter por volta de trinta anos, agora. Nunca vieram me visitar. Fanta e Nuumu. — Ela fez uma pausa. — Então, você entende? As meninas precisam ser protegidas de sua própria estupidez e não devem sofrer com a estupidez dos meninos. O juju a força a se manter firme quando deve."

"Mas algumas vezes uma garota ainda assim é forçada", pensei, lembrando de Binta.

— Aro não me ensinou nada — disse ela. — Perguntei a respeito dos Pontos Místicos e ele apenas riu de mim. Eu aceitei isso, mas quando pedia a ele pequenas coisas, como ajudar as plantas a crescer, manter as formigas fora de nossa cozinha, manter a areia longe do nosso computador, estava sempre muito ocupado. Ele chegava até a fazer o juju nos escalpelos usados no rito dos onze anos quando eu não estava presente! Parecia ser... errado.

"Você está certa, Onyesonwu. Não deve haver segredos entre marido e mulher. Aro é cheio de segredos e não inventa desculpas para mantê-los. Disse a ele que ia embora. Ele me pediu para ficar. Gritou e me ameaçou. Eu era uma mulher e ele era um homem, me disse. Verdade. Ao deixá-lo, fui contra tudo o que haviam me ensinado. Foi ainda mais difícil do que abandonar meus filhos.

"Ele comprou essa casa para mim. Vem aqui frequentemente. Ainda é meu marido. Foi ele quem descreveu para mim o Lago dos Sete Rios."

— Oh! — exclamei.

— Ele sempre me dá inspiração para minhas pinturas. Mas quando o assunto são aquelas coisas mais profundas, ele não me diz nada.

— Porque você é uma mulher? — perguntei desesperada, meus ombros pesando.

— Sim.

— Por favor, *Ada-m* — falei. Considerei cair de joelhos, mas então lembrei do tio de Mwita implorando ao feiticeiro Daib. — Peça a ele que mude de ideia. No meu rito dos onze anos você mesma disse que eu deveria vê-lo.

Ela pareceu irritada.

— Eu fui tola e o seu pedido também o é. Pare de fazer papel de boba indo até lá. Ele sente prazer em dizer não.

Beberiquei meu chá.

— Oh! — exclamei, de repente percebendo. — Aquele pescador próximo à porta. O que é bastante velho e tem o olhar penetrante. É Aro, não é?

— Claro que é.

Capítulo 14

A CONTADORA DE HISTÓRIAS

O homem fazia malabarismo com grandes bolas azuis usando apenas uma das mãos. Ele o fazia com tal facilidade, que me perguntei se estaria usando juju. "Ele é homem, por isso é possível", pensei, ressentida. Três meses havia se passado desde que Aro me rejeitara pela segunda vez. Não sei como sobrevivi aqueles dias. Quem sabia quando meu pai biológico iria atacar novamente?

Luyu, Binta e Diti não estavam tão impressionadas com o malabarista. Era o dia do descanso. Elas estavam mais interessadas em fofocar.

— Ouvi dizer que Sihu ficou noiva — falou Diti.

— Os pais dela querem usar o dote para investir no negócio da família — disse Luyu. — Dá para imaginar se casar aos doze anos?

— Talvez — disse Binta baixinho, desviando o olhar.

— Eu me casaria — falou Diti. — E não me importaria em ter um marido que fosse bem mais velho. Ele cuidaria bem de mim conforme seu dever.

— Seu marido será Fanasi — disse Luyu.

Diti revirou os olhos, irritada. Fanasi ainda não falava com ela. Luyu riu e disse:

— Apenas espere e depois me diga se não estou certa.

— Não vou ficar esperando por nada — murmurou Diti.

— *Eu* quero me casar o quanto antes — disse Luyu com um sorriso malicioso.

— *Isso* não é motivo para se casar — falou Diti.

— Quem disse? — perguntou Luyu. — As pessoas se casam por menos do que isso.

— Eu não quero me casar nunca — murmurou Binta.

Casamento era a última coisa que me passava pela cabeça. Além do mais, crianças *Ewu* não eram "casáveis". Eu seria um insulto para qualquer família. E Mwita não tinha família para nos casarmos. Além disso, me perguntava como seria o sexo se eu *de fato* fosse casada. Na escola, aprendemos sobre a anatomia feminina. O foco maior era em como ter um bebê se não houvesse um curandeiro disponível por perto. Aprendemos maneiras de prevenir a concepção, embora nenhuma de nós entendesse por que alguém iria querer isso. Aprendemos como funciona o pênis de um homem. Mas pulamos a parte que falava sobre como uma mulher ficava excitada.

Li esse capítulo por interesse próprio e fiquei sabendo que o rito dos onze anos havia me tirado mais do que a possibilidade de intimidade. Não há palavra em Okeke para o pedaço de carne que me foi cortado. O termo médico, derivado do inglês, era clitóris. Ele era o responsável por grande parte do prazer que uma mulher sentia durante o ato sexual. "Por que em nome de Ani isso é retirado?", me perguntei, perplexa. Para quem eu poderia fazer essa pergunta? Para a curandeira? Ela estava lá na noite em que fui circuncidada! Pensei a respeito da sensação forte e eletrizante que Mwita sempre me causava com apenas um beijo, logo antes da dor acontecer. Imaginei se eu havia sido arruinada. E eu nem mesmo *tinha* que ter passado pelo rito.

Me desliguei da conversa entre Luyu e Diti e fiquei observando o malabarista jogar as bolas para cima, dar uma cambalhota e pegá-las novamente. Aplaudi e o malabarista sorriu para mim. Sorri também. Quando ele me viu pela primeira vez, me olhou dos pés à cabeça e depois desviou o olhar. Agora eu era o membro mais valioso de sua audiência.

— O Okeke e o Nuru! — anunciou alguém. Dei um pulo. A mulher era bastante alta e tinha a constituição física forte. Vestia um vestido branco e longo que era justo nos seios, acentuando seu volume. Sua voz cortou com facilidade os demais sons do mercado.

— Trago notícias e histórias do oeste — disse ela, dando uma piscadela. — Para aqueles que estiverem interessados em saber, voltem aqui quando o sol se pôr. — Então ela girou nos calcanhares de forma dramática, deixando o mercado. Provavelmente fazia esse anúncio a cada meia hora.

— Ora, quem quer saber de mais notícias ruins? — murmurou Luyu. — Já soubemos de desgraças demais através do fotógrafo.

— Concordo — disse Diti. — Por Ani. É o dia do descanso.

— Não se pode fazer nada a respeito dos problemas que estão acontecendo lá — disse Binta.

Isso era tudo o que minhas amigas tinham a dizer a respeito do problema. Elas esqueceram ou simplesmente ignoraram o que eu era. "Então virei com Mwita", pensei.

De acordo com os rumores, assim como o fotógrafo, a contadora de histórias era do oeste. Minha mãe não queria ir. Eu a entendia. Ela estava relaxando nos braços de papai, no sofá. Eles jogavam *warri*[5]. Enquanto me preparava para sair, senti uma pontada de solidão.

— Mwita estará lá? — perguntou minha mãe.

— Espero que sim — falei. — Ele deveria ter vindo aqui esta noite.

— Venha para casa logo depois que acabar — falou papai.

A praça da cidade estava iluminada por lanternas de óleo de palma. Havia tambores em frente à iroco. Poucas pessoas haviam ido. A maior parte delas, homens velhos. Um dos homens mais jovens era Mwita. Mesmo à meia-luz, pude vê-lo com facilidade. Estava sentado na extrema esquerda, encostado contra a cerca de ráfia que separava os estandes do mercado dos pedestres. Ninguém estava sentado perto dele. Me sentei ao seu lado e ele me enlaçou pela cintura.

— Você deveria ter me encontrado na minha casa — falei.

— Tive outro compromisso — disse ele, com um sorriso maroto.

Parei, surpresa. Então disse:

— Não me importo.

— Se importa sim.

— Não.

— Você acha que é outra mulher.

— Não me importo.

Claro que eu me importava.

Um homem com uma careca reluzente se sentou entre os tambores. Suas mãos produziam um leve batuque. Todos pararam de falar.

---

5 Antigo jogo originado no Sudão há mais de 3.600 anos. *Warri* é jogado com quarenta e oito sementes num tabuleiro retangular que tem doze orifícios, arranjados em seis pares ao longo do tabuleiro. O objetivo do jogo é acumular a maioria das sementes.

— Boa-noite! — disse a contadora de histórias, caminhando entre as lanternas. As pessoas aplaudiram. Meus olhos se arregalaram. A casca de um caranguejo pendia em uma corrente ao redor de seu pescoço. Era pequena e delicada. Sua brancura brilhava à luz das lanternas contra sua pele. Tinha que ser de um dos Sete Rios. Em Jwahir, aquilo teria um valor inestimável.

"Sou uma pobre mulher — disse, percorrendo os olhos pela sua pequena plateia. Ela apontou uma cabaça decorada com contas de vidro laranja. — Ganhei isso em troca de uma história quando estava em Gadi, uma comunidade Okeke ao lado do Quarto rio. Viajei tamanha distância, minha gente. Mas quanto mais ao leste viajei, mais pobre fiquei. Poucas pessoas querem ouvir minhas histórias, e são essas as que quero contar."

Ela se sentou pesadamente e cruzou as pernas grossas. Arrumou seu amplo vestido de forma a lhe cair sobre os joelhos.

— Não me interessa riqueza, mas, por favor, quando forem embora, coloquem o que puderem na cabaça, ouro, ferro, prata, pedras de sal, qualquer coisa que valha mais do que areia — disse ela. — Uma coisa em troca de outra coisa. Todos me ouviram?

Todos respondemos com força: "Sim", "Com prazer", "Qualquer coisa que precisar, mulher".

Ela deu um sorriso largo e fez sinal para o homem tocando os tambores. Ele começou a tocar num ritmo mais lento, porém mais alto que nos envolveu. Os braços de Mwita me envolveram com mais força.

— Vocês estão distantes do centro dos conflitos — disse ela, inclinando a cabeça conspiratoriamente. — Isso se reflete no número de pessoas que estão aqui hoje. Mas vocês são tudo de que esta cidade precisa. — O ritmo dos tambores aumentou. — Hoje contarei a vocês um pedaço do passado, presente e futuro. Espero que dividam a história com suas famílias e amigos. Não se esqueçam das crianças que já sejam velhas o suficiente. Esta primeira história nós conhecemos por causa do Grande Livro. Nós a recontamos uns aos outros inúmeras vezes quando o mundo não faz sentido.

"Há milhares de anos, quando esta terra ainda era feita de areia e árvores secas, Ani olhou suas terras. Coçou sua garganta seca. Então criou os Sete Rios e fez com que eles se encontrassem, formando um lago profundo. E ela tomou um grande gole desse rio.

"Um dia — disse ela — criarei a luz do sol. Neste momento não tenho vontade. — Ela se virou e dormiu. Enquanto dormia, os Okeke se espalharam pelos rios de água doce.

"Eles eram agressivos como os rios caudalosos, querendo sempre avançar mais. Conforme os séculos se passaram, eles se espalharam pelas terras de Ani e criaram, usaram, mudaram, alteraram, consumiram e se multiplicaram. Estavam por toda parte. Construíram torres que esperavam serem altas o suficiente para cutucarem Ani enquanto dormia e chamar sua atenção. Construíram máquinas que funcionavam com juju. Lutaram e inventaram entre si. Dobraram e remexeram nas areias de Ani, na água, no céu e no ar, pegaram suas criaturas e as modificaram.

"Quando Ani já havia descansado o suficiente para criar a luz do sol, se virou. Ficou horrorizada com o que viu. Levantou-se, alta, poderosa, e estava furiosa. Então tocou as estrelas e puxou um sol para a terra. Os Okeke ficaram com medo. A partir do sol, Ani criou os Nuru. Colocou-os sobre a terra. Naquele mesmo dia, as flores perceberam que poderiam florescer. As árvores entenderam que poderiam crescer. E Ani lançou uma maldição sobre os Okeke.

— *Escravos* — disse Ani.

"Sob o novo sol, a maior parte do que foi construído pelos Okeke sucumbiu. Ainda temos parte do que sobrou, os computadores, equipamentos, alguns itens, objetos no céu que às vezes conversam conosco. Até os dias de hoje os Nuru apontam para os Okeke e dizem '*escravos*', e os Okeke devem se curvar e balançar a cabeça, concordando. Isso é o passado."

Quando o batuque ficou mais lento, diversas pessoas, inclusive Mwita, colocaram dinheiro na cabaça. Permaneci onde estava. Eu havia lido o Grande Livro muitas vezes. Havia aprendido a ler usando aquela mesma história. Quando já podia lê-la com facilidade, também a odiava.

— As notícias que trago do oeste são suficientemente frescas — disse ela. — Fui treinada por meus pais, que eram contadores de histórias, assim como foram também os pais deles. Minha memória contém milhares de contos. Posso contar a vocês em primeira mão como eram as coisas em Gadi, minha aldeia, quando a carnificina começou. Ninguém sabia que iria eclodir daquela maneira. Eu tinha apenas oito anos e vi minha família morrer. Então fugi.

"Eles mataram meu pai e meus irmãos com facões. Consegui me esconder num armário por três dias — disse ela, com a voz embargada. — Enquanto me escondia naquele quarto, os Nuru estupraram minha mãe repetidas vezes. Eles queriam fazer uma criança *Ewu*. — Ela lançou um olhar para Mwita e para mim. — Enquanto aquilo acontecia, a mente de minha mãe se quebrou e as histórias que ela carregava vazaram. Enquanto me escondia no armário, fiquei escutando enquanto ela contava todas as histórias que me confortavam quando eu era criança. Contos que balançavam ao ritmo dos homens que se forçavam para dentro dela.

"Quando terminaram, levaram minha mãe. Nunca mais a vi. Não me lembro de juntar minhas coisas e fugir, mas o fiz. No fim, encontrei outros Okeke. Eles me acolheram. Isso foi há muitos anos. Não tenho filhos. Minha linhagem de contadores de histórias morrerá comigo. Não consigo suportar as mãos de um homem no meu corpo."

Ela fez uma pausa.

— As matanças continuam. Mas agora existem poucos Okeke, quando antes haviam milhares. Em algumas décadas, eles terão nos varrido de suas terras. Eram nossas terras também. Então me digam, é certo que vocês fiquem aqui parados enquanto isso tudo acontece? Vocês estão a salvo aqui. Talvez. Talvez um dia eles mudem de ideia e venham para o leste para terminar o que começaram no oeste. Vocês podem correr de minhas histórias e minhas palavras, ou...

— Ou o quê? — perguntou um dos homens. — Está escrito no Grande Livro. Nós somos o que somos. Não deveríamos ter nos rebelado, para começo de conversa. Deixe que aqueles que tentaram fazê-lo paguem por isso!

— Foi escrito por quem? — perguntou ela. — E meus pais não estavam envolvidos no movimento. Nem eu também.

Senti calor e raiva. Ela estivera apenas contando a suposta história de nossa criação. Não acreditava nela. O que aquele homem pensava a respeito de Mwita e de mim? Que de alguma forma merecemos o que aconteceu conosco? Que os pais de Mwita mereciam a morte? Que minha mãe merecia ter sido estuprada? Mwita acariciou meus ombros. Se ele não estivesse ali, eu teria gritado com aquele homem e com quem mais o defendesse. Já estava cheia daquilo — tinha chegado no meu limite — como logo iria descobrir.

— Ainda não terminei — disse a contadora de histórias. O batuque agora era moderado. O homem que tocava os tambores estava suado, mas seus olhos estavam grudados na mulher. Era fácil perceber que estava apaixonado. E por causa do passado dela, seu amor estava condenado. O mais perto que chegaria de tocá-la era provavelmente através do batuque de seus tambores.

— Assim como estivemos condenados no passado e estamos condenados no presente, seremos salvos no futuro — disse ela. — Existe uma profecia, vista por um profeta Nuru que vive numa pequena ilha no Lago Sem Nome. Ele diz que um Nuru irá chegar e forçar o Grande Livro a ser reescrito. Ele será muito alto, com uma barba longa. Seus maneirismos serão gentis, mas ele será astuto e cheio de fúria e vigor. Um feiticeiro. Quando ele chegar, haverá uma grande mudança para os Nuru e Okeke. Quando fugi, havia uma caçada a este homem. Estavam matando todos os Nuru altos com barbas e maneirismos gentis. Todos esses homens eram curandeiros, não rebeldes. Por isso tenham fé, existe esperança.

Não houve aplausos, mas a cabaça da contadora de histórias se encheu rapidamente. Ninguém permaneceu na praça para falar com ela. Ninguém nem ao menos olhou para ela. Enquanto as pessoas caminhavam na noite, permaneciam caladas, pensativas e apressadas. Eu também queria ir para casa. Suas histórias haviam me deixado enjoada e culpada.

Mwita queria falar com ela primeiro. Enquanto nos aproximávamos, ela nos deu um sorriso largo. Fiquei olhando para a casca do caranguejo. Parecia uma espiral de massa de pão endurecida.

— Boa-noite, crianças *Ewu*. Entrego-lhes meu amor e respeito — disse ela, docemente.

— Obrigado — disse Mwita. — Meu nome é Mwita e esta é minha companheira, Onyesonwu. Suas histórias nos tocaram.

"Companheira?", pensei, divertida com a referência.

— A profecia, onde a escutou? — perguntou Mwita.

— É tudo sobre o que se fala no oeste, Mwita — disse ela, séria. — O Vidente que a revelou odeia os Okeke. Para ele ter dito tal coisa significa que é verdade.

— Mas então por que ele espalhou essas notícias?

— Ele é um vidente. Um vidente não pode mentir. E ocultar a verdade é mentir.

Imaginei se aquele vidente também queria incitar uma caçada. Enquanto Mwita me acompanhava até a minha casa, parecia incomodado.

— O que foi? — perguntei finalmente.

— Estava pensando a respeito de Aro — disse Mwita. — Ele precisa ensiná-la.

— Por que você está pensando sobre isso agora? — perguntei, incomodada.

— Tenho pensado bastante a respeito disso ultimamente. Não é certo, Onyesonwu — disse ele. — Você é muito... não é certo. Vou implorar hoje. Argumentar com ele.

Me encontrei com Mwita no dia seguinte. Como ele não mencionou nada a respeito do que havia acontecido quando ele "argumentou" com Aro, eu soube que havia sido rejeitada mais uma vez.

Capítulo 15

A CASA DE OSUGBO

Três dias depois fui ver Nana, a Sábia, na Casa de Osugbo. Minhas opções eram aprender com ela ou abandonar Jwahir. Qualquer coisa era melhor do que ficar sentada esperando meu pai biológico tentar me matar de novo. Como era construída com juju, a Casa de Osugbo tinha uma maneira de fazer as coisas acontecerem. E aqueles que governavam Jwahir se encontravam e trabalhavam ali, inclusive Nana, a Sábia. Valia a pena tentar.

Fui até lá de manhã, optando por passar direto pela escola. Senti apenas uma pontinha de culpa. Feita de pedra amarela pesada, a Casa de Osugbo era a maior e mais alta construção de Jwahir. Suas paredes eram frias ao toque, mesmo sob o sol. Cada placa de pedra era decorada com símbolos que eu sabia serem manuscritos Nsibidi. Mwita havia me dito que Nsibidi não era apenas um antigo sistema de escrita. Era um antigo sistema de escrita *mágico*.

— Se você sabe Nsibidi, pode apagar os ancestrais de um homem simplesmente escrevendo na areia — ele me disse. Mas isso era tudo o que ele sabia sobre o assunto. Assim, a única coisa que eu podia ler era o que estava escrito acima de cada uma das quatro entradas:

A CASA DE OSUGBO

Enquanto me aproximava, as pessoas caminhavam ao redor do prédio ou passavam em frente a ele sem nem mesmo olharem. Ninguém entrava no prédio. Era como se fosse invisível. "Estranho", pensei. O caminho que dava a cada uma das entradas era ladeado por pequenos cactos floridos que me lembravam a cabana de Aro. As entradas não tinham portas. Escolhi um desses caminhos e entrei na Casa. Tinha certeza de que alguém iria me parar, me perguntar o que eu estava fazendo ali e me mandar embora. Em vez disso, continuei caminhando, adentrando um longo corredor parcialmente iluminado por lâmpadas cor-de-rosa.

Era frio ali dentro. De algum lugar vinha música, um alegre violão e tambores. Minhas sandálias faziam sons arranhados no chão de pedra, por causa da areia que eu havia trazido para dentro do prédio.

— É verdade — sussurrei, minha mão na superfície marrom protuberante. A Casa de Osugbo era construída ao redor de um baobá bastante largo. "Deve ser tão velho", pensei. Estremeci. Enquanto permanecia ali de pé, com uma mão apoiada no enorme tronco, risos quebraram o silêncio. Pulei e recomecei a caminhar novamente. Na minha frente, dois homens bastante velhos dobravam uma curva. Eles usavam batas longas, uma delas vermelha e a outra cáqui. Seus sorrisos diminuíram quando me viram.

— Bom-dia, *Oga*! Bom-dia, *Oga*! — falei.

— Você sabe onde está, menina *Ewu*? — me perguntou o de bata vermelha.

As pessoas sempre tinham que me lembrar o que eu era.

— Meu nome é Onyesonwu.

— Você não tem permissão para entrar aqui — disse ele. — Esse local é apenas para os velhos. A não ser que você seja uma aprendiz, o que *jamais* será.

Com esforço, consegui segurar minha língua.

— Por que você está aqui, Onyesonwu? — me perguntou com mais cortesia o de bata cáqui. — Efu está certo. É mais para sua própria segurança do que para insultá-la.

— Quero apenas falar com Nana, a Sábia.

— Podemos levar sua mensagem até ela — disse o de cáqui.

Considerei isso por um momento. O ar havia adquirido o perfume do fruto do baobá e eu senti que a Casa estava me observando. Era amedrontador.

— Bem... vocês poderiam...

— Na verdade — disse o homem de vermelho que se chamava Efu, sorrindo maliciosamente — , ela deve estar em seu gabinete esta manhã, como sempre. Não deve haver problema em você ir diretamente até ela.

Os dois homens trocaram um breve olhar. O de cáqui parecia desconfortável. Ele desviou o olhar.

— Você decide.

Olhei para o corredor, nervosa.

— Para que lado devo ir?

Após virar a curva, eu deveria caminhar até a metade do corredor, virar à direita, então virar à esquerda e subir as escadas. Essas foram as instruções de Efu. Acho que ele riu enquanto as dizia. Na Casa de Osugbo, uma pessoa não escolhe onde ir ou o que fazer. A Casa o faz. Aprendi isso minutos mais tarde.

Segui as orientações deles, mas não cheguei a nenhuma escadaria. Do lado de fora a Casa parecia grande, mas não tão grande quanto era do lado de dentro. Passei por corredores e câmaras. Não sabia que havia tantas pessoas velhas em Jwahir. Ouvi diversos dialetos Okeke. Alguns quartos eram cheios de livros, mas a maioria deles tinha cadeiras de ferro, onde se sentavam pessoas velhas.

Procurei a mesa de bronze especial que meu pai havia feito para a Casa havia alguns anos. Fiz uma careta ao me lembrar de que meu pai deveria ter se comunicado com Aro durante esse projeto. Não vi a mesa em lugar nenhum. Mas suspeitei que todas aquelas cadeiras eram obra de meu pai. Apenas ele poderia dobrar o ferro daquela maneira. Enquanto caminhava, as pessoas me olhavam. Muitas delas zombavam e me lançavam olhares irritados.

Encontrei um túnel feito de raízes da árvore. Encostei-me contra uma delas, frustrada. Xinguei e dei um tapa na raiz.

— Esse lugar é um labirinto bizarro — murmurei. Pensei como iria encontrar a saída, quando dois jovens de barbas pretas trançadas vieram até mim.

— Aqui está ela, Kona — disse um deles. Ele tinha um saco de tâmaras. Jogou uma delas na boca. O outro riu e se encostou na raiz perto de mim. Ambos deviam ter cerca de vinte e poucos anos, embora suas barbas fizessem com que parecessem mais velhos.

— O que está fazendo aqui, Onyesonwu? — me perguntou aquele com as tâmaras. Me ofereceu uma delas e eu aceitei. Estava faminta.

— Como você sabe meu nome? — perguntei.

— Apenas Kona deve responder a uma pergunta com outra pergunta — disse ele. — Eu sou Titi. Aprendiz de Dika, o Vidente. Kona é aprendiz de

Oyo, o Ponderador. E você está perdida. — Ele me ofereceu outra tâmara. Ficaram ali me olhando enquanto comia.

— Ele está certo — disse Titi a Kona. Kona assentiu.

— Quanto tempo você acha que vai levar? — perguntou Kona.

— Não sou ainda tão bom para conseguir ver isso — disse Titi. — Vou perguntar a *Oga* Dika.

— Não acha que Mwita ficará bravo com ela também? — perguntou Kona, rindo.

Levantei a cabeça, atenta.

— Hã?

— Nada que você não vá saber — disse Titi.

— Mwita está aqui? — perguntei.

— Você o está vendo aqui? — perguntou Kona.

— Não — disse Titi. — Não está aqui hoje. Vá procurar Nana, a Sábia. — Ele me deu outra tâmara.

— Vocês poderiam me mostrar onde ela fica?

— Não — respondeu Titi.

— Tem certeza de que você veio até aqui para isso? — perguntou Kona.

— Temos que ir — disse Titi. — Não se preocupe, não ficará perdida aqui para sempre, linda menina *Ewu*. — Ele me entregou seu pacote de tâmaras.

— Você é bem-vinda aqui — disse Kona. Foi a primeira coisa que ele disse para mim que não era uma pergunta.

Então, tão rapidamente quanto vieram, eles se foram através do túnel de raízes. Comi mais algumas tâmaras e continuei a andar. Uma hora mais tarde, ainda estava perdida. Marchei por um corredor com janelas altas demais para se olhar através delas. Não me lembrava de ver janelas pelo lado de fora do prédio. Cheguei a uma escadaria. Ela subia numa espiral de pedra.

— Finalmente! — disse em voz alta. A escadaria era bastante estreita, e enquanto subia, esperava não encontrar mais ninguém. Contei cinquenta e dois degraus e ainda não havia chegado ao segundo andar. Estava cansada e com calor. As luzes na parede eram fracas, alaranjadas. Dez degraus depois, ouvi o som de passos e vozes. Olhei para baixo. Não fazia sentido voltar.

As vozes ficaram mais perto. Vi a sombra das pessoas e prendi a respiração. Então fiquei cara a cara com Aro. Resfoleguei e baixei o olhar, me espremendo contra a parede. Ele não disse nada enquanto se espremeu para passar. Foi forçado a pressionar o corpo contra o meu para continuar a descer. Cheirava a fumaça e flores. Pisou no meu pé enquanto passava. Havia três homens atrás deles. Nenhum deles disse "licença". Quando todos haviam passado, me sentei nos degraus e chorei. Titi estava errado. Eu não era de maneira alguma bem-vinda nesse lugar, a não ser que ser bem-vinda significasse ser feita de tola. Enxuguei as mãos no vestido, me levantei e continuei a subir.

As escadas finalmente terminaram no começo de outro corredor. O primeiro quarto que vi era o de Nana, a Sábia.

— Boa... hã... tarde — falei.

— Boa-tarde — disse ela, recostando-se em sua cadeira de vime, uma xícara de chá nas mãos.

Dei um passo cauteloso para trás, mas minhas costas bateram contra uma porta. Me virei, confusa. Quando eu havia entrado na câmara?

— É a forma como a Casa funciona — disse ela, me encarando com seu único olho bom.

— Acho que odeio este lugar — murmurei.

— As pessoas odeiam aquilo que não entendem — disse ela. — Eu já estava saindo para o mercado para almoçar quando meu aprendiz me trouxe isso. — Ela ergueu um pote de sopa de pimentão. Abriu a tampa e colocou o recipiente na mesa de vime ao seu lado. — Então aqui estou eu. Deveria saber que esperava uma visita.

Ela fez sinal para que me sentasse no chão, e por um momento a observei comer sua sopa. O cheiro era delicioso. Meu estômago roncou.

— Como estão seus pais?

— Estão bem.

— Por que você veio até aqui?

— Eu... eu queria pedir...

Ela esperou e comeu.

— Os... os Grandes Pontos Místicos — disse finalmente. — Por favor... você se lembra do que aconteceu comigo durante o meu rito dos onze anos, *Ada-m*. — Tentei ler sua expressão, mas ela apenas ficou me olhando, esperando que eu terminasse de falar. — Você é sábia — continuei — tão sábia quanto Aro, se não mais sábia.

— Não nos compare — disse ela gravemente. — Ambos somos velhos.

— Desculpe-me — falei rapidamente. — Mas você sabe tanto. Deve saber o quanto eu preciso aprender sobre os Grandes Pontos Místicos.

— O trabalho de homens e mulheres loucos — deixou escapar ela.

— Hã?

Com a colher, ela pescou um grande pedaço de carne da sopa e o comeu.

— Não, Onyesonwu, isso é entre você e Aro.

— Mas você não poderia...

— Não.

— Por favor? — implorei. — Por favor!

— Mesmo *se eu soubesse* os Pontos, não me meteria entre dois espíritos como os de vocês.

Me deixei cair no chão.

— Ouça, menina *Ewu* — disse ela.

Ergui os olhos.

— Por favor, *Ada-m*, não me chame assim.

— E por que não? Não é isso que você é?

— Eu odeio essa palavra.

— *Ewu* ou garota?

— *Ewu*, é claro.

— Não é isso o que é?

— Não — respondi. — Não no sentido da palavra.

Ela olhou o recipiente de sopa vazio e cruzou as mãos. Suas unhas eram curtas e finas, as pontas de seus indicadores e dos dedões eram amarelas. Nana, a Sábia, era fumante.

— Um conselho: deixe Aro em paz, eu imploro. Ele está fora do seu alcance e é extremamente teimoso.

Pressionei os lábios. Aro não era o único teimoso.

— Deve haver outra maneira de aprender aquilo que procura — disse ela. — A Casa é cheia de livros. Ninguém jamais leu todos eles, portanto quem sabe o que pode haver neles, hein?

— Mas as pessoas aqui não...

— Somos velhos e sábios. Mas podemos ser idiotas, também. Lembre-se das palavras de Titi.

Ergui as sobrancelhas, surpresa, e ela disse:

— As paredes aqui são finas. Venha.

O quarto no final do corredor era pequeno, mas as paredes eram cobertas de livros, fedorentos e velhos.

— Você pode olhar aqui ou em outros quartos que tenham livros. Apenas os anciãos de Osugbo possuem câmaras privativas. O resto da Casa é de todos. Quando estiver pronta para ir embora, pode ir.

Ela me deu um leve tapinha na cabeça e me deixou ali. Procurei por duas horas, indo de um quarto para outro. Havia livros sobre pássaros que viveram em locais que não existiam mais, como manter um bom casamento entre duas esposas que se odiassem, os hábitos das fêmeas de cupins, a biologia de lagartos míticos gigantes chamados *Kponyungo*, as ervas que as mulheres deveriam comer para fazer com que seus seios ficassem maiores, os usos do óleo de palma. Intensificada pelo roncar de meu estômago, minha raiva crescia a cada livro inútil que eu encontrava. Os olhares incomodados e frequentemente aterrorizantes lançados pelos anciãos também não ajudavam.

A Casa estava zombando de mim novamente. Eu quase a podia escutar rindo enquanto me mostrava um livro idiota atrás do outro. Quando puxei um livro cheio de mulheres nuas em poses provocativas, o atirei ao chão e fui procurar a saída. Levei mais uma hora para encontrá-la. A porta que levava para fora era lisa e estreita, nada parecida com as entradas elaboradas que eu havia visto pelo lado de fora. Adentrei no cair da tarde e me virei. A entrada era uma das grandes portas que eu via desde que tinha seis anos.

Cuspi e ergui um punho cerrado para a Casa de Osugbo, sem me importar com quem pudesse ver.

— Lugar desagradável, pestilento, estúpido, idiota, terrível — gritei. — *Jamais* porei os pés em você novamente!

Capítulo 16

EWU

Rejeição.

Sentimentos desse tipo se alastram silenciosamente dentro de uma pessoa. Então, um dia, a pessoa se descobre pronta a destruir tudo. Vivi com a ameaça de meu pai biológico por cinco anos. Aro me rejeitou por três anos, recusando-se a me ajudar. Duas vezes cara a cara e diversas vezes para Mwita, talvez até mesmo para Ada e Nana, a Sábia. Eu sabia que Aro era o único que poderia responder às minhas perguntas. Foi por isso que não deixei Jwahir depois da minha experiência na Casa de Osugbo. Para onde eu teria ido?

No dia anterior, papai havia sido trazido para casa no camelo de seu irmão, reclamando de dores no peito. A curandeira foi chamada. A noite havia sido longa. Foi por isso que eu havia chorado a noite inteira. Ficava pensando que se Aro tivesse me ensinado, eu poderia ter feito com que papai melhorasse. Papai era jovem e saudável demais para ter problemas de coração.

Minha cabeça estava cheia. Tudo parecia abafado. Me vesti e saí de casa às escondidas. Tinha apenas um plano: fazer com que as coisas acontecessem do jeito que eu queria. Deixei a estrada principal e entrei no caminho que levava à cabana de Aro. Ouvi o bater de asas. Sobre minha cabeça, numa palmeira, um abutre negro me olhava, inquisitivo. Fiz uma careta e então congelei, percebendo. Desviei o olhar, esperando poder esconder meus pensamentos. Aquele abutre não era um abutre, assim como não o havia sido há cinco anos quando o vi pela primeira vez. Oh, como Aro poderia não saber que eu conhecia cada faceta dele, assim como conhecia cada faceta de cada uma das criaturas nas quais me transformei. Que erro ter deixado aquela pena cair de seu corpo.

Era por isso que sentia um fluxo de poder sempre que me transformava num abutre. Eu estava me transformando *em Aro como abutre*. Seria por isso que era tão fácil para mim aprender as coisas que Mwita me ensinava? Mas eu já possuía o dom de Eshu. Havia investigado minha mente à procura dos Grandes Pontos Místicos. Não consegui encontrar nada. Não importava. O abutre voou. "Lá vou eu", pensei.

Finalmente cheguei à cabana de Aro. Senti uma pontada de fome e o mundo ao meu redor ficou mais vibrante. Amontoados de luzes brancas dançavam no topo da cabana e no ar. O monstro veio até mim quando cheguei ao portão de cacto. Um mascarado estava guardando a cabana de Aro, *um mascarado de verdade*. Parece que neste dia Aro sentiu que precisava de proteção. Era comum mascarados aparecerem durante celebrações. Nesses casos, eles eram apenas homens vestidos em trajes de ráfia e tecido elaborados, dançando ao ritmo de tambores.

Toc, toc, toc, cantava suavemente um tambor enquanto o mascarado correu em minha direção, lançando sobre mim uma chuva de areia que era alta como minha casa e larga como três camelos. Ele balançou sua saia colorida de pano e ráfia. Seu rosto de madeira se transformou num sorriso de escárnio. Ele dançava violentamente, investindo contra mim e depois recuando. Permaneci onde estava, mesmo quando ele lançou suas unhas afiadas como agulhas a um centímetro do meu rosto.

Como não corri, o espírito parou e permaneceu imóvel. Nos entreolhamos, meu rosto virado para cima, sua cabeça inclinada para baixo. Meus olhos raivosos encararam os olhos de madeira dele. Ele fez um clique que repecurtiu nos meus ossos. Pisquei, mas não me movi. Ele fez isso três vezes. Na terceira vez, senti algo ceder dentro de mim, como o estalar de uma junta. O mascarado se virou e me guiou até a cabana de Aro. Enquanto caminhava, foi sumindo aos poucos.

Aro estava de pé na entrada de sua cabana, me olhando da mesma maneira que um homem olharia para uma mulher grávida se ele acidentalmente entrasse no banheiro e a visse defecando.

— *Oga* Aro — falei. — Vim até aqui para pedir que me aceite como estudante.

Suas narinas inflaram como se ele sentisse o cheiro de algo pútrido.

— Por favor, tenho dezesseis anos. Você não vai se arrepender.

Ainda assim ele não falava comigo. Meu rosto ardeu e meus olhos doíam como se algo tivesse enfiado um dedo neles.

— Aro — falei baixinho. — Você vai me ensinar. — Ele permaneceu calado. — Você VAI me... — meu diamante voou para fora da minha boca. Gritei o mais alto que pude. — ME ENSINE! POR QUE VOCÊ NÃO QUER ME ENSINAR? O QUE HÁ DE ERRADO COM VOCÊ? O QUE HÁ DE ERRADO COM *TODO MUNDO*?

O deserto rapidamente absorveu meu grito e isso foi tudo. Caí de joelhos. Simultaneamente, caí naquele lugar em que estive quando fui circuncidada. Fiz isso sem pensar. De longe, me ouvi gritando, mas isso não me interessava. Naquele lugar espiritual, eu era o predador. Por instinto, voei para cima de Aro. Eu sabia como e onde atacá-lo, pois *o conhecia*. Eu era uma chama, determinada a queimar sua alma de dentro para fora. Pude sentir sua surpresa.

Esqueci o propósito de minha ida até lá. Estava rasgando e queimando. Senti o cheiro de cabelo queimando. O doce som de Aro sentindo dor. E então senti como se tivesse levado um chute forte no peito. Abri os olhos. Havia me transformado em mim mesma novamente, voava de costas. Caí com violência, escorregando por diversos metros. A areia arranhava a pele na palma das minhas mãos e nos meus tornozelos. Minha *rapa* se desamarrou, revelando minhas pernas.

Fiquei deitada de costas, olhando para o céu. Por um momento, tive uma visão que não poderia ter. Eu era minha mãe, a milhares de quilômetros a oeste, dezessete anos atrás. Estava deitada de costas. Esperando a morte. Meu corpo, o corpo dela, era pura dor. Cheio de sêmen. Mas vivo.

Então eu estava de volta à areia. Perto de mim, um de seus bodes baliu, uma galinha cacarejou. Eu estava viva. "Proteger-me é um propósito inútil", pensei. De alguma maneira, eu tinha que achar o homem que havia machucado minha mãe, o homem que havia me caçado. Eu tinha que caçá-lo. "E quando o encontrar", pensei, "eu o matarei." Me sentei. Aro jazia no chão, à entrada de sua cabana.

— Eu entendo agora — falei em voz alta. De alguma forma, vi meu diamante e o peguei sem pensar em limpar a areia; coloquei-o sob minha língua novamente. — Você... você não quer ensinar mulheres ou garotas porque *tem medo* da gente! V-você teme nossas emoções. —

ri histericamente e então fiquei séria. — Isso *não é* um motivo bom o suficiente!

Levantei-me. Aro apenas resmungou. Mesmo praticamente morto ele não falava comigo.

— Maldita seja a sua mãe! Maldita seja toda a sua linhagem! — falei. Me virei e cuspi. Estava vermelho de sangue. — Morrerei antes de permitir que você me ensine!

De repente senti um nó na garganta. Pisquei. A culpa havia chegado. Não queria tê-lo matado. Queria que ele me ensinasse. Agora era tarde. Amarrei minha *rapa* e caminhei para casa.

Mwita o encontrou uma hora mais tarde ainda deitado onde eu o havia deixado. Havia corrido até a Casa de Osugbo e trazido os anciãos. Por causa das "paredes finas" da Casa, em poucas horas, a notícia sobre o que eu havia feito com Aro se espalhou por toda Jwahir. Meus pais estavam no quarto quando ouvi o bater na porta. Sabia que era Mwita. Hesitei em abri-la. Quando o deixei entrar, ele agarrou minha mão e me arrastou para os fundos da casa.

— O que você fez, mulher? — ralhou ele.

Antes que eu pudesse responder, ele me empurrou com força contra a parede e me manteve ali.

— Cale-se — sussurrou ele rispidamente. — Aro pode estar morrendo. — Quando resfoleguei ele assentiu. — Sim, você sente culpa. Por que é tão *idiota*? O que há de *errado* com você? Você é um perigo para si mesma, para todos nós! Às vezes me pergunto se você deveria tirar sua própria vida! — Ele me soltou e deu um passo atrás. — Como pôde?

Apenas fiquei ali, coçando a pequena cicatriz em minha testa.

— Ele é o mais próximo de um pai do que jamais terei — disse ele.

— Como você pode chamar aquele homem de pai?

— O que você sabe sobre pais *de verdade*? Você nunca teve um! Apenas alguém que tomou conta de você. — Ele se virou para ir embora. — Você sabe o que farão conosco se ele morrer? — perguntou por sobre os ombros.

— Virão atrás da gente. Teremos o mesmo destino de meus pais.

Naquela noite, às onze horas, o olho vermelho apareceu. Olhei para ele, desafiando-o a tentar alguma coisa. Ele pairou sobre mim por um momento, me encarando. Depois desapareceu. A mesma coisa aconteceu na noite seguinte. E na seguinte. Os rumores aumentaram. Luyu me contou que Mwita e eu éramos suspeitos de termos batido em Aro.

— Algumas pessoas disseram que viram você lá naquela manhã — disse ela. — Que parecia irritada e pronta para matar.

Papai estava tirando alguns dias de folga para se recuperar de seus problemas de saúde e minha mãe não lhe contou nada sobre o que eu havia feito. Minha mãe e seus segredos. Ela era boa em guardá-los. Sendo assim, ele nada ficou sabendo a respeito dos rumores, por sorte. Mas minha mãe me perguntou se havia alguma verdade neles.

— Não sou irracional — falei. — Aro é mais do que pensam que ele é.

As pessoas repetiam a história umas para as outras: as crianças *Ewu* são nascidas da violência e por isso é inevitável que se tornem violentas. Os dias se passaram. Aro permaneceu doente. Me preparei para uma caça às bruxas. "Irá acontecer quando Aro morrer", pensei. Preparei uma sacola com alguns suprimentos, uma com a qual fosse fácil fugir. E então, quando papai morreu, cinco dias mais tarde, as pessoas já me olhavam com grande desconfiança.

CAPÍTULO 17

O CICLO SE COMPLETA

O ciclo se completa. Quando fiz o corpo de meu pai respirar durante seu funeral, minha reputação atingiu novas profundezas. Depois que minha mãe me levou para casa, Mwita se tornou ignorável e ouviu o que disseram meus familiares.

— Deveríamos tê-la apedrejado depois que ela tentou matar Aro.

— Minha filha já está tendo pesadelos sobre ela todas as noites. E agora isso!

— Quanto mais cedo ela for cinzas, melhor.

Em casa, dormi mais tranquilamente do que havia dormido em anos. Acordei por causa das dores terríveis em meu corpo. De repente me dei conta: papai era cinzas agora. Me enrolei na cama e chorei. Senti como se estivesse me quebrando novamente. O pesar me levou para um lugar escuro e silencioso por várias horas. Depois, acabou me levando de volta à minha cama. Limpei meu nariz no lençol e olhei para minhas roupas. Minha mãe havia tirado meu vestido branco e me vestira com minha *rapa* azul. Ergui a mão esquerda, aquela que havia se unido ao corpo de papai. Havia um tipo de casca entre meu indicador e o dedo médio.

— Eu poderia me transformar num abutre e voar para longe agora — sussurrei. Mas se eu permanecesse como um animal por muito tempo, ficaria louca. "E será que isso seria tão ruim?", pensei. "Mwita estava certo. Sou perigosa demais." Decidi fugir de casa ao cair da noite, antes que as pessoas viessem atrás de mim. Especialmente pelo bem de minha mãe. Agora ela era viúva. Nesse momento sua reputação era mais importante do que nunca. Uma batida à porta.

— O que você quer? — A porta se abriu, chocando-se com força contra a parede. Pulei para fora da cama, pronta para enfrentar uma multidão

118

enfurecida. Era Aro. Minha mãe estava parada de pé atrás dele. Ela trocou um olhar comigo e então se afastou. Ele bateu a porta atrás de si. Havia um hematoma acima de seu olho. Eu sabia que havia outros hematomas e arranhões ocultados pelos seus trajes brancos de funeral, machucados feitos cinco dias atrás.

— Você *faz ideia* do que fez?

— De que lhe interessa? — ralhei.

— Você *não pensa*! É ignorante e incontrolável, como um animal — ele chupou os dentes. — Deixe-me ver sua mão.

Prendi a respiração enquanto ele se aproximou. Não queria que ele me tocasse. Ele era Eshu, assim como eu. Alguém com essa habilidade precisaria apenas de uma célula do meu corpo para se vingar de mim. Mas alguma coisa fez com que me sentasse quieta e deixasse que ele tocasse em minhas mãos. Medo, pesar, cansaço, pode escolher. Ele virou minhas mãos de um lado para o outro, pressionou-as, esfregou minhas juntas umas nas outras com cuidado. Soltou minhas mãos, rindo para si mesmo e balançando a cabeça.

— Muito bem, *sha* — disse ele para si mesmo. — Onyesonwu, eu irei ensiná-la.

— O quê?

— Ensinarei a você os Grandes Pontos Místicos, se assim estiver destinado — disse ele. — Você representa um perigo a todos nós se eu não o fizer. Representa um perigo a todos nós se eu o fizer, mas pelo menos serei seu Mestre.

Eu não consegui segurar o sorriso. Meu sorriso vacilou.

— Pode ser que me cacem esta noite.

— Assegurarei para que isto não aconteça — disse ele. — Não morri, portanto não deve ser difícil. É com seu pai biológico que você deve se preocupar. Se é que não percebeu até o momento, ele é um feiticeiro, assim como eu. Se não tivesse cometido a idiotice de passar pelo rito dos onze anos, ele ainda não saberia sobre você. Agradeça *a mim* por protegê-la durante todos esses anos, do contrário já estaria morta há tempos.

Franzi o cenho. Aro tinha me protegido durante todo esse tempo. Era algo difícil de engolir. Considerei perguntar a ele como, mas em vez disso, perguntei:

— Por que ele quer me matar?

— Porque você é um fracasso — disse Aro, zombeteiro. — Era para você ser um menino.

Eu pisquei.

— Bom, eu a moveria para a minha cabana, mas sua misteriosa mãe necessita de você — disse ele. — E há também o problema de você e Mwita. Durante o treinamento, o contato sexual irá retardar seu aprendizado.

Meu rosto corou e eu desviei o olhar.

— A propósito, teria sido extremamente egoísta fugir e deixar sua mãe para trás — falou. Ele deixou que seu comentário pairasse no ar por alguns instantes e eu me perguntei se ele era capaz de ler minha mente.

— Não posso — disse ele. — Apenas conheço seu tipo.

— Por que eu deveria confiar em você?

— Você não sabe se defender? Não me conhece e, portanto, sabe o que é necessário para me destruir?

— Eu sei, mas você me conhece também — falei. — Você tocou minha mão.

Ele abriu um sorriso largo.

— Então agora conhecemos um ao outro. É um bom começo.

— Mas você é meu Mestre.

— Então não é uma decisão sábia que você também se torne um? Para *o seu próprio* bem?

— Apenas se eu puder confiar que você irá me tornar um.

— Exatamente, a confiança é algo que se conquista, não? — disse ele.

Pensei a respeito.

— Muito bem.

— Você acredita em Ani?

— Não — falei. Ani deveria ser piedosa e amável. Ani não teria permitido que eu existisse. Eu jamais acreditara em Ani. Ela era apenas uma expressão que eu usava quando estava surpresa ou irritada.

— Acredita em algum criador, então? — perguntou ele.

Assenti.

— Um que seja lógico e frio.

— Você está disposta a oferecer aos outros o mesmo direito a suas próprias crenças?

— Se suas crenças não machucarem os outros e se, quando sentir necessidade, que eu seja capaz de chamá-los de idiotas em minha mente, então sim.

— Você acredita que é sua responsabilidade deixar este mundo melhor do que quando você chegou a ele?

— Sim.

Ele pausou, me olhando mais intensamente.

— É melhor dar ou receber?

— Ambos são a mesma coisa — respondi. — Um não pode existir sem o outro. Mas se você continua dando sem receber nada, é um tolo.

Com isso, ele riu. Então perguntou:

— Você consegue sentir o cheiro?

Eu soube sobre o que ele falava imediatamente.

— Sim. Bem forte.

Fogo, gelo, ferro, carne, madeira e flores. O suor da vida. Na maior parte do tempo eu me esquecia do cheiro, mas sempre tomava consciência dele quando coisas estranhas aconteciam.

— Consegue sentir seu gosto?

— Sim. Se eu tentar.

— Você o escolhe?

—Não. Escolhi a mim mesma há muito tempo.

Aro assentiu.

— Então seja bem-vinda.

Ele saiu pela porta. Por sobre os ombros, disse:

— E tire essa pedra amaldiçoada da boca. Ela deveria servir para deixar seus pés no chão. É inútil a você.

Parte 2
ESTUDANTE

CAPÍTULO 18

UMA VISITA CORDIAL À CABANA DE ARO

Vinte e oito dias se passaram antes que eu decidisse ir à sua cabana. Estava com muito medo.

Durante aqueles dias, não consegui dormir nenhuma noite inteira. Eu acordava no escuro, certa de que havia alguém no quarto comigo, e não era papai nem sua primeira esposa, Njeri, a amazona de camelos. Eu teria recebido ambos com alegria. Ou era o olho vermelho, prestes a me matar, ou Aro prestes a se vingar. Entretanto, conforme ele prometera, nenhuma multidão veio atrás de mim. Eu até voltei a frequentar a escola no décimo dia.

Em seu testamento, papai havia deixado sua oficina para minha mãe e ordenara que Ji, seu aprendiz agora graduado a mestre, a administrasse. Eles dividiriam os lucros, oitenta por cento para minha mãe e vinte por cento para Ji. Era um bom acerto para ambas as partes, especialmente para Ji, que era de uma família pobre e agora carregava o título de "Ferreiro ensinado pelo grande Fadil Ogundimu". Além disso, minha mãe tinha seus figos-da-índia e outros vegetais. Ada, Nana, a Sábia, e duas das amigas de minha mãe também vinham visitá-la a cada dia. Mamãe estava bem.

Nenhuma vez Diti, Luyu ou Binta vieram me visitar e eu jurei jamais perdoá-las por isso. Mwita também não veio. Mas eu entendi seus motivos. Ele esperava que eu fosse até ele na cabana de Aro. Portanto, durante aquelas quatro semanas eu estava sozinha com meus medos e minha perda. Voltei à escola porque precisava da distração.

Fui tratada como alguém com uma doença altamente contagiosa. No pátio da escola, as pessoas se afastavam de mim. Não me dirigiam a palavra, nem para me ofender, nem para convesar. O que Aro havia feito para impedir que as pessoas me matassem? Seja o que for, não havia mudado minha reputação como garota *Ewu* malévola. Binta, Luyu e Diti me evitavam. Evitavam fazer contato visual comigo enquanto se afastavam. Ignoravam minhas saudações. Isso me deixava enfurecida.

Após alguns dias assim, era hora de pôr as cartas na mesa. Avistei-as de pé no lugar de costume, próximo ao muro da escola. Me aproximei audaciosamente. Diti olhou para os meus pés, Luyu olhou para o lado e Binta ficou me encarando. Minha confiança fraquejou. Eu tinha plena consciência na clareza da minha pele, do atrevimento das minhas sardas, especialmente aquelas que eu trazia nas bochechas, da cor de areia das tranças que desciam pelas minhas costas.

Luyu olhou para Binta e deu-lhe um tapa no ombro. Binta imediatamente desviou o olhar. Avancei. Queria pelo menos um argumento. Binta começou a chorar. Diti afastava uma mosca, irritada. Luyu me olhou no rosto com tamanha intensidade, que achei que ela iria me bater.

— Venha! — disse ela, olhando de soslaio para o pátio da escola. Ela agarrou minha mão. — Já chega disso.

Diti e Binta seguiram atrás de nós, enquanto descíamos a rua apressadamente. Sentamos na calçada, Luyu de um lado, Binta do outro e Diti ao lado de Luyu. Observamos pessoas e camelos passando.

— Por que você fez aquilo? — perguntou Diti, de supetão.

— Cale a boca, Diti — falou Luyu.

— Eu posso perguntar o que eu quiser! — falou Diti.

— Então pergunte direito — disse Luyu. — Nós agimos mal com ela, não estamos em posição de...

Diti balançou a cabeça vigorosamente.

— Minha mãe disse...

— Você ao menos *tentou* vê-la? — disse Luyu. Quando se virou para mim, estava chorando. — Onyesonwu, o que aconteceu? Me lembro... quando tínhamos onze anos, mas... não...

— Foi seu pai que ordenou que se mantivesse longe de mim? — falei para Luyu. — Ele não quer mais que sua linda filha seja vista com sua amiga feiosa e maligna?

Luyu se encolheu. Eu havia acertado na mosca.

— Desculpe — disse rapidamente, soltando um suspiro.

— O que você tem é maligno? — perguntou Diti. — Você não pode ir simplesmente a uma sacerdotisa de Ani e...?

— Não sou maligna! — gritei, balançando meus punhos no ar. — Entendam *pelo menos isso* a meu respeito, se nada mais. — Cerrei os dentes e golpeei meu punho fechado contra o peito, como Mwita fazia frequentemente quando estava irritado. — Eu sou o que sou, mas *não sou MALIGNA!*

Parecia que eu estava gritando para toda a cidade de Jwahir. "Papai nunca achou que eu fosse maligna", *pensei*. Comecei a soluçar, sentindo a dor da perda me atingir novamente. Binta passou o braço sobre meu ombro e me abraçou.

— Tudo bem — sussurrou ela no meu ouvido.

— Tudo bem — disse Luyu.

— Certo — falou Diti.

E foi assim que a tensão entre mim e minhas amigas se quebrou. Simplesmente assim. Mesmo naquele momento, eu pude sentir. Me senti mais leve. Nós quatro provavelmente nos sentimos. Mas eu ainda tinha que lidar com meu medo. E a única maneira de fazer isso era encarando-o. Fui até lá uma semana depois, durante o dia do descanso. Levantei cedo, tomei banho, vesti meu vestido azul favorito e coloquei um véu amarelo grosso sobre a cabeça.

— Mamãe — falei, olhando para dentro do quarto de meus pais. Ela estava esparramada na cama, pela primeira vez, dormindo pesado. Senti pena de acordá-la.

— Hã? — disse ela. Seus olhos estavam límpidos. Ela não havia chorado durante a noite.

— Fiz inhame frito, guisado de ovo e chá para o café da manhã.

Ela se sentou na cama e se espreguiçou.

— Onde você está indo?

— Para a cabana de Aro, mamãe.

Ela se deitou novamente.

— Bom. Seu pai aprovaria.

— Você acha? — perguntei, me aproximando da cama para ouvir melhor minha mãe.

— Aro fascinava seu pai. Todas as coisas misteriosas o fascinavam. Incluindo eu e você... embora ele não gostasse muito da Casa de Osugbo. —

Rimos. — Onyesonwu, seu pai a amava. E, embora ele não soubesse tanto quanto eu, sabia que você é especial.

— E eu deveria ter contado a papai e a você sobre minha desavença com Aro.

— Talvez. Mas ainda assim não teríamos podido fazer nada.

Fiz tudo com calma. Era uma manhã fresca. As pessoas estavam saindo de casa para realizar suas tarefas matutinas. Enquanto caminhava, ninguém me cumprimentou. Pensei em papai e meu coração ficou apertado. Nos últimos dias, o pesar era tão grande, que sentia o mundo ao meu redor ondular, assim como havia sentido durante o velório de papai. Seja o que fosse que havia acontecido durante o funeral, poderia acontecer novamente. Esse era, em parte, o motivo que me levava a finalmente ir até a cabana de Aro. Não queria machucar mais ninguém.

Mwita me encontrou no portão de cacto. Antes que eu pudesse falar, ele me envolveu em seus braços.

— Bem-vinda — falou. Ele me abraçou até que eu relaxasse e devolvesse o abraço.

— Viram? — disse uma voz atrás dele. Demos um pulo, nos separando. Aro estava de pé atrás do portão, os braços cruzados sobre o peito. Ele usava uma longa bata preta feita de um tecido leve. Ela tremulava ao redor de seus pés descalços, ao sabor da brisa fresca da manhã. — É por isso que você não pode morar aqui.

— Desculpe — disse Mwita.

— Desculpá-lo por quê? Você é homem e essa é a sua mulher.

— Sinto muito — falei, olhando para os meus pés, sabendo que era isso que ele esperava.

— Você deveria mesmo sentir muito — disse ele. — Uma vez tendo começado seus ensinamentos, você deve mantê-lo longe de você. Se engravidar enquanto ainda estiver aprendendo, pode matar todos nós.

— Sim, *Oga* — falei.

— Pelo que vejo, você consegue suportar bem a dor — disse Aro.

Eu assenti.

— Pelo menos isso é bom — disse ele. — Entre.

Enquanto passei pelo portão, um dos cactos arranhou minha perna. Assobiei, irritada, desviando. Aro riu. Mwita passou incólume atrás de mim.

Seguiu para sua cabana. Segui Aro até a cabana dele. Dentro dela, havia uma cadeira e uma esteira de ráfia. Além de um pequeno bloco de anotações velho e um lagarto na parede, isso era tudo o que havia. Caminhamos através das portas do fundo, onde o deserto se abria à nossa frente.

— Sente-se — disse ele, apontando em direção às esteiras de ráfia no chão. Ele fez o mesmo.

Ficamos sentados nos olhando por alguns instantes.

— Você tem os olhos de um homem velho — falei. — E velhos não possuem muito tempo para viver.

— Eu *sou* velho — disse ele, se levantando. Foi até sua cabana e retornou com um espinho de cacto entre os dentes. Sentou-se novamente. Então ele me chocou completamente.

— Onyesonwu, me desculpe.

Pisquei, quase sem acreditar.

— Tenho sido arrogante. Inseguro. Tenho agido como um tolo.

Não falei nada. Concordava plenamente com o que ele dizia.

— Fiquei chocado por ter recebido uma menina, uma mulher — disse ele. — Mas você vai ser alta, então pelo menos tenho isso. O que você sabe sobre os Grandes Pontos Místicos?

— Nada, *Oga* — falei. — Mwita não me falou muita coisa a respeito porque... *você* não quis ensiná-lo. — Não consegui afastar a raiva da minha voz. Se ele estava admitindo os erros, queria que admitisse todos eles. Homens como Aro admitem os erros apenas uma vez.

— Eu não os ensinei a Mwita porque *ele não passou* na iniciação — disse Aro, firme. — Sim, ele é *Ewu* e eu fiquei perturbado por isso. Vocês, *Ewu*, vêm a esse mundo com almas manchadas.

— Não! — disse eu, o dedo em riste no rosto dele. — Você pode falar isso a meu respeito, mas não a respeito dele. Você nem se deu ao trabalho de perguntar a ele sobre sua vida? Sua história?

— Abaixe esse dedo, criança — disse Aro, seu corpo se retesando. — Você não tem disciplina alguma, isso está bem claro. Quer aprender disciplina hoje? Eu sei ensinar muito bem.

Com esforço, consegui me acalmar.

— Eu conheço a história dele — disse Aro.

— Então você sabe que ele nasceu do amor.

As narinas de Aro inflaram.

— Independentemente disso, ignorei seu... sangue misturado. Deixei que tentasse a iniciação. Pergunte a ele o que aconteceu. Tudo o que direi é que, assim como todos os outros, Mwita falhou.

— Mwita disse que você não deixou que ele tentasse fazer a iniciação — falei.

— Ele mentiu — disse Aro. — Pergunte a ele.

— Perguntarei.

— Existem poucos feiticeiros de verdade nessas terras. E não é por escolha própria que se tornam feiticeiros. É por isso que sofremos os flagelos da morte, dor e raiva. Primeiro, há um grande pesar, depois alguém que nos ama exige que nos tornemos o que devemos nos tornar. Sua mãe foi quem provavelmente a colocou nesse caminho. Muito disso deve-se a ele, *sha*. — Ele fez uma pausa, parecendo pensar a respeito. — Ela deve ter exigido no dia em que você foi concebida. As exigências dela obviamente se sobrepuseram às de seu pai biológico. Se você tivesse nascido um menino, ele teria um aliado em vez de um inimigo.

"Os Grandes Pontos Místicos são os meios para se atingir um fim. Cada feiticeiro possui seu próprio fim. Mas não posso ensiná-los a você a menos que passe a iniciação. Amanhã. Nenhuma criança que veio até mim jamais passou até hoje. Retornam para casa surrados, quebrados, doentes."

— O que acontece durante... a iniciação? — perguntei.

— Você é testado em seu âmago. Para aprender os Pontos, você deve ser a pessoa certa, isso é tudo o que posso lhe dizer. Você já jogou aquele diamante fora?

— Sim.

— Você foi circuncidada — disse ele. — Pode ser que isso seja um problema. Mas nada pode ser feito a respeito disso agora. — Ele se levantou.

— Depois do pôr do sol, nada de comer nem beber, nem mesmo água. Sua menstruação virá em dois dias. Isso pode ser um problema.

— Como você sabe sobre minha... quando ela chega?

Ele apenas riu.

— Nada pode ser feito a respeito disso. Hoje à noite, antes de dormir, medite por uma hora. Não converse com sua mãe após o pôr do sol. Pode conversar com Fadil, seu pai. Esteja aqui às cinco horas da manhã. Tome um bom banho e use roupas escuras.

Encarei-o. Como iria me lebrar de todas aquelas instruções?

— Vá convesar com Mwita. Ele irá repetir minhas instruções se precisar ouvi-las novamente.

Senti o cheiro de sálvia enquanto me aproximava da cabana de Mwita. Ele estava sentado em silêncio, meditando numa esteira larga, de costas para mim. Permaneci de pé na porta e olhei ao redor. Então era ali que ele vivia. Havia coisas trançadas nas paredes e em pilhas por toda a cabana. Cestas, esteiras, pratos e mesmo uma cadeira de vime inacabada.

— Sente-se — disse Mwita, sem se virar.

Me sentei na esteira ao lado dele, de frente para a entrada da cabana.

— Você nunca me disse que sabia trançar — falei.

— Isso não é importante — respondeu ele.

— Eu gostaria de ter aprendido.

Ele juntou os joelhos no peito, sem falar nada.

— Você não me contou tudo — falei.

— E você espera isso de mim?

— Quando é importante.

— Importante para quem?

Mwita se levantou, alongou-se e ficou encostado na parede.

— Você já comeu?

— Não.

— É melhor você fazer uma refeição completa antes do pôr do sol.

— O que você sabe sobre a iniciação?

— Por que eu iria lhe contar sobre a maior derrota da minha vida?

— Isso não é justo — falei, levantando. — Não estou pedindo que você se humilhe. Que me conte a respeito do que você passou era crucial.

— Por quê? — perguntou ele. — Que bem isso teria lhe causado?

— Não importa! Você *mentiu* para mim. Não deveria haver segredos entre nós.

Enquanto me olhava, sei que Mwita estava repassando nosso relacionamento em sua cabeça. Ele procurava por alguma revelação ou segredo que pudesse exigir de mim. Deve ter percebido que eu não escondia nada dele, pois, a seguir, disse:

— Só teria assustado você.

Balancei a cabeça.

— Tenho mais medo daquilo que não conheço.

— Muito bem. Eu quase morri. Eu... não, quase. Quanto mais você se aproxima de completar a iniciação, mais se aproxima da morte. Ser iniciado é morrer. Eu cheguei... bem perto.

— O que acon...

— É diferente para cada pessoa — disse ele. — Há dor, terror... completos. Não sei por que Aro permite que esses meninos locais tentem. Esse é o lado maligno dele.

— Quando você...

— Não muito depois de chegar aqui — disse ele. Respirou fundo, olhou sério para mim e então balançou a cabeça. — Não.

— Por quê? Passarei por isso amanhã, quero saber!

— Não — foi tudo o que ele disse e a conversa acabou. Mwita podia caminhar pelas plantações de palmeiras no calar da noite. Havia feito isso diversas vezes após ter estado comigo durante horas. Certa vez, quando estávamos sentados no jardim de minha mãe, uma tarântula passou perto da minha perna. Ele a esmagou com as próprias mãos. Mas nesse momento, diante da simples menção de ter falhado a iniciação, ele parecia completamente aterrorizado.

Antes que eu fosse para casa, Mwita revisou comigo as instruções que deveria seguir antes da iniciação. Fiquei irritada e pedi que ele as anotasse para mim.

Me ajoelhei perto de minha mãe. Ela estava no jardim, afofando o solo ao redor das plantas com as mãos.

— Como foi? — perguntou ela.

— Tanto quanto se pode esperar daquele homem maluco.

— Você e Aro são bastante parecidos — disse minha mãe. Ela parou por um momento. — Conversei com Nana, a Sábia, hoje. Ela me falou sobre uma iniciação... — Mamãe parou de falar e procurou ler minha expressão. Viu tudo o que precisava ver. — Quando?

— Amanhã de manhã. — Mostrei a ela a lista de coisas que deveria fazer. — Tenho que preparar todas essas coisas.

Ela leu a lista e então disse:

— Prepararei um jantar completo para você comer mais cedo. Frango ao *curry* e figo-da-índia?

Dei um sorriso largo.

Tomei um banho quente demorado e por algumas horas fiquei calma. Mas à medida que a noite se aproximava, meu medo do desconhecido retornou. Próximo da meia-noite, o jantar delicioso que eu havia comido revirava no meu estômago. "Se eu morrer durante a iniciação, mamãe estará sozinha", pensei. "Pobre mamãe."

Não dormi. Mas pela primeira vez desde que tinha onze anos de idade, não estava com medo de ver o olho vermelho. Os galos começaram a cantar por volta das três da manhã. Tomei outro banho e vesti um longo vestido marrom. Não tinha fome e senti um leve desconforto no abdome, dois sinais claros de que minha menstruação estava perto de chegar. Não acordei minha mãe antes de sair. Ela provavelmente já estava acordada.

CAPÍTULO 19

O HOMEM DE PRETO

— Papai, por favor, me guie — falei, enquanto caminhava. — Porque preciso de orientação.

Para ser sincera, não achava que ele estivesse ali. Sempre acreditei que, quando as pessoas morrem, seus espíritos permanecem por perto ou algumas vezes aparecem para visitar. Ainda acredito nisso, pois foi assim com a primeira esposa de papai, Njeri. Eu sentia sua presença em nossa casa frequentemente. Mas não sentia papai perto de mim agora. Apenas a brisa fresca da manhã e os sons de grilos ao meu redor.

Mwita e Aro estavam esperando por mim nos fundos da cabana de Aro. Ele me entregou uma xícara de chá. Estava morno e tinha gosto de flores. Depois de bebê-lo, a leve cólica que sentia desapareceu.

— O que vai acontecer agora? — perguntei.

— Caminhe pelo deserto — disse Aro, fechando suas vestes pretas ao redor de seu corpo.

Virei-me para Mwita.

— Tudo o que importa para você é o que está adiante — disse Aro.

— Vá, Onyesonwu — murmurou Mwita.

Aro me empurrou em direção ao deserto. Pela primeira vez na minha vida, estava relutante de caminhar nele. O sol estava nascendo. Comecei a caminhar. Os minutos se passavam. Comecei a ouvir meu coração batendo. "Devia ter alguma coisa naquele chá", pensei. "Uma bebida de xamã, talvez." Sempre que a brisa soprava, podia ouvir perfeitamente os grãos de areia arranhando uns contra os outros. Coloquei as mãos sobre as orelhas. Continuei caminhando. A brisa começou a soprar com mais força, tornando-se um vento cheio de areia e poeira.

— O que é isso? — gritei, esforçando-me para continuar caminhando.

Rapidamente, o sol virou apenas um borrão. Minha mãe e eu havíamos sobrevivido a três grandes tempestades de areia enquanto éramos nômades. Cavamos um buraco na areia e nos deitamos nele, usando nossa tenda para nos proteger. Tivemos sorte de não termos sido sopradas para longe ou mesmo enterradas vivas. Agora aqui estava eu, no meio de uma tempestade de areia e com nada entre nós além de meu vestido.

Decidi voltar para a cabana de Aro. Mas não conseguia enxergar nada atrás de mim. Protegi meu rosto com o braço e olhei em volta. A areia me açoitava e tirava sangue. Logo meus cílios estavam cobertos de areia, os grânulos machucando meus olhos. Cuspi areia e mais areia entrou na minha boca.

De repente, o vento mudou de direção, soprando atrás de mim. Me soprou em direção a uma pequena luz laranja. Quando me aproximei, vi que era uma tenda feita de tecido azul. Havia uma pequena fogueira acesa dentro dela.

— Uma fogueira no meio de uma tempestade de areia! — gritei, rindo histericamente. Meu rosto e meus braços ardiam e minhas pernas tremiam enquanto tentava me manter firme e impedir que o vento me levasse.

Avancei para dentro da tenda e fui recebida por um silêncio mortal. Nem mesmo as paredes da tenda balançavam com o vento. Nada a mantinha presa ao chão, que era de areia. Rolei para o lado, tossindo. Com meus olhos ardendo e cheios de lágrimas, vi o homem mais branco que já havia visto na vida. Ele trajava um manto preto pesado com capuz, que cobria a metade superior do seu rosto. Mas a metade inferior eu podia ver perfeitamente. Sua pele enrugada era branca como leite.

— Onyesonwu — disse subitamente o homem de manto preto.

Pulei. Havia algo de repulsivo naquele homem. Eu esperava que ele viesse para cima de mim com a rapidez e a agilidade de uma aranha. Mas, em vez disso, ele permaneceu sentado, suas longas pernas estendidas em frente ao seu corpo. Suas unhas afiadas eram amarelas e com ranhuras. Ele se inclinou para trás, apoiando-se num dos cotovelos.

— É esse o seu nome?

— Sim — respondi.

— Você é a enviada por Aro — disse ele, seus lábios finos e rosados sorrindo maliciosamente.

— Sim.

— Quem a enviou?

— Aro.

— O que é você, então?

— Como assim?

— O que você é?

— Humana — falei.

— Só isso?

— Também sou Eshu.

— Então você é humana?

— Sim.

Ele enfiou a mão no manto e puxou um pequeno pote azul. Ele o balançou e o pousou no chão.

— Aro me chama até aqui e uma mulher está sentada à minha frente — falou. Inflou suas narinas. — Uma mulher que vai sangrar em breve. Muito breve. Esse lugar é sagrado, sabia? — Ele me olhou como se esperasse que eu respondesse alguma coisa. Senti alívio quando ele pegou o pote. Depois o balançou e o jogou com força no chão. Queria coçar meus olhos, que doíam bastante. Ele me olhou com tanta raiva, que meu coração pulou.

— Você foi circuncidada! — disse ele. — Não pode chegar ao clímax! Quem permitiu que isso acontecesse?

Gaguejei:

— Foi... eu queria agradar... eu não...

— Cale-se! — Ele ficou quieto, e quando falou sua voz estava mais calma. — Talvez isso possa ser consertado — disse ele, mais para si mesmo do que para mim. Murmurou algo e disse:

— Você poderá morrer hoje. Espero que esteja preparada. Não encontrarão seu corpo.

Pensei em minha mãe e então expulsei sua imagem da minha cabeça.

O homem de manto derramou o conteúdo do pote... ossos. Pequenos, finos, talvez de um lagarto ou outro pequeno animal. Eles eram branquíssimos e secos, diversos deles se partindo nas pontas, revelando um tutano antigo e poroso. Os ossos voaram do pote e caíram no chão como se jamais fossem se mover novamente. Como se tivessem certeza. Meus olhos pesavam enquanto eu observava os ossos espalhados. Eram atraídos por eles. O homem ficou olhando os ossos bastante tempo. Então olhou para mim, sua boca fazendo um "Oh" de surpresa. Queria poder ver seus olhos. Então ele colocou no rosto uma expressão mais controlada.

— Normalmente, é nesse momento que a dor começa. Quando eu começo a ouvir o corpo gritar — disse o homem de manto. Ele fez uma pausa, olhando para os ossos. — Mas você, — disse ele sorrindo e assentindo com a cabeça — eu *tenho* que matá-la. — Ele ergueu a mão esquerda e virou o pulso. Senti um estalo em meu pescoço enquanto minha cabeça virava num ângulo de 360 graus. Grunhi. Então tudo ficou preto.

Abri os olhos e imediatamente soube que não era eu mesma. A sensação era mais estranha do que aterrorizante. Eu era uma passageira dentro da cabeça de alguém, mas ainda assim era capaz de sentir o suor rolando pelo seu rosto e o inseto mordendo sua pele. Tentei ir embora daquele corpo, mas eu não tinha o meu próprio corpo para me mover. Minha mente estava presa ali. Os olhos através dos quais eu olhava fitavam uma parede de concreto.

Ele se sentava num bloco de concreto, duro e fresco. Não havia teto. A luz do sol brilhava, fazendo com que o local já quente ficasse ainda mais desconfortável. Ouvi o som de várias pessoas por perto, mas não conseguia distinguir exatamente o que estavam dizendo. A pessoa em cujo corpo eu estava murmurou algo e então riu... para si mesma. A voz era de uma mulher.

— Então deixe que venham — disse ela. Olhou para si mesma e coçou a coxa, nervosa. Ela usava um longo vestido branco de pano grosso. Não tinha a pele clara como a minha, mas também não era escura como a pele de minha mãe. Notei suas mãos. Eu havia lido sobre isso apenas em histórias. Os círculos, espirais e linhas se emaranhavam em pinturas complexas que lhe subiam pelos pulsos.

Ela inclinou a cabeça, encostando-a contra a parede, e fechou os olhos na luz do sol. Por um momento, o mundo ficou vermelho. Então alguém a agarrou — nos agarrou — com tal violência, que gritei silenciosamente. Os olhos dela se abriram. Ela não emitiu nenhum som. Não lutou. Eu queria fazê-lo desesperadamente. Então milhares de pessoas apareceram diante de nós, todas gritando, apontando, falando, rindo, observando.

As pessoas permaneceram afastadas, como se alguma força invisível as mantivesse a seis metros de distância do buraco para o qual estávamos sendo arrastadas. Ao lado do buraco havia um monte de areia. Os homens nos arrastaram para o buraco e nos jogaram lá dentro. Senti o corpo inteiro da mulher tremer quando ela caiu no fundo. O buraco batia nos nossos ombros. Ela olhou ao redor e pude ter uma boa visão da multidão que estava esperando a execução.

Os homens jogavam areia com pás e logo estávamos enterradas até o pescoço. Foi neste momento que o medo da mulher deve ter me infectado, pois subitamente me senti sendo partida ao meio. Se eu tivesse um corpo, teria pensado que mil homens seguravam um dos meus braços e mil seguravam o outro e ambos os grupos estavam me puxando. De trás, ouvi um homem gritar:

— Quem vai jogar a primeira pedra nesse problema?

A primeira pedra atingiu a parte de trás de nossa cabeça. A dor foi como uma explosão. Muitas outras pedras vieram depois dessa. Depois de algum tempo, a dor de nossa cabeça sendo apedrejada ficou como um pano de fundo, e em primeiro plano ficou a sensação de estar sendo rasgada ao meio. Eu gritava. Estava morrendo. Alguém jogou outra pedra e senti algo se quebrando. Senti a morte no momento em que ela me tocou. Da melhor maneira que pude, tentei me manter firme.

"Mamãe." Eu a estava deixando sozinha. "Preciso continuar viva", pensei, desesperada. "Mamãe desejou que assim fosse. Ela desejou!" Eu ainda tinha muitas coisas a fazer. Senti papai me pegando e me segurando. Cheirava a ferro quente e seu abraço era, como sempre, forte. Ele me segurou por um bom tempo naquele local espiritual onde tudo era cheio de luzes coloridas, sons, cheiros e calor.

Papai me segurou apertado. O calor de um abraço. Então ele me soltou e foi embora. Logo, o mundo dos espíritos, o local que eu aprenderia a chamar de "a natureza selvagem", começou a derreter e a se misturar com uma escuridão salpicada de estrelas. Eu podia ver o deserto. Lá estava eu, deitada nele, parcialmente enterrada na areia. Um camelo estava de pé ao meu lado e havia uma mulher montada nele. Ela vestia uma blusa verde e calças e se sentava entre as duas corcovas do animal. Devo ter me mexido, pois subitamente o camelo se assustou. A mulher o acalmou com um leve tapinha.

Instintivamente, voei para baixo e aterrissei em meu corpo. Quando fiz isso, a mulher falou:

— Você sabe quem sou eu? — perguntou.

Tentei responder, mas ainda não tinha boca.

— Sou Njeri — ela olhou para cima e sorriu, leves rugas apareceram dos lados de seus olhos. — Eu *fui* a esposa de Fadil Ogundimu. — Ela estava falando com outra pessoa. Virou-se de costas para mim e riu. — Seu pai tem muito a aprender sobre a natureza selvagem.

Eu queria sorrir.

— Conheço o seu tipo. Eu era como você, embora não tenha tido a oportunidade de aprender meu dom. Eu podia falar com os camelos. Minha mãe foi conversar com Aro. Ele me recusou. Eu não teria passado a iniciação. Mas ele poderia ter me ensinado outras coisas úteis. Sempre trilhe *o seu* caminho, Onyesonwu. — Ela fez uma pausa, parecendo escutar outra pessoa. — Seu pai deseja o seu bem.

Enquanto a observava cavalgar para longe, me senti mudando. Subitamente pude sentir o ar soprando contra minha pele e meu coração batendo. Houve uma sensação estranha de estar sendo puxada para baixo, como se houvesse um peso amarrado em cada um dos meus membros, pesos que não eram tão incômodos, mas que iriam se tornar. Minha mortalidade. Eu estava exausta. Tudo doía, minhas pernas, braços, meu pescoço, e principalmente, minha cabeça. Caí num sono restaurador, inevitável.

Acordei com Mwita cantando enquanto passava óleo em minha pele. Energia estática cobria meu corpo como o monitor de um computador. O toque dele a afastou. Ele parou quando percebeu que eu estava acordada. Cobriu meu corpo com minha *rapa*. Eu a puxei sem força para cima do meu peito.

— Você passou — disse ele. Sua voz estava estranha. Havia preocupação, mas havia algo mais também.

— Eu sei — respondi. Então virei a cabeça e comecei a chorar. Ele não tentou me abraçar e fiquei grata por isso. "Por que ela não lutou?", pensei.

"Eu teria lutado mesmo se não adiantasse de nada. Faria qualquer coisa para ficar fora daquele buraco por mais alguns minutos."

Eu me lembrava vividamente da sensação de ter minha testa arrebentada por uma pedra grande. Não doeu tanto quanto deveria. Apenas me senti subitamente... exposta. Uma pedra destruiu meu nariz, fez sair sangue da minha orelha, se enterrou na minha bochecha. Eu permaneci consciente durante a maior parte do tempo. A mulher também. Tentei vomitar. Não saiu nada, pois meu estômago estava vazio. Sentei e massageei minhas têmporas. Mwita me entregou uma toalha morna para limpar e acalmar a irritação em meus olhos. Estava embebida em óleo.

— O que é isso? — perguntei com a voz rouca. — Não vai...

— Não — respondeu Mwita. — Vai ajudar a tirá-lo do seu corpo. Limpe o rosto com isso também. Já passei no resto do seu corpo. Logo vai se sentir melhor.

— Onde estamos? — perguntei, passando o óleo nos meus olhos. A sensação foi boa.

— Em minha cabana.

— Mwita, eu morri — sussurrei.

— Você tinha que morrer.

— Eu estava dentro da cabeça de uma mulher e senti...

— Não pense nisso — disse ele, levantando-se. Pegou um prato de comida que estava sobre a mesa. — Agora, você precisa comer.

— Não tenho fome.

— Sua mãe fez essa comida — disse Mwita.

— Minha mãe?

— Ela esteve aqui. Ontem.

— Hã? Mas eu não a vi...

— Já se passaram dois dias, Onyesonwu.

— Oh. — Sentei devagar, peguei o prato das mãos de Mwita e comi. Era frango ao *curry* com vagem. Dentro de alguns minutos, meu prato estava vazio. Eu me senti bem melhor.

— Onde está Aro? — perguntei, passando as mãos pela minha cabeça.

— Não sei — disse Mwita, suspirando.

Então entendi o que havia sentido em Mwita. Isso me surpreendeu. Peguei a mão dele. Se não falasse a respeito disso agora, nossa amizade morreria. Mesmo naquele tempo, eu sabia que a inveja mantida calada algum dia se transformaria em veneno.

— Mwita, não se sinta assim — falei.

Ele puxou a mão.

— Não sei como devo me sentir, Onyesonwu.

— Bem, não se sinta *assim* — falei, endurecendo a voz. — Já passamos por muitas coisas. E, além disso, você está acima desse tipo de coisa.

— Será que estou?

— Só porque você nasceu homem, *não é* mais digno do que eu — ralhei.

— Não aja como Aro.

Mwita não disse nada, mas também não me olhou nos olhos.

Suspirei.

— Bem, a forma como você está se sentindo não me impedirá de...

Ele colocou a mão sobre minha boca.

— Chega de conversa — sussurrou ele, seu rosto perto do meu. Então ele se colocou em cima de mim; o óleo em meu corpo fez com que seus movimentos ficassem mais suaves. Meu corpo doía e minha cabeça latejava, mas pela primeira vez na minha vida, senti apenas prazer. O juju do meu rito dos onze anos estava quebrado. Puxei Mwita para mais perto. A sensação era tão boa, que me trouxe lágrimas aos olhos. Era tão subjugante que, em determinado momento, parei de respirar. Quando Mwita percebeu, congelou.

— Onyesonwu! Respire!

Cada parte do meu corpo estava em êxtase. Foi a sensação mais linda que já tive. Quando apenas o olhei, confusa, ele abriu a boca e respirou forte, para me mostrar. Comecei a ver explosões de vermelho prateado e azul enquanto meu pulmão exigia ar. Eu havia experienciado a morte recentemente, por isso era fácil esquecer de respirar. Inspirei, meus olhos presos aos de Mwita. Então expirei.

— Desculpe — disse ele. — Eu não deveria ter...

— Termine — respirei, puxando-o para mim, minha cabeça zunindo.

Enquanto nossos corpos se encontravam completamente, Mwita me lembrava de que tinha que respirar. Enquanto se colocou dentro de mim, continuou a me lembrar, mas nesse momento eu já não estava mais escutando. Foi delicioso. Logo eu estava tão excitada, que tremia. Minutos se passaram. A sensação começou a ser de determinação, então de agitação. Eu não conseguia me liberar. Havia sido circuncidada.

— Mwita — falei. Ambos estávamos molhados de suor.

— Hã? — disse ele, sem fôlego.

— Eu... há algo de errado comigo. Eu... — escondi meu rosto. — Eu não consigo.

Ele parou de se movimentar e a terrível sensação no meu quadril foi diminuindo. Ele me olhou, gotas de suor pingando no meu peito. Ele me surpreendeu com um sorriso. — Então faça alguma coisa a respeito disso, mulher Eshu.

Pisquei, percebendo o que ele queria dizer. Eu me concentrei. Ele começou a se mexer dentro de mim novamente e imediatamente senti que havia liberado meu ser interior.

— Oooooooh! — gemi. — Ao longe, podia ouvir Mwita rindo, enquanto adormeci com um suspiro.

Aquele pedacinho de carne fez toda a diferença. Fazê-lo crescer de volta não havia sido tão difícil e me deixou feliz pois, pela primeira vez em minha vida, foi fácil obter algo importante.

CAPÍTULO 20

HOMENS

Voltei para casa naquele dia. O sol ainda estava nascendo, e o ar e a areia estavam ficando quentes. Minha mãe gritou meu nome quando me viu. Estava sentada nos degraus da frente de casa, esperando. Ela estava com olheiras e suas longas tranças precisavam ser refeitas. Era a primeira vez que ouvia a voz de minha mãe se erguer mais do que um sussurro. E aquele som fez minhas pernas enfraquecerem.

— Mamãe! — gritei.

À nossa volta, a vizinhança seguia seu ritmo normal. Todos desconheciam o que eu e minha mãe havíamos passado. As pessoas apenas olhavam por curiosidade. Provavelmente o som da voz de minha mãe foi o assunto daquelas pessoas à noite. Nenhuma de nós se importava com o que eles pensavam.

Aro não pediu minha presença por uma semana. E, nessa semana, fui assombrada por pesadelos. Sem parar, noite após noite eu era apedrejada até a morte. Era assombrada pela morte de outra pessoa. Durante o dia, sofria dores de cabeça terríveis. Quando Binta, Diti e Luyu vieram ao meu quarto três dias depois da minha iniciação, eu estava em frangalhos, escondendo-me debaixo do cobertor, chorando.

— O que há com você? — ouvi Luyu perguntando. Joguei o cobertor de lado, chocada por ouvir sua voz. Vi Diti dar as costas e sair.

— Você está bem? É por causa de seu pai? — perguntou Binta, sentando-se em minha cama, ao meu lado.

Limpei o catarro do nariz. Estava desorientada e minha confusão me fez pensar que ela estava se referindo ao meu pai biológico em vez de papai.

"Sim, ele é o meu problema", pensei. Mais lágrimas correram pelo meu rosto. Não via minhas amigas havia dias. Eu havia deixado de ir à escola dois dias antes de minha iniciação e não havia contado nada a elas. Diti retornou e me entregou uma toalha com água morna.

— Sua mãe pediu que viéssemos — disse Luyu.

Diti abriu as cortinas e a janela. O quarto foi inundado pela luz do sol e por ar fresco. Limpei o rosto e assoei o nariz na toalha. Então me deitei novamente, brava com minha mãe por ter pedido que elas viessem. Como iria explicar meu estado a elas? Eu havia feito meu clitóris crescer novamente e não carregava mais o diamante na boca. E meu cinto provavelmente havia ficado verde.

Por um momento, elas apenas permaneceram sentadas enquanto eu choramingava. Se não fosse por elas, eu teria deixado o catarro correr livremente pelo meu rosto e pousar no cobertor. "O que importa?", pensei. Meu humor piorou e estendi a mão em direção ao cobertor, pretendendo puxá-lo sobre a cabeça novamente. "Vou ignorá-las, simplesmente. Uma hora elas irão embora."

— Onyesonwu, conte para a gente — disse Luyu com a voz suave. — Nós iremos escutar.

— Ajudaremos você — disse Binta. — Lembra-se como as mulheres me ajudaram durante o meu rito dos onze anos? Se elas não tivessem me ajudado naquela noite, eu iria matá-lo.

— Binta! — exclamou Diti.

— Sério? — perguntou Luyu.

Binta conseguiu chamar minha atenção.

— Sim. Eu iria envenená-lo... no dia seguinte — disse Binta. — Ele se embebeda quase todas as noites. Fuma seu cachimbo enquanto bebe. Ele nem teria sentido o gosto do veneno.

Limpei meu rosto novamente.

— Certa vez minha mãe me disse que o medo é como um homem que, uma vez tendo sido queimado, tem medo de um vagalume — falei, vagamente. Contei a elas tudo, exceto os detalhes da minha iniciação. Desde o dia da minha concepção até o dia em que engatinhei até a cama e não quis mais sair dela. O rosto delas ficou sem expressão enquanto contava sobre o estupro de minha mãe. Me deleitei um pouco ao obrigá-las a saber dos detalhes. Quando terminei, estavam tão quietas, que pude ouvir os passos do lado de fora da porta. Caminhando pelo corredor. Minha mãe havia escutado tudo.

— Não acredito que você escondeu isso tudo da gente até hoje — disse Luyu, quebrando o silêncio.

— Você pode mesmo se transformar num pássaro? — perguntou Diti.

— Venha — disse Binta, me puxando pelo braço. — Temos que levá-la para fora.

Luyu assentiu e pegou meu outro braço. Tentei me libertar.

— Por que?

— Você precisa tomar um pouco de sol — disse Binta.

— Eu... não estou propriamente vestida — disse, puxando meus braços. Senti as lágrimas voltarem. Lá fora havia vida, mas havia morte também. Agora eu temia ambas. Elas me puxaram da cama, tiraram minha *rapa* de dormir e passaram um vestido verde por sobre a minha cabeça. Fomos para fora e nos sentamos nos degraus da frente de casa. O sol aqueceu meu rosto. Não havia uma névoa vermelha sobre ele, nenhum limo nojento no chão, nenhuma fumaça no ar, nenhum vulto da morte. Depois de algum tempo falei baixinho:

— Obrigada.

— Você parece melhor — disse Binta. — A luz do sol cura. Minha mãe diz que você deve abrir as cortinas todos os dias, porque a luz do sol mata as bactérias e coisas do tipo.

— Você fez seu pai respirar de novo — disse Luyu com o cotovelo apoiado em meu joelho.

— Não — falei, áspera. — Papai havia morrido. Apenas fiz seu corpo respirar.

— Então foi isso — disse Luyu.

Chupei meus dentes e desviei o olhar, irritada.

— Oh — disse Diti. Então assentiu com a cabeça. — Aro irá ensiná-la.

— Certo — disse Luyu. Ela já pode fazê-lo. Apenas não sabe como ainda.

— Hã? — disse Binta, parecendo confusa.

— Onyesonwu, você sabe se pode fazê-lo? — perguntou Luyu.

— Não sei! — ralhei.

— Ela pode — disse Diti. — E acho que sua mãe está certa. Foi por isso que ela se esforçou tanto para mantê-la viva. Intuição materna. Você será famosa.

Ri ao ouvir isso. Suspeitei que iria me tornar mais infame do que famosa.

— Então você acha que minha mãe teria deixado que ambas morrêssemos no deserto se não pensasse que eu era especial?

— Sim — disse Diti parecendo séria.

— Ou se você tivesse nascido menino — completou Luyu. — Seu pai biológico é mal e se você tivesse nascido menino, seria também, eu acho. Era isso que ele queria.

Novamente ficamos em silêncio. Então Diti perguntou:

— Isso quer dizer que você vai deixar de ir à escola?

Dei de ombros.

— Provavelmente.

— Como foi com Mwita? — perguntou Luyu, rindo.

Foi como se ele tivesse se materializado quando ela disse o nome dele, pois apareceu subindo a rua. Luyu e Diti riram maliciosamente. Binta me deu um tapinha no ombro. Ele usava uma bata creme e calças da mesma cor. Suas roupas combinavam tanto com o tom de sua pele, que ele mais parecia um espírito do que uma pessoa. Eu sempre evitava vestir aquela cor por esse mesmo motivo.

— Boa-tarde — disse ele.

— Não tão boa quanto ouvi dizer que foi para você e Onyesonwu algumas noites atrás — disse Luyu, baixinho. Diti e Binta riram e Mwita olhou para mim.

— Boa-tarde, Mwita — falei. — Eu... eu contei tudo a elas.

Mwita franziu o cenho.

— Você não me pediu permissão.

— Deveria?

— Você me prometeu que iria guardar segredo.

Ele estava certo.

— Desculpe — falei.

Mwita olhou para as três.

— Podemos confiar nelas? — ele perguntou.

— Completamente — respondeu Binta.

— Onyesonwu é nossa companheira do rito dos onze anos, não deve haver segredos entre nós, Mwita — disse Luyu.

— Eu não respeito o rito dos onze anos — disse Mwita.

Luyu pareceu chocada. Diti engasgou.

— Como você...

Luyu ergueu a mão para silenciar Diti. Virou-se para Mwita, o rosto muito sério.

— Assim como guardaremos seu segredo, esperamos que respeite Onyesonwu como uma mulher de Jwahir. Não me interessa de que tipo de juju você é capaz.

Mwita rolou os olhos.

— Muito bem — disse ele. — Onyesonwu, o que você...

— Tudo — falei. — Se elas não tivessem vindo aqui hoje, você teria me encontrado na cama perdendo... a mim mesma.

— Tudo bem — disse Mwita, assentindo. — Então todas vocês precisam entender que agora estão ligadas a ela. Não através de um rito primitivo, mas através de algo real. — Luyu rolou os olhos, Diti fitou-o e Binta olhou surpresa para Onyesonwu.

— Mwita, pare de ser um pênis de camelo — falei, irritada.

— Mulheres sempre precisam ter acompanhantes — murmurou Mwita.

— E os homens sempre têm a sensação de direito de posse — falei.

Mwita me olhou bravo e olhei brava também. Então ele pegou minha mão e a massageou.

— Aro quer que você vá até lá hoje à noite. É chegada a hora.

Capítulo 21

GADI

V ocê contou para suas amigas? — perguntou Aro. — Por quê?

Cocei a testa. A caminho da cabana de Aro, tive uma de minhas dores de cabeça e precisei me apoiar numa árvore por quinze minutos até que passasse. A dor já tinha quase desaparecido.

— Elas me ajudaram, *Oga*. Então perguntaram, por isso contei.

— Você entende que agora elas são parte disso.

— Parte do que?

— Você verá.

Suspirei.

— Eu não deveria ter contado a elas.

— Nada pode ser feito sobre isso agora — disse Aro. — Então, respostas. Você entenderá bastante esta noite. Mas antes, Onyesonwu, já conversei com Mwita a respeito e agora vou conversar com você, embora me pergunte se estou apenas gastando minhas palavras. Eu sei o que vocês fizeram.

Senti meu rosto corar.

— Você possui beleza e feiura. Mesmo aos meus olhos, você é um pouco confusa. Mwita vê apenas sua beleza. Por isso não pode se conter. Mas você pode.

— *Oga* — falei, tentando me manter calma. — Não sou diferente de Mwita. Ambos somos humanos, ambos devemos nos esforçar.

— Não se engane.

— Não estou...

— E não me interrompa.

— Então não continue fazendo essas suposições! Se você vai me ensinar, não quero ouvir nada disso! Deixarei de fazer sexo com Mwita, tudo bem.

Peço desculpas. Mas eu e ele teremos que fazer o esforço de nos contermos. Como dois seres humanos! — Nesse momento eu estava gritando. — Com falhas, criaturas imperfeitas! É isso o que *nós dois* somos, *Oga*! É isso o que TODOS NÓS somos!

Ele se levantou. Não me mexi, meu coração batendo acelerado no peito.

— Tudo bem — disse Aro, sorrindo maliciosamente. — Vou tentar.

— Ótimo.

— Entretanto, você jamais deverá falar comigo novamente da maneira que falou agora. Você está aprendendo comigo. Sou seu superior. — Ele fez uma pausa. — Você pode me conhecer e me entender, mas se chegarmos às vias de fato novamente, eu a matarei primeiro... facilmente e sem hesitar. — Ele se sentou novamente. — Você e Mwita não podem fazer sexo. Não apenas irá atrapalhar seu aprendizado, mas se você ficar grávida, arriscará muito mais do que sua própria vida e a da criança.

"Isso aconteceu com uma mulher que muito tempo atrás estava aprendendo os Pontos Místicos. Ela estava no início da gravidez e seu mestre não pôde perceber. Quando tentou realizar um exercício simples, a cidade inteira foi apagada do mapa. Desapareceu como se nunca tivesse existido."

— Aro pareceu satisfeito com minha expressão de choque. — Você agora está trilhando o caminho em direção a algo poderoso, mas instável. Viu o olho de seu pai biológico desde que foi iniciada?

— Não.

Aro assentiu.

— Ele nem mesmo tentará olhá-la agora. É quão poderoso é o seu caminho. Se você simplesmente evitar encontrá-lo cara a cara, estará a salvo. — Ele fez uma pausa. — Vamos começar. Onde começaremos depende de você. Pergunte-me o que quer saber.

— Quero aprender os Grandes Pontos Místicos — falei.

— Antes, é preciso construir uma base. Você não sabe nada a respeito dos Pontos, por isso nem ao menos está preparada para perguntar sobre eles. Para ter suas respostas, precisa fazer as perguntas certas.

Pensei por alguns instantes, então escolhi minha pergunta.

— A primeira esposa de papai. Por que você não quis ensiná-la?

— Você quer que eu peça desculpas pelos erros antigos também? — disse ele.

Eu não queria, mas respondi:

— Sim. Eu quero.

— As mulheres são difíceis — disse ele. — Njeri era como você. Indomada e arrogante. A mãe dela era da mesma maneira. — Ele suspirou. — Foi pelo mesmo motivo pelo qual rejeitei você. Foi um erro recusar-me a ensiná-la pelo menos os jujus mais simples. Ela teria falhado a iniciação.

Eu esperava que Njeri pudesse ouvir as palavras dele. Acredito que ela ouviu.

— Bem... Certo. Acho que minha próxima pergunta é... quem era ela?

Não fiquei surpresa por Aro ter entendido que eu estava me referindo à mulher cuja morte o homem de preto havia me forçado a experienciar.

— Pergunte a Sola. — Ele ralhou.

— O homem que me iniciou? — perguntei.

Aro assentiu.

— Então quem é Sola?

— Um feiticeiro como eu, porém mais velho. Ele teve mais tempo de juntar, absorver e dar.

— Por que a pele dele é tão branca? Ele é humano?

Aro riu quando eu disse isso, como se lembrasse de uma piada.

— Sim — respondeu. — Ele joga os ossos e lê o futuro. Se você é digno, ele lhe mostra a morte. Você precisa ultrapassar a morte para passar, mas ultrapassá-la não quer dizer que você passou. Isso é decidido depois. Quase todos que ultrapassam a morte passam a iniciação. Existem alguns poucos... como Mwita, que por algum motivo são negados.

— Por que Mwita não passou?

— Não tenho certeza. Nem Sola.

— E quanto a você, Aro? Como foi com você? Qual a sua história?

Ele me olhou daquela maneira novamente, como se eu não fosse digna. Ele não sabia que fazia aquilo. Não podia controlar. "Minha mãe estava certa", pensei. "Todos os homens carregam a estupidez." Hoje rio diante destes pensamentos. Se ao menos fosse fácil para as mulheres carregá-la também.

— Por que está me olhando dessa maneira? — ralhei antes que pudesse me controlar.

Ele se levantou e caminhou até o deserto, um local que para mim agora carregava também um pouco de mistério. Me levantei e o segui. Caminhamos até que sua cabana ficasse quase invisível.

— Sou de Gadi, uma aldeia no quarto dos Sete Rios — disse ele.

— É o mesmo lugar de onde a contadora de histórias veio — falei.

— Sim, mas sou muito mais velho do que ela. Morei lá muito antes dos Okeke começarem a se revoltar. Meus pais eram pescadores. — Ele se virou para mim e sorriu. — Devo chamar minha mãe de pescadora? Está bom assim para você?

Sorri para ele.

— Sim, está ótimo.

— Sou o décimo de onze filhos. Todos nós pescávamos. Meu avô do lado paterno era feiticeiro. Ele me bateu no dia em que me viu se transformar numa doninha. Tinha dez anos. Então ele me ensinou tudo o que sabia.

"Desde os nove eu mudava de forma. Da primeira vez que o fiz, estava sentado na beira do rio, com uma vara de pescar nas mãos, e uma doninha veio até mim. O animal me pegou com os olhos. Não me lembro de nada daqueles momentos, apenas que me transformei em mim mesmo de novo dentro do rio. Eu teria me afogado se uma de minhas irmãs não estivesse em seu barco e tivesse me salvado.

"Passei pela iniciação aos treze anos. Meu avô sabia tanto, mas ainda assim era escravo, como todos nós éramos. Não, não todos nós. Em determinado momento neguei o destino que havia sido traçado para mim pelo Grande Livro. Certo dia, vi minha mãe ser surrada por rir de um Nuru que havia tropeçado e caído no chão. Corri para ajudá-la, mas antes que pudesse chegar até ela, meu pai me agarrou e me bateu com tanta força, que perdi a consciência.

"Quando voltei a mim, ali mesmo, mudei de forma, transformando-me numa águia e voando para bem longe. Não sei por quanto tempo permaneci como águia. Muitos anos. Quando finalmente decidi voltar a ser homem, não era mais um menino. Me tornei um homem chamado Aro, que viajou, ouviu e observou. Esse sou eu. Vê?"

Eu vi. Mas havia partes que ele havia deixado de fora. Como seu relacionamento com Ada.

— Sua iniciação. O que você...

— Eu vi a morte, assim como você. Daqui a algum tempo você irá se recuperar, Onyesonwu. Era algo que tinha que ver. Acontece com todos nós. Tememos aquilo que desconhecemos.

— Mas aquela pobre mulher.

— Acontece com todos nós. Não chore por ela. Ela alcançou a natureza selvagem. Parabenize-a, em vez de ter pena dela.

— Natureza selvagem? — perguntei.

— Após a morte, o caminho leva até lá — disse ele, ficando sério. — Algumas vezes, antes da morte também. Você foi forçada à natureza selvagem na primeira vez. O clitóris ou o pênis, quando sofre esse tipo de trauma, leva os mais sensíveis até lá. Era por isso que eu estava preocupado com o fato de você ter sido circuncidada. Você precisa passar pela natureza selvagem durante a iniciação. Ser uma Eshu salvou você, pois nada que é retirado do corpo de um Eshu se vai para sempre, até a morte.

Caminhamos por alguns minutos enquanto eu refletia sobre essas coisas. Eu queria me afastar dele, me sentar e pensar. Aro deixou implícito que eu havia recriado meu clitóris durante a iniciação e o havia removido depois dela, pois tive que criá-lo novamente quando estava com Mwita. Pensei por que eu teria feito isso, removê-lo novamente? Os costumes de Jwahir estavam mais arraigados em mim do que eu percebia.

— O que aconteceu com você depois daquele primeiro dia com a doninha? — perguntei. — No dia em que você quase se afogou? Por que acontece dessa maneira?

— Fui visitado. Todos nós somos.

— Por quem?

Aro deu de ombros.

— Por quem tem que nos visitar para nos mostrar o que podemos fazer.

— Grande parte disso não faz qualquer sentido. Há falhas na...

— O que faz com que você pense que deve entender tudo? — perguntou ele. — É uma lição que você precisa aprender, em vez de se irritar o tempo inteiro. Jamais saberemos completamente por que somos de um jeito, o que somos e assim por diante. Tudo o que você pode fazer é seguir o seu caminho rumo à natureza selvagem, e então continuar porque é assim que deve ser.

Seguimos nossas pegadas de volta à cabana. Eu estava feliz. Havia aprendido bastante por um dia. Mal sabia que aquele seria o dia mais calmo de todos. Esse dia não foi nada.

CAPÍTULO 22

PAZ

É um dia que revivi muitas vezes no último ano para me lembrar de que a vida também é boa. Era um dia do descanso. O Festival da Chuva dura quatro dias, e durante esses dias, ninguém trabalha. Chuveiros feitos de estações de captura de água são armados ao redor do mercado. As pessoas se amontoam debaixo de guarda-chuvas, assistem acrobatas cantores e compram inhames cozidos, sopa de *curry* e vinho de palma.

Essa data memorável foi durante o primeiro dia do festival, quando não havia muita coisa acontecendo, a não ser as pessoas perambulando e colocando as conversas em dia. Minha mãe estava passando a tarde com Ada e Nana, a Sábia.

Fiz uma xícara de chá e sentei nos degraus da frente de casa para ver as pessoas passando. Havia dormido bem, pela primeira vez. Nada de pesadelos ou dor de cabeça. Meu chá estava forte e delicioso. Esse dia foi logo antes de eu começar a aprender os Pontos. Quando eu ainda era capaz de relaxar.

Do outro lado da rua, um jovem casal mostrava seu bebezinho para os amigos. Próximo dali, dois velhos estavam concentrados jogando *warri*. Do lado da estrada, uma menina e dois meninos desenhavam com areia colorida. A menina parecia estar perto de completar onze anos... balancei a cabeça. Não, eu não ia pensar em nada disso hoje. Olhei para o início da rua. Sorri. Mwita sorriu de volta, sua bata creme voando ao vento. "Por que ele insiste em usar essa cor?", pensei, pensei, embora meio que gostasse. Ele se sentou do meu lado.

— Como vai você? — perguntou ele.

Dei de ombros. Não queria pensar sobre como eu estava. Ele tocou numa das minhas longas tranças, afastou-a e me deu um beijo no rosto.

— Alguns doces de coco — disse ele, entregando-me a caixa que trazia debaixo do braço.

Sentamos ali, próximos o bastante para que nossos ombros se tocassem, comendo os doces macios em formato de quadrado. Mwita sempre cheirava bem, como hortelã e sálvia. Suas unhas sempre estavam bem cortadas. Isso era fruto de sua criação Nuru, quando tinha dinheiro. Os homens Okeke tomavam vários banhos por dia, mas apenas as mulheres cuidavam da pele, unhas e cabelos.

Minutos mais tarde, Binta, Luyu e Diti chegaram no camelo de Luyu. Elas eram um emaranhado de roupas de cores vibrantes e óleos perfumados. Minhas amigas. Me surpreendi por não haver uma multidão de homens seguindo seu camelo. Mas é verdade que Luyu gosta de andar rápido.

— Vocês chegaram cedo — falei. Eu não as esperava antes de três horas ou mais.

— Eu não tinha nada melhor para fazer — disse Luyu, dando de ombros e me entregando duas garrafas de vinho de palma. — Por isso, fui até a casa de Diti e ela não tinha nada melhor para fazer. Então, fomos à casa de Binta e ela também não tinha nada melhor para fazer. Você tem algo melhor para fazer?

Todos rimos. Mwita ofereceu os doces de coco e cada uma delas pegou um, felizes. Jogamos *warri*. No final do jogo, estávamos todos meio tontos por causa do vinho de Luyu. Cantei algumas músicas para elas e elas aplaudiram. Luyu, Diti e Binta nunca tinham me ouvido cantar. Estavam impressionadas e, pela primeira vez, me senti orgulhosa. Conforme o dia foi passando, entramos em casa. Já era bem tarde da noite e ainda estávamos conversando sobre nada em particular. Apenas coisas sem significância. Maravilhas sem importância.

Imagine esse momento e se lembre. Certamente, todos havíamos perdido a maior parte da nossa inocência. No meu caso, de Mwita e de Binta, toda ela. Mas nesse dia estávamos todos bem e felizes. Isso logo iria mudar. Ouso dizer que logo depois do Festival da Chuva, quando retornei à cabana de Aro, o resto da minha história, embora se estenda por quatro anos, começa a acontecer bem depressa.

CAPÍTULO 23

FERRAMENTAS DE SOBREVIVÊNCIA

ricoleur, aquele que usa tudo o que possui para fazer o que precisa fazer — disse Aro. — É nisso que você precisa se tornar. Todos nós temos nossas próprias ferramentas. Uma delas é nossa energia, por isso você se irrita com tanta facilidade. Uma ferramenta sempre implora para ser utilizada. O truque é aprender *como* usá-la.

Eu tomava notas com um pedaço afiado de carvão e uma folha de papel. No começo, ele havia exigido que eu memorizasse todas as lições, mas aprendo melhor quando escrevo as coisas.

— Outra de suas ferramentas é que você pode mudar de forma. Então já possui ferramentas para trabalhar com dois dos quatro Pontos. E agora que parei para pensar a respeito, você tem uma ferramenta para trabalhar o terceiro também. Você canta. Comunicação. — Assentiu ele, franzindo o cenho para si mesmo. — *Sim, sha.*

"Viemos longe para isso, portanto escute. — Ele parou. — E largue esse pedaço de carvão. Você não tem permissão para anotar isso. *Jamais* deverá ensinar isso para ninguém, a não ser que ele passe pela iniciação também.

— Não o farei — falei, nervosa.

É claro que, ao contar isso a você, pode-se perceber que menti. Mas naquele momento falei a verdade. Porém, muitas coisas aconteceram desde então. Os segredos significam menos para mim agora. Mas entendo porque essas lições não podem ser encontradas em lugar nenhum, nem mesmo na Casa de Osugbo — um lugar que eu sabia ter me expulsado usando seus truques. A Casa sabia que apenas Aro poderia me ensinar.

— Nem mesmo Mwita — disse ele.

— Tudo bem.

Aro afastou as mangas compridas de sua roupa.

— Você carrega esse conhecimento desde que você me... conheceu. Isso pode ajudar ou não. Veremos.

Assenti.

— Tudo é baseado no equilíbrio. — Ele olhou para mim para ter certeza de que eu estava entendendo.

Assenti.

— A Regra de Ouro é deixar que a águia e o falcão se empoleirem. Que o camelo e a raposa bebam. Todos os lugares funcionam com base nessa regra elástica, porém durável. O equilíbrio não pode ser quebrado, mas pode ser esticado. É aí que as coisas dão errado. Fale, para que eu saiba que você está me entendendo.

— Tudo bem — falei. Ele queria que eu constantemente o informasse do meu entendimento.

— Os Pontos Místicos são aspectos de tudo. Um feiticeiro pode manipulá-los com suas ferramentas de modo a fazer com que coisas aconteçam. Não é a "mágica" que se conta nos livros de histórias infantis. Trabalhar com os Pontos vai muito além do que qualquer juju.

— Certo — falei.

— Mas existe lógica nisso, uma lógica impiedosa e calma. Não existe nada que um homem deva acreditar que não pode ser visto, tocado ou sentido. Não estamos mortos para as coisas ao nosso redor e dentro de nós, Onyesonwu. Se presta atenção, pode saber.

— Tudo bem.

Ele parou.

— Isso é difícil. Jamais o disse em voz alta. É estranho.

Esperei.

— Existem quatro Pontos — disse ele, alto. — Okike, Alusi, Mmuo, Uwa.

— Okike? — perguntei, antes que pudesse evitar. — Mas...

— São apenas nomes. O Grande Livro diz que o povo Okeke foi o primeiro povo na terra. Os Pontos Místicos eram conhecidos muito antes que esse livro miserável existisse. Um feiticeiro que *achava* ser um profeta escreveu o Grande Livro. Nomes, nomes, nomes — disse ele, balançando as mãos. — Eles nem sempre são iguais.

— Tudo bem — falei.

— O Ponto Uwa representa o mundo físico, o corpo — disse Aro. — Mudança, morte, vida, união. Você é Eshu. Essa é a ferramenta que possui para manipulá-lo.

Assenti, franzindo o cenho.

— O Ponto Mmuo é a natureza selvagem — disse ele, movimentando as mãos como se viajassem sobre as ondas. — Sua grande energia permite que você voe através da natureza selvagem enquanto carrega a bagagem da vida. A vida é muito pesada. Você já esteve na natureza selvagem duas vezes. Suspeito que tenham havido outras situações em que você colocou os pés nela.

— Mas...

— Não me interrompa — disse ele. — O Ponto Alusi representa forças, divindades, espíritos, seres não Uwa. O mascarado que você encontrou no dia em que veio aqui era um Alusi. A natureza selvagem é povoada por eles. O mundo Uwa também é regido por Alusi. Mágicos e videntes tolos acreditam que é o contrário — disse ele, rindo secamente.

"Por último, o Ponto Okike representa o Criador. Esse Ponto não pode ser tocado. Nenhuma ferramenta pode fazer o criador ficar de costas para o que Ele mesmo criou. — Ele estendeu as mãos. — Chamamos de caixa de ferramentas do feiticeiro, que contém suas ferramentas de sobrevivência.

— Ele parou de falar e esperou. Peguei a deixa para fazer perguntas.

— Como posso... eu estava na natureza selvagem, isso significa que estava morta?

Aro apenas deu de ombros.

— Palavras, nomes, palavras, nomes. Algumas vezes eles não importam. — Ele bateu palmas e se levantou. — Vou ensinar a você algo que fará com que fique doente. Mwita tem uma aula com a curandeira hoje, e isso não pode ser mudado. Ele voltará a tempo de cuidar de você, se assim for necessário. Vamos. Vamos caminhar até aos meus bodes.

Um bode preto e outro marrom estavam sentados à sombra da choupana próxima à cabana de Aro. Enquanto nos aproximávamos, o bode preto se levantou e virou de costas. Tivemos uma boa perspectiva de seu ânus se abrindo e expulsando pequeninas bolas de fezes. Isso fez com que o lugar ficasse com um cheiro ainda mais forte de bode, almiscarado e pungente no calor seco. Franzi o cenho e inflei as narinas, enojada. Eu nunca gostei do cheiro de bode, embora comesse a carne.

— Ah, um deles se voluntariou — riu Aro. Ele guiou o bode preto pelos pequenos chifres até os fundos da cabana. — Segure-o — disse ele, colocando minhas mãos nos chifres do animal. Então ele entrou em sua cabana. Olhei o bode enquanto ele tentava livrar-se das minhas mãos. Quando me virei, Aro estava voltando de sua cabana e trazia uma faca grande.

Ergui uma mão para me defender. Ele me rodeou, pegou o bode pelo chifre, virou a cabeça dele e cortou sua garganta. Eu estava tão preparada para ser golpeada, que o sangue do bode, assim como seu zurro de choque e dor, poderiam ter sido meus. Antes que pudesse perceber o que estava fazendo, me ajoelhei diante do animal, pressionei minhas mãos em sua garganta dilacerada e fechei meus olhos.

— Ainda não! — disse ele, me pegando pelo braço e me puxando para trás. Deixei-me cair na areia. "O que acabou de acontecer?", foi tudo o que consegui pensar enquanto o bode sangrava até a morte diante dos meus olhos. Os olhos do animal ficaram sonolentos. Ele se ajoelhou, olhando acusadoramente para Aro.

— Jamais vi alguém sem ensinamentos fazer isso — disse Aro para si mesmo.

— Hã? — falei, sem fôlego, observando a vida do bode se esvair. Minhas mãos coçavam.

Aro tocou no seu queixo.

— E ela o teria feito também. Tenho certeza disso, *sha*.

— O que...

— Shhh — disse ele, ainda pensando.

O bode deitou a cabeça nos cascos, fechou os olhos e parou de se mexer.

— Por que você... — comecei a falar.

— Lembra-se do que fez com seu pai?

— S-Sim — respondi.

— Faça a mesma coisa agora — disse ele. — O *mmuo-a* do bode ainda está aqui, confuso. Traga-o de volta e feche a ferida como você queria.

— Mas eu não sei como — eu disse. — Antes... só fiz isso.

— Então faça novamente — disse ele, ficando agitado. — O que posso fazer com tanta dúvida, *sha*? Ah. — Ele me colocou de pé e me empurrou em direção ao corpo do bode. — Faça!

Eu me ajoelhei diante do animal e coloquei minha mão sobre seu pescoço ensanguentado. Tremi de repugnância, não do bode morto, mas pelo fato de que ele havia morrido tão recentemente. Congelei. Podia *sentir* seu *mmuo-a* se movendo ao meu redor. Estava levitando, um suave som de areia perto de mim.

— Está acontecendo.

— Isso é bom — disse Aro atrás de mim, a frustração não mais presente em sua voz.

O pobre animal estava aterrorizado e confuso. Olhei para Aro.

— Por que você o matou daquela maneira? Foi cruel.

— O que há de errado com vocês, mulheres? — ralhou ele. — Será que tudo faz com que chorem?

Surgiu uma raiva dentro de mim e pude sentir o chão sob meus pés ficar quente. Então senti como se estivesse ajoelhada sobre milhares de formigas de metal. Elas se moviam por dentro de mim, conduzindo algo através do meu corpo. Eu entendi. Puxei-o do chão e deixei que saísse pelas minhas mãos. Mais e mais — havia um suprimento infinito. Puxei de minha raiva de Aro e de minha própria reserva de energia. Peguei da força de Aro, também. Teria puxado também de Mwita se ele estivesse por perto.

— Agora — disse Aro, suavemente. — Você vê.

Eu vi.

— Dessa vez, controle-o — disse ele.

Tudo o que meus olhos viam era o cadáver do bode. Mas seu *mmuo-a* corria em círculos ao meu redor. Eu podia senti-lo do meu lado, seus cascos em minhas pernas enquanto observava o que eu estava fazendo. Sob minhas mãos, o corte em seu pescoço estava... vibrando. As extremidades do ferimento estavam se fechando. A visão daquilo me deixou enjoada.

— Vá — falei ao *mmuo-a*. Um minuto depois, removi minha mão, virei a cabeça e vomitei. Não vi o bode se levantar e mexer a cabeça. Estava vomitando com força e não ouvi seu zurro de alegria nem senti quando colocou sua cabeça em minhas coxas, agradecendo. Aro me ajudou a levantar. No curto caminho até a cabana de Mwita, vomitei novamente. A maior parte era feno e grama. Meu hálito tinha o gosto de bode e isso me fez vomitar mais uma vez.

— Da próxima vez será melhor — disse Aro. — Logo, logo, trazer a vida de volta causará poucos efeitos físicos em você.

Mwita voltou tarde. Aro não era muito bom em cuidar dos outros. Ele assegurou que eu não me afogasse em meu próprio vômito, mas não falava nada consolador. Não era esse tipo de homem. Mais tarde, naquela noite, Mwita raspou os pelos de bode que começaram a crescer nas costas da minha mão. Ele me disse que os pelos não voltariam a crescer, mas de que me importava? Eu estava me sentindo enjoada demais. Não perguntou o que havia me deixado tão mal. Ele soube, no dia em que comecei a ter as lições com Aro, que haveria uma parte de mim à qual ele não teria acesso.

Mwita sabia mais do que a melhor curandeira de Jwahir. Mesmo a Casa de Osugbo o considerava digno de seus livros, pois Mwita leu muitos dos livros médicos que encontrou lá. Como era um grande especialista no corpo humano, era capaz de acalmar o meu. Mas alguns dos meus sintomas tinham vindo da natureza selvagem. Ele não podia curá-los. Por isso, sofri bastante aquela noite, mas não tanto quanto poderia ter sofrido.

E assim foi por três anos e meio. Aprendizado, sacrifício e dores de cabeça. Aro me ensinou como conversar com mascarados. Isso fez com que eu ouvisse vozes e cantasse músicas estranhas. No dia em que aprendi como voar através da natureza selvagem, fiquei ignorável por uma semana. Minha mãe mal podia me enxergar. Diversas pessoas provavelmente pensaram que eu estava morta após verem o que pensaram ser um fantasma. Mesmo depois disso, eu estava predisposta a momentos em que não estava nem aqui nem ali.

Aprendi a usar minhas habilidades como Eshu não apenas para me transformar em outros animais, mas para fazer partes do meu corpo crescerem e mudarem. Percebi que podia mudar um pouco meu rosto, mudar meus lábios e ossos faciais e se me cortasse, poderia fechar o ferimento. Luyu, Binta e Diti me observavam enquanto eu aprendia. Elas temiam por mim. E algumas vezes elas mantinham distância, temendo por si mesmas.

Mwita ficou mais próximo a mim e mais distante de mim. Ele era meu curandeiro. Era meu parceiro, pois, embora não pudéssemos fazer sexo, podíamos deitar nos braços um do outro, beijar na boca, amar um ao outro.

Ainda assim, ele era impedido de entender o que estava me transformando em algo que ele admirava e invejava.

Minha mãe deixou que as coisas acontecessem como tinham que ser. Meu pai biológico esperou.

Minha mente evoluiu e floresceu. Mas tudo isso aconteceu por um motivo. O destino estava me preparando para a próxima fase. Depois de tudo o que eu contar a você, pode decidir por si mesmo se eu estava preparada.

Capítulo 24

ONYESONWU NO MERCADO

Talvez tenha sido por causa da posição do sol. Ou talvez por causa da maneira com que aquele homem inspecionava o inhame. A forma como aquela mulher considerava comprar o tomate. Ou aquelas mulheres rindo de mim. O velho me olhando. Como se todos eles tivessem pouca coisa com o que se preocupar. Ou talvez tenha sido a posição do sol, alto no céu, brilhante, quente.

Seja o que for, me fez pensar em minha última lição com Aro. Aquela lição havia sido particularmente irritante. O propósito era que eu aprendesse a ver lugares distantes. Era a estação da chuva, por isso pegar água de chuva não era difícil. Levei a água para dentro da cabana de Aro e me concentrei no que tinha que fazer, no que eu queria ver. As notícias trazidas pela contadora de histórias anos antes ainda estavam na minha cabeça.

Esperava ver o povo Okeke escravizado pelos Nuru. Esperava ver o povo Nuru levando suas vidas como se isso fosse normal. Devo ter me conectado com a pior parte do oeste. A água da chuva me mostrou carne dilacerada, pênis eretos ensanguentados, intestinos, nervos, fogo, peitos respirando, corpos choramingando ao se encontrar com o mal. Sem pensar, minha mão jogou a tigela para longe. Ela se chocou contra a parede, quebrando-se ao meio.

— Ainda está acontecendo! — gritei para Aro, que estava cuidando dos bodes.

— Você pensou que tinha parado? — disse ele.

Eu *tinha* pensado. Pelo menos por um tempo. Mesmo eu havia exercitado alguma forma de me enganar para continuar vivendo minha vida.

— Arrefece um pouco e depois volta novamente com força — disse Aro.

— Mas por quê?... O que está...

— Nenhuma criatura fica conformada quando é escravizada — disse Aro. — Os Nuru e os Okeke tentam viver juntos, então brigam, depois vivem juntos por mais algum tempo, então brigam de novo. O número de Okeke caiu vertiginosamente. Mas você se lembra da profecia sobre a qual a contadora de histórias falou.

Assenti. As palavras da contadora de histórias ficaram gravadas em minha memória por anos. No oeste, dissera ela, um vidente Nuru havia profetizado que um feiticeiro Nuru viria e mudaria o que estava escrito.

— Vai acontecer — disse Aro.

Eu caminhava pelo mercado, coçando minha cabeça, o sol queimando como que para me provocar, quando as mulheres riram. Me virei. Tinha vindo de um grupo de mulheres jovens. Da minha idade, por volta dos vinte anos. Da minha antiga escola. Eu as conhecia.

— Olhem para ela. — Ouvi uma delas dizendo. — Feia demais para se casar.

Senti algo estalar dentro de mim, na minha cabeça. Foi a gota d'água. Já tinha aguentado o suficiente. Chega de Jwahir, cujo povo era tão gordo e complacente quanto a própria Mulher Dourada.

— Algum problema? — perguntei à mulher em voz alta.

Elas me olharam como se *eu* as estivesse incomodando.

— Abaixe essa voz — disse uma delas. — Você não recebeu educação?

— Ela praticamente não teve criação alguma, lembra-se? — disse uma outra.

Diversas pessoas pararam suas atividades para escutar. Um velho olhou para mim.

— O que há de errado com vocês? — falei, me virando para me dirigir a todos que estavam ao meu redor. — Tudo isso é sem importância! Vocês não veem? — Parei para recuperar o fôlego, esperando que se formasse uma plateia. — Sim, estou falando, venham e escutem. Deixem que eu responda *a todas* as perguntas que tiveram sobre mim durante todos esses anos! — Ri. A multidão já era maior do que aqueles que vieram ouvir a contadora de histórias naquela noite.

— A meros cento e sessenta quilômetros daqui, Okeke estão sendo dizimados aos milhares! — gritei, sentindo meu sangue ficar quente. — E aqui estamos nós, vivendo no conforto. Jwahir vira suas costas gordas para tudo isso. Talvez vocês cheguem até a querer que nosso povo no oeste morra para que parem de ouvir a respeito. Onde estão suas *emoções?* — Agora eu gritava e ainda assim estava sozinha. Sempre tinha sido assim. Foi por isso que decidi falar as palavras que Aro havia me ensinado. Ele me alertou para jamais usá-las. Disse que eu não estava nem perto de ser velha o bastante para poder usá-las. "Abrirei seus malditos olhos", pensei, enquanto as palavras escaparam dos meus lábios, suaves e fáceis como mel.

Não lhe direi quais foram as palavras. Apenas como eu as disse. Então inflei minhas narinas e absorvi a ansiedade, raiva, culpa e medo que pairava ao meu redor. Eu havia feito isso sem saber durante o funeral de papai e feito a mesma coisa com o bode, porém intencionalmente. Atravessei para o outro lado. "O que eles verão?", pensei, subitamente tomada pelo medo. "Bem, nada pode ser feito a respeito disso agora." Mergulhei fundo no que havia me concebido e os levei até o que minha mãe experienciou.

Jamais deveria ter feito isso.

Estávamos todos ali, apenas olhos, observando. Havia cerca de quarenta pessoas e todos éramos ao mesmo tempo minha mãe e o homem que ajudou a me conceber. O homem que me observava desde que eu tinha onze anos. Nós o vimos descer de sua motocicleta e olhar ao redor. Vimos quando ele avistou minha mãe. Seu rosto estava velado. Seus olhos eram como os de um tigre. Como os meus.

Nós o observamos arruinar e destruir minha mãe. Ela estava inerte sob ele. Havia se refugiado na natureza selvagem e lá ficara esperando enquanto observava. Ela sempre observava. Tinha um Alusi dentro de si. Sentimos o momento em que minha mãe parou de lutar. Sentimos o momento de dúvida de seu agressor e seu nojo de si mesmo. E então o ódio que vinha de seu povo tomou conta dele novamente, enchendo seu corpo de uma força sobrenatural.

Eu também sentia aquilo dentro de mim. Como um demônio enterrado sob minha pele desde minha concepção. Um presente de meu pai, de sua genética nefasta. O potencial e o gosto pela crueldade. Estava em meus ossos, firme, estável, imóvel. Oh, eu tinha que encontrar aquele homem e matá-lo.

Havia gritos vindos de todos os lados, de todo mundo. Os homens Nuru e suas mulheres, sua pele como o dia. E as mulheres Okeke com a pele como a noite. O ruído era terrível. Alguns dos homens soluçavam e riam e louvavam Ani enquanto estupravam. As mulheres pediam ajuda a Ani, algumas delas eram Nuru. A areia estava imunda de sangue, saliva, lágrimas e sêmen.

Eu estava tão transfixada pelos gritos, que levei alguns segundos para perceber que eles começavam a vir das pessoas do mercado. Puxei a visão como quem dobra um mapa. Ao meu redor, as pessoas soluçavam. Um homem desmaiou. Crianças corriam em círculos. "Eu não havia pensado a respeito das crianças!", percebi. Alguém agarrou meu braço.

— O que você *fez*? — gritou Mwita. Ele me arrastou tão rapidamente, que não consegui responder imediatamente. As pessoas ao redor estavam impressionadas e abatidas demais para nos impedir.

— Eles *precisam* saber! — gritei, quando finalmente recuperei o fôlego. Havíamos deixado o mercado e estávamos subindo a rua.

— Apenas porque nós sentimos dor, não quer dizer que os outros também devam sentir — disse Mwita.

— Quer sim! — gritei. — Todos nós estamos sentindo dor, tenhamos consciência disso ou não! Isso precisa parar!

— Eu sei! — gritou Mwita. — Sei mais do que você!

— *Seu* pai não estuprou *sua* mãe para criar você! O que *você* sabe?

Ele parou de andar e pegou meu braço.

— Você está descontrolada! — ralhou ele. Largou meu braço. — *Você* sabe apenas sobre o que viu!

Fiquei parada. Estava desafiante demais e sem vontade de continuar com a estupidez do meu comentário e minha falta de autocontrole.

— Eu contarei a você — disse ele, abaixando a voz.

— Me contará o quê?

— Ande! — disse ele. — Contarei enquanto caminhamos. Há olhos demais aqui. — Caminhamos por uns dois minutos antes que ele falasse. — Às vezes você é bem idiota.

— Você t... — calei minha boca.

— Você acha que sabe a história toda, mas não sabe. — Ele olhou por sobre os ombros e eu também. Ninguém estava nos seguindo. Ainda.

— Escute — disse ele. — É verdade que viajei para o leste sozinho até encontrar Aro. Mas houve um tempo, logo depois... quando os Okeke e os Nuru estavam lutando e eu me fiz ignorável para conseguir escapar, não sabia como ficar ignorável por muito tempo. Ainda não. Ficava apenas por alguns minutos, na verdade. Você sabe como é.

Eu sabia mesmo. Levei um mês até conseguir permanecer ignorável por dez minutos. Requeria muita concentração. Mwita era tão jovem naquela época; me surpreendi que ele tivesse conseguido permanecer ignorável por qualquer fração de tempo.

— Saí de casa, da aldeia, para longe da luta. Mas no deserto, logo fui capturado por rebeldes Okeke. Eles tinham facões, arcos e flechas, algumas armas. Fui trancafiado num abrigo junto com crianças Okeke. Estávamos lutando do lado dos Okeke. Eles matavam qualquer um que tentasse fugir.

"No primeiro dia, vi uma menina ser estuprada por um dos homens. As meninas sofriam mais porque não apenas apanhavam para obedecer, como os meninos. Elas eram também estupradas. Na noite seguinte, vi um menino ser baleado quando tentava fugir. Uma semana mais tarde, fomos obrigados a surrar um garoto até a morte porque ele também tentara fugir. — Ele parou, inflando as narinas. — Eu era *Ewu*, portanto eles me batiam com mais frequência ainda e me observavam mais de perto. Mesmo com toda a magia que eu conhecia, fiquei com muito medo de tentar fugir.

"Eles nos ensinaram como lançar flechas e usar facões. Os poucos de nós que demonstravam ter bons olhos aprendiam a usar armas. Eu era muito bom com armas. Mas tentei me matar com a arma que me deram duas vezes. E duas vezes apanhei por fazê-lo. Meses mais tarde, fomos levados para lutar contra os Nuru, o povo no meio do qual fui criado e entre os quais vivia como família.

"Matei muitas pessoas — suspirou Mwita, continuando. — Um dia, fiquei doente. Estávamos acampando no deserto. Os homens estavam cavando covas coletivas para aqueles que haviam morrido durante a noite. Havia tantos mortos, Onyesonwu. Eles me jogaram dentro da cova com os cadáveres quando viram que eu não conseguia me levantar.

"Fui enterrado vivo. Eles seguiram seu caminho. Depois de algumas horas, a febre que me abatia diminuiu e consegui cavar para sair. Imediatamente saí em busca de ervas medicinais para me curar. E foi assim que consegui viajar para o leste. Passei dois meses com aqueles rebeldes. Se não tivesse parecido morto, tenho certeza de que *estaria* morto. *Essas* são suas 'vítimas' Okeke."

Paramos de falar.

— Não é tão simples quanto você pensa — disse ele. — Há maldade nos dois lados. Tenha cuidado. Seu pai também vê as coisas em preto e branco. Os Okeke são maus e os Nuru são bons.

— Mas é culpa dos Nuru — falei baixinho. — Se não tivessem tratado os Okeke como lixo, então os Okeke não iriam se comportar como lixo.

— Os Okeke não sabem *pensar* por si mesmos? — disse Mwita. — Eles sabem melhor do que ninguém como é ser escravizado, ainda assim veja o que fizeram com suas próprias crianças! Minha tia e meu tio não eram assassinos, Onyesonwu! Eles *foram mortos* por assassinos!

Eu estava profundamente envergonhada.

— Venha — disse ele, estendendo a mão. Olhei para a mão dele e percebi, pela primeira vez, uma cicatriz leve no seu dedo indicador direito. "Do gatilho de uma arma quente?", pensei.

Meia hora mais tarde, estava de pé do lado de fora da cabana de Aro. Havia me recusado a entrar.

— Então espere aqui — disse Mwita. — Contarei a ele.

Enquanto Mwita e Aro conversavam, senti alívio por estar sozinha porque... eu estava sozinha. Chutei a parede da cabana com o calcanhar e me sentei. Peguei um punhado de areia e deixei que escorresse por entre meus dedos. Um grilo preto pulou na minha perna e um gavião grunhiu de algum lugar no céu. Olhei para o oeste, onde o sol iria se pôr e as estrelas iriam nascer. Respirei fundo e mantive meus olhos abertos. Fiquei bem quieta. Meus olhos ficaram secos. Quando minhas lágrimas vieram, foi um alívio.

Me levantei, tirei minhas roupas, me transformei num abutre e voei no ar quente da tarde.

Voltei uma hora mais tarde. Eu me sentia melhor, mais calma. Enquanto vestia minhas roupas, Mwita colocou a cabeça para fora da tenda de Aro.

— Rápido — disse ele.

— Irei quando eu bem quiser — murmurei. Arrumei minhas roupas.

Enquanto nós três conversávamos, comecei a ficar agitada novamente.

— Quem irá colocar um fim nisso? — perguntei. — Não terá fim até que os Nuru matem todos os Okeke que estão no que eles dizem ser sua terra, não, é Aro?

— Duvido — disse ele.

— Bem, decidi uma coisa. Essa profecia se tornará realidade e quero estar lá quando isso acontecer. Quero ver o feiticeiro e ajudá-lo a ter sucesso em seja o que for que ele precise fazer.

— E qual o seu outro motivo para ir? — perguntou Aro.

— Matar meu pai — falei, sem rodeios.

Aro assentiu.

— Bem, de qualquer maneira você não pode permanecer aqui. Pude impedir que as pessoas viessem atrás de você da outra vez, mas dessa vez você cutucou fundo numa parte dolorida da psique de Jwahir. Além disso, seu pai a está esperando.

Mwita se levantou e, sem dizer uma palavra, foi embora. Aro e eu o observamos caminhar.

— Onyesonwu — disse Aro —, será uma jornada difícil. Você precisa estar preparada para...

Não ouvi o resto do que ele disse, pois uma de minhas dores de cabeça começou a latejar em minhas têmporas, aumentando a cada pancada. Em alguns segundos, senti como se pedras estivessem batendo em minha cabeça. Era sempre assim. Foi uma mistura de ver Mwita indo embora da cabana, de saber que eu teria que deixar Jwahir, as imagens da violência ainda flutuando em minha mente e o rosto do meu pai biológico. Todas essas coisas fizeram com que eu suspeitasse.

Dei um pulo e encarei Aro. Eu sentia tanta dor, estava tão perplexa, que pela segunda vez na minha vida esqueci de respirar. Minha dor de cabeça aumentou e tudo adquiriu uma coloração vermelho-acinzentada. A expressão de Aro me assustou ainda mais. Ele estava calmo e paciente.

— Abra sua boca e respire antes que desmaie — disse ele. — E sente-se.

Quando finalmente me sentei, comecei a soluçar.

— Não pode ser, Aro!

— Todos os iniciados precisam vê-la — disse ele dando um sorriso triste. — As pessoas temem o desconhecido. Que melhor maneira de afastar o medo da morte de uma pessoa do que mostrar sua própria morte a ela?

Apertei minhas têmporas.

— Por que eles vão me *odiar* tanto? — De alguma forma eu acabaria sendo presa e então apedrejada até a morte e muitas pessoas ficariam felizes com isso.

— Você irá descobrir, não é? — disse Aro, solenemente. — Por que estragar a surpresa?

Fui ver Mwita. Aro havia me instruído a respeito de muitas coisas, inclusive sobre quando ele achava que eu deveria partir. Eu tinha dois dias. Mwita estava sentado em sua cama, de costas para a parede.

— Você não pensa, Onyesonwu — disse ele, com o olhar perdido.

— Você sabia? — perguntei. — Você sabia que foi minha própria morte que eu vi?

Mwita abriu a boca e então calou-se.

— Sabia? — perguntei novamente.

Ele se levantou, me envolveu com seus braços e me abraçou forte. Fechei os olhos.

— Por que Aro lhe contou? — perguntou ele, seus lábios perto da minha orelha.

— Mwita, eu esqueci de respirar. Estava tão perplexa.

— Ele não poderia ter lhe contado — disse Mwita.

— Ele não me contou. Eu apenas... descobri.

— Então ele deveria ter mentido para você — disse Mwita.

Ficamos abraçados por algum tempo. Eu respirava o perfume de Mwita, notando que essa era uma das últimas vezes em que eu poderia fazer isso. Eu o abracei com força.

— Irei com você — disse ele antes que eu pudesse dizer qualquer coisa.

— Não — falei. — Eu conheço o deserto. Posso me transformar num abutre quando precisar e...

— Eu conheço o deserto tão bem quanto você, se não melhor. E conheço o oeste também.

— Mwita, o que você viu? — perguntei, ignorando as palavras dele por um momento. — Você viu... você viu sua morte também, não foi?

— Onyesonwu, o fim de uma pessoa é o fim e isso é tudo — disse ele.
— Você não vai sozinha. Nem pensar. Vá para casa. Irei me encontrar com você amanhã à tarde.

Cheguei em casa por volta da meia-noite. Meus planos não surpreenderam minha mãe. Ela havia ouvido falar sobre o que eu havia feito no mercado. Jwahir inteira estava falando sobre isso. A fofoca não carregava detalhes, apenas um sentimento de que eu era má e deveria ser presa.

— Mwita também vai comigo, mamãe — falei.

— Bom — disse ela depois de alguns instantes.

Quando me virei para ir para o meu quarto, minha mãe fungou. Me virei.

— Mamãe, eu...

Ela ergueu uma mão.

— Sou humana, mas não idiota, Onyesonwu. Vá e durma um pouco.

Caminhei até ela e lhe dei um abraço demorado. Ela me empurrou em direção ao meu quarto.

— Vá para a cama — disse ela, enxugando os olhos.

Surpreendentemente, dormi um sono profundo por duas horas. Nada de pesadelos. Mais tarde naquela noite — ou melhor dizendo, naquela manhã — por volta de quatro horas, Luyu, Binta e Diti apareceram na minha janela. Ajudei-as a subir até meu quarto. Quando entraram em casa, as três apenas ficaram paradas, de pé. Eu tinha que rir. Era a coisa mais engraçada que eu havia visto o dia inteiro.

— Você está bem? — perguntou Diti.

— O que aconteceu? — quis saber Binta. — Precisamos saber de você o que aconteceu.

Sentei em minha cama. Não sabia por onde começar. Dei de ombros e suspirei. Luyu se sentou ao meu lado. Podia sentir o cheiro de óleo perfumado e um pouco de suor. Normalmente Luyu jamais deixaria o cheiro de suor aparecer na sua pele. Ela ficou olhando o lado do meu rosto por tanto tempo, que me virei para ela, irritada.

— O que foi?

— Eu estava lá hoje, no mercado — disse ela. — Eu vi... eu vi tudo. — Lágrimas rolaram pelo seu rosto. — Por que você não me contou? — Ela baixou o olhar. — Mas você *nos contou*, não foi? Aquela era... sua mãe?

— Sim — respondi.

— Mostre-nos — disse Diti, baixinho. — Queremos ver também.

Parei.

— Muito bem. — Não foi tão desagradável para mim da segunda vez. Ouvi com atenção as palavras em Nuru que ele rosnava para minha mãe, mas independentemente de quanto eu tentasse, não conseguia entendê-las. Embora eu falasse um pouco de Nuru, minha mãe não falava, e a visão foi adquirida por meio de sua experiência. "Homem vil, cruel, malvado", pensei. "Vou fazê-lo parar de respirar." Mais tarde, Binta e Diti permaneceram chocadas, em silêncio. Entretanto, Luyu apenas parecia mais cansada.

— Vou deixar Jwahir — falei.

— Então quero ir com você — disse Binta, de repente.

Rapidamente balancei minha cabeça.

— Não. Apenas Mwita irá comigo. Seu lugar é aqui.

— Por favor — implorou ela. — Quero ver o que existe fora daqui. Esse lugar... quero ir para longe de papai.

Todas sabíamos. Mesmo depois das intervenções, o pai de Binta ainda não conseguia se controlar. Embora ela tentasse esconder, Binta ficava doente com bastante frequência. Era por causa do abuso dele, por causa da dor que ela sentia quando acontecia. Franzi o cenho, percebendo algo perturbador: se a dor acontecia apenas quando uma mulher ficava excitada, isso queria dizer que o toque do seu pai a excitava? Tremi. Pobre Binta. Além disso, Binta estava marcada como "a garota que era tão boa, que nem mesmo seu pai conseguia resistir". Mwita me contou que, por causa disso, já estava acontecendo uma competição por ela entre os homens mais jovens.

— Também quero ir — disse Luyu. — Quero fazer parte disso.

— Eu nem mesmo sei o que iremos fazer — falei. — Nem mesmo...

— Também quero ir — falou Diti.

— Mas você está noiva — disse Luyu.

— Hã? — falei, olhando para Diti.

— No mês passado, o pai dele pediu a mão de Diti em nome do filho — disse Luyu.

— O pai de quem?

— De Fanasi, é claro — disse Luyu.

Fanasi era o amor da vida de Diti desde que eles eram bem jovens. Foi ele quem se sentiu tão insultado pelos gritos de dor de Diti quando a tocou, que se recusou a falar com ela durante anos. Acho que ele levou esses anos todos para virar homem e entender que podia ter aquilo que queria.

— Diti, por que você não me contou? — perguntei.

Ela deu de ombros.

— Não parecia importante, não para você. E talvez não seja, não agora.

— Claro que é — falei.

— Bem... — falou Diti. — Você falaria com Fanasi?

E foi assim que Mwita, Luyu, Diti, Binta, Fanasi e eu acabamos na sala no dia seguinte, enquanto minha mãe estava no mercado comprando suprimentos para mim. Diti, Luyu, Binta e eu tínhamos dezenove anos. Mwita tinha vinte e dois e Fanasi vinte e um. Todos éramos tão ingênuos, mergulhando no que mais tarde eu perceberia que era nosso desejo, não a realidade.

Fanasi havia ficado bem alto. Era meio palmo maior do que eu e Mwita, um palmo maior do que Luyu e Diti e mais alto ainda do que Binta, a menor entre nós. Ele era um jovem de ombros largos com pele escura e suave, olhos penetrantes e braços musculosos. Ele me olhava, desconfiado. Diti havia lhe contado o plano. Ele olhou para Diti, então para mim e não disse nada. Um bom sinal.

— Não tenho certeza sobre o que dizem a respeito de mim — falei.

— Eu sei o que Diti me conta — disse ele, a voz baixa. — Mas apenas isso.

— Você virá conosco? — perguntei.

Diti havia insistido que Fanasi tinha suas próprias opiniões. Ela disse que ele tinha sido parte da plateia da contadora de histórias naquele dia, anos atrás. Mas ele também era um homem Okeke, por isso não confiava em mim.

— Meu pai é dono de uma padaria que irei herdar — disse ele.

Espremi os olhos, pensando se o pai dele havia sido grosseiro com minha mãe quando chegamos a Jwahir. Eu queria gritar para ele: "Então os Nuru virão aqui e arrebentarão você, estuprarão sua esposa e criarão outro como eu! Você é um tolo!" Podia sentir Mwita perto de mim, querendo que eu ficasse calada.

— Deixe que ela lhe mostre — disse Diti, baixinho. — Então você decidirá.

— Vou esperar lá fora — disse Luyu antes que Fanasi respondesse. Ela se levantou rapidamente. Binta seguiu logo atrás dela. Diti segurou a mão de Fanasi e fechou os olhos com força. Mwita apenas permaneceu do meu lado. Pela terceira vez, levei-nos ao passado. Fanasi reagiu com lágrimas. Diti teve que confortá-lo. Mwita tocou meu ombro e deixou o quarto. Enquanto Fanasi se acalmava, seu pesar foi substituído por raiva. Muita raiva. Sorri.

Ele bateu o punho em sua coxa.

— Como pode ser isso! Eu... eu não... não posso...!

— Jwahir é muito afastada — falei.

— Onye — disse ele. Foi o primeiro a me chamar daquela maneira. — Sinto muito. De verdade. As pessoas aqui... não fazemos ideia!

— Tudo bem — falei. — Você virá conosco?

Ele assentiu. E assim, éramos seis.

Capítulo 25

E ENTÃO FOI DECIDIDO

Iríamos embora dali a três horas. E como as pessoas sabiam disso, deixaram-me em paz. Apenas seus olhares quando eu passava demonstravam sua ansiedade para que eu me fosse, para esquecerem da dor. Fiquei em pé com Aro diante do deserto. Dali, iríamos a sudoeste ao redor de Jwahir e então para o oeste. A pé, não de camelo. Eu não cavalgo camelos. Quando minha mãe e eu vivíamos no deserto, conheci alguns camelos selvagens. Eram criaturas nobres cuja força eu me recusava a explorar.

Eu e Aro subimos uma duna de areia. Uma brisa forte soprou minhas tranças para trás.

— Por que ele quer me ver? — perguntei.

— Você precisa parar de fazer essa pergunta — respondeu Aro.

Novamente, a tempestade de areia. Entretanto, dessa vez não foi tão dolorosa. Uma vez dentro da tenda, sentei de frente para Sola. Assim como anteriormente, o capuz preto cobria seu rosto branco até a altura do nariz estreito. Aro se sentou ao lado dele e trocaram um aperto de mão diferente, que incluía enrolar os dedos.

— Bom-dia, *Oga* Sola — falei.

— Você cresceu — disse Sola com sua voz rouca.

— Ela pertence a Mwita — disse Aro. Ele olhou para mim e completou — *Se* é que ela vai pertencer a algum homem.

Sola assentiu, concordando.

— Então você sabe como isso irá terminar — disse Sola.

— Sim — respondi.

— Aqueles que irão com você — disse Sola. — Você entende que alguns deles podem perecer no caminho?

Fiquei calada. A ideia havia me passado pela cabeça.

— E que tudo isso é sua responsabilidade? — completou Aro.

— Isso pode... ser evitado? — perguntei a Aro.

— Talvez — disse ele.

— E o que eu preciso fazer? Como posso... encontrá-lo?

— Quem? — perguntou Sola, inclinando a cabeça. — Seu pai?

— Não — falei. Eu suspeitava que eu e meu pai nos encontraríamos. — Aquele sobre o qual fala a profecia. Quem é ele?

Ambos ficaram calados por um momento. Senti que estavam trocando palavras entre si sem mexer os lábios.

— Então faça isso, *sha* — murmurou Aro em voz alta. Ele parecia cansado.

— O que você sabe a respeito desse homem Nuru? — perguntou Aro.

— Tudo o que eu sei é que algum vidente Nuru profetizou que um homem Nuru alto, que é um feiticeiro, viria mudar as coisas de alguma maneira, reescrever o livro.

Sola assentiu.

— Eu conheço o vidente — disse Sola. — Você deve nos perdoar por nossas fraquezas, eu, Aro, todos nós, os velhos. Aprenderemos com isso. Aro a recusou porque você era uma mulher *Ewu*. Eu quase fiz o mesmo. Esse vidente, Rana, guarda um documento precioso. Foi por isso que ele recebeu a profecia. Ele ouviu algo e não pôde aceitar. Sua estupidez irá dar uma chance a você, acho.

Suspirei e estendi as mãos.

— Não entendo o que quer dizer, *Oga*.

— Rana não acreditou no que viu, aparentemente. Ele não foi alertado para tomar cuidado com um homem Nuru. Era uma mulher *Ewu* — falou, rindo. — Ao menos ele falou a verdade a respeito de uma coisa, você *é* alta.

Voltei para casa em transe. Não quis que Mwita caminhasse comigo. Chorei o dia inteiro. Que me importa se alguém me viu? Eu tinha menos de uma hora para deixar Jwahir. Quando entrei em casa, minha mãe me esperava na sala. Ela me entregou uma xícara de chá e me sentei no sofá, ao seu lado. O chá estava bem forte, exatamente o que eu precisava.

Basta por hoje. Em dois dias, sei o que acontecerá aqui... talvez. Posso ter esperanças, não? O que mais me resta, para mim mesma e para a criança que cresce dentro de mim? Não me olhe tão surpreso.

Basta. Fico feliz que os guardas tenham permitido que você entrasse e espero que seus dedos tenham sido rápidos o suficiente. E se eles arrancarem esse computador de suas mãos e o arrebentarem no chão, espero que sua memória seja boa. Não sei se permitirão que volte aqui amanhã.

Consegue ouvir todo mundo lá fora? Já se amontoando para olhar? Eles esperam para apedrejar até a morte aquela que virou seus mundinhos de cabeça para baixo. Primitivos. Tão diferentes das pessoas em Jwahir, que são apáticas, mas civilizadas.

Dois guardas do lado de fora da cela têm ouvido o que lhe conto. Pelo menos têm tentado. Por sorte eles não falam Okeke. Se você conseguir retornar, se conseguir passar por esses bastardos arrogantes, detestáveis, tristes e confusos novamente, eu lhe contarei o resto. E quando tiver terminado, ambos veremos o que irá acontecer comigo, não é?

Não se preocupe comigo e o frio hoje à noite. Há bastante pedras aqui, por isso tenho meios de me manter aquecida. Tenho meios de me manter viva, também. Proteja esse computador quando estiver saindo. Se você não retornar, entenderei. Faça o que puder e deixe o resto nos braços gelados do destino. Tome cuidado.

Parte 3
GUERREIRO

Tive uma noite ruim.

Outro homem morrerá por minha causa. Bem, por causa dele mesmo. Ele veio até a minha cela esta manhã, antes do nascer do sol. Esperava ficar famoso. Não sou como minha mãe nesse sentido. Não podia apenas ficar ali, deitada. Ele era um homem Nuru que recebera o nome em homenagem ao pai. Tinha uma esposa, cinco filhos e era um pescador talentoso. Entrou aqui valente, como um idiota. Jamais chegou a me tocar. Sou cruel. Coloquei a visão mais feia de todas dentro de sua cabeça e ele fugiu, calado como um fantasma, triste e abatido como um escravo Okeke.

Desliguei todos os circuitos importantes de seu cérebro. Ele ficará bem por dois dias, envergonhado demais para falar sobre sua tentativa de estupro. E então, morrerá de repente. Não tenho pena de sua esposa ou de seus filhos. Você faz sua própria cama, por isso deve se deitar nela. Uma esposa escolhe seu marido e até mesmo as crianças escolhem seus pais.

De qualquer maneira, estou feliz de ver você, mas por que se arrisca vindo até aqui? Você tem algum motivo, não é? Nenhum homem Nuru faria isso sem um motivo que vai além da simples curiosidade. Não precisa me contar. Não precisa me dizer nada.

Amanhã eles irão me apedrejar. Portanto, hoje lhe contarei o restante da minha vida. A criança dentro de mim, o nome dela é Enuigwe; essa é uma palavra antiga para "o paraíso", o lar de todas as coisas, mesmo de Okeke e Nuru. Conto essa história a vocês dois. Ela precisa conhecer sua mãe. Precisa entender. E precisa ser forte. Quem teme a morte? Eu não temo e ela também não temerá. Digite rápido, pois é assim que irei falar.

Capítulo 26

A dor causada pelas pedras e o ódio pelo que ainda tinha que fazer ameaçavam me derrubar. Senti o primeiro palpitar quando cruzávamos o limite de Jwahir. Carregávamos apenas as mochilas grandes nas nossas costas e as ideias em nossas cabeças.

— Siga em linha reta para o oeste — instruíram Aro e Sola. O terreno logo se abriu diante de nós, dunas com algumas palmeiras e um pouco de grama seca.

— Então é só seguirmos naquela direção? — perguntou Binta, dando uma piscadela enquanto caminhava. Ela estava extremamente bem para quem havia envenenado o pai fazia apenas algumas horas. Contou apenas para mim sobre ter colocado o extrato de uma raiz venenosa de efeito lento no chá matutino do pai. Ela o observara beber o chá e então saiu de casa de fininho, sem deixar para trás nem mesmo um bilhete. Quando chegar a noite, o homem estará morto. — Ele mereceu — sussurrou ela para mim, sorrindo. — Mas não conte nada aos outros. — Olhei para Binta, chocada com sua coragem, pensando: "Talvez ela esteja mesmo preparada para essa jornada".

— Para o oeste, sim — disse Luyu, rolando sua *talembe etanou* na boca. — Seguiremos naquela direção por mais ou menos quatro, cinco meses?

— Depende — falei, passando as mãos nas têmporas.

— Bem, demore o quanto demorar, chegaremos lá — disse Binta.

— Se estivéssemos com camelos, chegaríamos mil vezes mais rápido — disse Luyu mais uma vez.

— Rolei os olhos e olhei para trás. Mwita e Fanasi caminhavam a alguns metros de distância, calados e pensativos.

— Cada passo que dou, é o mais longe que já estive de casa — disse Binta. Ela riu e correu de braços abertos, como se tentasse voar, a mochila se remexendo às suas costas.

— Pelo menos alguém entre nós está feliz nesta jornada — murmurei.

Para o restante do grupo, ir embora foi difícil. Acabei descobrindo que o pai de Fanasi era mesmo o padeiro que havia gritado comigo e com minha mãe no nosso primeiro dia em Jwahir. O pai e a mãe de Fanasi haviam corrido até a cabana de Aro, onde todos nos reunimos antes de sair. Mas não conseguiram atravessar o portão de cactos. Fanasi e Diti tiveram que ir até o lado de fora falar com eles.

A mãe de Fanasi começou a lamentar em voz alta.

— Meu filho está sendo levado embora por uma bruxa! — Seu pai tentou intimidar o filho para que ficasse, ameaçando bani-lo e possivelmente surrá-lo. Quando retornaram, Fanasi estava tão irritado, que se afastou para ficar sozinho. Diti chorava. Já havia passado por isso com seus próprios pais, mais cedo naquele mesmo dia.

Os pais de Luyu também ameaçaram bani-la. Mas se havia uma maneira de fazer com que Luyu fizesse algo que você não queria que ela fizesse, era ameaçando-a. Luyu estava sempre disposta a comprar uma briga. Ainda assim, depois de irmos embora, ela também permaneceu em silêncio.

Quando Mwita teve que se despedir de Aro, vi um novo lado dele. Enquanto o restante de nós começou a caminhar em direção ao deserto, ele congelou. Não disse nenhuma palavra, seu rosto estava inexpressivo.

— Vamos — falei, pegando sua mão e tentando puxá-lo para que caminhasse. Ele não se moveu.

— Mwita — falei.

— Vá, Onyesonwu — disse Aro. — Deixe-me falar com meu menino.

Caminhamos por um quilômetro e meio sem Mwita. Me recusei a olhar para trás para ver se ele estava vindo. Depois de algum tempo ouvi passos, não muito longe. Eles se aproximaram cada vez mais, até que Mwita estava caminhando ao meu lado. Seus olhos estavam vermelhos. Eu sabia que deveria deixá-lo quieto por algum tempo.

Para mim, ir embora foi praticamente insuportável. Até então, tinha sido apenas inevitável. Todos os eventos de minha vida haviam me encaminhado para esta jornada. Para o oeste, sem curvas, sem volta, apenas uma linha reta. Eu não estava destinada a passar meus dias sendo uma mulher de Jwahir. Mas também não estava preparada para deixar minha mãe. Conversamos enquanto terminávamos nossa xícara de chá forte juntas. Nós nos abraçamos. Desci as escadas. Então me virei, subi as escadas correndo e me joguei em seus braços. Ela me abraçou, calma e em silêncio.

— Não posso deixá-la sozinha — falei.

— Você vai — disse ela, com sua voz sussurrante. Ela afastou de seus braços para poder me olhar nos olhos. — Não me trate como se eu fosse fraca. Você já chegou longe demais. *Termine* o que deve fazer. E quando você encontrar... — Ela rangeu os dentes. — Se você não for por nenhum outro motivo, vá por *esse*. Pelo que ele fez comigo. — Ela não falava diretamente sobre esse assunto desde que eu tinha onze anos. — Eu e você — disse ela. — Somos uma só. Não importa para quão longe você vá, será assim para sempre.

Deixei minha mãe. Bem, primeiro ela me deixou. Ela simplesmente se virou e entrou em casa, fechando a porta atrás de si. Quando a porta não se abriu, dez minutos depois, fui até a cabana de Aro me encontrar com os outros.

Enquanto caminhava, passava as mãos pelas minhas têmporas, que latejavam, e também na parte de trás da minha cabeça. As dores de cabeça, tão cedo depois de deixar Jwahir... pareciam um mau presságio. Dois dias mais tarde, a dor estava insuportável. Tivemos que parar por dois dias, e naquele primeiro dia eu nem mesmo havia percebido que tínhamos parado. Tudo o que sei foi o que os outros me contaram. Enquanto estava na minha tenda, me contorcendo de dor e gritando com fantasmas, os outros ficaram nervosos. Binta, Luyu e Diti permaneceram do meu lado, tentando me acalmar. Mwita passou a maior parte do tempo com Fanasi.

— Ela já teve essas dores antes — disse ele para Fanasi, enquanto se sentavam diante de uma fogueira do lado de fora da minha tenda. Mwita havia feito uma fogueira de pedras — uma pilha de pedras quentes. É um juju simples. Ele me contou que Fanasi havia ficado tão fascinado, que acidentalmente se queimou tentando sentir como o calor emanava da pilha de pedras, que tinha um brilho suave.

— Como podemos fazer esse tipo de viagem se ela está doente? — perguntou Fanasi.

— Ela não está doente — disse Mwita. Ele sabia que minhas dores de cabeça estavam ligadas com a minha morte, mas eu não havia lhe contado mais detalhes.

— Mas você pode curá-la, certo? — perguntou Fanasi.

— Farei o melhor que puder.

No dia seguinte, minha dor de cabeça melhorou. Não tinha comido nada desde que paramos. Minha fome abriu meu cérebro para uma estranha lucidez.

— Está acordada — disse Binta, entrando na minha tenda com um prato de carne defumada e pão. Ela sorriu. — Você parece bem melhor!

— Ainda tenho dor, mas ela está voltando para o lugar de onde veio.

— Coma — disse Binta. — Vou contar aos outros.

Sorri enquanto ela saía, saltitando de alegria. Olhei para mim mesma. Precisava de um banho. Quase podia ver o cheiro de suor emanando de meu corpo. A lucidez que estava experienciando tornava o mundo nítido e claro. Todos os sons externos pareciam chegar diretamente aos meus ouvidos. Podia ouvir uma raposa do deserto latindo próximo dali e um falcão gritando. Quase pude ouvir os pensamentos de Mwita quando ele entrou na tenda.

— Onyesonwu — disse ele. Suas bochechas sardentas estavam coradas e seus olhos cor de avelã observaram cada detalhe de mim. — Você está melhor. — Ele me beijou.

— Continuaremos a viagem depois de amanhã — falei.

— Tem certeza? Conheço você. Sua cabeça ainda dói.

— Quando chegar a hora de partirmos, já terei expulsado.

— Expulsado o que, Onyesonwu?

Nossos olhos se encontraram.

— Mwita, temos muito pela frente — falei. Não é importante.

Tarde da noite, naquele dia, me levantei e fui lá fora respirar um pouco de ar fresco. Tinha comido apenas um pedacinho de pão e bebido um pouco d'água, querendo manter aquela estranha lucidez por mais algum tempo. Encontrei Mwita sentado no chão atrás da nossa tenda, de frente para o deserto, as pernas cruzadas. Caminhei até ele e parei. Me virei para voltar à tenda.

— Não — disse ele, ainda de costas para mim. — Sente-se. Você me interrompeu só de se aproximar.

Sorri.

— Desculpe — me sentei. — Você está ficando bom nisso.

— É. Está se sentindo melhor?

— Muito melhor.

Ele se virou para me olhar, observando minha roupa.

— Aqui não — falei.

— Por que não?

— Ainda estou em treinamento — respondi.

— Você sempre estará em treinamento. E estamos no meio do nada.

Ele estendeu a mão e começou a desamarrar minha *rapa*. Segurei sua mão.

— Mwita, não podemos.

Ele afastou minhas mãos com cuidado. Deixei que ele desamarrasse minha *rapa*. A sensação do ar frio do deserto contra minha pele era maravilhosa. Olhei para trás, para ter certeza de que todos ainda estavam em suas tendas. Estávamos a alguns metros de distância, num leve aclive, e estava escuro, mas ainda assim era um risco. Um risco que eu estava disposta a correr. Me deixei levar pelo puro e completo prazer de seus lábios em meu pescoço, mamilos, barriga. Ele riu quando tentei tirar suas roupas.

— Ainda não — disse ele, pegando minhas mãos.

— Oh, você quer apenas tirar minhas roupas aqui fora.

— Talvez. Quero conversar com você. Você escuta melhor quando está relaxada.

— Não estou relaxada de forma alguma.

Ele sorriu, maliciosamente.

— Eu sei. Culpa minha. — Amarrou minha *rapa* novamente e me sentei. Sem dizer palavra, nos viramos para o deserto e começamos a meditar. Quando meu corpo parou de gritar por Mwita meu sangue esfriou, meu coração começou a bater no ritmo normal, minha pele esfriou. Me acalmei. Me sentia como se pudesse fazer qualquer coisa, ver qualquer coisa, fazer qualquer coisa acontecer se não me mexesse. A voz de Mwita foi como uma ondulação suave sobre a água mais calma.

— Quando voltarmos à nossa tenda, Onyesonwu, não se preocupe com o que vai acontecer.

Digeri essa informação e apenas assenti.

— As coisas não param só porque Aro ensinou a você — disse ele.

— Eu sei.

— Então pare de sentir tanto medo.

— Aro me contou o que acontece quando feiticeiras concebem antes de terminarem o treinamento.

Mwita riu e balançou a cabeça.

— Você já sabe como será o fim. Não me contou nada a respeito, mas de alguma maneira duvido que sua gravidez cause a aniquilação de toda uma cidade como aconteceu com Sanchi.

— Era esse o nome dela?

— Meu primeiro mestre, Daib, me contou a respeito dela, também.

— E você não teme que isso vá acontecer comigo.

— Como falei, você sabe como será o fim. Além disso, é uma feiticeira muito mais poderosa do que Sanchi. Você tem apenas vinte anos e já é capaz de trazer os mortos de volta.

— Não sempre, e não sem consequências.

— Nada acontece sem uma consequência.

— E é por isso que acho que devemos evitar o sexo.

— Mas não vamos.

Tirei os olhos da escuridão do deserto e os coloquei em Mwita. Através da luz fraca que emanava da fogueira de pedras no centro de nossas tendas, o rosto de Mwita brilhava e seus olhos de lobo cintilavam.

— Você já parou para pensar... como seria a aparência do nosso bebê?

— Ele ou ela irá se parecer com a gente — respondeu ele.

— E o que isso tornaria ele ou ela?

— *Ewu* — disse ele.

Ficamos calados por alguns minutos, deixando que as coisas se acalmassem novamente.

— Deixe a porta da tenda aberta para mim — falei.

Apertamos as mãos e deslizamos alguns centímetros, estalando os dedos, o aperto de mão da amizade. Me levantei e desamarrei minha *rapa*, deixando que caísse no chão, enquanto olhava para ele. Já havia me transformado em diversos animais diferentes, mas meu favorito será sempre o abutre.

— É noite — disse Mwita. — O ar não estará tão macio.

Minhas risadas se perderam enquanto minha garganta se transformava e afinava e minha pele era coberta de penas. Eu era boa em me transformar, mas cada vez exigia um esforço. Não é algo que você apenas deixa acontecer. Seu corpo sabe como fazê-lo, mas você ainda precisa *fazê-lo*. Ainda assim, como normalmente acontece quando alguém é bom em alguma coisa, eu gostava do esforço porque, de muitas maneiras, eu fazia o esforço sem me esforçar. Abri minhas asas e olhei para o céu. Ninguém teve notícias minhas durante uma hora.

Entrei voando em nossa tenda e permaneci ali por alguns instantes, de asas abertas. Mwita estava trançando um cesto à luz de velas. Ele sempre trançava quando estava preocupado.

— Luyu estava procurando por você — disse ele, deixando o cesto de lado. Jogou minha *rapa* em minha direção quando me transformei novamente.

— Hã? Por quê? Já é tarde.

— Acho que ela quer apenas conversar — disse ele. — Ela tem lido o Grande Livro.

— Todos eles têm.

— Mas ela está começando a entender melhor.

Assenti novamente. Bom.

— Conversarei com ela amanhã.

Me sentei ao lado de Mwita, em nossa esteira de dormir.

— Quer que eu me lave primeiro? — perguntei.

— Não.

— Se eu ficar grávida, todos nós...

— Onyesonwu, algumas vezes você tem que pegar o que lhe é oferecido — disse ele. — Sempre haverá um risco conosco. *Você* é um risco.

Me inclinei para beijá-lo. Então beijei-o mais uma vez. E depois disso, nada poderia ter nos impedido. Nem mesmo o fim do mundo.

Capítulo 27

Dormimos até tarde. E quando acordei, minha dor de cabeça estava quase completamente curada. Pisquei diante do aspecto acentuado do mundo ao meu redor. Meu estômago roncava.

— Onye — ouvimos Fanasi dizer do lado de fora. — Podemos entrar?

— Vocês estão decentes? — perguntou Luyu. Então ela riu e a ouvimos sussurrar. — Ele provavelmente a está explorando novamente. — Então ouvimos mais risos.

— Entrem — respondi, rindo. — Mas estou fedendo. Preciso tomar banho.

Todos se amontoaram dentro da nossa tenda. Estava apertado. Após mais risos, murmúrios (em sua maioria de Mwita) e remelexos, ficamos calados. Peguei isso como minha deixa para começar a falar.

— Estou bem — falei. — As dores de cabeça são apenas algo com o que tenho que aprender a conviver. Eu... as tenho tido desde minha iniciação.

— Ela precisa apenas se ajustar ao fato de ter ido embora de casa — completou Mwita.

— Continuaremos amanhã — falei, pegando a mão de Mwita.

Quando todos haviam saído da minha tenda, lentamente me sentei e bocejei.

— Você precisa comer — disse Mwita.

— Ainda não — falei. — Primeiro, quero fazer uma coisa.

Ainda trajando apenas minha *rapa*, me levantei com a ajuda de Mwita. O mundo se moveu ao meu redor, depois parou. Senti uma pedra me atingir do lado da cabeça.

— Quer que eu vá com você? — perguntou Mwita.

— Você comeu ontem?

— Não — respondeu ele. — Não vou comer até que você coma também.

— Então você acha melhor que ambos fiquemos fracos?

— Você está fraca?

Sorri.

— Não.

— Então vamos.

A primeira vez que voei pela natureza selvagem conscientemente foi depois de ficar três dias sem comer e bebendo apenas água. Eu havia passado a maioria daqueles dias na cabana de Aro e ele se assegurou de que eu não ficasse sem fazer nada. Limpei a choupana de seus bodes, lavei seus pratos, varri sua casa e cozinhei para ele. Cada dia que eu passava sem comer, ficava mais preocupada de encontrar meu pai na natureza selvagem.

— Ele não virá atrás de você agora — me assegurou Aro. — Estou aqui e você foi iniciada. Já não é mais tão fácil alcançá-la. Relaxe. Quando estiver pronta, saberá.

Estava descansando próximo à choupana quando a lucidez subitamente tomou conta de mim. Era difícil ficar perto dos bodes de Aro. Eles tinham um cheiro mais pungente que o normal e seus olhos castanhos pareciam ver dentro de mim. O bode que eu havia salvado ficava sempre vindo para perto de mim e me encarava. Alguns instantes depois, percebi que estiveram esperando. A sensação começou no meio das minhas pernas — uma sensação morna e vibrante. Então fiquei insensível. Quando olhei para meu abdome, quase gritei. Parecia que estava começando a me transformar em gelatina. Quando vi isso, a gelatina se espalhou rapidamente para o restante do meu corpo.

Me levantei, lutando para permanecer calma. Acima de mim, tudo que podia ver eram cores. Milhões e milhões de cores, mas a predominante era a verde. Elas se amontoavam, empoçavam, contraíam, estendiam. Tudo isso justaposto contra o mundo que eu conhecia. Isso era a natureza selvagem. Quando olhei para os bodes, vi que estavam balindo e empinando de alegria. Seus movimentos alegres emanavam um azul que flutuava em minha direção. Inalei o azul e ele tinha um cheiro... maravilhoso. Então percebi que o lugar todo cheirava a muitas coisas, mas uma em particular. Aquele cheiro indescritível.

Permaneci na natureza selvagem por mais alguns minutos. Então o bode que eu havia salvado veio em minha direção e me mordeu. Senti como se estivesse caindo vários metros e aterrissado no chão. Caminhei de volta à cabana de Aro, entorpecida, onde o encontrei esperando por mim com a mesa farta.

— Coma — foi tudo o que ele disse.

Mwita e eu deixamos o acampamento. Os outros nos observaram sem perguntar para onde estávamos indo. Após percorrermos cerca de um quilômetro e meio, nos sentamos. Estava havia apenas um dia e meio sem comer, mas ainda assim o mundo ao meu redor já havia adquirido aquele estranho nível de lucidez.

— Acho que é por causa da viagem — disse Mwita.

— Você já fez isso antes?

— Há muito tempo — disse ele. — Quando... eu era menino. Logo depois de ter escapado dos soldados Okeke.

— Oh. Você passou fome?

— Por dias.

Queria perguntar o que ele havia visto, mas não era hora. Olhei para o deserto seco. Nem um pouquinho de grama sequer. Aro me disse que, havia muito tempo, a terra não era assim.

— Não desconsidere o Grande Livro completamente — disse ele. — Alguma coisa de fato aconteceu para destruir tudo. Para transformar o verde em areia. Essas terras costumavam se parecer bastante com a natureza selvagem.

Ainda assim, em minha opinião, o Grande Livro era em sua maior parte composto por mentiras cuidadosamente montadas e charadas. Tremi e o mundo tremeu comigo.

— Vê isso? — perguntou Mwita.

Assenti.

— A qualquer momento — falei, sem saber realmente sobre o que eu estava falando, mas certa disso ao mesmo tempo. — Deixe-me guiar.

— O que mais eu posso fazer? — disse Mwita, sorrindo. — Não faço a menor ideia de como guiar uma visão, senhora feiticeira em treinamento.

— Me chame apenas de feiticeiro — falei. — Há apenas um gênero, homem ou mulher. E estamos sempre em treinamento. — Então o mundo tremeu novamente e o segurei. — Rápido, pegue-o, Mwita.

Ele me olhou, confuso, e então fez o que parecia que eu queria que ele fizesse. Ele segurou. — O que... o que é...

— Não sei — respondi.

Era como se o ar debaixo de nós se solidificasse. Veloz e com força, aquilo nos levou a uma velocidade impossível a um destino que só ele conhecia. Nos movíamos depressa, mas estávamos parados ao mesmo tempo. Estávamos em dois lugares ao mesmo tempo ou talvez nem num lugar, nem no outro. Como Aro sempre me disse, você não pode ter todas as suas perguntas respondidas. Quem sabe o que Luyu, Binta, Fanasi ou Diti teriam visto se olhassem para onde estávamos. De acordo com a posição do sol, a visão se movia na maioria das vezes para oeste, mas às vezes virando para noroeste, depois sudoeste, de uma maneira que eu podia descrever apenas como brincalhona. Abaixo de nós, o deserto ficava para trás. De repente, tive um pressentimento terrível. Já tinha tido um sonho como esse antes. Ele havia me mostrado meu pai biológico.

— Estamos nas cidades, agora — disse Mwita após alguns instantes. Ele soava calmo, mas provavelmente não estava.

Nos movíamos com muita rapidez por sobre as cidades e aldeias fronteiriças para que eu conseguisse ver muita coisa. Mas podia sentir um cheiro de fogo e carne assada.

— Ainda está acontecendo — falei. Mwita assentiu.

Viramos para sudoeste, onde os prédios de arenito eram construídos bem próximos uns dos outros e possuíam dois, às vezes três andares. Não vi nenhum Okeke. Esse era um território Nuru. Se havia Okeke por aqui, eram escravos submissos. Os únicos úteis.

As estradas eram pavimentadas e planas. Palmeiras, arbustos e outros tipos de vegetação floresciam. Não era como Jwahir, onde você tinha vegetação e árvores que, embora sobrevivessem, eram secas e cresciam somente para cima, nunca para os lados. Havia areia aqui, mas também espaços com um estranho chão de cor escura. Então vi por quê. Nunca havia visto tanta água. Seu formato era como uma cobra azul gigante. Centenas de pessoas poderiam nadar ali e não faria diferença.

— É um dos Sete Rios — disse Mwita. — Talvez o terceiro ou o quarto.

Diminuímos a velocidade ao sobrevoá-lo. Podia ver peixes brancos nadando próximos à superfície. Estendi a mão para baixo e a corri pela água. Era fresca. Levei as mãos aos lábios. O gosto era quase doce, como a água da chuva. Essa água não era como a obtida por meio das estações de captura, tirada do céu à força, nem como água subterrânea. Essa visão realmente foi algo de novo. Mwita e eu estávamos ambos *ali*. Podíamos ver um ao outro. Podíamos sentir gostos e sensações. Enquanto nos aproximávamos do outro lado do rio, Mwita pareceu preocupado.

— Onye — disse ele. — Eu jamais... as pessoas podem nos ver?

— Não sei.

Passamos por algumas pessoas em veículos flutuantes. Barcos. Ninguém parecia nos ver, embora uma mulher tenha olhado ao redor, parecendo sentir alguma coisa. Uma vez na terra, ganhamos velocidade e voamos bem alto sobre pequenas aldeias até chegarmos a uma cidade grande. Ela se situava no final do rio e na cabeceira de um enorme corpo d'água. Além das construções vi... um campo de plantas verdes?

— Você está vendo isso?

— O corpo d'água ali? Esse é o lago sem nome.

— Não, isso não — falei.

Fomos levados para o meio de prédios de arenito onde mascates Nuru vendiam mercadorias ao longo da estrada. Passamos por um pequeno restaurante, que estava funcionando. Senti o cheiro de pimentões, peixe seco, arroz, incenso. Um bebê chorava em algum lugar. Um homem e uma mulher discutiam. As pessoas permutavam. Vi alguns poucos rostos escuros ali — todos carregavam mercadorias e caminhavam rapidamente. Escravos.

Os Nuru dessa cidade não eram os mais ricos, mas também não eram os mais pobres. Chegamos a uma estrada bloqueada por uma multidão em pé diante de um palco de madeira com bandeiras laranja penduradas na frente. A visão nos levou para a frente do palco e nos colocou para baixo. A sensação foi estranha. Primeiro foi como se tivéssemos sentado no chão, no meio das pernas e dos pés das pessoas. Elas se moveram sem perceber, nos dando espaço, atentas às pessoas que estavam no palco. Então algo nos levantou e ficamos de pé. Olhamos ao redor, aterrorizados de sermos vistos. Mwita me puxou para perto dele, passando seu braço ao redor da minha cintura e segurando com força.

Olhei diretamente para o rosto do Nuru sentado ao meu lado. Ele me olhou também. Ficamos nos encarando. De altura apenas alguns centímetros mais baixa do que eu e Mwita, ele parecia ter vinte anos, talvez um pouco mais. Cerrou os olhos. Por sorte, o homem no palco chamou sua atenção.

— Em quem vocês vão acreditar? — gritou o homem no palco. Então ele sorriu e soltou uma gargalhada, baixando a voz. — Estamos fazendo aquilo que deve ser feito. Estamos seguindo o Livro. Sempre fomos um povo religioso e leal. Mas o que virá depois?

— Diga! Você sabe a resposta! — gritou alguém.

— Quando tivermos acabado com eles, *o que virá depois*? Deixaremos o Grande Livro orgulhoso! Deixaremos Ani orgulhosa. Construiremos um império que será o melhor dos melhores!

Me senti enjoada. Sabia quem era aquele homem, assim como você sabia desde o momento em que a visão me levou. Lentamente, olhei em seus olhos, primeiro assimilando sua estatura alta e os ombros largos, a barba negra que descia e pendia sobre seu peito. Eu não queria olhar. Mas olhei. Ele me viu. Seus olhos se arregalaram. Piscaram uma luz vermelha por um momento. Deu um passo em minha direção.

— Você! — gritou Mwita enquanto subia no palco.

Meu pai biológico ainda estava me olhando chocado quando Mwita o atacou. Eles caíram no chão e as pessoas na multidão gritaram e foram para frente.

— Mwita! — gritei. — O que você está fazendo?

Dois guardas estavam prestes a pegar Mwita. Eles bloquearam minha passagem. Escalei o palco. Podia jurar ter ouvido risadas. Mas antes que pudesse ver, estávamos sendo puxados de volta. Mwita voou em minha direção, passando pelos dois homens. Meu pai biológico os empurrou.

— Quando estiver pronto, Mwita, venha me procurar. Vamos terminar o que começamos — disse ele. Seu nariz sangrava, mas ele estava sorrindo. Nossos olhos se encontraram. Ele apontou para mim com seu dedo longo e fino. — E você, menina. Seus dias estão contados.

A multidão abaixo de nós estava um caos, diversas brigas haviam eclodido. As pessoas se empurravam e se esmurravam, fazendo com que o palco balançasse. Diversos homens vestindo amarelo subiram pelos lados do palco. Eles chutavam as pessoas para fora do palco com violência. Ninguém além de meu pai biológico parecia nos ver. Ele ficou ali parado por mais alguns instantes, então olhou para seu público e ergueu as mãos, sorrindo. Todos se acalmaram imediatamente. Foi assustador.

Estávamos voltando rapidamente. Tão rápido, que não podia falar nem virar minha cabeça em direção a Mwita. Voamos sobre a cidade, o rio, outra cidade. Tudo era um borrão, até estarmos de volta ao acampamento. Foi como se uma mão gigante tivesse nos largado ali, na areia. Olhei para Mwita. Ele tinha um hematoma enorme do lado do rosto.

— Mwita — falei, estendendo a mão para tocá-lo.

Ele deu um tapa na minha mão e se levantou, com ódio no olhar. Me afastei, de repente sentindo muito medo dele.

— Tenha medo — disse ele. Havia lágrimas em seus olhos, mas seu rosto estava endurecido. Ele voltou para o acampamento. Observei-o entrar na nossa tenda e então apenas fiquei ali, sentada. Sentia uma leve dor na testa. Minha dor de cabeça ainda não havia ido embora por completo.

"Como ele conhecia meu pai biológico?", pensei. Não conseguia entender. "Eu não me parecia muito com ele. E por que ele estava prestes a me bater?" A simples ideia doía mais do que a pergunta. De todas as pessoas no mundo, minha mãe e Mwita eram as únicas que eu acreditava que jamais me machucariam. Agora eu havia abandonado minha mãe e Mwita... alguma coisa em seu cérebro enlouqueceu.

E então havia a pergunta sobre o que realmente havia acontecido. Nós *havíamos* estado lá. Mwita dera um murro nele e recebera um de volta. As pessoas podiam nos ver, mas o que elas viam? Peguei um punhado de areia e o joguei longe.

Capítulo 28

Eu e Mwita deixamos nossos problemas em segredo. Foi fácil conseguir isso, pois no dia seguinte Mwita e Fanasi saíram em busca de ovos de lagarto.

— O pão está ficando velho. Eca! — reclamou Binta, enquanto comia um pedaço de pão amarelo. — Preciso de comida *de verdade*.

— Não seja tão fresca — falei.

— Mal posso esperar para chegarmos a alguma aldeia — disse Binta.

Dei de ombros. Não estava tão ansiosa para chegar a outras aldeias ou cidades. Tinha uma cicatriz na testa que comprovava que as pessoas podiam ser bem hostis.

— Precisamos aprender a viver no deserto — falei. — Temos um longo caminho pela frente.

— Sim — disse Luyu. — Mas só vamos encontrar homens nas cidades e aldeias. Você e Diti podem não se importar em ficar longe deles, mas eu e Binta temos nossas necessidades também.

Diti murmurou algo. Olhei para ela.

— Qual o seu problema? — perguntei.

Ela apenas desviou o olhar.

— Onye — disse Binta. — Você disse que, quando era pequena, costumava cantar e as corujas vinham escutar. Ainda pode fazer isso?

— Talvez — respondi. — Faz muito tempo que não tento.

— Tente — disse Luyu, animada.

— Se querem ouvir música, liguem o rádio de Binta — falei.

— A bateria está fraca — disse Luyu.

Eu ri.

— Mas a bateria é solar, não?

— Ora, vamos. Deixe de ser pão-dura — disse Luyu.

— É mesmo — falou Diti baixinho, parecendo irritada. — Nem tudo gira em torno de você.

— Nunca vi uma coruja de perto — falou Binta.

— Eu já — disse Luyu. — Minha mãe costumava alimentar uma coruja todas as noites pela janela. Eu tinha... — ela ficou quieta. Todas ficamos, pensando em nossas mães.

Rapidamente comecei a cantar a música do deserto numa noite fresca. As corujas são animais noturnos. Essa era uma música da qual elas iriam gostar. Enquanto cantava, a música me encheu de alegria, uma emoção rara para mim. O que restava da minha dor de cabeça finalmente se foi. Me levantei e cantei mais alto, abrindo os braços e fechando os olhos.

Ouvi o bater de asas. Minhas amigas ficaram surpresas, riram, suspiraram. Abri meus olhos e continuei cantando. Uma das corujas se empoleirou na tenda de Binta. Era marrom-escura com grandes olhos amarelos. Outra coruja ficou em cima da tenda de Luyu. Essa era tão pequena, que caberia na palma da minha mão. Quando parei de cantar, ambas as corujas piaram, agradecendo, e voaram para longe. A coruja grande deixou uma bola de fezes na tenda de Binta.

— Há consequências para tudo — falei, rindo. Binta rosnou de nojo.

Naquela noite, me deitei em nossa tenda, esperando por Mwita. Ele estava do lado de fora, banhando-se com água da estação de captura. Ele e Fanasi haviam retornado com diversos ovos de lagarto, uma tartaruga — que nenhum de nós, nem mesmo Fanasi, teve coragem de matar ou cozinhar — e quatro lebres do deserto que eles haviam matado. Suspeitei que Mwita usara juju simples para pegar as lebres e encontrar os ovos de lagarto. Ele não estava falando comigo, por isso não tenho certeza.

Enquanto ficava ali, deitada, minha *rapa* envolvendo meu corpo, o medo tomou conta dos meus pensamentos. Eu esperava que esse sentimento fosse temporário, apenas um estranho efeito colateral da visão. Não conseguia parar de tremer. Estava certa de que ele iria me bater essa noite, ou mesmo me matar. Quando ele e Fanasi retornaram e nos mostraram suas presas, Mwita havia me encarado. Me beijou de leve nos lábios. Então nossos olhos se encontraram. A raiva que vi nos olhos dele foi aterrorizante. Mas me recusei a evitá-lo.

Eu conhecia meios de me defender usando os Pontos Místicos. Podia me transformar num animal dez vezes mais forte do que Mwita. Poderia ir para a natureza selvagem, onde ele mal poderia me tocar. Poderia atacá-lo e dilacerar seu espírito, como tinha feito com Aro aos dezesseis anos. Mas eu não iria usar nada disso essa noite. Mwita era tudo o que eu tinha.

Então a porta da tenda se abriu. Mwita parou. Senti um arrepio no peito. Ele havia esperado que eu dormisse na tenda de Luyu ou Binta. *Queria* que eu o fizesse. Me sentei. Ele usava apenas as calças feitas do mesmo material que minha *rapa*. Estava escuro, por isso não pude ver seu rosto com nitidez. Ele puxou o zíper, fechando a porta da tenda. Disse a mim mesma que não tinha feito nada de errado. "Se ele me matar essa noite, não será minha culpa", pensei. "Posso aceitar isso." Mas podia mesmo? Se eu era a pessoa que consertaria as coisas no oeste, conforme foi profetizado, que bem traria sendo morta?

— Mwita — falei baixinho.

— Você não deveria estar aqui — disse ele. — Não essa noite, Onyesonwu.

— Por quê? — perguntei, mantendo minha voz firme. — O que aconteceu...

— Não me olhe — disse ele. — Eu olho para você. — Ele balançou a cabeça, os ombros pesados.

Hesitei por um instante, mas então caminhei até ele e o tomei nos braços. Ele ficou teso. Abracei forte.

— O que aconteceu? — sussurrei, sem querer que os outros escutassem. — Me diga!

Houve um longo momento de silêncio, então ele franziu o cenho e olhou para mim. Não ousei me mover.

— Deite-se — disse ele, finalmente. — Tire isso e se deite.

Tirei minha *rapa* e ele se deitou ao meu lado, me abraçando. Havia algo de muito errado com ele. Mas deixei que se lembrasse de mim. Ele percorreu os braços pelo meu corpo, pegou minhas tranças e cheirou-as, depois me beijou por inteiro. Durante todo o tempo, tantas lágrimas foram derramadas, que eu estava encharcada.

— Amarre de volta — disse ele. Obedeci.

Ele correu as mãos pelos cabelos crespos. Havia raspado os cabelos quando deixamos Jwahir, mas estavam crescendo novamente, assim como os pelos em seu rosto. Tudo em Mwita estava ficando crespo.

— Ouvi você cantando — disse ele, desviando o olhar. — Fanasi e eu devíamos estar a quilômetros de distância, mas ainda assim pude ouvir sua voz. Vimos uma ave grande voando. Presumi que ela estava indo até você.

— Cantei para Luyu, Binta e Diti — falei. — Elas queriam ver corujas.

— Você deveria fazer isso mais vezes. Sua voz a cura. Você parece... bem melhor agora.

— Mwita — falei. — Me conte o que...

— Estou *tentando*. Cale a boca. Não tenha tanta certeza de que vai querer ouvir isso, Onye.

Esperei.

— Não sei no que você vai se tornar. Jamais ouvi falar de alguém que pudesse fazer o que você fez. Nós estávamos lá *de verdade*. Olhe para o meu rosto. Isso foi causado pelo punho *dele*! Não acho que você tenha visto as aldeias nas fronteiras dos Reino dos Sete Rios, mas eu vi. Sobrevoamos alguns rebeldes Okeke lutando contra Nuru. Os Nuru superavam os Okeke às centenas. Os civis Okeke estavam sendo atacados, também. Tudo estava queimando.

— Senti o cheiro da fumaça — falei, baixinho.

— Sua visão a protegeu, mas não a mim. Eu vi! — disse Mwita, seus olhos ficando arregalados. — Não sei que tipo de feitiçaria está acontecendo aqui, mas você me assusta. *Tudo isso* me assusta.

— Me assusta também.

— Você parece muito com sua mãe, exceto pela cor da pele e talvez o nariz. Se comporta como ela algumas... há outras coisas também — disse ele. — Mas posso vê-lo em seus olhos agora. Você tem os olhos dele.

— Sim — falei. — É tudo o que temos em comum. "E nossa habilidade para cantar", pensei.

— Seu pai foi meu professor. Ele é Daib. Contei a você sobre ele. Ele é o motivo pelo qual meu tio e minha tia, aqueles que me salvaram e me criaram, foram mortos.

Ouvir essa notícia foi como levar um tapa de minha mãe, como se Aro tivesse me dado um soco, como se Mwita estivesse me estrangulando. Abri a boca para respirar. "Tanto minha mãe quanto o homem que amo têm motivos para me odiar", pensei, desolada. "Tudo o que precisam fazer é me olhar nos olhos." Passei a mão pela parte de trás da minha cabeça, esperando que a dor voltasse, mas não voltou. Mwita aproximou seu rosto do meu.

— Quanto você sabe a respeito disso, Onye?

Franzi o cenho, não apenas diante da pergunta dele, mas pela forma como ele perguntou.

— Nada, Mwita.

— Esse Sola sobre o qual me contou, ele planejou...

— Não há nenhum complô contra você, Mwita. Você acredita mesmo que eu seja uma falsa...

— Daib é um feiticeiro muito, *muito* poderoso — disse Mwita. — Ele pode dobrar o tempo, pode fazer aparecer coisas que jamais estiveram ali, pode fazer as pessoas pensarem coisas erradas e possui o coração cheio do que há de pior. Eu o conheço bem. — Ele aproximou seu rosto ainda mais do meu. — Nem mesmo Aro poderia impedir que Daib a matasse.

— Bem, de alguma forma ele impediu — falei.

Mwita se sentou, frustrado.

— Tudo bem — disse ele após alguns instantes. — Certo. Mas... ainda assim, Onye, somos praticamente irmãos.

Entendi o que ele queria dizer. Meu pai biológico, Daib, havia sido o primeiro mestre de Mwita, seu professor. Embora Daib não tenha permitido que Mwita tentasse passar a iniciação, ele havia sido seu estudante durante muitos anos. E ser aprendiz de um feiticeiro era um relacionamento muito próximo — de muitas maneiras, era mais próximo do que o relacionamento entre pais e filhos. Aro, apesar de todo o meu conflito com ele, foi um segundo pai para mim — papai foi o primeiro, *não* Daib. Aro havia me dado à luz através de outro canal de vida. Tremi e Mwita assentiu.

— Daib cantava e me batia — disse Mwita. — Minha disciplina e habilidade de aprender tão rápido deve-se à mão pesada de seu pai. Sempre que eu fazia alguma coisa errada, era muito lento ou inexato, eu o ouvia cantar. Sua voz sempre trazia lagartos e escaravelhos.

Ele me olhou fundo nos olhos e eu sabia que estava decidindo. Aproveitei o momento para decidir também. Decidir se *eu* estava de fato sendo manipulada. Se todos nós estávamos. Desde que eu tinha onze anos, as coisas haviam acontecido comigo, haviam me empurrado em direção a um caminho específico. Era fácil imaginar que alguém com grandes poderes místicos estava manipulando minha vida. Exceto por uma coisa: a expressão de choque e quase medo no rosto de Daib quando me viu. Alguém como Daib jamais poderia fingir medo e choque premeditadamente. Aquela expressão era verdadeira. Não, Daib tinha tanto controle sobre tudo isso quanto eu.

Naquela noite, Mwita não me largou e eu não precisei segurá-lo.

Capítulo 29

No dia seguinte, recomeçamos a caminhar antes do amanhecer. Oeste. Diretamente para o oeste. Tínhamos uma bússola e o sol não estava ainda muito quente. Luyu, Fanasi, Diti e Binta começaram a brincar de um jogo de adivinhação. Eu não estava com vontade de participar, por isso caminhei um pouco atrás dos demais. Mwita caminhava na frente de todos nós. Ele não havia me dirigido mais do que "bom-dia" desde que acordou. Luyu deixou o jogo e começou a caminhar ao meu lado.

— Jogo idiota — disse ela, arrumando a mochila nas costas.

— Concordo — falei.

Depois de uns minutos, ela pousou a mão sobre meu ombro e me fez parar.

— Então, o que está acontecendo com vocês dois?

Olhei para os outros de soslaio enquanto continuavam a caminhar e balancei a cabeça.

Ela franziu o cenho, irritada.

— Não me deixe no escuro. Não darei outro passo até que me conte *alguma coisa*.

— A decisão é sua — comecei a caminhar novamente.

Ela me seguiu.

— Onye, sou sua amiga. Me conte alguma coisa sobre o que está acontecendo. Você e Mwita vão destruir um ao outro se você não dividir um pouco dessa carga. Tenho certeza de que Mwita confidencia um pouco a Fanasi.

Olhei para ela.

— Eles conversam — disse ela. — Você vê como eles se afastam às vezes. Pode conversar comigo.

Provavelmente era verdade. Os dois eram diferentes, Fanasi tinha sido criado dentro das tradições e Mwita nasceu fora delas, mas às vezes as diferenças trazem semelhanças.

— Não quero que Diti e Binta saibam sobre essas coisas — falei, após um momento.

— Claro — disse Luyu.

— Eu... — senti como se fosse chorar. Engoli o choro. — Sou aprendiz de Aro.

— Eu sei — disse ela, com uma careta. — Você foi iniciada e...

— E... existem consequências por causa disso — falei.

— As dores de cabeça — disse ela.

Assenti.

— Todos sabemos disso.

— Mas não é assim tão simples. As dores de cabeça têm um motivo. Elas são... fantasmas do futuro. — Paramos de caminhar.

— De que do futuro?

— De como vou morrer — falei. — Parte da iniciação é encarar sua própria morte.

— E como você morre?

— Serei levada diante de uma multidão de Nuru, enterrada até o pescoço e apedrejada até a morte.

Luyu inflou as narinas.

— Quantos... quantos anos você tem quando isso acontece?

— Não sei. Não consegui ver meu rosto.

— Suas dores, elas são devido às pedras atingindo sua cabeça?

Assenti.

— Oh, Ani — disse ela, me abraçando.

— E tem mais uma coisa — falei, após alguns minutos. — A profecia estava errada...

— Será uma mulher *Ewu* — disse Luyu.

— Como você...

— Adivinhei. Agora tudo faz mais sentido — disse ela, rindo. — Estou caminhando ao lado de uma lenda.

Sorri, triste.

— Ainda não.

CAPÍTULO 30

Durante as semanas seguintes, Mwita e eu não conseguíamos conversar um com o outro. Mas quando estávamos na tenda, não conseguíamos manter nossas mãos separadas. Eu ainda temia engravidar, mas nossas necessidades físicas eram mais fortes. Havia tanto amor entre nós, e ainda assim não conseguíamos conversar. Fazer amor era a única maneira de nos conectarmos. Tentávamos não fazer barulho, mas todos nos ouviam. Eu e Mwita estávamos tão envolvidos um com o outro durante a noite e tão mergulhados em pensamentos sombrios durante o dia, que não nos importávamos com isso. Foi apenas quando Diti me abordou durante uma noite fria que percebi que uma pústula começava a se formar entre nós.

Ela havia mantido a voz baixa, mas parecia pronta para me atacar.

— O que há de *errado* com vocês? — disse ela, ajoelhando-se ao meu lado.

Tirei os olhos do cozido de lebre e cacto que estava mexendo, irritada por causa do tom de sua voz.

— Você está invadindo meu espaço, Diti.

Ela se aproximou.

— Todos nós ouvimos vocês dois toda noite! Parecem duas lebres do deserto. Se não tomar cuidado, haverá mais do que apenas seis de nós chegando no oeste. Ninguém vai aceitar bem um bebê *Ewu* gerado por pais *Ewu*.

Tive que me concentrar para não bater com a colher de pau no rosto dela.

— Fique longe de mim — avisei.

— Não — respondeu ela, mas parecia com medo. — Eu... sinto muito. — Ela tocou meu ombro e olhei para sua mão. Ela a retirou. — Você não precisa esfregar isso na minha cara, Onye.

— O que você...

— Se você tem tanto poder, por que não nos cura? — disse ela. Ou você é a única mulher aqui que merece o prazer do sexo?

Antes que eu pudesse responder, Luyu chegou, correndo.

— Ei! — disse ela, apontando para trás de nós. — Ei, o que é *aquilo*?

Viramos para olhar. Estariam meus olhos enganados? Uma matilha de cães com pelo cor de areia corria em nossa direção com tamanha rapidez, que levantava uma nuvem de areia atrás de si. Seguindo os cães havia dois dromedários e cinco gazelas com longos chifres espiralados. Acima deles voavam sete gaviões.

— Larguem tudo! — gritei. — Corram!

Diti, Fanasi e Luyu correram, arrastando Binta com eles.

— Mwita, vamos! — gritei, quando vi que ele ainda não tinha saído da tenda, onde estivera tirando um cochilo. Abri o zíper. Ele ainda dormia profundamente.

— Mwita! — gritei, o som das patas e dos cascos dos animais ficando cada vez mais próximo.

Ele abriu os olhos. Depois eles se arregalaram. Me abraçou apertado quando eles chegaram. Nos pressionamos um contra o outro o mais forte que pudemos enquanto os animais invadiam nosso acampamento. Os cães foram em direção ao cozido, derrubando a panela do fogo e devorando tudo, apesar da temperatura. As gazelas e os dromedários procuraram comida nas tendas. Eu e Mwita permanecemos em silêncio enquanto enfiavam as cabeças em nossa tenda e pegavam o que queriam. Um dos camelos encontrou meu estoque de figo-da-índia. Nos encarou enquanto mascava a fruta, e seu olhar era de puro prazer. Xinguei.

Outro camelo enfiou o focinho num balde e bebeu toda a água. Os gaviões pousaram, comendo a carne de lebre que Diti e Binta estavam secando. Quando terminaram, os animais foram embora juntos.

— Regra número um entre todas as regras do deserto — falei, engatinhando para fora da tenda. — Jamais negue algo a um viajante se ele não planeja comê-lo. Há quanto tempo será que esses animais estão trabalhando juntos dessa maneira?

— Eu e Fanasi teremos que sair para caçar essa noite — disse Mwita.

Luyu, Diti, Binta e Fanasi voltaram caminhando, irritados.

— Deveríamos matar e comer todos eles — disse Binta.

— Ataque um deles e *todos* atacarão você — falei.

Comemos o pouco de comida que sobrou. Naquela noite, Fanasi, Mwita e Luyu, que havia insistido em acompanhá-los, saíram para caçar e coletar. Diti me evitou e ficou jogando *warri* com Binta. Aqueci um pouco de água para um banho merecido. Enquanto estava de pé atrás de minha tenda, no escuro, jogando água sobre meu corpo, um mosquito me picou no braço. Parte do intuito de termos a fogueira de pedras era manter os insetos afastados, mas de vez em quando um conseguia nos picar. Esmaguei-o em meu tornozelo e ele explodiu numa mancha de sangue.

— Eca! — falei, lavando-o. A picada já estava ficando vermelha. O mais leve tapa ou picada de inseto sempre tinha a capacidade de fazer minha pele ficar mais vermelha do que o normal. Era o mesmo com Mwita. A pele dos *Ewu* era sensível assim. Terminei meu banho rapidamente.

Naquela noite, notei que Diti foi dormir na tenda de Binta. Ela e Fanasi não podiam mais dormir nos braços um do outro. E isso era mau.

Capítulo 31

Já sabia sobre a cidade horas antes de chegarmos até ela. Enquanto todos dormiam, voei muitas milhas no ar fresco. Precisava pensar sobre o pedido de Diti. Eu deveria saber como quebrar o juju do rito dos onze anos. Essa era a parte mais frustrante de tudo isso. Não conseguia pensar num canto, combinação de ervas ou uso de objetos que pudesse funcionar. Aro teria rido e insultado minha lentidão. Mas eu não queria arriscar machucar minhas amigas com algum erro.

O vento me levou para oeste e foi assim que me deparei com a cidade. Vi prédios de arenito bem construídos brilhando com luz elétrica e fogueiras para o preparo de comida. Uma estrada pavimentada cortava a cidade de norte a sul, desaparecendo em ambas as direções na escuridão. O norte era salpicado de pequenos morros e um grande morro com uma casa iluminada. Quando voltei ao acampamento, acordei Mwita e contei a ele sobre a cidade.

— Não deveria haver uma cidade nesse lugar! — disse ele, olhando para o mapa. Dei de ombros.

— Talvez o mapa seja velho — falei.

— Pelo que você disse, a cidade já está estabelecida. O mapa não pode ser assim *tão* velho — disse ele, irritado. — Acho que saímos do curso. Precisamos descobrir o nome da cidade. Quão distante fica daqui?

— Chegaremos nela no final do dia.

Mwita assentiu.

— Não estamos prontos, Mwita.

— Acabamos de ser roubados por um grupo de animais — disse ele.

— Você sabe o quanto pode ser perigoso — falei, tocando a cicatriz em minha testa. — Deveríamos rodear a cidade e não mencioná-la aos outros. Poderemos achar comida pelo caminho.

— Estou ouvindo o que você diz, mas não concordo.

Chupei os dentes e desviei o olhar.

— Não é certo esconder isso deles — falou Mwita.

— O quanto você escondeu de Fanasi? — perguntei.

Ele inclinou a cabeça e sorriu.

— Luyu suspeita de você — falei.

Ele assentiu.

— Aquela garota tem olhos e ouvidos aguçados. — Ele se apoiou nos cotovelos. — Fanasi faz perguntas. Eu as respondo quando quero.

— Que tipo de perguntas?

— Tenha fé — disse ele. — E partilhe alguma coisa. Estamos todos envolvidos nisso.

No fim do dia, estávamos a um quilômetro e meio da cidade. Mwita juntou algumas pedras para fazer uma fogueira. Tomamos banho e comemos, depois nos sentamos diante da fogueira e ficamos em silêncio. Fanasi e Diti se sentaram lado a lado, mas Diti ficava tirando as mãos dele de sua cintura. Luyu foi a primeira a falar.

— Não precisamos ir até lá. É sobre isso que estamos pensando, não é?

Mwita olhou para mim.

— Estamos viajando há semanas — continuou ela. — Não é tanto tempo assim. Não sei quanto tempo levaremos para chegar... ao mal. Todos temos conversado que provavelmente levaremos uns cinco meses mais ou menos, mas pode acontecer qualquer coisa no meio do caminho que nos atrase. Por isso, digo que é melhor endurecermos. Vamos continuar seguindo.

— Quero comer comida de verdade — disse Binta, irritada. — Como sopa de abóbora egusi e fufu, sopa de pimentão feita com pimentões de verdade e não com cacto apimentado de gosto estranho! Em algum momento teremos mesmo que "endurecer". Amanhã de manhã, devíamos ir até lá comprar o que precisamos e seguir viagem.

— Concordo com Binta — falou Diti. — Sem ofensa, pessoal, mas não me importaria de ver alguns rostos diferentes, mesmo que por apenas algumas horas.

Fanasi olhou para ela.

— Deveríamos seguir viagem — disse ele. — Pode haver problemas nessa cidade e não temos nenhuma urgência para que o risco valha a pena.

Luyu assentiu vigorosamente para Fanasi e ambos se entreolharam e sorriram. Diti se afastou de Fanasi, murmurando alguma coisa. Ele virou os olhos.

— Não me importaria de ver uma cidade nova — disse Mwita. Olhei feio para ele. — Mas teremos muitas oportunidades para isso no futuro — continuou. — E sim, pode ser bastante perigoso. Especialmente para Onye e eu. Logo estaremos tão longe de casa, que até mesmo o ar que respiramos será novo. As coisas apenas vão ficar mais perigosas... para todos nós. Mas digo a vocês que o mapa não menciona nenhuma cidade nesse lugar, portanto ou saímos do curso ou meu mapa está errado. Proponho que eu vá com Fanasi até lá para descobrir o nome da cidade e então voltaremos imediatamente.

— Por que vocês? — perguntou Diti. — Vocês vão atrair muita atenção. Eu e Fanasi iremos.

— Vocês dois não parecem estar se dando muito bem — falei.

Diti me olhou parecendo que queria me morder.

— Muito bem, então Luyu e Fanasi — disse Mwita.

— Eu voto para TODOS nós irmos — exigiu Diti.

— Seria idiotice não ir até lá — completou Binta.

Todos olharam para mim. Meu voto, se fosse a favor, seria decisivo.

— Voto para que evitemos a cidade.

— Claro que sim — falou Diti. — Você está acostumada a viver como um animal no deserto. E *pode* deixar que Mwita a aqueça durante a noite.

Senti o sangue me subir à cabeça. Fiquei imaginando como ela pode ter ficado tão imbecil. Estava acostumada a Luyu, Binta e Diti terem por mim talvez não tanto respeito, mas um certo medo. Elas eram minhas amigas e me amavam, mas havia algo sobre mim que as fazia se calarem quando era importante.

— Diti — falei com calma. — Você está se metendo...

Ela pulou, pegou um punhado de areia e jogou no meu rosto. Levantei as mãos a tempo de proteger meus olhos. Mwita havia me ensinado como acalmar minhas emoções. Aro havia me ensinado como controlar e concentrá-las. Podia sentir raiva e até mesmo fúria, mas jamais usaria cegamente o que Aro me havia ensinado. Pelo menos isso era o que ele havia me ensinado. Eu ainda estava em treinamento. Sem pensar e antes que Mwita pudesse me segurar, me joguei contra Diti, acertando-a no meio das costas quando ela se virava para correr. Usei apenas minha força física para bater em minha amiga. Aro e Mwita haviam me ensinado bem.

Ela gritou e ficou tentando se soltar, mas eu a segurei com força. Virei-a de rosto para cima. Ela gritou novamente, me dando um tapa no rosto. Devolvi o tapa ainda com mais força. Peguei as mãos dela e me sentei em seu peito. Mantive suas mãos juntas com minha mão direita e com a esquerda continuei a estapeá-la. — Sua puta sem graça! Pênis de bode doente! Sua menina idiota despeitada...

Lágrimas caíam dos meus olhos. Ao meu redor, o mundo nadava. Então Fanasi estava me tirando de cima dela enquanto gritava.

— Parem com isso! *Parem com isso*! — Minha atenção focou nele. Fanasi era mais alto e mais forte, mas eu também era alta e forte. Fisicamente, não éramos assim tão diferentes.

A raiva se amontoava em meu peito, pronta para atacar novamente. Eu estava cansada desses sentimentos explodindo até mesmo em cima das pessoas que eu amava. Tudo o que era necessário era me irritar. Isso era o que fazia Mwita e minha mãe tão diferentes dos outros, até mesmo de Aro. Mesmo quando extremamente irritados, tais insultos jamais sairiam de seus lábios. Jamais!

Fanasi me jogou no chão. Mwita segurou meu braço antes que eu pudesse bater em Fanasi. Ele me arrastou para longe. Permiti que o fizesse. Seu toque havia acalmado minha raiva. Precisava tanto de Mwita comigo nessa jornada.

— Controle-se! — disse ele, olhando para mim com desgosto.

Ainda respirando rapidamente, me virei e cuspi areia da minha boca.

— E se eu não quiser? — arfei. — E se isso não adiantar de nada?

Ele se ajoelhou diante de mim.

— Então continue a fazê-lo — disse ele. — Isso é o que vai fazer com que eu e você sejamos diferentes. Diferentes do mito do *Ewu*, diferentes daqueles que enfrentaremos no oeste. Controle, consideração e *compreensão*.

Cuspi mais areia e deixei que ele me ajudasse a levantar. Fanasi levou Diti para a tenda deles. Podia ouvi-la soluçando e Fanasi consolando-a baixinho. Binta se sentou do lado de fora da tenda, ouvindo e olhando para as mãos, triste.

— Você sabe por que Diti está tão brava — disse Luyu, caminhando em minha direção.

— Não me interessa — falei, desviando o olhar. — Há coisas mais importantes!

— Você deveria se importar, se quer que cheguemos até onde devemos chegar — disse Luyu, irritada.

— Luyu — disse Mwita. — A situação de seu clitóris é pequena se comparada com o que precisamos fazer. — Ele virou o rosto em minha direção. — Imagine ser marcada dessa forma. Não importa onde eu e ela formos, aquela idiotice que Diti cuspiu sobre Onyesonwu estar acostumada a "viver como um animal", esse tipo de pensamento está na cabeça de todo mundo, Okeke ou Nuru. Somos tão odiados quanto o deserto.

Luyu baixou os olhos e murmurou.

— Eu sei.

— Então aja como tal — ralhou Mwita.

O resto do dia foi tenso. Tão tenso, que Fanasi e Luyu acharam melhor irem à cidade na manhã seguinte. Não era o melhor momento para deixar a mim, Diti e Binta apenas com Mwita para separar uma eventual briga. Mas era o melhor plano.

Uma hora se passou. Diti e Binta ficaram juntas, lavando e costurando roupas. Fanasi e Mwita se sentaram no centro das tendas, para poderem ficar de olho em nós, mulheres. Mwita ensinava a Fanasi um pouco de Nuru. Ele havia se oferecido para ensinar Diti, Binta e Luyu. Apenas Luyu concordou em aprender. Ela não havia deixado o meu lado desde a briga.

— Você precisa praticar — falei. Sentamos do lado de fora da tenda, de frente para a cidade. Eu tentava ensinar a ela como meditar.

— Acho que jamais conseguirei limpar minha mente de todos os pensamentos — disse ela.

— Eu também costumava pensar assim. Você alguma vez já acordou e por alguns segundos não soube onde estava ou quem você era?

— Sim — respondeu Luyu. — Isso sempre me assustou.

— Você não se lembra porque está num estado temporário em que limpou tudo da mente e tudo o que resta é você. Pense sobre como você faz para se lembrar quem você é quando isso acontece.

— Eu me lembro de algumas coisas — disse ela. — Por exemplo o que preciso fazer naquele dia ou o que quero fazer.

Assenti.

— Sim. Você enche sua mente de pensamentos. Eis algo assustador: se você não se reconhece, então quem é a pessoa que a lembra sobre quem você é?

Luyu olhou para mim, o rosto imóvel. Então franziu o cenho.

— Sim, quem é?

Eu sorri.

— Fiquei uma semana sem dormir depois que Mwita me perguntou isso.

— Alguma ideia sobre como nos curar de nossa castidade forçada? — perguntou ela após alguns instantes.

— Não.

Ficamos em silêncio novamente.

— Desculpe — disse Luyu. — Estou sendo egoísta.

Suspirei.

—Não. Não está. — Balancei a cabeça. — Todas essas coisas são importantes.

— Onye, sinto muito. Sinto muito pelo que Diti falou. Sinto muito que seu pai...

— Eu me recuso a chamá-lo de meu pai — falei, olhando para ela.

— Você está certa. Me desculpe — disse Luyu, com cuidado. Fez uma pausa. — Ele... ele gravou tudo. Deve ter guardado.

Assenti. Não tinha dúvidas sobre isso. Jamais tivera.

Jantamos em silêncio e fomos para a cama antes que o sol tivesse se posto. Mwita ficou me observando enquanto eu desfazia as tranças de meus cabelos longos e volumosos. Estavam salpicados de areia por causa do rompante de estupidez de Diti. Planejava escová-los e prendê-los numa única trança larga até ter tempo de trançá-los em várias tranças finas, que era como eu preferia.

— Você algum dia vai cortar os cabelos? — perguntou Mwita, enquanto eu escovava.

— Não — respondi. — Não corte os seus também.

— Veremos — disse ele, alisando os pelos do rosto. — Eu de fato gosto dessa barba.

— Eu também — falei. — Todos os homens sábios têm barba.

Não consegui dormir. "Você está acostumada a viver como um animal no deserto" Diti havia falado. Suas palavras queimavam dentro de mim como bile regurgitada. E então a maneira como Binta foi atrás dela. Binta não havia falado comigo desde a briga. Delicadamente, movi o braço de Mwita da minha cintura e me afastei dele. Amarrei minha *rapa* e saí da tenda. Podia ouvir Luyu roncando em sua tenda e Fanasi respirando profundamente na dele. Não ouvi nenhum ruído quando cheguei na tenda de Binta e Diti. Olhei dentro. Elas não estavam. Xinguei.

— Vamos deixar nossas coisas aqui enquanto vamos atrás delas — disse Luyu.

Fiquei de cócoras diante da fogueira de pedras, pensando. Será que elas realmente haviam pensado que poderiam sair e voltar antes que déssemos pela falta delas? Ou talvez não tivessem a menor intenção de voltar. "Estúpidas, mulheres idiotas", pensei.

Fanasi ficou de pé de costas para nós. Na mesma proporção em que eu estava irritada, ele estava perturbado. Havia renunciado a tantas coisas por Diti e ela nem mesmo o levou junto.

— Fanasi — falei, me levantando. — Nós vamos encontrá-la.

— Ainda é cedo — disse Mwita. — Arrumaremos tudo, incluindo as coisas de Diti e Binta e vamos atrás delas. Quando as encontrarmos, continuaremos, independentemente da hora.

Fanasi insistiu em carregar a maioria das coisas de Diti, pelo menos o que havia deixado para trás. Ela havia levado a mochila e alguns pequenos utensílios. Mwita carregava a tenda de Binta. Usamos as luzes da cidade para guiar nosso caminho por sobre os morros. Enquanto caminhávamos, cantei para a brisa, suavemente. Parei de cantar.

— Shhh — falei, erguendo a mão.

— O que foi? — sussurrou Luyu.

— Apenas aguarde.

— Minha lanterna está aqui — disse Mwita.

— Não. Apenas esperem — falei. — Estamos sendo seguidos. Não façam nenhum ruído. Relaxem. — Ouvi o barulho novamente. Passos. Atrás de mim. — Mwita, sua lanterna — falei.

Assim que Mwita ligou a lanterna, Luyu gritou e correu em minha direção. Tropeçou em seu próprio pé e me acertou forte o suficiente para me derrubar.

— É... é... — gaguejou ela, me agarrando enquanto olhava para trás.

— São apenas camelos selvagens — falei, empurrando-a de cima de mim e me levantando.

— Mas ele lambeu minha orelha! — gritou ela, esfregando vigorosamente sua orelha e os cabelos, agora molhados.

— É, isso é porque você sua muito e está precisando de um banho — falei. — Eles gostam de sal. — Eram três camelos. O que estava mais perto de mim blaterou. Luyu se agachou perto de mim. Não podia culpá-la após o ataque que sofremos.

— Mantenha a lanterna acesa — falei para Mwita.

Cada um deles tinha duas corcovas grandes e seu pelo era grosso e cheio de areia. Eram camelos saudáveis. O que estava mais perto de mim blaterou novamente e deu três passos agressivos em minha direção. Luyu gritou e se escondeu atrás de mim. Fiquei onde estava, demarcando meu espaço. Meu canto os havia atraído.

— O que eles querem? — perguntou Fanasi.

— Shhh — falei. Lentamente, Mwita se colocou na minha frente. O camelo se aproximou dele, colocando seu rosto macio no de Mwita e cheirando-o. Os outros camelos fizeram o mesmo. Mwita havia acabado de estabelecer seu relacionamento comigo para os camelos e eles o haviam entendido.

— O macho protege a fêmea. É com Mwita que eles teriam que negociar. Admito que foi bom ter alguém me protegendo para variar.

— Eles querem viajar conosco parte do caminho — disse Mwita.

— Era o que eu estava pensando — falei.

— Mas olhe para eles! — disse Luyu. — Estão sujos e... são selvagens.

Ouvi Fanasi resmungar, concordando.

Tossi.

— É por isso que acho não estarmos prontos para visitar uma cidade. Quando se está no deserto, é preciso *estar* no deserto. Você aceita a areia em suas roupas, mas não no cabelo. Não se importa de se banhar ao ar livre. Deixa um balde com o excesso de água para outras criaturas que possam querê-la. E quando pessoas, *qualquer tipo* de pessoa, quer viajar com você, você não as rejeita a menos que sejam cruéis.

Continuamos caminhando, dessa vez seguidos por um trio de camelos. Chegamos à estrada pavimentada antes de chegarmos à cidade. Parei, experienciando um leve *déjà vu*.

— Eu tinha seis anos quando vi uma estrada pavimentada pela primeira vez — falei. — Pensei que tinha sido feita por gigantes. Como os do Grande Livro.

— Talvez eles tenham feito — disse Mwita, passando por mim.

Os camelos não pareciam nem um pouco curiosos por ela. Mas quando a cruzaram, pararam. Todos demos vários passos antes de perceber que eles não estavam mais nos seguindo. Os animais blateravam alto enquanto se sentavam.

— Vamos — falei para eles. — Vamos apenas procurar por nossas companheiras de viagem. — Os camelos nem se mexeram.

— Você acha que eles estão pressentindo algo de ruim? — perguntou Mwita.

Dei de ombros. Eu amava camelos, mas nem sempre entendia seu comportamento.

— Talvez eles fiquem aqui esperando pela gente — disse Fanasi.

— Espero que não — disse Luyu.

— Talvez — falou Mwita. Ele deu um passo em direção aos camelos, e quando fez isso, todos os três blateraram ao mesmo tempo. Mwita pulou para trás.

— Vamos — falei. — Se eles não estiverem aqui quando voltarmos, que assim seja.

CAPÍTULO 32

Conforme havia visto quando sobrevoei a cidade na noite anterior, em um dos lados, a terra era montanhosa. Entramos na cidade pelo lado plano, onde havia lojas vendendo pinturas, esculturas, braceletes e vidro soprado, assim como outros artigos mais comuns.

— Onyesonwu, coloque o seu véu — disse Mwita. Ele havia colocado o dele sobre a cabeça, deixando que o tecido verde e grosso cobrisse seu rosto.

— Espero que não pensem que somos doentes — falei, fazendo o mesmo com meu véu amarelo.

— Contanto que as pessoas fiquem longe de nós — disse Mwita. Quando viu o olhar de incômodo em meu rosto, completou: — Diremos que somos pessoas religiosas.

Nos aproximamos de um conjunto de prédios grandes. Olhei para dentro de uma das janelas e vi estantes de livros.

— Essa deve ser a casa de livro deles — falei para Luyu.

— Bem, se é isso mesmo, então eles têm duas — disse ela.

O prédio à nossa esquerda também era repleto de livros.

— Aha! — disse Mwita baixinho, arregalando os olhos. — Há pessoas lá dentro, mesmo a essa hora da noite. Vocês acham que o lugar é aberto ao público?

A cidade se chamava Banza, um nome que me soava vagamente familiar. E estava no mapa de Mwita. Estávamos fora do curso, tendo viajado para noroeste em vez de oeste.

— Precisamos prestar mais atenção — disse Mwita, enquanto olhava seu mapa.

— É mais fácil falar do que fazer — disse Luyu. — A caminhada fica tão monótona, que é fácil se distrair. Entendo por que aconteceu.

Algumas poucas pessoas nos observavam com um leve interesse enquanto passávamos, mas isso era tudo. Relaxei um pouco. Ainda assim, era óbvio que não éramos dali. Nossas roupas eram longas, os vestidos, calças e véus largos, enquanto as pessoas daquela cidade usavam roupas mais justas e lenços amarrados bem rente à cabeça.

As mulheres usavam brincos prateados no nariz e vestidos mais curtos e justos que se alargavam na parte de baixo e se chamavam saia. Também usavam camisas sem mangas, deixando os braços e ombros à mostra. A maior parte das saias, blusas e lenços usados pelas mulheres eram de cores complementares e tinham estampas. Os homens usavam calças e batas mais justas e nas mesmas cores. Procuramos por uma hora e finalmente chegamos ao mercado central da cidade. Estava cheio, apesar de já serem mais de dez horas da noite.

Banza era uma cidade Okeke guiada pela arte e cultura. Não era velha como Jwahir. As feridas de Banza ainda estavam frescas. Com o passar dos anos, Banza aprendeu a usar o mal para criar o bem. Os fundadores da cidade transformaram sua dor em arte, cuja produção e venda se tornou o ponto principal da cultura de Banza.

— Essa cidade não dorme? — perguntou Luyu.

— A mente deles é ativa demais — falei.

— Acho que aqui todos são doidos — disse Mwita.

Perguntamos para várias pessoas sobre Diti e Binta. Bem, Fanasi e Luyu fizeram as perguntas. Eu e Mwita ficamos atrás deles, tentando esconder nossos rostos *Ewu*.

— Muito bonitas e vestidas como mulheres religiosas? — perguntou um homem para Fanasi. — Eu as vi. Estão por aqui em algum lugar.

— Meninas idiotas — disse uma mulher para Fanasi. Então ela riu. — Compraram um pouco de vinho de palma. Havia cerca de dez homens seguindo-as. — Aparentemente Binta e Diti estavam se divertindo. Compramos um pouco de pão, especiarias, sabão e carne seca. Pedi a Luyu para comprar um pacote de sal para mim.

— Por quê? — perguntou ela. — Temos o suficiente.

— Para os camelos, se eles ainda estiverem lá — falei.

Luyu rolou os olhos.

— Pouco provável.

— Eu sei — respondi. Pedi que ela comprasse também dois molhos de folha amarga. Camelos gostam de coisas amargas e salgadas. Mwita pediu a Fanasi para comprar uma *rapa* azul para mim. E Fanasi comprou para Diti um palito que era feito do osso de algum animal. Luyu comprou uma coisa que me deu arrepios. Caminhei até ela quando acabava de negociar com uma senhora que vendia a pequena coisa prateada. A mulher tinha uma cesta cheia daquilo.

— Venderei a esse preço porque gostei de você — disse a mulher.

— Obrigada — respondeu Luyu, sorrindo.

— Vocês não são daqui, não é? — perguntou a mulher.

— Não — disse Luyu. — Somos de uma cidade mais para o leste. Jwahir.

A mulher assentiu.

— Ouvi dizer que é um lugar lindo. Mas vocês usam tanta roupa.

Luyu riu.

— Você sabe como operar um computador portátil? — perguntou a mulher.

Luyu balançou a cabeça.

— Por favor, me ensine.

Observei enquanto a mulher explicava como tocar a gravação do Grande Livro e como ver a previsão do tempo. Mas quando ela apertou um botão na base do aparelho e a lente da câmera pulou, precisei perguntar:

— Por que você está comprando isso, Luyu?

— Em um minuto — disse ela, acariciando meu rosto.

A velha olhou para mim desconfiada.

— Você viu duas garotas vestidas como nós por aqui? — perguntou Luyu para a mulher rapidamente.

Os olhos da mulher me encararam por mais alguns momentos.

— Essa mulher está viajando com você? — perguntou ela, sinalizando em minha direção.

— Sim — respondeu Luyu. Ela sorriu para mim. — Essa é minha melhor amiga.

O rosto da mulher endureceu.

— Então rezarei a Ani por você. Por vocês duas. Não sei quanto a ela, mas você parece ser uma menina boa e limpa.

— Por favor — continuou Luyu. — Onde você viu as duas meninas?

— Eu deveria ter desconfiado. Aquelas duas meninas atraíam homens como ímãs. — Ela olhou para mim e parecia querer cuspir. Mantive meu olhar no dela. — Tente a Taberna Nuvem Branca.

— Uma senhora velha como aquela deveria saber mais das coisas — murmurei para Luyu enquanto seguíamos Fanasi e Mwita através das demais barracas do mercado em direção ao pequeno prédio iluminado.

— Esqueça ela — disse Luyu. Ela tirou seu computador portátil do bolso. — Olhe. — Ela apertou um botão na lateral do aparelho e ele emitiu um bipe suave. Ela o virou e o aparelho se abriu na parte de baixo, revelando uma tela. — Mapa — disse Luyu. O computador emitiu outro bipe. — Veja. — Ela segurou o aparelho na palma da mão, de onde brilhava um mapa branco. Ele rodava para manter a direção correta a cada movimento que fazia. Se esse mapa estava correto, e eu acreditava que sim, então era muito mais detalhado do que aquele que Mwita possuía.

— Vê as linhas laranja? — perguntou Luyu. — A mulher o programou de maneira que o mapa mostrasse o caminho de Jwahir até o oeste, se tivéssemos seguido em linha reta para o oeste. Saímos do curso cerca de cinco quilômetros. E vê aqui? É só apertar esse botão e ele começa a nos rastrear. Vai começar a bipar se começarmos a nos afastar demais da rota.

A linha levava até o Reino dos Sete Rios, em particular uma cidade no quinto rio chamada Durfa. Franzi o cenho. A aldeia de minha mãe não ficava muito longe dali. Será que ela soube que estava viajando em direção ao leste?

— Quem você acha que fez esse mapa? — perguntei.

Luyu deu de ombros.

— A mulher não soube dizer.

— Bem, espero que não tenha sido um Nuru — respondi. — Você consegue imaginar o que aconteceria se eles tivessem as posições detalhadas de tantas cidades Okeke?

— Eles jamais deixarão seus rios preciosos — disse Luyu. — Nem mesmo para escravizar, estuprar e matar mais Okeke.

"Não tenho tanta certeza de que isso seja verdade", pensei.

Nós as vimos assim que entramos na taberna. Binta estava sentada no colo de um homem, um copo com vinho de palma numa mão, a parte de cima de seu vestido parcialmente aberta. O homem sussurrava em seu ouvido, beliscando com uma mão seu mamilo esquerdo exposto. Binta afastou a mão dele, então mudou de ideia e a colocou de volta. Outro homem tocava violão apaixonadamente para ela. Sim, a tímida Binta. Diti estava sentada, rodeada por sete homens que sorviam cada palavra dela. Ela também segurava um copo de vinho de palma.

— Viajamos até aqui e seguiremos ainda mais longe — dizia Diti, suas palavras embaralhadas. — Não vamos deixar que nosso povo continue morrendo. Vamos pôr um fim nisso. Somos treinadas no combate.

— Vocês e qual exército? — perguntou um dos homens. Todos eles riram. — Vocês duas, criaturas lindas, ao menos possuem um líder?

Diti sorriu, perdendo o equilíbrio de leve.

— Uma mulher *Ewu* feia — disse ela, rindo.

— Então duas garotas seguem uma prostituta em direção ao oeste para salvar o povo Okeke. — Riu um dos homens. — Ah, essas meninas de Jwahir são ainda melhores do que aquela contadora de histórias peituda!

— Diti! — gritou Fanasi, entrando na taberna.

Ela tentou se levantar e em vez disso caiu nos braços de um dos homens. Ele a ajudou a se levantar, entregando-a para Fanasi.

— Então ela é sua? — perguntou o homem.

Fanasi pegou o braço de Diti.

— O que você está fazendo?

— Me divertindo! — gritou ela, puxando o braço.

— Nós íamos voltar de manhã — disse Binta, rapidamente fechando a parte de cima de seu vestido. Eu estava tão brava, que me virei e saí pela porta.

— Não se afaste — disse Mwita. Ele sabia que não deveria me seguir.

Adentrei a noite, a brisa soprando meu véu, revelando meu rosto bem diante de um grupo de rapazes. Eles fumavam algo que cheirava a fogo doce. Cigarro de seiva de cacto. Em Jwahir, as pessoas faziam careta ao ver esse cigarro. Eles deixam a pessoa de moral frouxa, pés ligeiros e conferem ao fumante um hálito terrível. Peguei meu véu e o puxei sobre o rosto novamente.

— Mulher *Ewu* gigante — disse o que estava mais perto de mim. Ele era o mais alto dos quatro, sendo quase da minha altura. — Nunca a vi por aqui antes.

— Nunca estive aqui antes — respondi.

— Por que você esconde o rosto? — perguntou um outro, endireitando-se. Suas calças pareciam apertadas demais para suas pernas gordas. Todos os quatro caminharam em minha direção, curiosos. O mais alto, que havia me chamado de gigante, inclinou-se em direção ao prédio do meu lado, ficando entre mim e a porta da taberna.

— É isso que prefiro vestir — respondi.

— Achei que mulheres *Ewu* preferiam não vestir nada. — O que disse isso tinha tranças longas e pretas. — Que você e o sol são irmãos.

— Venha me divertir um pouco — disse o mais alto, pegando meu braço. — Você é a mulher mais alta que eu já vi.

Pisquei, fazendo uma careta.

— O quê?

— Irei pagá-la, é claro — disse ele. — Nem precisa pedir. Sabemos da sua atividade.

— Você pode me divertir depois dele. — O que disse isso não parecia ter mais do que dezesseis anos.

— Eu já estava aqui antes de vocês dois — disse o gordo. — Ela vai me divertir primeiro. — Ele olhou para mim. — E eu tenho mais dinheiro.

— Vou contar para sua esposa se você não me deixar ir primeiro — disse o jovem.

— Pode contar — disse o gordo, com raiva.

Em Jwahir, os *Ewu* são párias. Em Banza, as mulheres *Ewu* são prostitutas. Não era bom em lugar nenhum que eu fosse.

— Sou uma mulher religiosa — falei, mantendo minha voz firme. — Não vou divertir ninguém. Permanecerei intocada.

— Respeitamos isso, senhora — disse o mais alto. — Não precisamos fazer sexo. Você pode usar sua boca e deixar que toquemos seus seios. Pagaremos bem por...

— Calem a boca! — ralhei. — Não sou daqui. Não sou uma prostituta. Me deixem em paz.

Uma série de palavras não ditas foi trocada entre eles. Trocaram olhares entre si e suas bocas sorriram maliciosamente. Suas mãos deixaram o bolso, onde estava o dinheiro. "Oh, Ani, me proteja!", pensei.

Eles me atacaram ao mesmo tempo. Lutei, chutando um deles no rosto, pegando os testículos de outro e apertando o mais forte possível. Precisava apenas chegar até a porta para que os outros me vissem.

O mais alto me agarrou. Dentro da taberna havia barulho demais e meu grito foi sufocado antes que pudesse deixar meus pulmões. Esmurrei, arranhei e chutei. Cada golpe meu era recebido com gemidos e xingamentos, mas eles eram quatro. O que tinha tranças me agarrou pela minha trança e caí de costas. Então eles começaram a me arrastar para longe da porta. Sim, até mesmo o mais jovem. Eu olhava ao redor, desesperada, segurando minha trança. Havia outras pessoas ali por perto.

— Ei! — gritei para uma mulher, que apenas ficou olhando. — Me ajude! Me ajude! Ei!

Mas ela não fez nada. Havia diversas outras pessoas que fizeram o mesmo, apenas ficaram lá, olhando. Nesta adorável cidade de arte e cultura, as pessoas não faziam nada quando uma mulher *Ewu* era arrastada em direção a um beco escuro e estuprada.

"Foi isso que aconteceu com minha mãe", pensei. "E Binta. E incontáveis outras mulheres Okeke. Mulheres zumbis." Comecei a ficar muito, muito brava.

Eu era *bricoleur*, aquele que usa o que tem para fazer o que precisa ser feito, e foi o que fiz. Mentalmente, abri minha caixa de ferramentas de feiticeira e considerei os Pontos Místicos. O ponto Uwa, o mundo físico. Uma brisa suave começou a soprar.

Eles mantiveram meu rosto na terra, rasgaram minhas roupas e tiraram os pênis para fora das calças. Me concentrei. O vento aumentou. "Existem consequências em se mudar o clima", Aro havia me ensinado. "Mesmo em lugares pequenos." Mas eu não estava me importando com isso naquele momento. Quando estou realmente irritada, quando estou cheia de violência, tudo é fácil e simples.

Os homens notaram o vento e me largaram. O menino gritou, o alto ficou olhando, o gordo tentou cavar um buraco para se enfiar e o de tranças segurou os cabelos, aterrorizado. O vento os pressionou contra o chão. O máximo que fez comigo foi soprar minha trança grossa e minhas roupas rasgadas. Me levantei, olhando para eles. Juntei o vento em minhas mãos, cinza e preto, e o espremi, transformando-o num funil. E eu o enfiaria em cada um dos homens, assim como eles haviam querido enfiar seus pênis dentro de mim.

— Onyesonwu, não! — a voz de Mwita era ressonante, como se ele a tivesse jogado contra mim.

Olhei para ele.

— Olhe para mim! — gritei. — Vê o que eles queriam fazer comigo?

O vento manteve Mwita longe.

— Lembre-se — gritou ele. — Isso não é o que somos. Nada de violência! É isso que nos afasta!

Comecei a tremer enquanto minha fúria arrefecia e a clareza tomava conta de mim. Sem a venda do ódio, entendi claramente que queria matar aqueles homens. Eles se agachavam no chão. Com medo de mim. Olhei para as pessoas que vieram observar. Olhei para Binta, Luyu, Diti e Fanasi, todos de pé ali. Me recusei a olhar para Mwita. Apontei a espiral de vento para o mais jovem.

— Onyesonwu! — implorou Mwita. — Acredite em mim. Apenas *acredite* em mim. Por favor!

Pressionei meus lábios. Pensando na primeira vez em que vi Mwita. Quando ele havia me dito para pular de cima da árvore depois que, sem saber, havia me transformado num pássaro. Eu não tinha visto seu rosto, não sabia quem ele era, mas mesmo naquele momento eu havia confiado nele. Joguei o vento e ele fez uma cratera ao lado do menino. Então a ideia me veio à mente. Eu me transformei. No Grande Livro, existe a mais terrível das criaturas. Ela apenas se comunica por meio de charadas e, nas histórias, embora jamais mate alguém, as pessoas a temem mais do que a própria morte.

Me transformei numa esfinge. Meu corpo era o de um gato do deserto forte e gigantesco, mas a cabeça continuava sendo a minha. Era a primeira vez que eu usava uma forma que conhecia, alterava seu tamanho e mantinha parte de mim sem transformação. Os homens olharam para mim e gritaram. Se espremeram mais ainda contra o chão. A multidão também gritou, correndo em todas as direções.

— Da próxima vez que quiserem atacar uma mulher *Ewu*, pensem em meu nome: Onyesonwu — rosnei, chicoteando-os com minha cauda grossa. — E temam pelas suas vidas.

— Onyesonwu? — perguntou um dos homens, seus olhos arregalados.

— Ah, a feiticeira de Jwahir que pode trazer de volta os mortos? Sentimos muito! Sentimos muito! — Ele enfiou o rosto na terra. O mais jovem começou a chorar. Os demais murmuraram desculpas.

— Não sabíamos.

— Fumamos demais.

— Por favor!

Franzi o cenho, me transformando de volta.

— Como vocês sabem sobre mim?

— Os viajantes falaram de você, *Ada-m* — disse um dos homens.

Mwita se aproximou.

— Todos vocês. Saiam já daqui antes que eu mesmo os mate! — ele tremia, assim como eu. Quando eles correram dali, Mwita veio correndo até mim.

— Eles a machucaram?

Simplesmente fiquei ali de pé, enquanto Mwita arrumava minhas roupas e tocava meu rosto. Os demais me circularam, calados.

— Com licença — disse uma mulher. — Ela tinha mais ou menos a minha idade e, como muitas das mulheres daquela cidade, tinha um brinco prateado no nariz. Parecia vagamente familiar.

— O que foi? — perguntei, seca.

A mulher deu um passo atrás e senti uma satisfação profunda.

— Eu... bem, eu queria... queria me desculpar por... por aquilo — disse ela.

— Por quê? — franzi o cenho, percebendo onde eu a havia visto. — Você apenas ficou parada, assim como todos os outros. Eu vi você.

Ela deu outro passo para trás. Eu queria cuspir nela e então arranhar seu rosto. Mwita segurou minha cintura com mais força. Luyu chupou os dentes ruidosamente e murmurou alguma coisa, então ouvi Fanasi dizendo, "Vamos". Binta arrotou.

— Sinto muito — disse a mulher. — Eu não sabia que você era Onyesonwu.

— Então se eu fosse qualquer outra mulher *Ewu*, estaria tudo bem?

— As mulheres *Ewu* são prostitutas — disse ela, conclusiva. — Elas possuem um bordel em Hometown, chamado Pelo de Bode. Hometown é a parte residencial de Banza, onde todos moramos. Elas vêm para cá do oeste. Você nunca ouviu falar de Banza?

— Não — falei. Parei, pressentindo novamente que já havia ouvido o nome Banza anteriormente. Suspirei, enojada do lugar.

— Eu imploro. Vá para a casa na colina — disse a mulher, olhando para mim, então para Mwita. — Por favor. Não é dessa maneira que quero que se lembrem de Banza.

— Não nos interessa o que você quer — disse Mwita.

A mulher baixou os olhos e continuou a implorar.

— Por favor. Onyesonwu é respeitada aqui. Vão para a casa na colina. Eles podem cuidar de seus machucados e...

— *Eu* posso cuidar dos machucados dela — disse Mwita.

— Na colina? — perguntei, olhando na direção da colina.

O rosto da mulher se iluminou.

— Sim. No topo. Eles ficarão tão felizes em vê-la.

Capítulo 33

Não precisamos fazer isso — falou Diti.

— Cale a boca — ralhei. Em minha cabeça, o que aconteceu comigo era tanto culpa dela e Binta quanto daqueles homens.

Retornamos ao mercado. Já era quase uma hora da manhã e as pessoas finalmente começavam a desarmar seus estandes. Por sorte, a mulher que vendia *rapas* ainda estava trabalhando. Notícias sobre o que havia acontecido viajaram rapidamente. Quando chegamos ao mercado, todos sabiam quem eu era e o que havia feito com os homens que me haviam "proposto" um pouco de "diversão".

A vendedora de *rapas* me entregou uma *rapa* colorida de tecido grosso muito bonita, que havia sido tratada com gel para que permanecesse fresca mesmo no calor. Ela não aceitou meu dinheiro, insistindo que não queria problemas. Também me deu um bustiê do mesmo material para combinar com a *rapa*. Vesti a bela roupa e joguei fora minha antiga roupa rasgada. Conforme era o estilo de Banza, ambos os itens eram justos, acentuando meus seios e quadris.

Como essas pessoas sabiam que eu podia trazer os mortos de volta? Diti, Luyu e Binta podem ter desconfiado que eu tinha o potencial para tanto, mas desconheciam os detalhes. Não havia contado nem mesmo para Mwita sobre o dia em que havia trazido o bode de volta à vida. Assim como não havia contado a ele sobre como Aro havia feito com que eu trouxesse de volta um camelo morto recentemente.

Depois que o fiz, Aro me carregou para a cabana de Mwita. Eu estava parcialmente em coma. O camelo tinha estado morto por uma hora, o que significou que eu tive que percorrer um longo caminho para encontrar e trazer seu espírito de volta. Mwita nunca me disse o que falou para Aro depois que me viu ou o que fez para me curar. Mas depois que melhorei, Mwita ficou um mês sem falar com Aro.

Desde então, eu havia ressuscitado um rato, dois pássaros e um cachorro. Cada vez era um pouco mais fácil. Em cada uma dessas vezes, alguém pode ter me visto, especialmente com o cachorro. Eu o havia encontrado na beira da estrada. Uma coisinha de pelo marrom. Ainda estava morno, por isso não havia tempo de levá-lo até um lugar mais afastado. Eu o curei ali mesmo. Ele se levantou, lambeu minha mão e correu para casa, acho. Então fui para casa e vomitei sangue e pelo de cachorro.

Quando chegamos no topo da colina mais alta, estávamos exaustos. A casa de dois andares era grande e simples. Enquanto nos aproximávamos dela, senti o perfume de incenso e ouvi alguém cantando.

— Pessoas religiosas — disse Fanasi.

Fanasi bateu na porta. O canto parou e ouvimos passos. A porta se abriu. Me lembrei de onde havia ouvido o nome Banza assim que vi o rosto dele. Luyu, Binta e Diti também devem ter percebido, pois suspiraram, espantadas.

Ele era alto e tinha a pele escura, assim como Ada. Essa era a metade do segredo de Ada. "Eles nunca vieram me visitar", havia dito ela.

— Fanta — falei. Ah, sim. Eu ainda me lembrava do nome dos gêmeos de Ada. — Onde está sua irmã, Nuumu?

Ele ficou me olhando por um bom tempo.

— Quem é você? — perguntou ele.

— Meu nome é Onyesonwu — respondi.

Os olhos dele se arregalaram e, sem hesitação, ele me pegou pela mão, me fazendo entrar, e disse:

— Ela está aqui.

A mulher que havia nos dito para ir até a casa da colina era uma cabra egoísta. Ela não nos havia direcionado até ali por compaixão. Como você sabe, gêmeos atraem sorte. Banza era pequena e cheia de defeitos, mas era relativamente feliz e próspera. Mas, agora, um de seus gêmeos estava doente. Fanta nos guiou através do salão principal, que cheirava a pão doce e às crianças que haviam comido ali.

— Ensinamos crianças aqui — disse Fanta, animado. — Elas amam esse lugar, mas amam minha irmã mais ainda. — Ele nos guiou por um lance de escadas e através de um corredor, parando em frente a uma porta fechada pintada com árvores. Uma floresta densa e mística. Era lindo. Entre as árvores havia olhos, pequenos, grandes, azuis, marrons, amarelos. — Só ela. — disse Fanta para Mwita.

Mwita assentiu.

— Esperaremos aqui fora.

— Há uma sala no fim do corredor — disse Fanta. — Está vendo, aquela com a luz acesa?

Eu e Fanta os observamos caminhar para a sala. Mwita parou por um momento e nossos olhos se encontraram. Assenti.

— Não se preocupe — falei.

— Não estou preocupado — disse Mwita. — Fanta, venha me chamar, se precisar.

Entrar na casa de Ada era como entrar no fundo de um lago. Entrar no quarto da filha de Ada era como entrar numa floresta — um lugar que eu jamais havia visto, nem mesmo nas minhas visões. Assim como a porta, as paredes eram pintadas do teto ao chão com árvores, arbustos e plantas. Franzi o cenho ao me aproximar da cama dela. Havia algo de errado na forma como ela estava deitada. Podia ouvir sua respiração: breve, difícil.

— Esta é Onyesonwu, a feiticeira do leste, irmã — disse Fanta. Os olhos dela se arregalaram e sua respiração ficou ainda mais difícil.

— É tarde — falei. — Me desculpe.

Nuumu fez sinal com a mão trêmula para que eu não me preocupasse.

— Meu nome — chiou ela — é Nuumu.

Me aproximei dela. Ela se parecia tanto com Ada quanto seu irmão. Mas havia algo de muito errado com ela. Parecia que ela estava num lugar e seu quadril em outro. Nuumu sorriu diante de meu escrutínio, chiando alto.

— Venha.

Entendi quando cheguei mais perto. Sua coluna estava retorcida. Retorcida como uma cobra dando o bote. Ela não conseguia respirar direito porque seus pulmões estavam sendo esmagados pela curvatura agressiva de sua coluna.

— Eu... não fui sempre... assim — disse Nuumu.

— Vá buscar Mwita — falei a Fanta.

— Por quê?

— Porque ele é um curandeiro muito melhor do que eu — ralhei.

Me virei para Nuumu depois que ele saiu.

— Chegamos à sua cidade há algumas horas. Estávamos à procura de duas de nossas companheiras de viagem. Encontramo-nas numa taberna, onde quatro homens tentaram me estuprar porque sou *Ewu*. Uma mulher nos implorou para que viéssemos até aqui. Esperávamos encontrar comida, um lugar para descansar e tratamento hospitaleiro. Não vim até aqui para curá-la.

— Eu... pedi... para você me curar?

— Não com palavras — respondi. Cocei minha testa. Estava tudo confuso. Eu estava confusa.

— Eu... desculpe... — disse Nuumu. — Todos... nascemos... com fardos a... carregar. A... alguns de nós... mais... do que outros.

Fanta e Mwita entraram. Mwita olhou para as paredes, então para Nuumu.

— Esse é Mwita — falei.

— Posso? — perguntou Mwita a Nuumu. Ela assentiu. Mwita a ajudou a se sentar cuidadosamente, ouviu seu peito e olhou suas costas. — Você consegue sentir os pés?

— Sim.

— Há quanto tempo está assim? — perguntou ele.

— Desde... os treze anos — respondeu ela. — Mas... foi piorando... com o tempo.

— Ela sempre teve que andar com uma bengala — disse Fanta. — As pessoas sabem que ela anda encurvada, mas apenas recentemente ela teve que ser confinada à cama.

— Escoliose — disse Mwita. — Curvatura da coluna vertebral. É hereditário, mas nem sempre isso explica a doença. É mais comum em mulheres, mas os homens também podem apresentá-la. Nuumu, você sempre foi magra?

— Sim — disse ela.

— A doença tende a afetar mais severamente aqueles que são magros. — disse ele. — Você respira dessa maneira porque seus pulmões estão sendo comprimidos.

Olhei para Mwita e soube tudo o que precisava saber. Ela iria morrer. Em breve.

— Quero conversar com Onyesonwu — disse ele, me pegando pela mão e me guiando para fora do quarto.

Uma vez no corredor, ele me disse, baixinho:

— Ela está condenada.

— A menos...

— Você não sabe quais serão as consequências — disse ele. — E quem são essas pessoas? — Ficamos parados ali por alguns instantes.

— É você que sempre me diz para ter fé — falei, depois de um tempo. — Não acredita que tenhamos sido guiados para cá? Eles são filhos de *Ada*.

Mwita franziu o cenho e balançou a cabeça.

— Ela nunca teve filhos com Aro.

— O que os seus olhos lhe dizem? Eles são a cara dela. E ela *teve* filhos. Quando tinha quinze anos, algum rapaz idiota a engravidou. Ela me contou. Seus pais a enviaram para Banza para ter os bebês. Gêmeos.

Voltei para o quarto.

— Fanta, teremos que levá-la para fora para fazer isso — falei.

Ele franziu o cenho.

— O que você...

— Você sabe quem eu sou — falei. — Não faça perguntas. Só posso fazê-lo lá fora.

Mwita e Fanasi ajudaram, enquanto Luyu, Diti e Binta seguiram atrás, com medo de perguntar o que estava acontecendo. A simples visão da mulher retorcida foi o suficiente para mantê-las caladas.

— Deite-a aqui — falei, apontando para um descampado perto de uma palmeira. — No chão.

Nuumu grunhiu quando os homens a colocaram no chão. Me ajoelhei ao seu lado. Já podia senti-lo.

— Afastem-se — falei para os outros. Para Nuumu, falei: — Pode ser que doa um pouco.

Comecei a absorver tudo, toda a energia ao meu redor. Era bom ter os demais tão perto e com tanto medo. Era bom ter o irmão dela tão preocupado e cheio de amor. Era bom ter Mwita ali, preocupado apenas com o meu bem-estar. Absorvi tudo isso. Juntei com o que pude absorver da cidade adormecida. Havia irmãos discutindo não muito longe dali. Cinco casais faziam amor, um deles eram duas mulheres que se amavam e se odiavam ao mesmo tempo. Havia um bebê que acabara de acordar com fome e estava de mau humor. "Será que consigo fazer isso?", me perguntei. "Preciso fazê-lo."

Quando já tinha absorvido o suficiente, usei o que tinha para puxar o máximo de energia da terra que podia. Sempre havia mais para substituir o que eu peguei. Senti o calor subindo pelo meu corpo, pelas minhas mãos. Pousei-as sobre o peito de Nuumu. Ela gritou e eu grunhi, mordendo meu lábio inferior enquanto me esforçava para manter as mãos firmes. O corpo de Nuumu começou a se virar lentamente. Pude sentir sua dor em minha própria coluna. Meus olhos se encheram de lágrimas. "Aguente firme!", pensei. "Até que esteja terminado!" Senti minha coluna virando para um lado e para o outro. Perdi o fôlego. E naquele momento, tive uma revelação. "Sei exatamente como quebrar o juju do rito dos onze anos de Binta, Luyu e Diti!" Guardei aquele conhecimento no fundo da memória. "Espere", sussurrei para mim mesma. Se removesse minhas mãos, uma onda de energia vinda de mim explodiria e a coluna dela permaneceria virada. Minhas mãos esfriaram. Era o momento de removê-las. Eu estava prestes a fazê-lo. Então Nuumu falou comigo. Não com palavras. Não precisávamos disso. Estávamos conectadas como um só corpo. Foi necessária muita coragem para que ela admitisse aquilo para si mesma, para mim. Olhei para ela. Seus lábios estavam secos, rachados, seus olhos injetados de sangue, sua pele escura havia perdido o brilho.

— Não sei como — falei, lágrimas correndo pelo meu rosto. Mas eu sabia. Se eu sabia como devolver a vida, sabia também como tirá-la. Permanecemos nos olhando por mais alguns instantes. Então o fiz. Usei minhas mãos espirituais para pegar dentro dela em vez da terra. *Verde verde verde verde!* Foi tudo o que pensei enquanto retirava o verde de Nuumu. *Verde!*

— O que ela está fazendo? — ouvi o irmão de Nuumu gritar. Mas ele não se aproximou da gente. Não sei o que teria acontecido se ele o tivesse feito. Puxei mais forte até que algo estalou e outra coisa começou a se rasgar. O espírito dela finalmente se entregou. Ele passou pelas minhas mãos em direção ao ar com um grito de felicidade. Fanta começou a gritar novamente. Dessa vez ele veio correndo.

O céu era uma espiral de cores, em sua maioria verde. A natureza selvagem. O espírito de Nuumu viajou diretamente para cima. Me perguntei quando ele retornaria. Algumas vezes eles voltavam, outras não. Meu pai deixou minha mãe e eu por semanas antes de retornar para me guiar durante minha iniciação. E mesmo assim não permaneceu por muito tempo.

Sem me mover, saí da natureza selvagem e retornei para o mundo físico a tempo de sentir o punho de Fanta contra o meu peito, me derrubando para trás. Minhas mãos descolaram do peito de Nuumu, deixando uma marca de muco seco.

— Você a matou! — gritou Fanta. Ele olhou para o corpo de Nuumu e soluçou tão forte, que pensei que meu corpo fosse se quebrar. Diti, Luyu e Binta me ajudaram a sentar.

— Eu poderia tê-la curado — falei, soluçando e tremendo. — Poderia.

— Então por que não o fez? — gritou Fanta, libertando o braço das mãos de Mwita.

— Não sou nada — gritei. — Não me importa o que teria me causado. A que propósito sirvo? Eu poderia tê-la curado! — Minhas têmporas latejavam enquanto pedras fantasma se chocavam contra a minha cabeça. Meus amigos evitaram que eu me afundasse na terra, como a inútil que eu me sentia. Baixa como os insetos cinza que causam doença e morte no Grande Livro para as crianças daqueles que cometeram erros terríveis.

— Então por que não o fez? — perguntou Fanta novamente. Já havia se acalmado um pouco e Mwita o largou. Ele abraçou o corpo inerte e frio da irmã.

— Ela não... ela não me deixou — sussurrei, coçando meu peito. — Eu deveria tê-la curado mesmo assim, mas ela não me permitiu pensar em fazê-lo. Foi escolha dela. É só isso. — Minhas ações foram abomináveis para a ordem natural das coisas, embora entenda agora, semanas mais tarde, que foi melhor assim. A consequência imediata de minhas ações para mim mesma foi um pesar quase intolerável. Tive vontade de arranhar minha pele, arrancar meus olhos, me matar. Solucei sem parar, com vergonha de minha mãe, com nojo de mim mesma, desejando que meu pai biológico finalmente acabasse com meu corpo, minha memória e meu espírito. Quando o sentimento passou, foi como se um véu grosso e fedorento tivesse sido levantado.

Ficamos todos sentados ali por vários minutos, Fanta chorando pela irmã, Mwita com a mão no ombro de Fanta, eu deitada na terra, exausta, e os demais apenas olhando. Lentamente, Fanta ergueu a cabeça e olhou para mim com os olhos inchados.

— Você é má — disse ele. — Que Ani amaldiçoe todos que você ama.

Ele não nos pediu para ir embora. E embora não tenhamos discutido o assunto entre nós, decidimos passar a noite. Mwita e Fanasi ajudaram Fanta a levar o corpo para dentro. Fanta começou a soluçar novamente quando viu que a coluna de Nuumu estava na posição correta. Tudo o que ela precisava ter feito era me deixar terminar. Ela teria sobrevivido. Fiquei o mais distante de Fanta possível. Também me recusei a entrar na casa. Preferia dormir sob as estrelas.

— Não — disse para Luyu, que quisera dormir do lado de fora comigo. — Preciso ficar sozinha.

Binta e Diti cozinharam bastante comida, enquanto Luyu varreu a casa toda. Mwita e Fanasi permaneceram com Fanta, temendo que ele pudesse tentar alguma coisa. Podia ouvir Mwita ensinando um cântico para eles. Não tive certeza se ouvia a voz de Fanta, mas não era preciso cantar para ser beneficiado pelo cântico.

Desenrolei minha esteira sob uma palmeira seca. Dois pombos estavam aninhados no topo da árvore. Ficaram me olhando com seus olhos laranja quando apontei a lanterna para cima da árvore. Normalmente, teria achado engraçado.

Mudei minha esteira de lugar. Não queria ser bombardeada com fezes de pombo a noite inteira. Meu corpo doía e minha dor de cabeça estava de volta. Embora não fosse intolerável, era forte o bastante para forçar meus pensamentos em direção ao oeste. O que eu teria me tornado quando chegasse? Naquela mesma noite, eu havia poupado a vida dos homens que tentaram me estuprar e tirado a vida da filha de Ada.

Às vezes os bons têm que morrer e os maus têm que viver, Aro havia me ensinado. Na ocasião eu havia rido e dito *não se eu puder evitar*.

Esfreguei as mãos nas têmporas no momento em que uma pedra fantasma particularmente grande me atingiu do lado da cabeça. Podia quase ouvir meu crânio rachando. Franzi o cenho. Aquele som não estava na minha cabeça. Sandálias pisando na areia. Me virei. Fanta estava de pé atrás de mim. Me levantei, pronta para lutar. Ele se sentou na minha esteira.

— Sente-se — disse ele.

— Não — respondi. — Mwita? — gritei.

— Eles sabem que estou aqui.

Olhei para a casa. Mwita nos observava através de uma das janelas do andar de cima. Me sentei ao lado de Fanta.

— Eu estava falando a verdade — falei, quando não pude mais suportar seu silêncio.

Ele assentiu, pegando um punhado de areia e deixando que escorresse pelos seus dedos. De algum lugar ali perto veio o *shhh* alto de uma estação de captura de água. Fanta chupou os dentes.

— Aquele homem — disse ele. — As pessoas reclamam, mas ele continua a agir desrespeitosamente. Não sei para que ele precisa de água a essa hora.

— Talvez ele goste de chamar a atenção.

— Talvez — observamos a coluna fina e branca se erguer até o céu.

— Está frio aqui fora — disse ele — ... por que não entra?

— Porque você me odeia — respondi.

— Como ela o pediu a você?

— Ela simplesmente pediu. Não, não pediu. Pedir implica uma escolha.

Ele pressionou os lábios, pegou outro punhado de areia e jogou longe.

— Ela me disse isso uma vez — falou ele. — Havia meses, depois que ela ficou confinada à cama. Disse que estava pronta para morrer. Achava que isso ia me fazer sentir melhor — ele pausou. — Disse que seu corpo estava...

— Fazendo seu espírito sofrer — falei, completando sua frase.

Ele olhou para mim.

— Ela lhe disse isso?

— Era como se eu estivesse dentro da mente dela. Ela não precisava me dizer nada. Nuumu não sentiu que eu podia curá-la. Tinha que se libertar de seu corpo físico.

— Eu... eu fui... Onye, me desculpe... pelas minhas palavras, minhas ações. — Ele flexionou as pernas em direção ao peito e olhou para o chão. Tremia, tentando controlar o pesar que sentia.

— Não faça isso — falei. — Deixe sair.

Eu o segurei enquanto ele chorava. Quando conseguiu falar novamente, estava sem fôlego, como a irmã.

— Meus pais estão mortos. Não temos nenhum parente próximo — suspirou ele. — Agora estou sozinho. — Ele olhou para o céu. Pensei no espírito verde de Nuumu, indo embora, alegre.

— Por que vocês não se casaram com alguém? — perguntei. — Não queriam ter filhos?

— Não se espera que gêmeos tenham uma vida normal — disse ele.

Franzi o cenho, pensando, "quem disse isso?" A tradição disse. Oh, como nossas tradições limitam e segregam aqueles de nós que não são normais.

— Você não está... não está sozinho — falei. — Nós os reconhecemos assim que os vimos. Reconhecemos seus rostos.

— Sim. Como pode ser? — perguntou ele, franzindo o cenho.

— Conhecemos sua mãe.

— Vocês a conheceram? Estiveram aqui anos atrás? Eu não...

— Escute — falei. Respirei fundo. — Nós *conhecemos* sua mãe. Ela está viva.

Fanta balançou a cabeça.

— Não, ela morreu. Foi picada por uma cobra.

— Sua mãe era na verdade sua tia-avó.

— O quê! Mas isso... — ele parou e ficou sério. Depois de muito tempo, disse:

"Nuumu sabia. Havia um buraquinho na parede do quarto que dividíamos quando éramos crianças. Uma vez encontramos uma pintura enrolada dentro dele. O retrato de uma mulher. Atrás estava escrito, *para meu filho e filha, com amor*. Não conseguimos reconhecer a assinatura. Tínhamos mais ou menos oito anos de idade. Não me interessei muito, mas Nuumu pensou que queria dizer alguma coisa. Ela jamais mostrou a pintura para nossos pais. Nossa mãe não era pintora, nem nosso pai. Foi aquela pintura que fez com que Nuumu se interessasse por pintar. Ela era muito boa. Seu trabalho era vendido a preços altos no mercado..." — seu rosto ficou com uma expressão confusa.

— Sua mãe é a Ada de Jwahir — falei. — Ela é altamente respeitada e pinta o tempo inteiro. O nome dela é Yere e ela é casada com Aro, o feiticeiro que é meu mestre. Você quer saber mais?

— Sim! Claro!

Sorri, contente por finalmente dar a ele algo de bom.

— Quando ela tinha quinze anos, um rapaz se interessou por ela... — contei a ele toda a história da mãe e tudo o mais que eu sabia a respeito dela. Deixei de fora a parte sobre o juju dos onze anos que ela pedira a Aro para fazer nas meninas.

Ambos tivemos uma boa noite de sono ali fora, os braços de Fanta me envolvendo. Me perguntei o que Mwita pensava a respeito disso, mas algumas coisas são mais importantes do que o ego de um homem. De manhã, Mwita enviou Diti e Luyu até a casa dos anciãos de Banza para informar sobre a morte de Nuumu. Logo a casa deles estaria cheia de pessoas lamentando e ajudando Fanta. Era hora de irmos.

Fanta também planejava ir embora. Depois da cerimônia e cremação da irmã, ele disse que ia vender a casa e viajar para Jwahir para encontrar a mãe.

— Não me resta nada aqui — disse ele. Sem sua gêmea, logo Banza iria parar de bancá-lo. Quando um gêmeo morria, aquele que restava era visto como má-sorte. Nos despedimos de Fanta enquanto a casa se enchia. Muitas das pessoas olharam feio para mim e Mwita, e tinham medo da gente. Chegáramos à cidade na noite anterior e agora um de seus preciosos gêmeos estava morto.

Pegamos uma estrada diferente para descer a colina. Ela levava diretamente para fora da cidade. Também nos fez passar em frente ao bordel Pelo de Bode. Foi uma visão que jamais esquecerei. Embora fosse cedo, as mulheres já estavam do lado de fora. Sentavam-se na varanda da casa de três andares. A pele delas era clara e trajavam roupas que fazia parecer que eram ainda mais claras. Eu e Mwita éramos muito mais escuros por viajarmos sob o sol, por isso, aos meus olhos, elas praticamente brilhavam. Descansavam em cadeiras e apoiavam os pés no parapeito da varanda. Algumas usavam bustiês tão curtos, que deixavam os mamilos à mostra.

— Onde você acha que estão as mães delas? — perguntei a Mwita.

— Ou os pais — sussurrou ele.

— Mwita, duvido que alguma delas seja como você — falei. — Elas não têm pai.

Uma das garotas acenou. Acenei de volta.

— Elas até que são bonitas, talvez à sua própria maneira — ouvi Diti dizer a Luyu.

— Se você está dizendo... — disse Luyu, duvidosa.

Enquanto passávamos pelo último prédio, ouvimos lamúrios altos. As mulheres de Banza haviam chegado à casa dos gêmeos. Tomariam conta de Fanta, pelo menos por agora. Assim que sua irmã fosse cremada, ele desapareceria no meio da noite. Sentia pena dele. Sua outra metade o havia abandonado, tinha feito isso com alegria. Mas sair de Banza era provavelmente o melhor a fazer. Em seu âmago, a cidade era boa, mas partes dela estavam apodrecendo. E agora Fanta poderia ter uma vida de verdade em vez de ser uma ideia que dava às outras pessoas uma esperança egoísta.

Enquanto caminhávamos, o bordel não muito longe atrás de nós, senti uma onda de raiva. Ser fora do normal significava que você estava ali para servir os normais. E se você se recusasse, eles iriam odiá-lo... e muitas vezes, os normais o odiavam mesmo quando você *os servia*. Olhe para aquelas meninas e mulheres *Ewu*. Fanta e Nuumu. Eu e Mwita.

Não pela última vez, senti que, o que quer que eu fosse fazer no oeste, seria violento. Apesar do que Mwita dizia e acreditava. Veja como Mwita reagira ao ver Daib. Essa era a verdade. Eu era *Ewu*, quem iria me ouvir sem um pouco de violência? Como aqueles homens nojentos do lado de fora da taberna. Eles não me ouviram até terem medo de mim.

Logo antes de chegarmos à estrada, encontramos os três camelos. À esquerda deles havia uma grande pilha de estrume e parecia que um ou dois deles havia saído e trazido pedaços de grama seca para mascar.

— Vocês esperaram! — falei, sorrindo. Sem pensar, corri até o que havia me ameaçado e passei meus braços ao redor de seu pescoço sujo de areia.

— O que, em nome de Ani, você está fazendo? — gritou Fanasi.

O camelo blaterou, mas aceitou meu abraço. Dei um passo para trás. O camelo era grande, e provavelmente uma fêmea. Inclinei a cabeça. Um dos outros camelos não era muito grande. Um filhote, mas que logo não o seria mais. Possivelmente havia sido desmamado recentemente. Pensei se a fêmea deixaria que nós a ordenhássemos. Minha mãe disse que havia feito isso diversas vezes quando eu era bem pequena.

— Como devemos chamar cada um de vocês? — perguntei. — O que acha de Sandi?

Mwita riu e balançou a cabeça. Luyu ficou olhando. Fanasi puxou o punhal que havia comprado em Banza. Binta parecia enojada. E Diti parecia incomodada.

— Agora você provavelmente está infestada de piolhos, sabia? — disse Diti. — Espero que estaja pronta para cortar seus lindos cabelos.

Sorri.

— Apenas camelos domesticados têm esse problema.

— Olhe para isso — disse Diti.

— Aquela coisa poderia ter arrancado sua cabeça — disse Fanasi, ainda segurando o punhal.

— Mas não arrancou — falei, suspirando. — Você poderia guardar isso?

— Não — disse ele.

Os camelos não eram burros. Observavam atentamente cada um de nós. Era apenas uma questão de tempo antes que um deles cuspisse ou mordesse Fanasi. Me virei para o camelo líder.

— Sou Onyesonwu Ubaid-Ogundimu, nasci no deserto e fui criada em Jwahir. Tenho vinte anos de idade e sou uma feiticeira, aprendiz do feiticeiro Aro e aconselhada pelo feiticeiro Sola. Mwita, diga quem você é.

Ele deu um passo em direção aos camelos.

— Sou Mwita, companheiro de vida de Onyesonwu.

Fanasi chupou os dentes, fazendo um barulho alto.

— Por que você não diz simplesmente que é o *marido* dela?

— Porque sou *mais* do que isso — respondeu Mwita. Fanasi olhou feio para ele, murmurou alguma coisa e ignorou os demais. Mwita se virou novamente para o camelo. — Nasci em Mawu e fui criado em Durfa. Sou um pré-feiticeiro. Não me foi permitido passar a iniciação por alguns... motivos. — Ele olhou para mim. — Também sou curandeiro, aprendiz da curandeira Abadie.

Os três camelos apenas permaneceram sentados olhando para nós dois.

— Dê um abraço nele — falei.

— O quê? — perguntou ele.

Diti, Luyu e Binta riram.

— Ani nos salve — rosnou Fanasi, rolando os olhos.

Empurrei Mwita para os camelos. Ele ficou de pé em frente ao camelo grande. Então ergueu os braços lentamente e enlaçou o pescoço do animal. O camelo blaterou baixinho. Mwita fez o mesmo com os outros camelos. Eles também pareceram gostar do gesto, blaterando alto e cutucando Mwita forte o suficiente para fazê-lo tropeçar.

Luyu se levantou.

— Sou Luyu Chiki, nascida e criada em Jwahir. — Ela parou, olhando para mim, depois para o chão. — Eu... eu não tenho título algum. Não fui aprendiz de ninguém. Viajo para ver o que puder ver e aprender do que sou feita... e por qual motivo. — Ela lentamente abraçou o camelo líder. Sorri. Ela deslizou para trás de mim em vez de abraçar os outros animais.

— Eles cheiram a suor — sussurrou ela. — Como o suor de um homem gordo!

Ri.

— Vê as corcovas deles? Aquilo tudo é gordura. Podem ficar dias sem comer.

Não olhei para Binta e Diti. A visão delas ainda me fazia querer avançar sobre elas e começar a estapear sem parar, conforme havia feito antes.

— Sou Binta Keita — disse ela em voz alta, de onde estava. — Deixei Jwahir, minha casa, para encontrar uma nova vida... eu estava marcada. Mas consegui resolver tudo e não sou mais marcada!

— Sou Diti Goitsemedime — disse Diti, também permanecendo onde estava. — E esse é meu marido, Fanasi. Somos de Jwahir. Vamos para o oeste fazer o que pudermos fazer.

— Eu estou indo para seguir minha esposa — completou Fanasi, olhando para Diti com mágoa.

Começamos a caminhar para o sudoeste, usando o mapa de Luyu para voltar ao curso. Estava quente e tivemos que caminhar cobertos por nossos véus. Os camelos mostraram o caminho, andando na direção correta. Isso deixou todo mundo surpreso, exceto Mwita e eu. Viajamos até o anoitecer e quando montamos acampamento, estávamos cansados demais para cozinhar qualquer coisa. Dentro de alguns minutos, todos nos recolhemos às nossas tendas.

— Como está você? — perguntou Mwita, me puxando para perto dele.

Suas palavras foram como uma chave. Toda a emoção que eu havia suprimido de repente parecia pronta para explodir de meu peito. Enterrei minha cabeça em seu peito e chorei. Minutos se passaram e minha dor virou fúria. Senti um aperto no meu peito. Queria tanto matar meu pai. Teria sido como matar mil homens como aqueles que me atacaram. Eu vingaria minha mãe, vingaria a mim mesma.

— Respire — sussurrou Mwita.

Abri minha boca e inalei seu hálito. Ele me beijou novamente e cuidadosamente, suavemente, falou as palavras que poucas mulheres jamais escutam de um homem.

— *Ifunanya*.

São palavras antigas. Não existem entre nenhum outro grupo de pessoas. Não existe uma tradução direta em nuru, inglês, sipo ou vah. Essa palavra apenas possui significado quando dita por um homem para aquela que ele ama. Uma mulher não pode usar essas palavras, a não ser que seja estéril. Não é juju. Não como eu conheço juju. Mas a palavra possui força. Promove a união completa se for verdadeira e a emoção recíproca. Não é como a palavra "amor". Um homem pode dizer a uma mulher todos os dias que a ama. *Ifunanya* é dita por um homem apenas uma vez na vida. *Ifu* quer dizer "olhar dentro", *n* quer dizer "dos" e *anya* quer dizer "olhos".

Os olhos *são* a janela da alma.

Eu poderia ter morrido quando ele disse essas palavras, pois jamais havia pensado que um homem as diria para mim, nem mesmo Mwita. Toda a sujeira que aqueles homens haviam lançado em mim com suas ações, palavras e atitudes nojentas, nada daquilo interessava mais. Mwita, Mwita, Mwita, novamente, destino, eu agradeço a você.

Capítulo 34

Viajamos por duas semanas antes que Mwita decidisse que deveríamos parar por alguns dias. Havia acontecido algo mais em Banza. Começou quando deixamos Jwahir, mas agora estava mais pronunciado. O grupo estava se dividindo de várias maneiras. Havia uma divisão entre os homens e as mulheres. Mwita e Fanasi frequentemente caminhavam juntos, quando conversavam por horas. Mas uma divisão entre os sexos era normal. A divisão deixando Binta e Diti de um lado e eu e Luyu do outro era mais problemática. E então havia a divisão mais problemática de todas, entre Fanasi e Diti.

Não conseguia parar de pensar no que Fanasi havia dito aos camelos, sobre ele ter vindo apenas para seguir Diti. Eu havia pensado que a visão que havia lhe mostrado do que estava realmente acontecendo no oeste havia sido seu grande motivador para se juntar a nós. Havia me esquecido que Fanasi e Diti se amavam desde a infância. Eles queriam se casar desde que souberam o que era o casamento. Fanasi havia ficado de coração partido quando havia tocado em Diti e ela gritara. Durante anos, ele se mantivera afastado dela até que finalmente havia criado coragem para pedir a mão dela em casamento.

Não estava disposto a deixar que ela partisse sem ele. Mas, ao deixar Jwahir, Diti e Binta haviam descoberto a vida como mulheres livres. À medida que os dias se passavam, quando Diti e Fanasi não estavam implicando um com o outro, se ignoravam. Diti se mudou permanentemente para a tenda de Binta e esta não se importou. Eu e Mwita podíamos ouvir as duas conversando e rindo em sussurros, às vezes varando a noite.

Eu estava certa de que poderia resolver as coisas. Naquela noite, fiz uma fogueira de pedras e preparei um cozido grande usando duas lebres. Então convoquei uma reunião. Quando todos estavam sentados, coloquei o cozido em recipientes de porcelana lascada, entregando um pote para cada um deles, começando com Fanasi e Diti e terminando com Mwita. Fiquei observando por alguns minutos enquanto todos comiam. Eu havia usado sal, ervas, cacto, repolho e leite de camela. O cozido estava gostoso.

— Tenho notado tensão — falei, finalmente. Havia apenas o som das colheres batendo contra a porcelana e a mastigação de meus amigos. — Estamos viajando há três meses. Estamos muito longe de casa. E estamos indo em direção a um lugar ruim — parei. — Mas o maior problema aqui e agora é entre vocês dois. — Apontei para Diti e Fanasi. Eles se entreolharam, depois desviaram o olhar. — Nós sobrevivemos apenas por causa uns dos outros — continuei. — O cozido que vocês estão comendo foi feito com o leite de Sandi.

— O quê? — exclamou Diti.

— Eca! — gritou Binta. Fanasi xingou e colocou seu pote no chão. Mwita riu e continuou a comer. Luyu ficou olhando para seu pote, em dúvida.

— De qualquer maneira — continuei. — Vocês dizem que são marido e mulher, mas não dormem na mesma tenda.

— Foi ela que fugiu — disse Fanasi de repente. — Se comportando como uma prostituta *Ewu* feia naquela taberna.

Lá estava novamente. Pressionei meus lábios, me concentrando no que tinha a dizer.

— Cale-se — ralhou Diti. — Os homens sempre pensam que quando uma mulher está se divertindo, ela *tem que ser* uma prostituta.

— Qualquer um deles poderia ter feito sexo com você! — disse Fanasi.

— Talvez, mas em vez disso eles foram atrás de quem? — disse Diti, sorrindo para mim com maldade.

— Oh, Ani nos ajude — gemeu Binta olhando para mim. Me levantei.

— Então venha — disse Diti se levantando. — Sobrevivi muito bem às suas outras surras.

— Ei! — exclamou Luyu, se colocando entre Diti e eu. — O que há de errado com todos vocês? — Dessa vez, Mwita apenas ficou sentado, observando.

— O que há de errado *comigo*? — falei. — Você pergunta o que há de errado *comigo*? — Ri alto e permaneci de pé.

— Diti, você tem alguma coisa a dizer para Onye? — perguntou Luyu.

— Nada — disse Diti, desviando o olhar.

— *Eu sei como quebrá-lo* — falei alto, mal conseguindo respirar de tão irada. — Eu quero *ajudá-la*, sua cabeça oca idiota! Percebi como fazê-lo quando estava curando Nuumu.

Diti apenas ficou me olhando.

Respirei fundo.

— Luyu, Binta, não há ninguém aqui, mas talvez em uma dessas aldeias ou cidades pelas quais iremos passar... não sei. Mas eu posso quebrar o juju. — Dei as costas e entrei em minha tenda. Elas teriam que vir até mim.

Mwita entrou uma hora mais tarde com uma tigela de cozido.

— Como você vai fazê-lo? — perguntou ele. Peguei a tigela de sua mão. Eu estava faminta, mas orgulhosa demais para sair e comer do cozido que havia feito.

— Elas não vão gostar da forma como terei que fazer — falei, mordendo um pedaço de carne. — Mas vai funcionar.

Mwita pensou a respeito por um minuto. Então sorriu.

— Pois é — falei.

— Luyu vai deixar que você faça, mas Diti e Binta... vai requerer alguma persuasão.

— Ou o que resta do vinho de palma — falei. — Está tão fermentado, que não saberão a diferença entre suas cabeças e suas *yeyes* depois de dois copos, *se* eu concordar em fazê-lo. Binta, talvez, mas Diti... não antes de mil pedidos de desculpas. — Olhei Mwita enquanto ele se virava para sair da tenda. — Certifique-se de dizer a Fanasi que essas foram minhas palavras exatas — falei.

— Estava planejando fazer exatamente isso.

Fanasi veio falar comigo aquela noite. Eu havia acabado de me aninhar nos braços de Mwita depois de uma hora voando como um abutre.

— Desculpe-me perturbá-la — disse Fanasi, entrando na tenda.

Me sentei, puxando minha *rapa* para me cobrir mais. Mwita colocou nossa coberta sobre meus ombros. Eu mal podia ver Fanasi contra o brilho da fogueira de pedras do lado de fora.

— Diti quer que você...

— Então ela terá que vir até aqui pedir — falei.

Fanasi franziu o cenho.

— Não é apenas para ela, você sabe.

— É para ela antes de tudo — falei. Parei por um momento, então suspirei. — Diga a ela para sair da tenda e vir falar comigo. — Olhei para Mwita antes de sair. Ele estava sem camisa e eu levava o cobertor. Acenou para mim e disse, "não demore".

Do lado de fora estava ainda mais frio. Enrolei o cobertor mais junto do meu corpo e caminhei até a fogueira de pedras, que estava quase apagada. Ergui a mão e fiz um redemoinho de ar ao redor dela, até que estivesse quente novamente. Movi um pouco de vento quente em direção à nossa tenda.

Fanasi pousou uma mão em meu ombro.

— Controle seu temperamento — disse ele, depois entrou na tenda de Binta e Diti.

— Contanto que ela faça o mesmo — murmurei. Fitei as pedras incandescentes enquanto Diti saía da tenda. Fanasi entrou na tenda dele e fechou o zíper atrás de si. Como se Diti e eu tivéssemos privacidade.

— Olhe — disse ela. — Eu só queria...

Ergui a mão e balancei a cabeça.

— Primeiro peça desculpas. Do contrário, vou voltar para minha tenda e dormirei um sono tranquilo e sem culpa.

Ela franziu o cenho, me olhando por vários minutos.

— Eu...

— E desfaça essa careta — falei, interrompendo-a. — Se para você eu sou tão nojenta, então deveria ter ficado em casa. Você mereceu a surra que lhe dei. É idiota o bastante para irritar alguém que pode parti-la ao meio. Sou mais alta, maior e *muito mais* brava.

— Me desculpe! — gritou Diti.

Vi Luyu colocar a cabeça para fora da tenda, espiando.

— Eu... essa jornada — disse Diti. — Não é nada do que eu esperava. *Eu* não sou quem eu esperava. — Ela desfez a careta. O fogo agora havia esquentado o ar, deixando-o mais agradável para uma conversa. — Jamais estive longe de Jwahir. Estou acostumada a ter boas refeições, pão fresco quentinho e frango apimentado, não cozido de lebre do deserto e leite *de camela*! Leite de camela é para bebês e... bebês *de camelo*!

— Você não é a única que nunca saiu de Jwahir, Diti — falei. — Mas é a única a agir como uma idiota.

— Você nos mostrou! — disse ela. — Nos mostrou o oeste. Quem poderia simplesmente cruzar os braços depois de ver aquilo? Eu não podia simplesmente viver uma vida feliz com Fanasi. Você mudou isso tudo!

— Ah, não coloque a culpa em mim! — ralhei. — Nenhum de vocês, *não ousem* colocar a culpa em mim! Culpem a si mesmos por sua ignorância e complacência.

— Você tem razão — disse Diti baixinho. — Eu... não sei o que tem acontecido comigo. — Ela balançou a cabeça. — Eu não a odeio... mas odeio o que você é. Odeio o fato de que sempre que olho para você... é difícil para nós, Onye. Onze anos acreditando que os *Ewu* são sujos, inferiores, violentos. Então conhecemos você e Mwita. Ambos são as pessoas mais estranhas que já conhecemos.

— Logo você também será vista como inferior — falei. — Logo entenderá como me sinto *para onde quer que eu vá*. — Mas eu me sentia em conflito. Diti e Binta estavam passando por dificuldades, assim como eu, assim como todos nós. E eu tinha que respeitar isso. Apesar de tudo. — Você veio até aqui me pedir alguma coisa?

Diti olhou em direção à tenda de Fanasi.

— Tire isso de mim. Se você puder. Pode fazer isso?

— Você não vai gostar do que preciso fazer — falei. — Eu também não.

Diti fez uma careta. Sua careta logo virou uma cara de nojo.

— Não!

— Sim — falei.

— Eca!

— Eu sei.

— Vai doer da mesma maneira? — perguntou ela.

— Não sei. Mas quando o assunto é feitiçaria, você nunca recebe nada sem dar alguma coisa em troca.

Luyu saiu de sua tenda.

— Eu também — disse ela. — Não me importo de você colocar as mãos em mim. Qualquer coisa para aproveitar o sexo novamente. Não tenho tempo para me casar.

Binta saiu de sua tenda, tropeçando.

— Eu também! — disse ela.

Tudo o que senti foi dúvida.

— Tudo bem — falei. — Amanhã à noite.

— Então você sabe exatamente o que fazer? — perguntou Luyu.

— Acho que sim — falei. — Quero dizer, é claro que nunca fiz isso antes.

— O que acha que você vai... fazer? — pressionou Luyu.

Pensei a respeito.

— Bem, algo não pode sair de nada. Nem mesmo um pedaço de carne. Certa vez Aro tirou a perna de um inseto, jogou fora e disse: "faça com que ele ande novamente". Consegui fazê-lo, mas não sei dizer como. Há um momento em que paro de controlar o que preciso fazer, alguma coisa opera em mim e faz o que precisa ser feito.

Franzi o cenho, pensando a respeito disso. Quando eu curava, não era só eu. Se não era só eu, então era quem? Era como aquele momento sobre o qual falei a Luyu, quando você acorda e não sabe quem você é.

— Certa vez perguntei a Aro o que ele achava que acontecia quando curava. Ele disse que tinha alguma coisa a ver com o tempo — falei. — Que você o manipula para fazer a carne voltar a ser o que era antes. —Minhas três amigas ficaram me olhando. Dei de ombros e parei de explicar.

— Onye — disse Binta de repente. — Sinto muito. Não deveríamos ter ido até lá. — Ela se jogou sobre mim, me derrubando. — Você não deveria ter estado lá!

— Estou bem — falei, tentando me sentar. Ela ainda estava agarrada em mim e agora chorava bastante. Coloquei meus braços ao redor dela, sussurrando. — Tudo bem, Binta. Estou bem. — Os cabelos de Binta cheiravam a sabão e óleo perfumado. Ela havia trançado os cabelos em diversas pequenas trancinhas um dia antes de deixarmos Jwahir. Desde então, as tranças haviam crescido e ela ainda não as havia desfeito. Imaginei se ela havia decidido usar o penteado *dada*. Dois dos camelos blateraram de trás da tenda de Luyu, onde tentavam descansar.

— Por Ani, mulheres — disse Fanasi, saindo de sua tenda.

— Mulheres — disse Mwita, saindo de sua tenda também. Notei que Luyu olhava para o peito nu de Mwita, mas não tive certeza se foi apenas pela curiosidade que as pessoas têm com relação ao corpo dos *Ewu* ou se foi algo mais carnal.

— Então está decidido — disse Mwita. — Isso é bom.

— É mesmo — disse Fanasi, feliz.

Diti olhou feio para ele.

CAPÍTULO 35

assei a maior parte do dia seguinte como um abutre, voando, relaxando. Então retornei ao acampamento, me vesti e caminhei cerca de um quilômetro e meio até um local que eu havia visto enquanto voava. Me sentei sob uma palmeira, coloquei o véu sobre a cabeça e enfiei as mãos sob minhas roupas, para protegê-las do sol. Limpei minha mente de quaisquer pensamentos. Fiquei imóvel por três horas. Retornei ao acampamento um pouco antes do pôr do sol. Os camelos foram os primeiros a me saudarem. Bebiam de uma bolsa de água que Mwita havia colocado para eles. Me cheiraram com seus focinhos macios e úmidos. Sandi chegou a lamber meu rosto, cheirando e provando o vento e o céu na minha pele.

Mwita me beijou.

— Binta e Diti fizeram um banquete para você — disse ele.

Gostei especialmente da lebre assada. Elas estavam certas em querer que eu comesse. Precisava das minhas forças. Depois da refeição, peguei um balde de água, fui para trás da nossa tenda e me lavei. Enquanto jogava água sobre a cabeça, ouvi Diti gritar "Não!". Parei, escutando. Não pude ouvir mais por causa do som da água gotejando. Tremi e vesti minhas roupas. Usei uma camisa folgada e minha velha *rapa* amarela. A essa altura o sol já se pusera completamente. Pude ouvi-las se reunindo. Chegara a hora.

— Escolhi um lugar — falei. — Fica a cerca de um quilômetro e meio daqui. Há uma árvore. Mwita, Fanasi, vocês ficam aqui. Verão nossa fogueira. — Olhei nos olhos de Mwita, esperando que ele entendesse minhas palavras não ditas: "mantenha os ouvidos atentos".

Peguei uma bolsa cheia de pedras e nós quatro saímos caminhando. Quando chegamos à árvore, joguei as pedras no chão e as aqueci até que minhas juntas relaxassem. A noite estava bastante fria. Havíamos percorrido uma distância suficiente para que o clima mudasse. Embora os dias

permanecessem quentes, as noites haviam se tornado completamente gela-
das. Raramente ficava assim tão frio durante a noite em Jwahir.

— Quem quer ser a primeira? — perguntei.

Elas se entreolharam.

— Por que não seguimos a mesma ordem do nosso rito? — perguntou
Luyu.

— Binta, você, depois Diti? — falei.

— Vamos fazer ao contrário desta vez — insistiu Binta.

— Tudo bem — disse Diti. — Não vim até aqui para ter medo. — A
voz dela tremia.

— Cuspam suas pedras *talembe etanou* — falei.

— Por quê? — quis saber Luyu.

— Acho que elas também estão enfeitiçadas — falei. — Mas não tenho
certeza como.

Luyu cuspiu sua pedra na palma da mão e a colocou num bolso de sua
rapa. Diti cuspiu a dela na areia. Binta hesitou.

— Você tem certeza? — perguntou ela.

Fiz um sinal com a mão.

— Faça o que quiser.

Ela não cuspiu sua pedra.

— Muito bem — falei. — Hã... Diti, você tem que...

— Eu sei — disse ela, despindo a *rapa*. Luyu e Binta olharam para o
outro lado.

Me senti enjoada. Não de medo, mas sim por uma grande sensação de
desconforto. Ela teria que abrir as pernas. E o pior, eu teria que colocar minhas
mãos sobre a cicatriz que foi deixada pelo escalpelo, nove anos atrás.

— Você não precisa fazer essa cara — disse Diti.

— Como você espera que eu fique? — perguntei, irritada.

— Vamos... hã... caminhar um pouquinho nessa direção — disse Luyu
de repente, pegando a mão de Binta e se afastando.

— Chamem a gente quando tiverem terminado.

— A fogueira está quente o suficiente? — perguntei para Diti.

— Você poderia esquentá-la um pouco mais?

Assim o fiz.

— Você vai ter que... fazer o que fez... antes — falei, me ajoelhando ao
lado das pedras. Olhei para o céu enquanto ela se deitava ao meu lado e

abria as pernas. Respirei fundo e coloquei minhas mãos sobre ela. Imediatamente me concentrei, ignorando a sensação molhada da *yeye* de minha amiga. Me concentrei em absorver tudo o que havia ao meu redor. Suguei a força do medo e a ansiedade de Luyu e Binta. Suguei da inquietação dos camelos, da leve preocupação de Mwita e da mistura de excitação e ansiedade de Fanasi.

Podia sentir sua cicatriz, mas logo senti também o calor e uma brisa soprando atrás de mim. Diti estava gemendo. Então chorando. Depois gritando. Me mantive firme, os olhos fechados, embora pudesse sentir a mesma queimação e dor entre minhas pernas. Os gritos dela com certeza chegaram até Mwita e Fanasi. Aguentei firme. O momento chegou. Tirei minhas mãos. Instintivamente, enfiei minhas mãos na areia. Esfreguei-as como se a areia fosse água. Usei a *rapa* de Diti para limpá-las.

— Está feito — disse com a voz rouca. Minhas mãos coçavam. — Como se sente?

Ela enxugou as lágrimas do rosto e me olhou de cara feia.

— O que você fez comigo? — disse ela, a voz igualmente rouca.

— Cale a boca — ralhei. — Eu disse que iria doer.

— Quer que eu veja se funciona? — perguntou ela, sarcástica.

— Não me importa o que você vai fazer — falei. — Vá chamar Luyu.

Quando ficou de pé, Diti parecia melhor. Olhou para mim por um momento, então lentamente caminhou em direção a Luyu e Binta. Esfreguei mais areia em minhas mãos, que ainda coçavam.

— Tudo tem uma consequência — murmurei para mim mesma.

Todas as três gritaram.

— Me deixem aqui — falei, quando terminei com Binta. Estava sem fôlego e suava, ainda esfregando minhas mãos na areia. Podia sentir o cheiro delas três em mim e meu corpo inteiro coçava. Esfreguei areia com mais força.

— Voltem para o acampamento.

Nem elas nem eu precisávamos checar se o que eu havia feito tinha funcionado. Tinha. Entendi que não havia motivos para duvidar de mim por algo tão simples.

— Posso fazer muito mais — disse para mim mesma. — Mas o que eu iria sofrer em troca? — Ri. Minhas mãos coçavam tanto, que queria colocá-las nas pedras incandescentes. Ergui-as contra a luz da fogueira.

— Oh, Ani, o que você fez quando me criou? — sussurrei. Minha pele estava caindo. Peguei um pedacinho do que caiu na areia. Toda a pele da parte de trás da minha mão se desprendeu. Deixei que caísse na areia. Diante de meus olhos, vi a nova pele começar a secar e rachar. Essa nova pele também iria cair. Esfreguei areia. Camada após camada de pele começou a cair. A coceira continuava. Havia uma pilha de pele no chão e eu ainda estava descascando mais quando Mwita falou atrás de mim.

— Parabéns! — disse ele, se encostando na palmeira, cruzando os braços sobre o peito. — Você deixou suas amigas muito felizes.

— Eu... não consigo fazer isso parar — falei, freneticamente.

Mwita franziu o cenho e olhou mais atentamente à luz da fogueira.

— Isso é pele? — perguntou ele. Assenti. Ele se ajoelhou ao meu lado.

— Deixe-me ver.

Balancei a cabeça, escondendo minhas mãos atrás do meu corpo.

— Não. É horrível.

— Que sensação você tem nelas? — perguntou ele.

— Calor. Coceira. É terrível.

— Você precisa comer — disse Mwita. Trouxe um pedaço de figo-da-índia vermelho embrulhado num pano. Estava como eu gostava, grudento e maduro.

— Não tenho fome.

— Não interessa. Toda essa pele requer energia de você, com ou sem juju. Você precisa comer para repô-la.

— Não quero tocá-lo. Não quero tocar nada com essas mãos.

Ele colocou o figo-da-índia de lado.

— Deixe-me ver, Onyesonwu.

Xinguei e deixei que visse minhas mãos. Era sempre tão humilhante. Eu fazia alguma coisa e sempre precisava que Mwita me curasse. Como se eu não tivesse controle sobre minhas habilidades, minhas faculdades, meu corpo.

Ele ficou olhando minhas mãos por vários minutos. Tocou a pele. Descascou um pouco dela, observou a nova pele começar a ficar velha e descascar novamente. Envolveu minhas mãos nas dele.

— Estão quentes — disse Mwita.

Eu o invejava. Eu era a feiticeira, mas ele entendia muito mais do que eu. Não foi permitido que ele aprendesse os Pontos Místicos, ainda assim ele tinha habilidades de feiticeiro.

— Muito bem — disse ele para si mesmo depois de alguns instantes.

Quando não disse mais nada, perguntei.

— Muito bem o quê?

— Shhh — disse ele, me lembrando de Aro. Sola também. Todos os três tinham o hábito de escutar uma ou mais vozes que eu não podia ouvir.

— Certo — disse ele novamente. Dessa vez ele falou comigo. — Não posso curar isso.

— O quê?

— Mas você pode.

— Como?

Mwita parecia irritado.

— Você deveria saber.

— Bem, obviamente eu não sei como! — ralhei.

— Mas deveria — disse ele, sorrindo amargamente. — Ah, você deveria saber como fazer isso. Precisa *praticar* mais, Onye. Começar a ensinar a si mesma.

— Eu sei — falei, incomodada. — É por isso que digo que devemos ter cuidado quando fizermos sexo. Eu não...

— Esse risco é melhor de ser corrido — disse Mwita. Ele parou, olhando para o céu. — Só Ani sabe por que fez de você uma feiticeira em vez de mim.

— Mwita, só me diga o que eu devo fazer — falei, esfregando areia em minhas mãos.

— Tudo o que você precisa fazer é lavar suas mãos na natureza selvagem — disse ele. — Você usou suas mãos para manipular tempo e carne e agora elas estão cheias de tempo e carne. Leve-as para a natureza selvagem, onde não há tempo nem carne e isso vai parar. — Ele se levantou. — Faça agora para que possamos voltar logo.

Ele estava certo, eu não estava aprendendo nem praticando. Desde que saímos de Jwahir, havia usado minhas habilidades apenas quando precisávamos delas ou quando eu precisava delas. Tentei ir para a natureza selvagem. Nada aconteceu. Eu estava *sem prática* e não tinha feito jejum.

Tentei com mais afinco e ainda assim nada aconteceu. Me acalmei e me concentrei para dentro de mim mesma. Deixando que meus pensamentos fossem embora, como a pele em minhas mãos. Gradualmente o mundo ao meu redor mudou e ondulou. Observei as cores por alguns instantes, enquanto diversos tons de rosa circulavam minha cabeça.

Então, a distância, eu o vi, o olho vermelho. Não o via desde que tinha dezesseis anos, desde a iniciação. Rapidamente me levantei. Eu era Eshu, o que queria dizer que podia me transformar no corpo de outras criaturas e espíritos. Aqui estava eu, azul. Exceto minhas mãos, que tinham um tom de marrom opaco. Encarei o olho vermelho, desafiando-o.

— Quando você estiver pronto — falei para ele. Daib não respondeu. Fingi ignorá-lo. Ergui as mãos. Elas imediatamente atraíram diversos espíritos felizes e livres. Dois espíritos rosa e um verde passaram através de minhas mãos. Quando as abaixei, tinham uma tonalidade azul brilhante, como o resto de mim. Me sentei e voltei ao mundo físico, aliviada. Olhei para minhas mãos. Ainda estavam cobertas de pele que iria descascar. Mas quando descasquei a primeira camada, havia apenas pele saudável por baixo dela. Olhei para Mwita. Ele estava sentado debaixo da palmeira, olhando para o céu.

— Daib estava me olhando lá — falei.

Ele se virou.

— Ah, você está de volta. Ele tentou alguma coisa?

— Não — respondi. — Ele era apenas aquele olho vermelho, me olhando — suspirei. — Minhas mãos estão curadas. Mas ainda as sinto um pouco quentes, como se tivessem febre, e a pele está sensível.

Ele me abraçou e olhou para elas.

— Isso eu posso resolver. Vamos voltar.

Quando nos aproximamos do acampamento, ouvimos gritos. Caminhamos mais rápido.

— Isso é só no que sabe pensar, Fanasi? — gritava Diti.

— Que tipo de esposa você é? Eu nem falei nada sobre...

— Não vou passar a noite com você! — gritou ela.

— Vocês dois podem calar a boca? — gritou Luyu.

— O que está acontecendo? — perguntei para Binta, que estava ali de pé, chorando.

— Pergunte a eles — soluçou ela.

Fanasi virou as costas para mim.

— Não é da sua conta — rosnou Diti, cruzando os braços sobre o peito.

Fui para minha tenda, enojada. Atrás de mim, ouvi Fanasi dizer para Diti:

— Jamais deveria ter vindo com você. Deveria ter deixado que fosse embora e seguido minha vida.

— Eu pedi a você que viesse *por minha causa*? — disse Diti. — Você é tão egoísta!

Abri a porta da tenda com um tapa e entrei. Queria que fôssemos apenas eu e Mwita, que todos eles tivessem ficado em casa. "Além do mais, o que eles podem fazer para ajudar quando chegarmos ao oeste?", pensei. pensei. Mwita entrou.

— Era para ter melhorado as coisas — falei.

— Você não pode consertar tudo — disse ele. — Aqui, coma — falou Mwita, me entregando uma tigela.

— Não — falei, colocando-a de lado.

Ele me olhou feio e saiu da tenda. Todos estávamos nos afastando. Estivemos nos afastando desde que deixamos Jwahir, mas quando quebrei o juju, as feridas se tornaram mais permanentes. Não foi minha culpa, eu sei, mas naquele momento eu sentia como se tudo fosse minha culpa. Eu era a escolhida.

Tudo era minha culpa.

Capítulo 36

aí doente aquela noite. Estava tão irritada e desapontada com todas as rixas, que me recusei a comer e fui dormir de estômago vazio. Mwita passou a maior parte da noite fora, tentando aconselhar Fanasi. Se ele tivesse ficado comigo, teria me forçado a comer alguma coisa antes de dormir. Quando retornou, um pouco antes do amanhecer, me encontrou enrolada em posição fetal, tremendo e murmurando palavras sem sentido. Teve que me dar de comer algumas colheres de sal e então um pouco do caldo do cozido da noite anterior. Eu não conseguia nem mesmo segurar a colher.

— Da próxima vez, não seja tão teimosa e inconsequente — disse ele, bravo.

Eu estava fraca demais para viajar, mas logo me senti bem o bastante para me sentar e comer sozinha. O clima no acampamento era tenso. Binta e Diti ficaram em suas tendas. Fanasi e Mwita saíram para caminhar. Luyu ficou comigo. Ficamos na minha tenda, praticando Nuru.

— Que acha problema Diti? — perguntou Luyu num Nuru bem ruim.

— Ela é idiota — respondi em Nuru.

— Eu... — Luyu parou. Em Okeke, perguntou: — Como se diz *liberdade* em Nuru?

Eu a ensinei.

Ela pensou por alguns instantes, depois disse, em Nuru:

— Penso... Diti provou liberdade e agora não pode sem.

— Acho que ela é simplesmente idiota — falei novamente em Nuru.

Luyu começou a conversar em Okeke.

— Você viu como ela estava feliz naquela taberna. Alguns daqueles homens *eram* bonitos... nenhuma de nós podia ser livre daquela maneira em Jwahir.

Eu ri.

— *Você* era.

Ela riu também.

— Porque aprendi a tomar o que não me foi dado.

Mais tarde, naquela noite, enquanto estava deitada ao lado de Mwita, ainda pensava sobre a estupidez de Diti. Mwita respirava suave, dormindo profundamente. Ouvi o som de passos do lado de fora. Estava acostumada com o movimento dos camelos, que à noite iam em busca de forragem ou saíam para acasalar. Aqueles passos não eram de nenhum animal grande, nem de um grupo de animais. Fechei meus olhos e escutei mais atentamente. "Não é uma raposa do deserto", pensei. "Nem uma gazela." Prendi a respiração, ouvindo com mais afinco. É uma pessoa. Os passos iam em direção à tenda de Fanasi. Ouvi sussurros. Relaxei. Diti finalmente havia criado juízo.

Claro que continuei escutando. Você não teria feito o mesmo? Ouvi Fanasi sussurrar alguma coisa. Então... franzi o cenho. Ouvi com mais atenção. Ouvi um suspiro, então movimentos suaves e um gemido baixinho. Quase acordei Mwita. Deveria tê-lo feito. Isso era ruim. Mas que direito tinha eu de impedir que Luyu fosse até a tenda de Fanasi? Podia ouvir a respiração ritmada deles. Ficaram assim por mais de uma hora. Acabei dormindo, portanto quem sabe quando Luyu voltou para sua própria tenda?

Arrumamos nossas coisas antes do sol nascer. Diti e Fanasi não se falaram. Fanasi tentava não ficar olhando para Luyu. Ela agiu normalmente. Ri comigo mesma enquanto caminhávamos. Quem diria que poderíamos ter tantas encenações dentro de um grupo tão pequeno no meio do nada?

CAPÍTULO 37

Entre a arrogância ignorante de Diti, a coragem de Luyu e as emoções confusas de Fanasi, as duas semanas seguintes não foram nem um pouco enfadonhas. Eles eram minha distração dos pensamentos mais sombrios. Luyu armava sua tenda próxima à de Fanasi e ia até lá de fininho no meio da noite, algumas vezes por semana. Ambos estavam exaustos pela manhã e passavam o dia sem se olhar. Devo dizer que eram ótimos atores.

No meio-tempo, praticava entrar e voar pela natureza selvagem. Cada vez que o fazia, via o olho vermelho a distância, me observando. Surpreendi Mwita chegando de fininho transformado numa raposa do deserto. Cortei e regenerei minha própria pele diversas vezes, até que ficasse fácil. Cheguei até a iniciar um jejum de três dias, tentando invocar uma visão que me fizesse viajar. Se Daib queria me espionar, então eu também poderia espioná-lo.

— Por que não comeu seu café da manhã? — perguntou Mwita.

— Estou tentando invocar uma visão. Posso controlá-la desta vez. Quero ver o que ele está tramando.

— É uma péssima ideia — disse Mwita, balançando a cabeça. — Ele irá matá-la. — Mwita saiu e voltou com um prato de mingau de aveia. Comi sem fazer perguntas.

Estava me preparando para o que estava por vir. Ainda assim, não pude ignorar a bomba-relógio que estava prestes a explodir em nosso acampamento. Uma noite fui conversar com Luyu, que estava lavando roupas em seu balde.

— Precisamos conversar — falei.

— Então diga — disse ela, torcendo a *rapa*.

Me inclinei para mais perto dela, ignorando as gotas de água que caíram em meu rosto.

— Eu sei.

— Sabe o quê?

— Sobre você e Fanasi.

Ela congelou, as mãos no fundo do balde.

— Só você?

— Pelo que sei, sim.

— Como?

— Ouvi.

— Oh, não fazemos tanto barulho quanto você e Mwita.

— Por que está fazendo isso? — falei. — Não sabe que...

— Ambos queremos — disse Luyu. — E Diti não se importa.

— Então por que tanto segredo?

Ela não respondeu.

— Se Diti descobrir...

— Ela não vai... — ralhou Luyu, olhando séria para mim.

— Oh, eu não vou dizer nada. Você vai. Luyu, estamos o mais próximos quanto se pode estar uns dos outros. Fanasi e Mwita conversam. Se Mwita ainda não sabe, logo irá descobrir. Ou Binta e Diti vão flagrar vocês. E o que acontecerá se você engravidar? Há apenas dois homens aqui que poderiam ser os pais.

Olhamos uma para a outra e explodimos em risadas.

— Como chegamos a esse ponto? — perguntei quando conseguimos nos controlar.

— Não sei — falou Diti. — Ele é maravilhoso, Onye. Pode ser porque estou mais velha agora, mas, oh, a maneira como ele me faz sentir...

— Luyu, escute o que está dizendo. Ele é o marido de Diti.

Ela chupou os dentes e virou os olhos. Mais tarde, naquela noite, acordei e ouvi Luyu se esgueirando até a tenda de Fanasi. Logo depois eles estavam fazendo sexo novamente. Isso só poderia acabar mal.

CAPÍTULO 38

hegamos à outra cidade e decidimos entrar nela para comprar alguns suprimentos.

— Papa Shee? Que nome é esse? — perguntou Luyu. Ela estava perto demais de Fanasi. Ou talvez Fanasi estivesse perto demais dela. Nos últimos dias, ele sempre parecia estar a não mais do que alguns passos de Luyu. Estavam começando a relaxar.

— Me lembro dessa cidade — disse Mwita. Ele não fez cara de quem tinha boas recordações. Olhou o mapa de Luyu enquanto ela segurava seu computador portátil nas mãos. Era difícil enxergar por causa da claridade do sol. — Não estamos muito longe da entrada do Reino dos Sete Rios. Essa é uma das últimas cidades que encontraremos que não será... hostil com Okeke.

Não muito longe de nós, uma caravana de pessoas também viajava para a cidade. Diversas vezes, durante o dia, ouvimos o som de motocicletas. Em uma das vezes, os camelos ficaram extremamente agitados, blaterando e balançando seus corpos. Ultimamente eles estavam agindo de maneira estranha. Na noite anterior, os camelos nos acordaram quando começaram a rosnar uns para os outros. Continuaram deitados, mas pareciam bravos. Estavam discutindo. Quando fomos para a cidade, eles se recusaram a se aproximar dela. Tivemos que deixá-los a cerca de um quilômetro e meio enquanto caminhávamos até o mercado da cidade.

— Vamos fazer isso o mais rápido possível — falei, puxando meu véu sobre a cabeça. Mwita fez o mesmo. Havia todos os tipos e estilos de vestimentas e ouvi diversos dialetos de Sipo e Okeke e, sim, até mesmo Nuru. Não havia muitos Nuru, mas havia o suficiente. Não conseguia evitar encará-los, com seus cabelos lisos e negros, pele marrom-amarelada e narizes afilados. Nada de sardas nas bochechas ou lábios grossos, nem mesmo olhos de coloração estranha, como os meus e de Mwita. Eu estava um pouco confusa. Jamais havia imaginado ver Nuru caminhando em paz entre Okeke livres.

— Eles são Nuru? — perguntou Binta, um pouco alto demais. A mulher que estava acompanhada de seu filho adolescente, acho, olhou para Binta, franziu o cenho e se afastou. Luyu cutucou Binta para que se calasse.

— O que você acha? — me perguntou Mwita, se inclinando para sussurrar em meu ouvido.

— Vamos apenas pegar aquilo de que precisamos e sair logo daqui — falei. — Aqueles homens ali estão olhando para mim.

— Eu sei. Fique perto de mim.— Tanto eu quanto Mwita estávamos atraindo uma pequena plateia.

Um pacote de sementes de abóbora, pão, sal, uma garrafa de vinho de palma, um novo balde de metal, conseguimos comprar quase tudo de que precisávamos antes que o tumulto começasse. Havia vários nômades, portanto o problema não era nosso estilo, nossas roupas ou a maneira como falávamos. Era o mesmo de sempre. Estávamos escolhendo carne seca quando ouvimos o grito selvagem atrás de nós. Mwita agarrou, por instinto, a mim e a Luyu, que estava do seu outro lado.

— Eeeeeeeeeewuuuuuuuuu! — gritou um homem Okeke com uma voz penetrante. — Eeeeeeewuuuuuuu!

A voz dele vibrava dentro da minha cabeça de uma maneira estranha. Ele usava calças pretas e uma bata preta longa. Diversas penas de águia pretas e marrons estavam presas em seus longos cabelos dada. Sua pele negra brilhava devido a suor ou óleo. As pessoas ao redor dele se afastaram.

— Abram caminho para ele — disse um homem.

— Abram caminho — gritou uma mulher.

Você já sabe o que aconteceu depois disso. Sabe porque já me ouviu contar a respeito de um incidente semelhante. Eu ainda tinha a cicatriz em minha testa por causa dele. Seria essa a mesma cidade? Não, mas poderia ter sido. As coisas não haviam mudado muito desde que minha mãe teve que correr comigo, ainda bebê, fugindo de uma multidão atirando pedras.

Não sei quando eles começaram a lançar pedras em mim e Mwita. Eu estava absorta demais no momento, encarando o homem que havia colocado sua voz na minha cabeça. Uma pedra me atingiu no peito. Concentrei minha resposta raivosa naquele homem, aquele bruxo que ousou não reconhecer uma feiticeira de verdade. Ataquei-o da mesma maneira que havia atacado Aro, anos atrás. Rasgando e arranhando. Ouvi a multidão ficar surpresa e alguém gritou. Continuei concentrada no homem que havia começado aquilo tudo. Ele não fazia ideia do que estava acontecendo com ele porque não conhecia os Pontos Místicos. Tudo o que ele sabia eram jujus bobinhos, truques de criança. Mwita poderia ter acabado com ele num piscar de olhos.

— O que vocês estão fazendo? — ouvi Binta gritando. Isso fez com que eu voltasse a mim mesma. Caí de joelhos. — Vocês sabem quem é ela? — gritou Binta para a multidão. À nossa frente, o bruxo caiu no chão. A mulher que estava atrás dele deu um grito.

— Eles mataram nosso sacerdote! — gritou um homem, saliva voando de sua boca.

Vi quando viajou pelo ar. Estava paralisada. Quem teria a audácia de jogar uma pedra numa garota que era tão adorável, que nem seu próprio pai conseguia resistir a ela? E com tamanha mira? A pedra bateu contra a testa de Binta. Pude ver o tecido branco. Seu crânio estava quebrado, tecido cerebral exposto. Ela caiu. Gritei e corri até ela. Não estava perto o suficiente. A multidão começou a se movimentar. Pessoas correndo, jogando mais pedras, tijolos. Um homem veio em minha direção e o chutei, agarrando seu pescoço e começando a apertar. Então Mwita estava me puxando e me arrastando dali.

— Binta! — gritei. Mesmo de onde estava, podia ver pessoas chutando seu corpo no chão, então vi outro homem pegar uma pedra e... oh, é terrível demais para descrever. Gritei as mesmas palavras que havia gritado no mercado de Jwahir. Mas eu não queria mostrar a essas pessoas o pior do que estava acontecendo no oeste. Queria mostrar a elas a escuridão. Elas estavam todas cegas, e foi nisso que as transformei. A cidade inteira. Homens, mulheres e crianças. Tirei deles o sentido que escolheram não utilizar. A maioria das pessoas se calou. Algumas levaram as mãos aos olhos. Outras ainda tateavam à procura de alguém para machucar. Crianças choravam. Algumas pessoas gritavam coisas como "O que é essa maldição?", ou "Ani me salve!".

Estúpidos. Que fiquem tropeçando na escuridão.

Caminhamos por entre as pessoas cegas e confusas e fomos até onde estava Binta. Estava morta. Haviam esmagado seu crânio, perfurado seu peito, quebrado seu pescoço e pernas. Me ajoelhei e coloquei minhas mãos nela. Procurei, escutei.

— Binta! — gritei.

Diversos daqueles cegos idiotas responderam enquanto me procuravam, seguindo minha voz. Ignorei-os.

— Onde você está, Binta?

Ouvi mais um pouco, tentando encontrar seu espírito confuso e aterrorizado. Mas ela se fora.

— Onde ela está? — gritei, suor descendo pelo meu rosto. Continuei procurando.

Ela se fora. Por que foi embora, se sabia que eu poderia trazê-la de volta? Me pergunto se ela sabia que trazê-la de volta e curá-la provavelmente me mataria.

Após alguns instantes, Fanasi me afastou e pegou o corpo dela, com a ajuda de Mwita. Deixamos a cidade cega como sempre foi. Você já deve ter ouvido rumores sobre a famosa Cidade dos Cegos. Não é lenda. Vá até Papa Shee. Veja por si mesmo.

Quando os camelos nos viram carregando o corpo de Binta, blateraram e bateram as patas. Colocamos Binta no chão e eles se sentaram ao redor dela, protegendo-a. Os dias seguintes foram um borrão. Sei que de alguma forma conseguimos nos recompor para nos afastarmos de Papa Shee. Sandi concordou em carregar o corpo de Binta. Sei que, em algum momento, passamos um dia inteiro cavando um buraco de seis palmos na areia. Usamos nossas panelas e baldes. Enterramos nossa amada amiga ali, no deserto. Luyu leu uma oração do Grande Livro no seu computador portátil. Então cada um de nós falou algo sobre Binta.

— Vocês sabem — falei quando chegou a minha vez — que antes de deixar Jwahir, ela envenenou seu pai. Colocou uma raiz venenosa no chá dele e o observou enquanto tomava. Ela se libertou antes de sair de casa. Ah, Binta. Quando você voltar para essas terras, irá controlar o mundo.

Todos ficaram me olhando, ainda chocados pela ideia de que ela estava morta.

Minhas dores de cabeça voltaram depois que enterramos Binta, mas de que me importava? Ela teve o mesmo destino, morte por apedrejamento. O que me tornava tão especial? Enquanto caminhávamos, adquiri o hábito de voar sobre o grupo e retornar quando estivéssemos prontos para armar as tendas. Sandi carregava minhas coisas. Tudo sobre o que eu conseguia pensar era o fato de que Binta jamais conhecera o toque amoroso de um homem. O mais perto que ela chegara disso foi naquela noite, na taberna, quando parecera tão atrevida. E então, por causa de mim, me defendendo, ela morreu.

Capítulo 39

Há uma história no Grande Livro sobre um garoto destinado a ser o grande chefe de Suntown. Você conhece bem essa história, é uma das favoritas entre os Nuru, não? Vocês contam às suas crianças quando são ainda muito pequenas para entenderem quão feia ela é. Esperam que as meninas desejem ser como Tia, a jovem boazinha e os meninos como Zoubeir, o grande. No Grande Livro, a história deles falava sobre triunfo e sacrifício. Tem o intuito de fazer com que você se sinta seguro. De fazê-lo se lembrar de que as coisas grandiosas sempre serão protegidas e de que às pessoas para as quais a grandeza está destinada, haverá grandeza. Isso é tudo mentira. A história de verdade é assim:

"Tia e Zoubeir nasceram no mesmo dia, na mesma cidade. O nascimento de Tia não foi segredo nenhum, e quando ela nasceu mulher, seu nascimento não foi nada de especial. Era filha de dois camponeses; ao nascer, foi banhada, recebeu muitos beijos e teve a cerimônia do nome. Era a segunda criança da família, mas a primeira havia sido um garoto forte e saudável, por isso ela foi bem-vinda.

"Zoubeir, por outro lado, nasceu em segredo. Onze meses antes, o chefe de Suntown notou uma mulher dançando numa festa. Naquela noite ele a teve para si. Mesmo esse chefe, que tinha quatro esposas, não conseguia ficar longe de uma mulher como aquela, por isso ele a procurou e a teve para si muitas vezes, até que ela ficou grávida. Então ele ordenou aos seus soldados que a matassem. Havia uma lei que decretava que o próximo filho do chefe, nascido fora do casamento, iria sucedê-lo. O pai do chefe havia evitado essa lei se casando com todas as mulheres com as quais fez sexo. Quando morreu, tinha mais de trezentas esposas.

"Entretanto, seu filho, o chefe atual, era arrogante. Se ele queria uma mulher, por que teria que se casar com ela primeiro? Sinceramente, esse chefe não era o homem mais idiota da face da terra? Por que não podia simplesmente ficar feliz com o que possuía? Por que não podia se concentrar em outras coisas além de suas necessidades carnais? Ele era o chefe, não? Deveria ser ocupado. Prosseguindo, essa mulher estava grávida de três meses quando conseguiu fugir dos soldados enviados para matá-la. Depois de andar bastante, chegou a uma pequena cidade, onde deu à luz um filho chamado Zoubeir.

"No dia do nascimento de Zoubeir e Tia, a parteira correu de um lado para outro entre as tendas das duas mulheres. As crianças nasceram exatamente ao mesmo tempo, mas a parteira escolheu ficar com a mãe de Zoubeir porque tinha o pressentimento de que a criança dessa mulher seria um menino, enquanto a outra seria uma menina.

"Ninguém além de Zoubeir e sua mãe sabia quem ele era. Mas as pessoas pressentiam que havia algo de especial nele. Ele cresceu e ficou alto como a mãe e era comunicativo como o pai. Um líder nato. Mesmo quando pequeno, seus colegas de classe obedeciam aos seus comandos alegremente. Tia, por outro lado, levava uma vida silenciosa e triste. Seu pai batia nela com frequência. À medida que foi crescendo, ficou cada vez mais bela, de maneira que seu pai começou a se interessar por ela também. Portanto, Tia se tornou o contrário de Zoubeir, baixinha e calada.

"Os dois se conheciam, pois moravam na mesma rua. Desde o dia em que se viram pela primeira vez, houve uma estranha química entre eles. Não amor à primeira vista. Não chamaria nem mesmo de amor. Apenas química. Zoubeir dividia sua comida com Tia quando caminhavam juntos da escola para casa. Ela costurava camisas para ele e fazia anéis de palha colorida de palmeira. Às vezes eles se sentavam e liam juntos. O único momento em que Zoubeir era tranquilo e quieto era quando estava com Tia.

"Quando ambos tinham dezesseis anos, espalharam-se as notícias de que o chefe de Suntown estava muito doente. A mãe de Zoubeir sabia que haveria problemas. As pessoas gostavam de fofocar e especular quando uma possível troca de poder estava em jogo. As notícias sobre Zoubeir ser um possível filho bastardo do chefe chegaram aos ouvidos deste. Se Zoubeir tivesse ficado quieto, poderia ter retornado pacificamente a Suntown quando o chefe morresse. Teria sido fácil para ele exigir o trono.

"Os soldados chegaram antes que a mãe de Zoubeir pudesse alertá-lo. Quando encontraram Zoubeir, ele estava sentado sob uma árvore ao lado de Tia. Os soldados foram covardes. Se esconderam a muitos metros de distância e um deles ergueu a arma. Tia pressentiu alguma coisa. E naquele momento, ergueu os olhos e viu o homem por trás das árvores. Então soube. "Ele não", pensou ela. "Ele é especial. Ele tornará as coisas melhores para todos nós."

"— Abaixe-se! — gritou ela, jogando-se sobre Zoubeir. É claro que ela recebeu a bala no lugar dele. A vida de Tia foi arrancada por outras cinco balas enquanto Zoubeir se escondia atrás de seu corpo. Ele a empurrou de cima de si e correu, tão rápido quanto sua mãe, dezessete anos antes."

Você conhece o final da história. Ele conseguiu escapar e se tornou o maior chefe da história de Suntown. Jamais construiu um santuário, templo ou mesmo uma cabana em nome de Tia. No Grande Livro, seu nome jamais é mencionado novamente. Ele jamais pensou a respeito dela nem perguntou onde seu corpo foi enterrado. Tia era uma virgem. Era linda. Era pobre. E era uma mulher. Era seu dever sacrificar sua vida pela dele.

Nunca gostei dessa história. E depois da morte de Binta, passei a detestá-la.

CAPÍTULO 40

A morte de Binta manteve Luyu fora da tenda de Fanasi por duas semanas. E então, já bem tarde certa noite, pude ouvi-los se divertindo novamente.

— Mwita! — falei, o mais baixinho que pude. Me virei para olhar para ele. — Mwita, acorde.

— Hum? — disse ele, os olhos ainda fechados.

— Está ouvindo isso? — falei.

Ele ouviu, então assentiu.

— Sabe quem são?

Ele assentiu.

— Há quanto tempo sabe? — perguntei.

— Que diferença faz?

Suspirei.

— Ele é homem, Onye.

Franzi o cenho.

— E daí? E quanto a Diti?

— O que tem ela? Não a vejo se esgueirando até lá.

— Não é assim tão simples. Já tivemos sofrimento o bastante.

— O sofrimento está apenas começando — disse Mwita, ficando sério.

— Deixe que Luyu e Fanasi se divirtam enquanto podem. — Ele pegou minha trança.

— Então se nós brigarmos — falei — você iria...

— É diferente conosco — disse ele.

Ouvimos por mais alguns minutos e então ouvimos outra coisa. Xinguei. Eu e Mwita nos levantamos. Engatinhamos para fora da tenda a tempo de ver acontecer. Diti ergueu sua *rapa* vermelha, colocando o nó de lado enquanto escorregava para dentro da tenda de Fanasi. Ela caminhava rápido. Rápido demais para que eu ou Mwita pudéssemos pegá-la e ao menos evitar que ela visse Luyu, suada e nua, de pernas abertas sobre Fanasi, igualmente suado e nu. Ele agarrava Luyu enquanto sugava seu mamilo.

Quando Fanasi viu Diti por sobre os ombros de Luyu, ficou tão chocado, que mordeu o mamilo de Luyu. Ela gritou e Fanasi imediatamente afastou a boca, aterrorizado por ter machucado Luyu e horrorizado por Diti estar ali de pé observando. O rosto de Diti se contorceu de uma maneira que eu jamais havia visto. Então ela agarrou seu próprio rosto, cravando as unhas na bochechas, e deu um grito terrível. Os camelos deram um pulo e saíram correndo mais rápido do que eu jamais havia visto um camelo correr.

— O que... olhem só para vocês! Binta está morta! Eu estou morta... todos vamos morrer e vocês fazem isso? — gritou Diti. Ela caiu de joelhos, soluçando. Fanasi entregou a *rapa* de Luyu com cuidado, para que ela se vestisse, tocando seu seio brevemente para ver o estrago que tinha feito. Colocou uma *rapa* ao redor de sua cintura e observou Diti com cautela enquanto saía da tenda. Luyu o seguiu rapidamente. Olhei feio para ela. Ajudei Diti a se levantar e caminhei com ela para longe dali.

— Há quanto tempo? — perguntou Diti depois de alguns instantes.

— Há semanas. Antes.... de Papa Shee.

— Por que não me contou, hein? — Ela se sentou na areia e soluçou.

— A vida é assim — falei. — As coisas nem sempre acontecem da maneira como você pensou.

— Ugh! Você os viu? Sentiu *o cheiro* deles? — disse ela, levantando-se. — Vamos voltar.

— Espere um pouco — falei. — Se acalme primeiro.

— Eu *não quero* me acalmar. Eles pareciam calmos para você? — Ela olhou para mim.

Vendo em seus olhos o que ela estava pensando, levantei o dedo.

— Segure sua língua — falei, firme. — Segure suas acusações, está bem? — Quando as coisas ficavam insuportáveis, ela sempre me culpava. Minhas têmporas latejavam. Me levantei. Na frente dela, sem me importar com o que ela via, me transformei num abutre. Pulei de dentro de minhas roupas, olhei para o rosto chocado de Diti, grasnei para ela e voei para longe. Uma corrente de vento soprou vinda do oeste. Planei nela, alegre. Estava ventando tanto que, por um momento, imaginei se uma tempestade de areia estava a caminho.

Passei por uma coruja. Estava voando com tanta rapidez para sudoeste, lutando contra o vento, que mal olhou para mim. Lá embaixo, vi os camelos. Pensei em descer para cumprimentá-los, mas parecia que estavam tendo uma conversa em particular. Voei por três horas. Jamais perguntei o que exatamente havia sido dito quando voltei para o acampamento. Não me interessava. Pousei onde havia deixado minhas roupas, grata por Diti não as ter levado consigo. Haviam voado alguns metros.

A primeira coisa que notei quando voltei ao acampamento foi que apenas um dos camelos havia retornado. Sandi.

— Onde estão os outros? — perguntei para ela. Ela apenas olhou para mim. Todos estavam sentados ao redor da fogueira de pedra, exceto Mwita, que estava de pé, parecendo incomodado. Os olhos de Diti estavam vermelhos. Luyu parecia satisfeita. Fanasi estava sentado ao lado de Luyu, segurando um pedaço de pano molhado do lado do rosto. Franzi o cenho.

— Vocês já decidiram as coisas? — perguntei.

— Sou testemunha — disse Mwita. — Diti pediu o divórcio a Fanasi... depois de tentar arranhar seu rosto.

— Se eu fosse um homem, você estaria morto — rosnou Diti para Fanasi.

— Se você fosse homem, não estaria nessa situação — devolveu Fanasi.

— Talvez... talvez eu não devesse ter deixado nenhum de vocês vir comigo — falei. Todos se viraram para mim. — Talvez devesse ter sido apenas eu e Mwita, nenhum de nós tinha nada a perder. Mas vocês todos... Binta...

— Sim, bem, é tarde demais, não acha? — ralhou Diti.

Mordi os lábios, mas não desviei o olhar.

— Diti... — falou Mwita. Ele engoliu as palavras e olhou para o outro lado.

— O que foi? — explodiu Diti. — Vamos, diga o que deseja dizer ao menos uma vez.

— Cale a boca! — gritou Mwita, por sobre o uivo do vento. Diti engoliu em seco, chocada. — Qual é o seu problema? — disse Mwita. — Esse homem seguiu você... até aqui! Não faço *a mínima ideia* do porquê. Você é uma criança. É mimada e egoísta. Para você, as atitudes dele não são nada especiais! Você tem a audácia de achar que elas são *obrigação* dele. Tudo bem. Mas então você decide rejeitá-lo. Você conseguiu de alguma maneira até mesmo jogar outros homens na cara dele. E quando ele decidiu que não queria mais ser tratado dessa maneira e aceitou outra mulher forte e linda, você começou a arrancar os cabelos das pessoas como um espírito mau...

— *Eu* fui a pessoa a ser traída! — Ela olhou para mim quando disse isso.

— Sim, sim, estamos ouvindo você choramingar sobre traição há horas. Olhe o que fez com o rosto de Fanasi. Se os ferimentos dele infeccionarem, vai culpar Onyesonwu ou Luyu. Quanta besteira *idiota* e infantil. Estamos a caminho do lugar mais feio da face da terra.

"Nós provamos da feiura. Perdemos Binta! Vocês viram o que fizeram com ela. Mantenham as coisas em perspectiva! Diti, se você quer Fanasi e Fanasi quer você, vão e façam sexo. Façam isso frequentemente e com alegria e prazer. Luyu, o mesmo. Se quer aproveitar Fanasi, faça isso, pelo amor de Ani! Pensem em alguma solução, enquanto ainda podem fazê-lo!

"Onyesonwu estava tentando ajudá-los ao quebrar aquele juju. Ela sofreu para *ajudar* vocês. Sejam gratos por isso! E tudo bem, somos feios para vocês; foram criados para pensar dessa maneira. Suas mentes estão divididas entre nos ver como seus amigos e nos ver como seres estranhos. É assim que as coisas são. *Mas aprendam a segurar suas línguas. E lembrem-se*, lembrem-se, lembrem-se de por que estamos aqui."

Ele se virou e caminhou para longe, respirando rápido. Nenhum de nós falou mais nada.

Naquela noite, Diti dormiu sozinha, embora eu duvide que ela tenha dormido algum tempo. E Luyu e Fanasi passaram a primeira noite inteira juntos, em silêncio, na tenda de Fanasi. E eu e Mwita encontramos consolo nos corpos um do outro até tarde da noite. De manhã, o sol estava encoberto por uma parede de areia que se aproximava.

Capítulo 41

ui a primeira a acordar. Quando engatinhei para fora da tenda, Sandi estava de pé esperando por mim. Ela blaterou de forma gutural enquanto me aproximei dela, inalando o frescor de seu pelo.

— Você abandonou os seus para ficar aqui conosco, não foi? — perguntei. Bocejei e olhei em direção ao oeste. Senti um frio na barriga.

— Mwita! Venha aqui fora *agora*!

Ele saiu da tenda aos tropeções e olhou para o céu.

— Eu deveria ter sabido — disse ele. — Eu sabia, mas estava distraído.

— Todos estávamos — falei.

Arrumamos nossas coisas, usando as tendas e *rapas* para proteger nossa pele. Amarramos nossos rostos com panos e nossos véus ao redor dos olhos. Então cavamos um buraco na areia e ficamos lá juntos, de costas para o vento, de braços dados e agarrados no pelo de Sandi. A tempestade de areia chegou com tanta força, que não era possível saber para qual lado o vento estava soprando. Era como se a tempestade tivesse caído do céu sobre nós.

A areia açoitava e mordia nossas roupas. Eu havia protegido o focinho e os olhos de Sandi com o pano grosso de uma *rapa*, mas estava preocupada com seu couro. Ao meu lado, Diti estava chorando e Fanasi tentava consolá-la. Eu e Mwita ficamos colados um no outro.

— Você já ouviu falar sobre o povo vermelho? — disse Mwita em meu ouvido.

Balancei a cabeça.

— O povo da areia. Apenas histórias... eles viajam numa tempestade de areia gigante. — Ele balançou a cabeça. Estava barulhento demais para conversar.

Uma hora se passou. A tempestade continuava. Começava a sentir câimbra por causa da força que fazia para me manter abaixada. Barulho, açoite de areia e a tempestade não parecia estar perto de terminar. As tempestades não duraram tanto quando estava com minha mãe. Elas chegavam rapidamente e iam embora igualmente rápido. Outra meia hora se passou.

Então, finalmente, o vento e a areia se acalmaram. Tossimos e xingamos no silêncio repentino. Rolei para o lado, as partes expostas de minha pele em carne viva e meus músculos exaustos. Sandi blaterou, levantando-se lentamente. Balançou a areia que estava em cima de si. Todos reclamávamos quase sem forças. O sol brilhou no funil gigante de areia e vento. O olho da tempestade. Deveria ter quilômetros de largura.

Eles chegaram de todos os lados, vestidos da cabeça aos pés com trajes vermelho vivo, assim como seus camelos. Tudo o que podíamos ver eram seus olhos. Um deles se aproximou de nós montado em seu camelo. Essa pessoa cavalgava com uma criança em frente a si, deveria ter uns dois ou três anos de idade. A criança riu.

— Onyesonwu — disse a pessoa, a voz firme. Uma mulher.

Ergui meu queixo.

— Sou eu — levantei devagar.

— Quem de vocês é o marido dela, Mwita? — perguntou ela em Sipo.

Ele não se importou com o título.

— Sou eu — disse Mwita.

A criança disse alguma coisa que pode ter sido outra língua ou balbucios de criança.

— Vocês sabem quem somos? — perguntou a mulher.

— Vocês são o Povo Vermelho, os Vah. No oeste, ouvi muitas histórias sobre vocês — disse Mwita.

— Você fala mais parecido com alguém que vem do leste.

— Cresci no oeste, depois fui para o leste. Atualmente estamos indo de volta para o oeste.

— Sim, foi o que ouvi falar — disse a mulher, se virando para mim.

Um homem atrás dela falou numa língua que não pude entender. A mulher respondeu e todos começaram a se movimentar, descendo de seus camelos e começando a tirar as cargas. Tiraram seus véus. Então pude ver porque eles eram chamados de Povo Vermelho. A pele deles era vermelha como óleo de dendê. Seus cabelos castanho avermelhados eram mantidos bem rente à cabeça, exceto pela criança, que usava seus cabelos em grandes *dreadlocks*.

A mulher tirou seu véu. Diferentemente dos demais, possuía um anel de ouro no nariz, outros dois nas orelhas e um na sobrancelha. A criança desmontou do camelo com inesperada agilidade. Tirou seu véu, expondo os *dreadlocks*. Notei que ela também tinha um brinco em sua sobrancelha.

— Quem são vocês? — perguntou a mulher aos demais enquanto desmontava de seu camelo.

— Fanasi.

— Diti.

— Luyu.

Ela assentiu e olhou para Sandi. Sorriu.

— Você eu conheço.

Sandi fez um som que eu jamais havia ouvido antes. Um tipo de ronronado gutural. Esfregou seu focinho contra o rosto da mulher e esta riu.

— Você também parece estar bem — disse ela.

— Quem são todos vocês? — perguntou Luyu. — Mwita sabe a respeito de vocês, mas eu não.

A mulher olhou Luyu de cima a baixo e Luyu retribuiu o olhar. Me lembrei da maneira com que ela encarou Ada durante o rito dos onze anos. Luyu nunca respeitou autoridade.

— Luyu — disse a mulher —, sou a chefa Sessa. — Vocês nos encontraram em boa hora. É aqui que vamos ficar até que a lua fique grávida. — Ela olhou para a parede de areia e sorriu. — Vocês estão convidados a permanecerem conosco... se quiserem.

Ela caminhou para longe, nos deixando sozinhos para que decidíssemos. Ao nosso redor, os Vah armavam tendas mais aconchegantes que as nossas. Eram feitas de pele de bode esticada e eram muito maiores e mais altas. Vi estações de captura de água, mas nenhum computador.

— A próxima "lua grávida" é daqui a três semanas! — disse Luyu.

— O que há com essa gente? — perguntou Fanasi. — Por que têm essa aparência? Como se bebessem, comessem e se banhassem em óleo de dendê e figo-da-índia? É bizarro.

Mwita chupou os dentes, irritado.

— Quem sabe? — disse Luyu. — E quanto à "amiga" deles, a tempestade de areia?

— A tempestade viaja com eles — disse Mwita.

— Por quê?

Ele deu de ombros.

— Por que eles são vermelhos?

Luyu gritou e deu um pulo quando um pardal acertou a parte de trás de sua cabeça. O pássaro caiu no chão, se endireitou e permaneceu ali, confuso.

— Deixe-o em paz — disse Mwita. — Ele vai ficar bem.

— Eu não planejava fazer nada diferente disso — disse Luyu, olhando para a ave.

— Não podemos ficar aqui — falou Diti.

— E temos escolha? — ralhei. — *Você* quer tentar atravessar aquela tempestade?

Armamos nossas tendas no mesmo lugar onde estavam antes de a tempestade começar. Exceto Luyu. Ela dividiria a tenda com Fanasi.

Durante as primeiras horas, os Vah construíram suas casas como os nômades experientes que eram. O sol estava se pondo e o deserto, mesmo no olho da tempestade, estava ficando mais frio, mas não fiz a fogueira de pedra. Quem sabe como esse povo iria reagir ao juju?

Ficamos quietos, e entre nós ficamos mais quietos ainda. Diti se escondeu em sua tenda, assim como Fanasi e Luyu. Eu e Mwita, entretanto, nos sentamos do lado de fora, em frente à nossa tenda, sem querermos parecer antissociais. Mas enquanto os Vah armavam seu acampamento, mesmo as crianças nos ignoraram.

Depois do anoitecer, as pessoas começaram a se socializar. Me senti tola. Cada tenda que eu via brilhava com uma fogueira de pedra. A chefa Sessa, o chefe Usson e um velho vieram nos cumprimentar. O rosto do velho possuía o tipo de rugas que são oriundas da idade e do vento. Não me surpreenderia se houvesse grãos de areia presos para sempre naquelas rugas. Me olhou com escrutínio. *Ele* me deixou mais nervosa do que a cara feia e o silêncio do chefe Usson.

— Não pode me olhar nos olhos, criança? — perguntou o velho numa voz baixa e grave.

Havia algo nele que me deixava bastante agitada. Antes que eu pudesse responder, a chefa Sessa disse:

— Viemos convidar todos vocês para o nosso banquete de estabelecimento.

— É um convite e uma ordem — disse o velho, firme.

A chefa Sessa continuou.

— Usem suas melhores roupas, se tiverem. — Ela parou, gesticulando em direção ao velho. — Esse é Ssaiku. Você, sem dúvida alguma, irá conhecê-lo melhor à medida que os dias se passarem. Bem-vindos a Ssolu, nossa aldeia móvel.

O chefe Usson nos encarou com uma expressão brava, então o velho olhou para mim e depois para Mwita antes de deixar nosso acampamento.

— Essas pessoas são tão estranhas — disse Fanasi quando os três se foram.

— Não tenho nada bonito para usar — reclamou Diti.

Luyu rolou os olhos.

— O nome de todos eles precisa começar com S ou ter um Ss? É possível pensar que eles são descendentes de cobras — disse Fanasi.

— Esse é o som que viaja melhor, o som de *ssss*. Eles vivem no meio desse barulho por causa da tempestade de areia, por isso faz sentido — disse Mwita, entrando em nossa tenda.

— Mwita, você percebeu aquele velho? — perguntei, me juntando a ele. — Não consigo me lembrar seu nome.

— Ssaiku — disse Mwita. — Você deveria prestar atenção nele.

— Por quê? Acha que ele nos trará problemas? — perguntei. — Não gostei dele.

— E quanto ao chefe Usson? — perguntou Mwita. — Ele parecia bastante bravo.

Balancei a cabeça.

— Ele provavelmente está sempre carrancudo. É do velho que eu não gosto.

— Isso porque ele é um feiticeiro, como você, Onye — disse Mwita. Ele riu amargamente para si mesmo e murmurou alguma coisa.

— Hã? — falei, franzindo o cenho. — O que você disse?

Ele se virou para mim e disse, inclinando a cabeça.

— Como pode ser, em nome de Ani, que eu consigo perceber e você não? — ele parou. — Como pode ser... — ele xingou e me deu as costas.

— Mwita — falei alto, pegando seu braço. Ele não o puxou, embora eu propositalmente pressionasse minhas unhas contra sua pele. — Termine seu pensamento.

Ele aproximou o rosto do meu.

— *Eu* deveria ser o feiticeiro e *você* deveria ser a curandeira. Foi sempre assim entre um homem e uma mulher.

— Bem, o feiticeiro *não é* você — ralhei, tentando manter minha voz baixa. — Não foi *você* cuja mãe, no ápice do desespero, pediu a todas as forças da terra para fazer de sua filha uma feiticeira. Não foi você quem nasceu de *um estupro*. Você nasceu do amor, lembra? Não foi sobre *VOCÊ* que o vidente Nuru profetizou que faria algo tão drástico que seria *arrastada diante de uma multidão de Nuru enfurecidos, enterrada até o pescoço e apedrejada até a morte!*

Ele pegou meus ombros, seu olho esquerdo semicerrado.

— O quê? — sussurrou ele. — Você...

Ficamos nos olhando.

— É o meu... destino — falei. Não queria ter contado a ele daquela maneira. De forma alguma. — Por que você *escolheria* isso? Luto desde o dia em que nasci. Ainda assim, você fala como se eu tivesse tirado algo precioso de você.

— Ei, Onye? — chamou Luyu de sua tenda. — Você deveria usar aquela *rapa* e o bustiê que a mulher deu a você em Banza.

— É uma boa ideia — respondi, ainda encarando Mwita.

Ouvi Fanasi dizer rindo.

— Vem aqui.

Luyu riu.

Mwita saiu da tenda. Enfiei minha cabeça para fora e estava prestes a chamá-lo. Mas ele caminhava depressa, passando pelas pessoas sem cumprimentá-las, a cabeça sem véu, seu queixo grudado no peito.

Aquelas velhas crenças sobre o valor e o destino de homens e mulheres eram a única coisa que eu não gostava em Mwita. Quem era ele para pensar que merecia ser o centro das coisas só porque era homem? Isso havia sido um problema entre nós desde que nos conhecemos. Novamente penso a respeito da história de Tia e Zoubeir. Detesto essa história.

CAPÍTULO 42

Acordei duas horas mais tarde com lágrimas secas no rosto. Ouvi música tocando em algum lugar.

— Acorde! — disse Luyu, me balançando. — O que há de errado com você?

— Nada — murmurei ainda zonza de sono. — Só estou cansada.

— É hora do banquete. — Ela usava sua melhor *rapa* lilás e um bustiê da mesma cor. A roupa estava um pouco gasta, mas ela havia refeito suas tranças nagô em uma espiral e havia colocado brincos. Cheirava ao óleo perfumado com o qual ela, Diti e Binta costumavam se banhar em Jwahir. Mordi meus lábios, pensando em Binta.

— Você ainda não está pronta! — disse Luyu. — Vou pegar um pouco d'água e um pano. Não sei onde esse pessoal se banha... tem sempre alguém por perto.

Me sentei lentamente, tentando afastar o sono. Toquei minha trança longa. Estava cheia de areia por causa da tempestade. Eu a estava desfazendo quando Luyu retornou com uma panela de água morna.

— Você vai usar os cabelos soltos? — perguntou ela.

— Acho que sim — respondi. — Não vai dar tempo de lavar.

— Acorde — disse ela, batendo de leve nas minhas bochechas. — Isso vai ser divertido.

— Você viu Mwita?

— Não — disse Luyu.

Coloquei a roupa que ganhei em Banza, completamente ciente de que aquelas cores todas atrairiam uma atenção que eu não estava com humor para suportar. Escovei meus cabelos longos e grossos e usei um pouco da água para domá-los. Quando saí da tenda, Luyu estava me esperando para borrifar óleo perfumado.

— Pronto! — disse ela. — Você está com a aparência e um perfume adoráveis. — Mas notei seus olhos checando meu rosto e meus cabelos cor de areia. Os nascidos *Ewu* serão sempre *Ewu*.

Fanasi usava as calças marrons e a camiseta branca manchada que eu o via usar quase todos os dias, mas havia barbeado o rosto e raspado os cabelos. Isso ressaltou seus ossos faciais e o pescoço longo. Diti usava uma *rapa* azul e um bustiê que jamais a vira usando antes. Talvez Fanasi tivesse comprado para ela em Banza. Havia penteado seus cabelos *black power* e moldado um círculo perfeito. Chupei meus dentes quando notei que Fanasi lutava para não olhar para Diti enquanto olhava guloso para Luyu. Ele era o homem mais confuso que eu já tinha visto.

— Muito bem — disse Luyu, liderando o caminho. — Vamos.

Enquanto caminhávamos, imaginei havia quanto tempo esse povo era uma tribo nômade. Suspeitei que havia muito tempo. Suas tendas foram armadas em poucas horas e não eram menos confortáveis do que casas, chegando mesmo a ter pisos feitos do couro cru peludo de algum animal marrom.

Carregavam suas plantas em sacos grandes com uma substância fragrante chamada solo. E todos usavam pequenos jujus para fazer fogueiras, manter os insetos longe e assim por diante. Os Vah também possuíam escolas. A única coisa que não possuíam era muitos livros. Eram pesados demais. Mas tinham alguns poucos destinados a aprenderem a ler. Vi alguns deles enquanto caminhava para o banquete. Mas a maioria deles eu fiquei conhecendo durante nossa estada.

Era uma grande reunião com um banquete enorme no centro. Uma banda tocava violões e cantava. Todos vestiam suas melhores roupas. O estilo era simples: calças e camisas vermelhas para os homens e uma variedade de vestidos vermelhos para as mulheres. Os vestidos de algumas delas tinham mangas e bainhas adornadas com contas, outros tinham as bainhas serrilhadas e assim por diante.

A essa altura da minha vida, me via através dos olhos de Mwita. Eu era linda. Esse é um dos grandes presentes que Mwita me deu. Eu jamais me acharia linda sem a ajuda dele. Entretanto, sabia que quando olhava para essas pessoas, jovens, velhos, homens, mulheres e crianças com sua pele marrom-avermelhada, olhos castanhos e movimentos graciosos, eles eram o povo mais lindo que eu já havia visto. Moviam-se como gazelas, mesmo os mais velhos. E os homens não eram tímidos. Olhavam nos olhos imediatamente e sorriam com muita facilidade. Um povo muito lindo.

— Bem-vinda — disse um rapaz, pegando a mão de Diti. Ela abriu um sorriso largo.

— Bem-vinda — disse outro rapaz, caminhando em direção a Luyu.

As duas foram recebidas por diversos jovens. Fanasi foi recebido por algumas garotas, mas estava ocupado demais de olho em Diti e Luyu. Quando as pessoas simplesmente assentiam para mim, mantendo distância, me perguntei se mesmo esse povo isolado e protegido demonizava os *Ewu*.

Fui forçada a abandonar essa ideia quando chegamos ao lugar onde deveríamos sentar. Lá estava Mwita, sentado ao lado de uma mulher Vah. Eles estavam perto demais um do outro para o meu gosto. Ela disse alguma coisa e ele sorriu. Mesmo sentada, pude notar que ela tinha as pernas mais longas que eu já tinha visto, pernas longas e musculosas de corredora como as da mãe de Zoubeir na antiga história. Meu coração gelou. Em Jwahir havia ouvido rumores sobre Mwita se relacionando com mulheres mais velhas. Jamais perguntei a ele se eram verdade, mas suspeitava que havia algo de verdadeiro neles. Essa mulher tinha talvez trinta e cinco anos. E como os demais Vah, ela era estonteante. Sorriu para mim, covinhas nas bochechas. Quando levantamos, ela era mais alta que eu. Mwita se levantou com ela.

— Bem-vinda, Onyesonwu — disse a mulher, tocando o peito. Ela me olhou por inteiro. Olhei-a por inteiro também. Senti o mesmo tipo de inquietação que havia sentido com Ssaiku. Essa mulher também era uma feiticeira. "Mas ela é aprendiz", percebi. percebi. Usava um vestido sem mangas, deixando à mostra braços musculosos. Tinha um decote profundo, acentuando seus seios fartos. Havia símbolos tatuados em seus bíceps e nos seios.

— Obrigada — falei. Atrás de mim, os outros também receberam as boas-vindas e foram convidados a se sentar.

— Sou Ting — disse ela.

Chefe Usson deu um passo em direção ao centro da roda e a música parou imediatamente.

— Agora que nossos convidados chegaram, vamos nos acomodar — disse ele. Sem sua carranca, o chefe Usson era bastante envolvente. Tinha uma dessas vozes que fazem com que as pessoas escutem.

Ting pegou minha mão.

— Sente-se — disse ela. A unha de seu dedão roçou de leve a palma da minha mão. Tinha quase três centímetros e era afiada como uma faca, a ponta pintada de preto azulado. Me sentei entre Ting e Mwita.

— Por favor, deem as boas-vindas a Diti, Fanasi, Luyu, Mwita e Onyesonwu. — Ao redor do grupo, podiam-se ouvir sussurros. — Sim, sim, todos sabemos a respeito dessa mulher, a mulher mago e seu homem. — O chefe Usson fez sinal para que nos levantássemos. Diante de tantos olhares, senti meu rosto enrubescer. "Mulher Mago?", pensei. "Que tipo de título é esse?"

— Bem-vindos — disse chefe Usson, com grandeza.

— Bem-vindos — disseram todos os demais. Então, de algum lugar, alguém começou a vaiar. A vaia se espalhou pela multidão. Olhei para Ting, preocupada.

— Tudo bem — disse ela.

Era um tipo de ritual. As pessoas sorriam enquanto vaiavam. Relaxei. A chefa Sessa se levantou e ficou de pé ao lado do chefe Usson. Juntos, recitaram algo numa língua que eu não conhecia. As palavras tinham bastante sons de *S* e *Ah*. Fanasi tinha razão. Se uma cobra pudesse falar, seria assim. Quando terminaram de recitar, as pessoas se levantaram, pedaços de pano nas mãos.

— Pegue — disse um menino, oferecendo a nós cinco panos similares. Os panos eram finos, mas endurecidos por causa do gel que fora aplicado neles. A banda recomeçou a tocar.

— Venham — disse Ting, pegando minha mão e a de Mwita. Dois rapazes se aproximaram de Diti e outros dois de Luyu, puxando-as em direção ao enorme banquete. Duas mulheres pegaram as mãos de Fanasi também. Era um caos feliz enquanto as pessoas se amontoavam e enchiam seus pedaços de pano com comida. Parecia ser algum tipo de jogo, pois eles davam muita risada.

Uma mulher passou por mim e acidentalmente roçou meu braço. Uma fagulha azul saiu de mim e a mulher gritou, pulando para longe. Diversas pessoas pararam para olhar. A mulher não parecia irritada, mas não me olhou nos olhos enquanto disse, "desculpe, Onyesonwu", e se apressou em se afastar de mim.

Arregalei os olhos e olhei para Ting.

— O que...

— Permita-me — disse Ting pegando meu pedaço de pano.

— Não, eu posso...

— Espere aqui — disse ela, firme. — Você come carne?

— Claro.

Ela assentiu e foi até o banquete com Mwita. Enquanto esperava, dois homens passaram perto demais de mim. Novamente pequenas fagulhas azuis e ambos pareceram sentir algo como um breve choque.

— Desculpe — falei, erguendo as mãos.

— Não — disse um deles, afastando-se, pensando que eu iria tocá-lo novamente. — Nós é que pedimos desculpas. — Era ao mesmo tempo estranho e irritante.

Quando voltamos aos nossos lugares, Diti e Luyu acumularam mais homens. Todos eram tão bonitos, que o rosto de Luyu parecia que ia rachar pelo tamanho de seu sorriso. Um homem com lábios carnudos e voluptuosos colocava na boca de Diti pedaços de coelho assado. Fanasi também estava cercado. As mulheres disputavam sua atenção. Ele estava tão ocupado respondendo às milhares de perguntas que elas faziam, que não podia ver ou ouvir o que Luyu e Diti estavam fazendo.

Embora nenhuma mulher tenha se sentado com Mwita, várias delas, jovens e velhas, encaravam-no abertamente, e algumas chegaram até a abrir caminho para que ele chegasse ao banquete. Todos os homens paravam e o cumprimentavam calorosamente, alguns chegavam a apertar sua mão. Homens e meninos apenas olhavam para mim quando pensavam que eu não estava vendo. E as mulheres e meninas me evitavam abertamente. Mas houve uma que não conseguiu resistir.

— Essa é Eyess — disse Ting, sorrindo, enquanto a criança veio correndo em minha direção e tentou pegar minha mão. Tentei puxá-la antes que ela pudesse me tocar, mas a menina era rápida demais. Pegou minha mão, quase me fazendo derrubar o pano com a comida. Fagulhas enormes saíram de mim. Mas ela apenas riu. A menininha que havia chegado de camelo com a chefa Sessa parecia ser imune ao que quer que fosse aquilo. Me disse alguma coisa na língua dos Vah.

— Ela não sabe falar Ssufi, Eyess — disse Ting. — Fale em Sipo ou Okeke.

— Você tem a aparência estranha — disse a menininha em Okeke. Ri.

— Eu sei.

— Eu gosto — disse ela. — Sua mãe é um camelo?

— Não, minha mãe é humana.

— Então por que seu camelo me disse que toma conta de você?

— Eyess pode ouvi-los — explicou Ting. — Ela nasceu com esse dom. É por isso que fala tão bem para uma criança de três anos. A vida toda ela conversou com tudo.

Alguma coisa chamou a atenção da menininha.

— Já volto! — disse ela, correndo.

— Ela é filha de quem?

— Chefa Sessa e chefe Usson — disse Ting.

— Então a chefa Sessa e o chefe Usson são casados?

— Oh, não — disse Ting. — Dois chefes não podem se casar. Aquele é o marido da chefa Sessa. — Ela fez sinal em direção a um homem que entregava a Eyess um pano com comida. A menininha pegou a comida, beijou os joelhos dele e desapareceu novamente entre as pernas das pessoas.

— Oh — falei.

— Aquela é a esposa do chefe Usson. — Ela apontou para uma mulher roliça sentada entre outras mulheres. Nos sentamos e desenrolamos nossos panos com comida. Mwita já estava comendo. Ele parecia estar aprendendo a comer com os Vah, porque enfiava comida na boca com as mãos e comia de boca aberta. Desenrolei meu pano e olhei o que Ting havia escolhido. Estava tudo misturado e só de olhar perdi o apetite. Nunca gostei de misturar minha comida. Peguei um pedaço de ovo de lagarto frito enquanto com o dedo coloquei de lado um pedaço de cacto também frito.

— Então onde está... seu mestre? Ele não come? — perguntei, depois de algum tempo.

— Você come? — disse ela, olhando para o meu pano, ainda cheio de comida.

— Não estou com muita fome.

— Mwita parece confortável.

Ambas olhamos para ele. Já havia comido tudo que estava no pedaço de pano e se levantava para pegar mais. Nossos olhos se encontraram.

— Quer que eu pegue alguma coisa para você? — perguntou ele.

Balancei a cabeça. Eyess veio e se sentou do meu lado. Sorriu e desenrolou sua comida, começando a comer vorazmente. Acariciei sua cabeça.

— Então é verdade? — perguntou Ting.

— O quê?

— Mwita não quer me contar nada. Disse que eu deveria perguntar a você — disse ela. — Dizem que você deixou uma cidade inteira envolta em névoa negra depois que tentaram machucar você. Então você transformou a água deles em bile. E que na verdade você é um espírito enviado à terra para lavar nossos males.

Ri.

— Onde você ouviu essas coisas?

— Viajantes — disse ela. — Em algumas cidades nas quais paramos para comprar suprimentos. No vento.

— Todos sabem — completou Eyess.

— O que você acha, Ting? — perguntei.

— Acho que é bobagem... pelo menos em sua maioria. — Ela deu uma piscadela.

— Ting, por que as pessoas daqui não podem me tocar? — Sorri. — Além de você e Eyess?

— Não fique ofendida — disse ela, desviando o olhar.

Continuei olhando para ela, esperando que dissesse mais. Quando não o fez, apenas dei de ombros. Não estava ofendida. Não mesmo.

— O que são? — perguntei para mudar de assunto. Apontei para as marcas em seus bíceps e seios. Os símbolos dos seios eram círculos com uma série de voltas e espirais dentro deles. Em seu bíceps esquerdo havia algo que parecia ser a sombra de um tipo de ave de rapina. No direito, uma cruz cercada de pequenos círculos e quadrados.

— Não sabe ler Vai, Bassa, Menda e Nsibidi? — perguntou ela.

Balancei a cabeça.

— Já vi Nsibidi. Um prédio em Jwahir é decorado com ele.

— A Casa de Osugbo — disse ela, assentindo. — Ssaiko me contou a respeito. Aqueles símbolos não são decorativos. Você saberia melhor se tivesse permanecido como aprendiz por mais tempo.

— Bem, não pude fazer nada a respeito disso, não é? — falei, irritada.

— Acho que não — disse ela. — Eu fiz essas marcas em mim mesma. Manuscritos são meu centro.

— Centro?

— Aquilo para o qual tenho o maior dom — disse ela. — Se torna mais claro quando você está por volta dos trinta anos de idade. Não posso lhe dizer exatamente o que essas marcas significam, não em palavras. Eles mudaram minha vida, cada um da maneira que era necessário. Esse aqui é um abutre, posso lhe dizer isso. — Ela me fitou nos olhos enquanto tirava a carne de um pedaço de osso de coelho.

Decidi mudar de assunto.

— Há quanto tempo você está em treinamento?

A banda começou a tocar uma música que Eyess aparentemente adorava. Ela pulou e correu até os músicos, desviando-se das pessoas com aquela graça de gazela. Quando chegou até a banda, começou a dançar alegremente. Eu e Ting a observamos por alguns instantes, sorrindo.

— Desde que eu tinha oito anos de idade — disse Ting se virando para mim.

— Você passou sua iniciação assim tão cedo? — perguntei.

Ela assentiu.

— Então você sabe como...

— Morrerei uma mulher velha e satisfeita, não muito longe daqui — disse ela.

A inveja é uma emoção dolorosa.

— Sinto muito — disse ela. — Não pretendia me gabar.

— Eu sei — falei, minha voz estremecida.

— O destino é frio e cruel.

Assenti.

— Seu destino está no oeste, eu sei. Ssaiku sabe mais a respeito — disse ela. — Ele normalmente não participa do banquete. Levarei você e Mwita até ele quando acabarem de comer.

Mwita retornou trazendo três panos. Me entregou um deles. Desenrolei e vi que havia coelho assado. Me entregou outro pano cheio de figo-da-índia. Sorri para ele.

— Sempre — disse ele, sentando-se ao meu lado, nossos ombros se tocando.

— Ah, você é estranha — disse Ting quando comecei a comer.

— Você ainda não viu nada — falei, de boca cheia.

Ela olhou de mim para Mwita e então semicerrou os olhos.

— Então você não completou seu treinamento?

Balancei a cabeça, me recusando a encontrar seus olhos.

— Não se preocupe com seu acampamento — disse Mwita, finalmente.

— Como posso ter certeza? — perguntou ela. — Ssaiko nem me permite ficar sozinha com um homem. Vocês dois sabem a respeito da mulher que...

— Sabemos — dissemos ao mesmo tempo.

Depois de comermos, deixamos Luyu, Diti e Fanasi para trás. Eles nem perceberam. A tenda de Ssaiku era grande e arejada. Era feita de um material preto, mas que deixava a brisa entrar. Ele estava sentado numa cadeira de vime, com um pequeno livro nas mãos.

— Ting, traga vinho de palma para eles — disse Ssaiku, colocando o livro sobre o colo. — Mwita, eu não estava certo? — perguntou ele, fazendo sinal para que nos sentássemos.

— Completamente — respondeu Mwita, indo até o canto da tenda e pegando duas esteiras redondas. — Foi, com certeza, a refeição mais deliciosa que já comi.

Olhei para Mwita e franzi o cenho, me sentando na esteira que ele estendeu para mim.

— Vocês vão dormir bem esta noite — disse Ssaiku.

— Agradecemos sua hospitalidade — disse Mwita.

— Como eu já disse antes, é o mínimo que podemos fazer.

Ting retornou equilibrando copos de vinho de palma numa bandeja. Ela entregou o primeiro copo para Ssaiku, então Mwita e por último para mim. Ela só tocou os copos com a mão direita. Quase ri. Ting era a última pessoa que eu esperaria que fosse tão tradicional. Mas Ssaiku era seu mestre e se era ao menos um pouco parecido com Aro, esperava que ela se comportasse de tal maneira. Ela se sentou ao meu lado, sorrindo de leve, como se antecipasse uma conversa interessante.

— Olhe para mim, Onyesonwu — disse ele. — Quero dar uma boa olhada no seu rosto.

— Por quê? — perguntei, mas apenas olhei para ele. Ele não respondeu. Suportei sua inspeção.

— Você normalmente trança os cabelos? — perguntou ele.

Assenti.

— Pare — disse ele. — Amarre com um pedaço de fibra de palmeira ou um cordão, mas nada de tranças a partir desse momento. — Ele se recostou. — Vocês dois são tão estranhos de se olhar. Conheço os Nuru e conheço os Okeke. Os *Ewu* não fazem qualquer sentido aos meus olhos. Ah, Ani está me testando novamente.

Ting riu e Ssaiku olhou feio para ela.

— Me desculpe, *Ogasse* — disse ela, ainda sorrindo. — Você está fazendo de novo.

Ssaiku parecia bastante irritado. Ting não se intimidou com isso. Como disse antes, o mestre tem um relacionamento mais próximo com seu aprendiz do que o próprio pai. Se não há um pouco de implicância, nenhum teste de nervos de ambos os lados, não seria um aprendizado verdadeiro.

— Você me pediu que dissesse sempre que o fizesse, *Ogasse* — continuou Ting.

Ssaiku respirou fundo.

— Minha estudante está certa — disse ele, finalmente. — Entenda, jamais acreditei que meu aprendiz seria essa.... mulher de pernas longas. Mas estava escrito. Desde então, prometi reavaliar meus conceitos. Jamais existiu um feiticeiro *Ewu*. Mas assim foi solicitado. Portanto, não é porque Ani está nos testando que as coisas são assim, elas simplesmente são como são.

— Muito bem dito — falou Ting, satisfeita.

— O que faz sentido não é mais necessariamente o que deveria ser — disse Mwita, terminando seu vinho de palma e olhando para mim. Lutei para não virar os olhos.

— Certo. Mwita, você é quem me entende melhor aqui — disse Ssaiku. — Vocês não estão aqui por acidente. Me disseram que os achasse e os acolhesse. Sou um feiticeiro muito mais velho do que pareço. Venho de uma grande linhagem de guardiões escolhidos, os protetores dessa aldeia móvel, Ssolu. Sou eu que mantenho a tempestade de areia que a protege.

— Você a está mantendo agora? — perguntei.

— É apenas um juju simples para mim, assim como o será para Ting — disse ele. — Agora, como estava dizendo, me disseram para encontrar vocês. Há uma parte de seu treinamento que você precisa completar. E precisará de ajuda.

Franzi o cenho.

— Quem... quem disse a você para me encontrar?

— Sola — disse ele.

Arregalei os olhos. Sola, o homem de manto preto e pele branquíssima que encontrei duas vezes na tempestade de areia. Ainda podia ouvir suas palavras da primeira vez que nos encontramos para minha iniciação.

— Preciso *matá-la*. — Então ele havia mostrado minha morte.

Tremi.

— Você *o conhece*? — perguntei.

— É claro.

Jamais havia me ocorrido que eles estavam todos interligados. Todos os anciãos. Pensei a respeito de como da última vez em que encontrei Sola, logo antes de deixar Jwahir, Aro se sentou ao lado dele em vez do meu, como se Sola fosse seu irmão e eu, a filha dele.

— E quanto a Aro? — perguntei.

— Conheço Aro bem. Nos conhecemos há muito tempo.

— Ele falou de mim? — perguntei, meu coração acelerado.

— Não. Não mencionou você. É seu mestre?

— Sim — falei, desapontada. Não tinha percebido o quanto sentia a falta de Aro.

— Ah, agora as coisas se tornam mais claras — disse ele, assentindo. — Estava tendo dificuldade em definir o que era. — Ele olhou para Mwita e Ting fez o mesmo, como se tentasse ver o que seu mestre havia acabado de perceber. — E *você* é sua outra criança — disse Ssaiku.

— Acho que pode chamar assim — disse Mwita. — Mas fui aprendiz de outro feiticeiro, antes de Aro.

— Aro não perguntou nada sobre nós? Disse alguma coisa? — perguntei, confusa.

— Não. — Houve o som de asas na tenda enquanto um grande pardal marrom entrou voando e pousou numa cadeira. Ele grasnou e balançou a cabeça.

— Pássaros desnorteados — disse Ting. — Eles sempre caem em Ssolu.

— Voltem para a celebração — disse Ssaiku. — Divirtam-se. Em uma semana, as mulheres irão conversar com Ani. Onyesonwu, você irá com elas.

Quase ri. Não conversava com Ani desde que era criança. Não acreditava em Ani. Mantive meu cinismo. Na verdade não importava. Quando voltamos para a festa, as coisas estavam esquentando. A banda estava tocando uma música que todos conheciam. Eyess dançava enquanto cantava alto. Acho que teria sido como ela se não tivesse nascido pária.

— O que acha que vai acontecer? — me perguntou Mwita enquanto ficávamos de pé no meio das pessoas cantando. Olhei para Luyu, de pé do outro lado do círculo com dois homens. Ambos tinham os braços ao redor de sua cintura. Não vi Diti ou Fanasi.

— Não faço ideia — respondi. — Já ia lhe fazer a mesma pergunta, já que naturalmente você deve saber de tudo.

Ele suspirou fundo e rolou os olhos.

— Você não escuta — falou ele.

— Onyesonwu! — gritou Eyess. Pulei ao ouvir meu nome. Todos se viraram para mim. — Venha cantar conosco!

Sorri envergonhada, balançando a cabeça e erguendo as mãos.

— Não, tudo bem — falei, dando um passo para trás. — E-eu não conheço nenhuma de suas músicas.

— Por favor, venha cantar — implorou ela.

— Então por que você não canta uma de suas próprias músicas? — disse Mwita em voz alta.

Olhei para ele, brava, e ele sorriu.

— Sim! — exclamou Eyess. — Cante para a gente!

Todos silenciaram enquanto ela me guiava ao centro do círculo. As pessoas evitavam tocar em mim enquanto passava. Fiquei de pé ali, ciente de que todos os olhares eram para mim.

— Cante para nós uma música de sua casa — disse Eyess.

— Fui criada em Jwahir — falei, percebendo que não conseguiria escapar. — Mas sou do deserto. Essa é a minha casa — pausei. — Canto essa música para a terra quando ela está contente.

Abri a boca, fechei os olhos e cantei a música que havia aprendido com o deserto quando tinha três anos de idade. Todos ficaram impressionados quando o pardal que eu havia visto na tenda de Ssaiku veio e pousou no meu ombro. Continuei cantando. O doce som e a vibração vindos de minha garganta radiaram pelo resto do meu corpo. A música acalmou minha ansiedade e tristeza por um momento. Quando terminei, todos estavam em silêncio.

Então as pessoas começaram a aplaudir e assobiar. O barulho assustou o pardal, que voou. Eyess abraçou minhas pernas, olhando para mim com admiração. Fagulhas voaram de seus braços e diversas pessoas deram um pulo para trás, murmurando exclamações. Os músicos começaram a tocar novamente e rapidamente deixei o centro do círculo.

— Lindo! — disseram as pessoas enquanto eu passava.

— Vou dormir bem esta noite!

— Ani a abençoe milhares de vezes.

Se eles me tocavam experienciavam dor, ainda assim me elogiavam como se eu fosse a filha perdida do chefe.

— Oh! — exclamou Eyess, ouvindo a banda tocar uma música que ela não conseguia resistir. Correu de volta para o círculo onde começou uma dança que fez com que todos rissem. Mwita enlaçou minha cintura. Nunca foi tão bom.

— Isso foi... divertido — falei enquanto caminhávamos de volta para nossa tenda.

— Funciona sempre — disse Mwita. Ele tocou meus cabelos. — Esses cabelos.

— Eu sei — falei. — Vou usar um pedaço grande de fibra de palmeira e enrolá-lo até embaixo. Não vai ser muito diferente de trançá-lo.

— Não é isso — disse ele. Esperei que continuasse, mas ele não disse mais nada. Tudo bem. Ele não precisava fazê-lo. Eu também sentia. Senti no momento em que Ssaiku me disse o que queria que eu fizesse. Como se eu estivesse.... energizada. Alguma coisa ia acontecer quando eu fosse naquele retiro.

Quando chegamos ao nosso acampamento, encontramos apenas Fanasi. Ele estava sentado diante da fogueira, fitando as pedras incandescentes. Entre suas pernas havia uma garrafa de vinho de palma.

— Onde estão...

— Não faço a mínima ideia, Onye — disse ele, enrolando as palavras. — Ambas me abandonaram.

Mwita bateu de leve em seu ombro e entrou na nossa tenda. Me sentei ao lado de Fanasi.

— Elas vão voltar, tenho certeza — falei.

— Você e Mwita — disse ele depois de alguns minutos. — Têm algo verdadeiro. Jamais terei algo parecido. Tudo o que eu queria era Diti, um pedaço de terra, filhos. Olhe para mim agora. Meu pai cuspiria.

— Elas vão voltar — falei novamente.

— Não posso ter as duas — disse ele. E parece que não posso ter nem uma ao menos. Idiota. Não deveria ter vindo. Quero voltar para casa.

Olhei para ele, irritada.

— Esse lugar está cheio de mulheres lindas que irão aceitá-lo com alegria — falei, me levantando. — Vá encontrar uma, se deitar com ela e pare de se lamentar.

Mwita estava em nossa tenda, deitado de barriga para cima, quando entrei.

— Bom conselho — disse ele. — Tudo o que ele precisa é de outra mulher para mexer ainda mais com sua cabeça.

Chupei os dentes.

— Ele não deveria ter escolhido Luyu — ralhei. — Eu não disse isso? Luyu gosta de *homens*, não de um homem. Isso não poderia ter sido mais previsível.

— Agora você o culpa? Diti o recusou mesmo depois que o juju foi quebrado.

— O que você quer dizer com "mesmo depois"? Você sabe como é a dor causada por aquele juju? É terrível! E fomos criadas para achar que é errado abrir as pernas, mesmo quando queremos. Não fomos criadas para sermos livres como... como *vocês* foram. — Parei. — Quando você estava com aquelas mulheres mais velhas, mulheres como Ting, quem criticou você?

Mwita semicerrou os olhos, me fitando.

— Naquela primeira vez, você teria aberto suas pernas para mim alegremente se não fosse por aquele juju. Não havia nenhuma regra de Jwahir para mulheres impedindo *você*.

— Não mude de assunto.

Mwita riu.

— Você fez sexo com Ting?

— O quê?

— Conheço você e acho que conheço ela.

Mwita apenas balançou a cabeça, deitando-se novamente e colocando as mãos atrás da cabeça. Tirei minhas roupas de festa e me enrolei em minha velha *rapa*. Estava saindo da tenda quando senti um puxão em minha *rapa*, quase arrancando-a.

— Espere — disse Mwita. — Onde você está indo?

— Me lavar — falei. Havíamos montado a tenda de Luyu para ser o local de banho. Não tivéramos coragem de usar a de Binta.

— Você fez? — perguntei finalmente. — Com todas aquelas mulheres antes de mim?

— O que importa isso?

— Apenas importa. Fez?

— Você não foi a primeira mulher com a qual fiz sexo.

Suspirei. Eu sabia. Não fez diferença nenhuma. Minha preocupação era Ting.

— Onde você foi depois que deixou nossa tenda? — perguntei.

— Fui andar. As pessoas me convidaram para dentro de suas casas. Um grupo de homens me convidou para sentar e queriam saber sobre nossas viagens. Contei algumas coisas a eles, não tudo. Conheci Ting e ela me levou até a tenda de Ssaiku, onde todos conversamos. — Ele parou. — Ting é, assim como todos aqui, linda, mas a pobre mulher deve ter o juju do rito dos onze anos nela. Não lhe é permitido o contato íntimo. E... Onye, você sabe a palavra que eu disse a você.

Ifunanya.

— Se aplica a *corpo e alma* — disse Mwita, puxando minha *rapa* novamente e colocando-a abaixo dos meus seios. Puxei-a para cima.

— Sinto muito — falei.

— Deveria mesmo — disse Mwita. Ele fez um sinal com as mãos. — Vá e tome seu banho.

Capítulo 43

Nem Diti nem Luyu retornaram aquela noite. Fanasi ficou a noite inteira sentado olhando para o que havia sobrado da fogueira. Ele continuava lá quando me levantei no dia seguinte e fiz chá.

— Fanasi — falei. — Minha voz o assustou. Talvez ele estivesse dormindo de olhos abertos. — Vá dormir.

— Elas ainda não voltaram — disse ele.

— Elas estão bem. Vá dormir.

Fanasi foi até sua tenda, tropeçando e engatinhou para dentro dela, parando de se movimentar, as pernas para o lado de fora. Eu estava na tenda tomando banho, tirando o sabonete do corpo quando ouvi uma delas chegando. Parei.

— Fico feliz que tenha conseguido voltar — disse Mwita.

— Ora, pare com isso — ouvi Diti dizer.

Silêncio.

— Não tente me fazer sentir culpada — completou Diti.

— Quando foi que eu disse que você não deveria se divertir? — perguntou Mwita.

Diti deu de ombros.

— Ele ficou aqui a noite toda?

— Esperou por vocês duas a noite toda — disse Mwita. — Acabou de dormir.

— Por nós duas? — perguntou ela, espantada.

— Diti...

Ouvi quando ela entrou em sua tenda.

— Me deixe quieta. Estou cansada.

— Faça como quiser — disse Mwita.

Luyu retornou três horas mais tarde. Diti estava dormindo para descansar do que quer que fosse, provavelmente uma combinação de sexo com vinho de palma. Luyu parecia nova em folha, acompanhada de um homem mais ou menos da nossa idade.

— Bom-dia! — disse ela.

— Boa-tarde — corrigi. Eu havia passado a manhã inteira meditando. Mwita havia saído para algum lugar. Presumi que tinha ido procurar Ssaiko ou Ting.

— Esse é Ssun — disse ela.

— Boa-tarde — falei.

— Bem-vinda — disse ele. — Na noite passada, seu canto me trouxe bons sonhos.

— Quando você finalmente *dormiu* — completou Luyu. Os dois sorriram um para o outro.

— Ele ficou esperando por você — falei, apontando para Fanasi.

— Esse é o marido de Diti? — perguntou Ssun, inclinando a cabeça, tentando ver Fanasi.

Eu quase ri.

— Espero que ele não se importe por meu irmão ter tomado Diti dele por uma noite — falou Ssun.

— Talvez um pouco — disse Luyu.

Franzi o cenho. "Que tipo de regras e hábitos esse povo tinha?", me perguntei. Todos pareciam fazer sexo com todo mundo. Mesmo Eyess não tinha o mesmo sangue do marido da chefa Sessa. Enquanto Luyu e Ssun conversavam, caminhei devagar até a tenda de Fanasi e chutei forte uma de suas pernas. Ele grunhiu e rolou de lado.

Luyu me olhou de cara feia. Sorri para ela.

— Fanasi — disse Ssun, caminhando até ele. — Passei a noite com sua Luyu. Ela me disse que talvez você possa ficar ofendido.

Fanasi rapidamente se levantou. Estava ainda um pouco tonto, mas era mais alto e mais imponente do que Ssun. Instintivamente, este deu um passo para trás. Diti enfiou a cabeça para fora de sua tenda, sorrindo.

— Fique com ela por quanto tempo quiser — disse Fanasi.

— Ssun — falei. Estava prestes a estender minha mão para pegar a dele, mas pensei melhor. — Foi bom conhecê-lo. Venha. — Caminhei com ele para longe do nosso acampamento. Ele se manteve distante de mim alguns centímetros. — Eu e meu irmão causamos algum problema? — perguntou ele.

— Nada que já não estivesse lá antes — falei.

— Em Ssolu, nós seguimos nossos desejos. Me desculpe, ignoramos o fato de que vocês não são daqui.

— Tudo bem — falei. — Acho que talvez vocês tenham consertado as coisas entre nós.

Naquela noite, Luyu voltou para sua tenda e fomos forçados a usar a tenda de Binta para tomarmos banho.

Aqueles dias que antecederam o retiro foram os piores para nós cinco. Diti, Luyu e Fanasi se recusavam a conversar uns com os outros. E tanto Luyu quanto Diti desapareciam continuamente durante as tardes e noites.

Fanasi fez amizade com alguns homens e passava as tardes conversando com eles, bebendo, alimentando os camelos e especialmente fazendo pão. Não sabia que ele fazia pão tão bem. Deveria ter sabido. Ele era filho de um padeiro. Fanasi fez diversos tipos de pão e logo as mulheres estavam pedindo seu pão e queriam aprender como fazê-lo. Mas quando voltava para nosso acampamento, ficava quieto. Eu tentava imaginar o que se passava pela cabeça dele. Fiquei pensando a respeito dos três. Aparentemente eles estavam bem, mas eu achava que, internamente, a única que *realmente* estava bem era Luyu.

Viver com os Vah era estranho. Apesar de ninguém me tocar, eu amava esse povo. Me sentia bem-vinda. E passei a conhecer melhor nomes e personalidades. Havia um casal que vivia numa tenda próxima a nós, Ssaqua e Essop, que tinham cinco filhos, dois dos quais tinham pais diferentes. Ssaqua e Essop eram um casal animado que conversava e discutia sobre tudo. Frequentemente chamavam a mim e a Mwita para resolver desentendimentos. Uma das discussões que eles me chamaram para resolver era sobre se o deserto possuía mais terra firme ou dunas.

— Quem poderia responder isso? — falei. — Ninguém já esteve em todo lugar. Mesmo nossos mapas são limitados e desatualizados. E quem pode afirmar se tudo é deserto?

— Aha! — disse Essop, cutucando a barriga da esposa. — Viu, eu estava certo! Ganhei!

As crianças da aldeia de Ssolu corriam soltas, no bom sentido. Elas sempre estavam em algum lugar ajudando ou aprendendo com alguém. Todos as recebiam de bom grado. Mesmo as bem pequenas. Contanto que uma criança soubesse andar, ele ou ela era responsabilidade de todos. Uma vez vi uma criança de mais ou menos dois anos ser alimentada pela mãe e então sair correndo para explorar. Horas mais tarde, a vi se sentando para almoçar com outra família do outro lado da aldeia. Então, naquela noite, encontrei-a com Ssaqua, Essop e dois de seus filhos, jantando!

É claro, Eyess me visitava com frequência. Comíamos diversas refeições juntas. Ela gostava da minha comida, dizendo que eu usava «muito tempero». Era bom ter uma pequena sombra, mas ela sempre ficava irritada quando Mwita chegava e tirava parte da atenção que eu dava a ela.

O que tornava Ssolu mais confortável para mim era que os tornava diferentes de qualquer sociedade que eu conhecia. Todos aqui sabiam fazer uma fogueira de pedras. Eles simplesmente sabiam como fazer. E quando eu havia cantado, as pessoas haviam ficado satisfeitas e impressionadas quando o pássaro pousou no meu ombro. A ideia de meu canto ter tal poder calmante sobre eles não os incomodou.

Os Vah não eram feiticeiros. Apenas Ssaiku e Ting conheciam os Pontos Místicos. Mas juju era parte do modo de vida deles. Era tão normal, que eles não sentiam a necessidade de compreendê-lo completamente. Jamais perguntei a eles se sabiam esses pequenos jujus instintivamente ou se os aprendiam. Parecia uma pergunta grosseira, como perguntar de que maneira uma pessoa aprendeu a controlar a bexiga.

Minha mãe havia sido como os Vah na maneira como aceitava o que não tinha resposta e o que era místico. Mas quando chegamos a Jwahir, à civilização, havia se transformado em algo que deveria ser escondido. Em Jwahir, era aceitável apenas aos anciãos como Aro, Ada ou Nana, Sábia, conhecer juju. Para quaisquer outras pessoas, o juju era algo abominável.

"Como eu seria se tivesse crescido aqui?", pensei. Eles não tinham problemas com *Ewus*. Eles aceitavam Mwita como se fosse um deles. Davam abraços e apertos de mão, davam-lhe tapinhas nas costas, deixavam que suas crianças ficassem perto dele. Ele era completamente bem-vindo.

Ainda assim, eles não podiam tocar *em mim*. Mesmo em Jwahir as pessoas se encostavam em mim no mercado. Quando eu era pequena, as pessoas estavam sempre puxando ou acariciando meus cabelos e tive minhas brigas com as outras crianças. Esse era o único problema que eu tinha com o povo nômade da cidade de Ssolu.

CAPÍTULO 44

Quando não estou caminhando em direção ao meu destino, ele vem até mim. Aqueles dias que antecederam o retiro foram mesmo o início do processo sobre o qual Ssaiku insinuou. Estávamos com o Povo Vermelho havia apenas três dias. Faltavam quatro até o retiro. Não era tempo o suficiente para relaxar.

Ainda assim, acordei relaxada, alegre, descansada. O braço de Mwita estava ao redor de minha cintura. Do lado de fora, podia ouvir o som da tempestade de Ssaiku. Por sobre o barulho, podia ouvir as pessoas conversando enquanto começavam o dia, o balido dos bodes e o som de um bebê chorando. Suspirei. Ssolu era como estar em casa.

Fechei os olhos, pensando em minha mãe. Ela deveria estar do lado de fora, cuidando de seu jardim. Talvez mais tarde visitasse Ada ou parasse na oficina de papai para ver como Ji estava se saindo. Sentia tanta falta dela. Sentia falta de não ter que... viajar. Sentei e toquei meus longos cabelos soltos. A fibra de palmeira que eu havia usado para amarrá-lo havia quebrado. Minhas mãos automaticamente começaram a trançar os fios como sempre estivera acostumada a fazer. Então me lembrei das palavras de Ssaiku sobre como eu deveria mantê-los destrançados.

— Ridículo — murmurei, olhando para a fibra.

— O quê? — Mwita murmurou, seu rosto na esteira.

— Perdi minha...

Uma cabecinha branca com uma pequena vareta vermelha pendendo de seu bico estava olhando para dentro da nossa tenda. A ave assobiou suavemente. Eu ri. Uma galinha-d'angola. Em Ssolu, aquelas aves dóceis ciscavam soltas como as crianças e nunca se aproximavam da tempestade. Me enrolei em minha *rapa* e sentei. Então congelei. Senti aquele cheiro estranho, aquele que vinha sempre que algo mágico estava acontecendo. A ave tirou a cabeça da minha tenda.

— Mwita — sussurrei.

Ele se levantou rapidamente, colocou a *rapa* ao redor de sua cintura e segurou minha mão. Parecia sentir o cheiro também. Ou pelo menos ele sentia que algo estava estranho.

— Onye! — gritou Diti do lado de fora. — É melhor você vir aqui!

— Venha devagar — disse Luyu. Ambas pareciam estar a muitos metros de distância da nossa tenda.

Cheirei o ar, o estranho perfume sobrenatural tomando conta do meu nariz. Não queria sair da tenda, mas Mwita me obrigou, ficando atrás de mim.

— Vá! — sussurrou ele. — Encare o que quer que seja. É tudo o que pode fazer.

Franzi o cenho, pressionando para trás.

— Eu não *tenho* que fazer nada.

— Não seja covarde — ralhou Mwita.

— Ou o quê?

— Não foi por isso que deixamos nossas casas — disse ele. — Lembra?

Chupei os dentes, sentindo o medo pressionar meus pulmões.

— Não sei mais por que deixei Jwahir. E não sei o que está lá fora... esperando por mim.

— Você sabe o que tem que fazer.

Não tive certeza a qual dos meus pensamentos ele estava respondendo.

— Vá — disse ele, me empurrando de novo.

Fiquei pensando no retiro, sobre como alguma coisa ia acontecer. Nossa tenda era o meu porto seguro... nela, estavam Mwita e nossos poucos pertences, era um escudo contra o mundo. "Oh, Ani, quero ficar aqui", pensei. Mas então a imagem de Binta apareceu na minha mente. Meu coração bateu mais forte. Dei um passo para frente. Quando afastei a porta da tenda e engatinhei para fora, quase me bati nele. Olhei para cima, mais para cima, mais para cima ainda.

Ele estava parado diante de nossa tenda, tão alto quanto uma árvore centenária. Largo como três tendas. Um mascarado, um espírito da natureza selvagem. Diferentemente do mascarado violento de garras afiadas como agulhas que havia guardado a tenda de Aro no dia em que o ataquei, esse permanecia imóvel como uma pedra. Era feito de folhas mortas molhadas e prensadas e milhares de pregos protuberantes. Tinha uma cabeça de madeira com um rosto zangado talhado nela. Uma fumaça branca densa pairava sobre ele. Era essa fumaça que estava produzindo aquele cheiro. Ao redor dele, havia cerca de dez galinhas-d'angola. Elas o olhavam de vez em quando, as cabeças inclinadas, cacarejando baixinho como se o questionassem. Duas estavam sentadas do seu lado direito e uma do esquerdo. "Um monstro que atrai aves fofinhas e inofensivas", pensei. "O que virá depois?"

O mascarado ficou olhando para mim enquanto me levantei vagarosamente, Mwita logo atrás de mim. A muitos metros de distância estavam Diti e Fanasi e uma multidão crescente de curiosos. Fanasi tinha um braço ao redor da cintura de Diti, enquanto ela o agarrava com medo. Luyu, aterrorizada, escondia-se atrás de sua tenda, diretamente à minha direita. Queria rir. Luyu permaneceu onde estava, Diti e Fanasi correram.

— O que você acha que ele quer? — sussurrou Luyu, como se a criatura não estivesse logo ali. Ela se aproximou. — Talvez se dermos a ele o que quer ele vá embora.

"Depende do que ele quer", pensei.

Subitamente, a criatura começou a diminuir, seu corpo de vime comprimindo sobre si mesmo. A galinha-d'angola sentada ao seu lado se distanciou um pouco e se sentou novamente. O mascarado parou de diminuir. Estava se sentando. Me sentei diante dele. Mwita se sentou atrás de mim. Luyu também permaneceu perto. Ela não tinha nenhuma habilidade com mágica e isso fez sua bravura diante do sobrenatural ainda mais impressionante.

Com sua cabeça mais próxima do chão, a estranha fumaça fedorenta ao nosso redor ficou mais densa. Meus pulmões sofreram e me esforcei para não tossir. Eu sabia que isso teria sido bastante grosseiro. Diversas das galinhas-d'angola de fato tossiram. O mascarado pareceu não se importar. Olhei para Luyu e assenti. Ela assentiu de volta.

— Diga a eles para manterem distância — falei a ela.

Sem questionar nada, ela se dirigiu à multidão.

— Ela disse para manterem distância — disse Luyu.

— Aquele é um mascarado — respondeu uma mulher, sem qualquer emoção.

— Não sei o que ele é — disse Luyu — mas...

— Ele veio falar com ela — disse um homem. — Só queremos observar.

Luyu se virou para mim. Pelo menos agora eu sabia o que ele queria. O Povo Vermelho continuava a me surpreender com seu conhecimento instintivo sobre o místico.

— Mantenham distância, mesmo assim — falei. — É uma conversa particular.

Eles se afastaram para uma distância segura. Vi Fanasi e Diti abrirem caminho em meio à multidão e desaparecerem. Então ele começou a falar comigo.

— *Onyesonwu* — disse ele. — *Mwita.* — A voz vinha de cada parte dele, saindo de seu corpo como a fumaça. Viajava em todas as direções. As galinhas-d'angola pararam com seu cacarejar, e aquelas que estavam de pé se sentaram. — *Eu os saúdo* — falou. — *Saúdo seus ancestrais, espíritos e chis.* Equanto falava, a natureza selvagem se espalhou ao nosso redor. Me perguntei se Mwita conseguia vê-la. Cores brilhantes, túbulos ondulantes prolongando-se a partir do chão físico. Pareciam com árvores, se na natureza selvagem existissem árvores. Árvores da natureza selvagem.

Procurei ao redor pelo olho de meu pai. Podia ver seu brilho, mas estava sendo bloqueado pela figura do mascarado. Essa era a única pista de que eu poderia confiar nessa poderosa criatura mascarada.

— Nós o saudamos, *Oga* — dissemos eu e Mwita.

— *Estenda sua mão, Onyesonwu.*

Virei para Mwita. Seus olhos ficaram semicerrados e intensos, mandíbulas travadas, lábios apertados, narinas infladas e sobrancelhas arqueadas. Subitamente se levantou.

— O que você vai fazer? — perguntou a ele.

— *Sente-se, Mwita* — disse ele. — *Você não pode tomar o lugar dela. Não pode salvá-la. Tem o seu próprio papel a desempenhar.* — Mwita se sentou. O mascarado havia lido a mente dele e respondido diretamente ao que estava no coração de Mwita. — *Toque-a se precisa fazê-lo, mas não interfira.*

Mwita agarrou meu ombro. Sussurrou no meu ouvido.

— Vou apoiá-la naquilo que quiser fazer.

Pude sentir a súplica em sua voz. Pedindo que eu me recusasse. Agisse. Fugisse. Pensei em meu rito dos onze anos, quando tive opção semelhante.

Se eu tivesse fugido, meu pai não teria me visto tão cedo. Eu não estaria ali. Mas eu *estava* ali. E independentemente do que acontecesse agora, algo iria acontecer dali a quatro dias, quando fosse ao retiro. O destino é frio. É rígido. Lentamente, estendi minha mão. Mantive meus olhos abertos. Mwita agarrou meu ombro com mais força e se aproximou ainda mais de mim. Não sei o que eu estava esperando, mas não estava preparada para o que aconteceu em seguida. Suas camadas de folhas secas se levantaram ao mesmo tempo, expondo muitas agulhas. Ele se afastou de mim e então chicoteou para frente. Me inclinei para trás e pisquei. Quando abri os olhos, vi que estava coberta de gotas d'água e... das agulhas do mascarado.

Todo o meu rosto, braços, peito, barriga, pernas. As agulhas haviam conseguido de alguma forma chegar até as minhas costas! Apenas as partes de meu corpo cobertas pelo corpo de Mwita estavam livre de agulhas. Mwita gritou, tentando me tocar e não me tocar ao mesmo tempo.

— Você está... — Ele pulou, olhando para mim e então para as agulhas. — O que é... Onye? O que...?

Choraminguei ao olhar para mim mesma, prestes a gritar, surpresa por ainda estar consciente e por me sentir bem. Eu parecia uma almofada de agulhas! Por que não estava sangrando? Onde estava a dor? E por que ele havia me dito para estender a mão se planejava fazer isso? Isso era algum tipo de piada cruel?

O mascarado começou a rir. Um riso gutural que balançava suas folhas molhadas. Sim, aquilo era o que a criatura chamaria de piada.

Ele se levantou, espalhando sua umidade e a fumaça. Virou-se de costas e começou a ir embora, em direção à tenda de Ssaiku, enquanto gotejava uma trilha de fumaça da natureza selvagem. As galinhas-d'angola seguiram em fila indiana. Diversas pessoas seguiram também. Alguém começou a tocar uma flauta, outra pessoa um pequeno tambor. Tocavam para o mascarado enquanto ele caminhava, ainda rindo.

Quando não podíamos mais vê-lo, eu e Mwita olhamos um para o outro.

— Você *está se sentindo*... bem? — perguntou ele.

Eu começava a me sentir... estranha. Mas não queria assustá-lo.

— Estou bem.

Depois de alguns instantes, ambos sorrimos e então rimos. Uma agulha caiu. Mwita apontou para ela e riu ainda mais, o que me fez rir ainda mais também. Mais agulhas caíram. Luyu veio correndo. Ela gritou quando me viu de perto. Eu e Mwita rimos com mais vontade. As agulhas estavam caindo.

— O que há de errado com vocês dois? — perguntou Luyu, acalmando-se quando viu que as agulhas estavam caindo. — O que aquela coisa fez com vocês?

Balancei a cabeça, ainda rindo.

— Não sei.

— Ele era... — ela se ajoelhou para olhar de perto as agulhas que ainda estavam cravadas nas minhas costas. — Aquele era um mascarado de verdade?

Assenti, sentindo uma onda de náusea passar por mim. Suspirei e me sentei. Quando Luyu tentou tocar uma das agulhas restantes no meu rosto, uma fagulha do tamanho de uma noz de cola saiu de mim. Ela deu um pulo para trás, segurando a mão, gemendo de dor.

Agora eu era pária para todos, exceto Mwita.

Capítulo 45

No dia seguinte, sentia-me completamente nauseada. A visão de comida, mesmo um simples *curry* de bode, revirava meu estômago. E quando eu conseguia colocar alguma comida na boca, seu gosto era metálico e produzia fagulhas contra os meus dentes, uma sensação bastante desagradável. Podia apenas beber água e comer pedaços de pão puro.

O mascarado havia introduzido alguma coisa no meu corpo. Aquelas agulhas estavam infectadas com veneno. Ou seria remédio? Ou talvez ambos. Ou nenhum dos dois. Veneno ou remédio implicavam que tinha algo a ver comigo. Em vez de eu ser parte de um plano maior.

Eu não apenas estava constantemente nauseada, incapacitada de comer e quase alérgica a todos exceto Mwita (descobri que também não era alérgica a Ssaiku e Ting), mas frequentemente era inundada por uma terrível exacerbação dos sentidos. Podia ouvir uma mosca respirar ou ver um grão de areia cair no chão como um seixo. De repente eu tinha a visão aguçada como a de uma águia ou podia sentir o cheiro da mortalidade de todos. A mortalidade tinha um odor lamacento e úmido e eu exalava esse cheiro.

Já sabia como era essa lucidez induzida pela fome. Era uma versão mais forte do que havia deixado eu e Mwita cara a cara com meu pai, meses atrás. Mas dessa vez eu iria controlá-la. *Precisava* fazê-lo; se não conseguisse, então talvez *de fato* fosse perigosa. Para aumentar ainda mais meus problemas, a natureza selvagem ficava tentando invadir o meu espaço.

— Estou viva — murmurei enquanto caminhava pelas cercanias de Ssolu. — Então me deixe em paz. — Mas, obviamente, a natureza selvagem não me deixou em paz. Olhei ao redor, meu coração batendo acelerado. Queria rir. Meu coração batia enquanto eu estava com um pé no mundo físico e outro no espiritual. Absurdo. Eu era metade energia azul e metade corpo físico. Metade viva e metade outra coisa. Era a quinta vez que isso acontecia, e assim como havia feito antes, me virei para encarar o olho irado de meu pai. Cuspi nele, ignorando o calafrio de apreensão que eu sentia sempre que o via. Ele estava sempre lá, olhando, esperando... mas pelo quê?

Eu estava de pé próxima à tenda de uma família. Uma mãe, um pai, dois meninos e três meninas. Ou talvez algumas das crianças fossem filhas de outros pais. Talvez os dois "pais" fossem amantes ou amigos. Nunca se sabia com os Vah. Mas uma família era uma família e eu invejei o que vi e novamente senti saudades de minha mãe.

Eles estavam jantando. Podia sentir o cheiro da sopa de quiabo e do fufu como se estivessem debaixo do meu nariz. Podia ver o brilho nos olhos do homem enquanto ele olhava para a mulher e eu sabia que ele a desejava, mas não a amava. Podia quase sentir a aspereza dos longos *dreadlocks* das crianças. Se algum deles olhasse para mim, o que veria? Talvez uma versão de mim que parecia moldada em água. Talvez nada. Me encostei na energia azul de uma árvore da natureza selvagem para me proteger contra o olhar feroz de meu pai. A árvore era fresca e macia. Afundei, esperando até que aquilo passasse e eu voltasse ao mundo físico.

Assim que fechei os olhos, algo me agarrou. Meu corpo inteiro ficou insensível quando dois galhos da árvore enlaçaram com força meu braço esquerdo e meu pescoço. Cravei as unhas no que estava ao redor do meu pescoço e puxei. Arfei de dor quando o galho apertou ainda mais. Aquele galho era muito forte.

Mas eu era mais. Muito mais. À medida que o ódio se espalhou por mim, minha energia azul brilhou. Puxei o galho de meu pescoço e o arranquei. A árvore gritou de dor, mas aquilo não me parou. Rasguei o outro galho que envolvia meu braço, agarrei e despedacei um outro que tentava laçar minha perna. Então fiquei de pé, pronta para atacar, os punhos cerrados, pernas levemente flexionadas, olhos arregalados. Eu ia rasgar aquela árvore toda... e foi quando a natureza selvagem foi embora. Me sentei pesadamente no chão, arfando em silêncio, com medo de tocar meu pescoço dolorido.

Uma das menininhas que jantava com a família se virou. Ela me viu e acenou. Acenei de volta, fraca, tentando sorrir. Me levantei lentamente, fingindo que nada tinha acontecido.

— Quer comer com a gente? — perguntou ela em sua voz inocente de criança. Agora todos eles estavam olhando para mim e acenando.

Sorri e balancei a cabeça.

— Obrigada, mas não estou com fome — falei, caminhando o mais rápido que meu corpo dolorido podia. Aquelas pessoas pareciam tão normais, puras, imaculadas. De forma alguma eu me sentaria à sua mesa.

Quando retornei à minha tenda, Fanasi estava sentado em frente à tenda dele, se lamuriando. Não estava com ânimo para falar nada, por isso nem me importei em perguntar a ele o que havia de errado. Mas era óbvio. Diti e Luyu não estavam em lugar algum. Nem Mwita, e quando deitei em minha tenda, fiquei agradecida por ele não estar ali. Não queria que ele soubesse que eu estava tão... doente. Não queria que *ninguém* soubesse. Os Vah já me tratavam como se eu estivesse acometida por alguma coisa. E de certa forma, eu estava. Não podia me aproximar de nenhum deles sem causar fagulhas e um choque doloroso. Já me sentia excluída o suficiente sem anunciar, além de tudo o mais, que também não estava me sentindo bem.

Contei tudo a Luyu. Mas apenas porque ela veio até minha tenda uma hora mais tarde, quando eu estava metade na natureza selvagem e metade no mundo físico novamente. Estava exausta demais para fazer qualquer coisa além de ficar ali sentada. Quando a natureza selvagem finalmente desapareceu, lá estava ela em minha tenda, me encarando.

Esperei que ela engatinhasse para fora, mas novamente Luyu me surpreendeu. Engatinhou para dentro da tenda, se sentou e simplesmente me fitou. Me deitei e esperei por suas perguntas.

— Então, o que era aquilo? — perguntou ela, finalmente.

— O quê? — suspirei.

— Você estava como... água. — disse ela. — Feita de água sólida... mas ainda assim água, se água fosse feita de pedra.

Eu ri.

— Foi mesmo?

Ela assentiu.

— Da mesma forma como aconteceu naquele dia durante nosso rito dos onze anos. — Ela inclinou a cabeça. — É isso que acontece quando você entra no... mundo dos mortos?

— Mundo dos mortos, não. A natureza selvagem — falei. — O mundo espiritual.

— Mas você não pode estar viva nele — disse ela. — Então é o mundo dos mortos.

— Eu... — suspirei novamente e recitei uma das lições que havia aprendido com Aro. — Só porque uma coisa não está viva, não significa que esteja morta. Primeiro você precisa estar vivo, para então estar morto. — Fechei os olhos e me deitei. — A natureza selvagem é um outro lugar. Não é feito de carne nem de tempo.

— Então por que aquilo aconteceu durante nosso rito? — perguntou ela.

Ri.

— É uma longa história.

— Onye, o que há de errado com você? — perguntou ela depois de alguns instantes. — Você não parece bem desde... desde que aquele mascarado fez aquela coisa com você. — Ela se aproximou quando não respondi. — Lembra sobre o que conversamos há muito tempo, logo que deixamos Jwahir?

Apenas olhei para ela.

— Concordamos em dividir o fardo, eu e você — disse ela. — Ela pegou minha mão e uma grande fagulha pulou. O rosto de Luyu adquiriu uma expressão de dor e ela lentamente largou minha mão. Sorriu para mim, mas não tentou me tocar novamente. — Fale. Conte.

Desviei o olhar, suprimindo uma grande vontade de chorar. Não queria atormentar ninguém com aquilo. Olhei para ela, percebendo a pele escura, perfeita, mesmo depois de tudo o que passamos. Seus lábios grossos pressionados com força. Os grandes olhos amendoados olhando fundo nos meus, sem piscar. Sentei.

— Muito bem. Venha caminhar comigo.

Caminhamos pelos arredores de Ssolu, a meio quilômetro entre a tempestade e as últimas tendas. Apenas alguns grupos de animais ficavam ali. As galinhas-d'angola e os frangos mantinham distância. Então, entre camelos e bodes, falei e Luyu ouviu.

— Você deveria contar a Mwita — disse ela, quando terminei. Tive que parar e me inclinar para frente quando uma onda de tontura provocada pela fome passou por mim.

— Não quero...

— Não se resume apenas a você — disse ela. Deu um passo para frente, prestes a me segurar. Rapidamente se afastou. — Você está bem?

— Não.

— Posso...

— Não — lentamente, ergui meu torso novamente. — Continue. Termine o que estava começando a dizer.

— Bom, alguma coisa vai... — ela parou, me olhando nos olhos. — Em três dias, você vai para esse retiro. Eu acho, bem, você provavelmente já sabe.

Assenti.

— Alguma coisa vai acontecer, mas não sei o quê.

— Mwita pode ajudar você a melhorar — disse ela.

— Talvez — murmurei.

Então algo caiu no meu pé. Um lagarto amarelo com uma grande cabeça escamosa. Ele se virou de barriga para baixo e começou a ir embora lentamente. Ri comigo mesma, presumindo que ele havia sido sugado pela tempestade e jogado para dentro de Ssolu, como tantos outros animais. Tudo o que eu queria era me sentar no chão de areia e observar enquanto ele caminhava para longe.

Outra estranha onda de exacerbação dos sentidos se aplacou sobre mim. Olhei para Luyu. Ela estava me observando de perto. Podia ver cada célula em seu rosto.

— Vê aquilo? — perguntei, apontando fracamente para o lagarto, enquanto ele se virava para nos olhar. Queria desviar a atenção de Luyu. Ela estava prestes a sair correndo para chamar Mwita. Eu sabia.

Luyu franziu o cenho.

— Vejo o quê?

Balancei a cabeça, meu olho seguindo o lagarto. Afundei na areia. Estava bastante fraca. Quatro dias de jejum, quatro dias de uma estranha doença causada pelo mascarado. Eu estava arrasada.

Outra onda de exacerbação dos sentidos tomou conta de mim e ouvi um gemido suave. Não estava certa se vinha de mim ou da natureza selvagem que me rodeava mais uma vez. Havia uma árvore da natureza selvagem ao lado de Luyu. Então as coisas tremularam e viraram apenas o mundo físico novamente. Eu queria vomitar.

— Fique onde está. Vou trazer Mwita — disse Luyu. — Você ficou toda transparente de novo.

Estava fraca demais para responder. O lagarto estava caminhando lentamente em minha direção e eu me concentrei nele enquanto Luyu corria.

— Deixe-a ir — disse uma voz. Era uma voz feminina, mas grave e forte como a de um homem. Estava vindo do lagarto, que se aproximava de mim. Havia algo de vagamente familiar naquela voz.

— Eu não pretendia impedi-la — disse, rindo fraco. — Quem é você? — Me perguntei se estaria imaginando aquela voz. Sabia que não estava. Estava sofrendo de uma doença que me foi dada por um grande espírito da natureza selvagem. Ele havia ido até mim para fazer justamente aquilo. Então foi embora e se encontrou com Ssaiku, conforme Ting me disse depois. Nada do que aconteceu comigo depois de meu encontro com o mascarado foi fruto da minha imaginação.

— Você chegou longe — disse ele, ignorando minha pergunta. — Levarei você mais longe ainda.

— Você está mesmo aí?

— Com certeza.

— Vai me trazer de volta?

— Alguém pode tirá-la de Mwita?

— Não — falei. — Para onde vai me levar? — Eu estava apenas falando. Não estava realmente interessada nas respostas. Precisava de alguma coisa para me manter calma enquanto o lagarto crescia e mudava de cor.

— Vou levar você para onde precisa ir — disse ela, sua voz se tornando mais sonora e cheia enquanto crescia. Começava a soar como se fossem três vozes iguais. — Vou mostrar a você aquilo que precisa ver, Onyesonwu.

Então ela me conhecia. Semicerrei os olhos.

— O que você sabe sobre o meu destino? — perguntei.

— Eu sei o mesmo que você.

— E quanto ao meu pai biológico?

— Sei que ele é um homem mau, muito mau.

Esqueci o resto de minhas perguntas. Me esqueci de tudo. Diante de mim estava o que posso apenas chamar de *Kponyungo*, um cuspidor de fogo. Do tamanho de quatro camelos, brilhava com cada gradação de cores do fogo. Seu corpo era magro e forte como o de uma cobra, sua enorme cabeça redonda carregava longos chifres espiralados e uma gigantesca mandíbula com dentes afiados. Seus olhos eram como pequenos sóis. Ele transpirava uma fumaça fina e cheirava a areia tostada e vapor.

Quando eu e minha mãe éramos nômades, durante as partes mais quentes do dia, sentávamos em nossa tenda e ela me contava histórias sobre essas criaturas. "O *Kponyungo* gosta de fazer amizade com os viajantes", disse ela. "Eles se materializam durante as horas mais quentes do dia, como agora. Nascem a partir do sal de oceanos mortos há muitos anos. Se um deles se tornar seu amigo, você jamais estará sozinha."

Minha mãe era uma das únicas pessoas que eu conhecia que falava sobre oceanos como se eles tivessem existido de verdade. Ela sempre me contava histórias sobre eles quando alguma coisa me assustava, como a carcaça de um camelo ou quando o céu ficava muito nublado. Para ela, os *Kponyungos* eram seres mágicos e bondosos. Mas, frequentemente, encontrar uma coisa na vida real não é o mesmo que ouvir histórias sobre ela. Como agora.

Eu estava sem palavras. Sabia que ele estava ali. De pé diante de mim, enquanto todos em Ssolu seguiam com suas vidas normais a apenas algumas poucas centenas de metros. Transeuntes podem ter me visto de pé ali, mas não iriam parar. Para eles, eu era intocável, estranha, uma feiticeira, mesmo que gostassem de mim. Será que eles podiam ver o *Kponyungo* de pé diante de mim? Talvez. Talvez não. Se pudessem, talvez fosse hábito deles me deixar seguir com meu destino.

Tive uma sensação que agora era familiar, um tipo de desapego e então uma profunda mobilidade. Eu estava indo "embora" novamente. Dessa vez estava acontecendo perto de uma cidade, sem Mwita ao meu lado. Eu estava completamente sozinha e essa criatura estava me levando. Enquanto subia flutuando, o *Kponyungo* voava ao meu lado. Podia sentir seu calor.

— Uma criatura como eu não é muito diferente de um pássaro — disse ela com sua estranha voz. — Transforme-se.

Será que eu poderia me transformar enquanto estava "viajando" daquela maneira? Jamais havia considerado isso. Mas ela estava certa. Eu havia me transformado num lagarto uma vez e não havia sido muito diferente de me transformar num pardal ou mesmo num abutre. Estendi minha mão para tocar a pele áspera do *Kponyungo*. Puxei minha mão para trás com rapidez, subitamente com medo.

— Vá em frente — disse ela.

— Você é... você é quente?

— Descubra por si mesma — falou. Seu rosto não demonstrou, mas eu sabia que ela estava achando divertido. Estendi a mão devagar e toquei uma escama. Ouvi um som de fritura e senti o cheiro da minha pele queimando.

— Ai! — gritei, balançando a mão. Ainda assim, ela me levou mais para cima. Agora estávamos cerca de quinze metros acima de Ssolu. — Eu estou...? Olhei para minha mão. Não parecia estar queimada, nem doía tanto quanto deveria.

— Você é você mesma até na natureza selvagem — disse ela. — Mas suas próprias habilidades, assim como as minhas, nos protegem.

— Posso morrer assim?

— Sim, de certa forma — respondeu. — Mas não vai — disse ela ao mesmo tempo em que falei: — Mas não vou.

— Muito bem — murmurei. Estendi a mão novamente. Dessa vez, suportei a dor, o som de fritura e o cheiro da minha pele queimando. Arranquei uma de suas escamas. Saiu fumaça de minha mão e eu queria gritar, mas mesmo com a fumaça, pude ver que não estava machucada.

Como estávamos subindo cada vez mais alto, era difícil me concentrar. Ainda assim, com a escama na mão, me transformar num *Kponyungo* foi apenas levemente complicado. Espreguicei meu novo corpo delgado, aproveitando meu próprio calor. Resisti à vontade de voar para baixo, me enterrar na areia e aquecer meu corpo tão intensamente que a areia se derreteria se transformando em vidro. Ri comigo mesma. Mesmo que quisesse, não poderia fazê-lo. Não era eu quem estava controlando aquela viagem, era o *Kponyungo*. Imaginei se era por isso também que eu não conseguira fazer meu corpo ficar tão grande quanto o dela. Pude ficar apenas cerca de três quartos de seu tamanho.

— Muito bem — disse ela, quando terminei. — Agora deixe-me levá-la a um lugar onde nunca esteve antes.

Voamos rapidamente em direção à parede de areia e entramos nela. Passamos para o outro lado em menos de um segundo. A posição do sol me dizia que estávamos voando para o oeste. Voamos num semicírculo e fomos para leste.

— Lá está Papa Shee — disse o *Kponyungo*, um minuto depois.

Mal olhei para aquele lugar nefasto, onde o povo havia tirado a vida de Binta tão brutalmente e para sempre sofreria de cegueira. Geração após geração. Amaldiçoei Papa Shee e tudo o que nascesse ali. Amaldiçoei novamente enquanto voávamos.

— Lá está a sua Jwahir — disse ela.

Tentei diminuir a velocidade para que pudesse ver, mas ela me arrastou consigo. Nada além de um borrão de prédios. Ainda assim, mesmo enquanto sobrevoávamos num piscar de olhos, pude sentir minha casa me chamando, tentando me levar de volta. Minha mãe. Aro. Nana, a Sábia. Ada. Será que seu filho, Fanta, já havia chegado a Jwahir para surpreendê-la?

Eu e o *Kponyungo* voamos sobre terras vastas; a secura que eu sempre conheci. Areia. Planícies. Árvores retorcidas. Grama seca. Voávamos rápido demais para que eu pudesse ver algum camelo, raposa do deserto ou gavião sobre os quais provavelmente voamos. Tentava imaginar para onde estávamos indo. E pensei se deveria sentir medo. Era impossível saber quanto tempo estava se passando ou quão longe estávamos indo. Não senti sede nem fome. Nenhuma necessidade de urinar ou defecar. Nem sono. Eu não era mais humana, não era mais um animal físico.

De vez em quando olhava nos olhos dela. Ela era um lagarto gigante, feito de calor e luz. Mas era mais do que isso, também. Eu tinha apenas um pressentimento. Quem era ela? Ela olhava de volta para mim, como se soubesse em que eu estava pensando. Mas não dizia nada.

Depois de muito tempo e de percorrermos uma enorme distância, a terra abaixo de nós começou a mudar. As árvores pelas quais passamos eram mais altas aqui. Voamos mais rápido. Tão rápido, que tudo o que conseguia ver era uma cor marrom-clara. Depois marrom-escuro. Depois... verde.

— Observe! — disse ela, finalmente, diminuindo a velocidade.

Veeeeeerdeeeee! Como eu jamais havia visto. Como eu sempre havia *imaginado*. Isso fez com que o campo verde que vi com Mwita quando "viajamos" pela primeira vez parecesse pequeno. De um horizonte ao outro a terra era viva, com árvores altas e frondosas. "Isso é possível?" — me perguntei. "Esse lugar existe de verdade?"

Meus olhos encontraram os do *Kponyungo* e eles brilharam num amarelo alaranjado mais forte.

— Existe — disse ela.

Meu peito doía, mas era uma dor boa. Como estar em... casa. Esse lugar era longe demais para podermos chegar até ele. Mas talvez algum dia não fosse mais. Talvez algum dia. Sua vastidão fez com que a violência e o ódio entre Okeke e Nuru parecessem pequenos. Esse lugar se estendia indefinidamente. Agora voávamos baixo o suficiente para podermos tocar o topo das árvores. Acariciei a folha de uma estranha palmeira.

Um pássaro grande, parecido com uma águia, voou de uma árvore ali perto. Outra árvore carregada de grandes flores cor-de-rosa estava cheia de grandes borboletas azuis e amarelas. No topo de outras árvores havia animais peludos com braços longos e olhos curiosos. Eles nos observavam enquanto voávamos. Uma brisa ondulou o topo das árvores como o vento numa poça d'água. O som provocado era como o de um sussurro, um som que jamais irei esquecer. Tanto verde, vivo e cheio de água!

Ele nos fez parar e sobrevoamos uma árvore larga. Sorri. Uma árvore iroco. Igual àquela na qual me vi pela primeira vez quando minha habilidade Eshu se manifestou e me transformei num pardal. Essa árvore também estava carregada, seus frutos com perfume azedo. Pousamos num de seus grandes galhos. De alguma forma, ele suportou nosso peso.

Uma família daquelas criaturas peludas se sentou do outro lado da árvore, observando-nos, imóveis. Era quase cômico. O que será que eles teriam entendido com seus olhos? Será que já haviam visto dois grandes lagartos magros que brilhavam como o sol e cheiravam a fumaça e vapor? Duvido.

— Já levarei você de volta num minuto — disse o *Kponyungo*, ignorando as criaturas peludas semelhantes a macacos, que ainda estavam lá sem se mexer. — Por enquanto, absorva esse lugar, mantenha-o perto de você. Lembre-se dele.

O que mais me lembro sobre aquele lugar foi o sentimento de profunda esperança que ele colocou em meu coração. Se uma floresta, uma verdadeira floresta vasta e densa ainda existia em algum lugar, mesmo se fosse muito, muito longe, então as coisas não acabariam mal. Significava que havia vida *além* do Grande Livro. Foi como ser abençoada, limpa.

Ainda assim, quando o *Kponyungo* me levou de volta a Ssolu, depois que transformei meu corpo em humano novamente, tive que me esforçar para lembrar de tudo isso. Assim que estava de volta em meu corpo, a doença desceu sobre mim como mil escorpiões enviados pelo meu pai.

Capítulo 46

as não tinha nada a ver com meu pai e tudo a ver com a visita do mascarado. Ou pelo menos foi o que disse o feiticeiro Ssaiku. Quando voltei a ser eu mesma, depois de visitar o lugar verde, Ssaiku, Ting e Mwita estavam esperando por mim. Estávamos em minha tenda. Havia incenso queimando. Ssaiku estava cantarolando uma canção de lamento e Mwita estava olhando para mim. Assim que deitei sobre meu corpo, ele sorriu e assentiu, dizendo:

— Ela voltou.

Sorri para ele também, mas então imediatamente me contorci quando percebi que cada músculo do meu corpo estava se contraindo.

— Beba isso — disse Mwita, segurando uma xícara em meus lábios. Não sei o que era, mas fez meus músculos relaxarem um minuto depois. Apenas quando eu e Mwita estávamos sozinhos contei a ele tudo o que tinha visto. Nunca cheguei a ouvir o que ele pensava a respeito, pois assim que terminei de contar a história, escorreguei para dentro da natureza selvagem, o que para ele significava que eu paticamente desapareci. Quando retornei ao mundo físico, voltei a sentir os músculos doloridos e com câimbra.

Não era o tipo de doença que faz vomitar, arder de febre ou sofrer com diarreia. Era espiritual. A comida me causava repulsa. A natureza selvagem e o mundo físico lutavam para terem controle sobre mim. Minha percepção oscilava entre estar extremamente aguçada e bastante amortecida. Eu permaneci em minha tenda durante o restante daqueles dias que antecederam ao retiro.

Fanasi e Diti enfiavam a cabeça para dentro da tenda de vez em quando. Fanasi me trouxe pão, que eu não comi. Diti tentava puxar conversas que eu não conseguia terminar. Eles pareciam ratinhos aguardando o momento certo de fugir. A visão do mascarado deve ter deixado claro para eles não apenas que eu era uma feiticeira, mas também conectada a forças perigosas e enigmáticas.

Luyu ficava comigo sempre que Mwita não podia. Ela se sentava ao meu lado quando eu desaparecia e quando voltava ela ainda estava lá. Sua expressão era de terror, mas ainda estava lá. Não me fazia quaisquer perguntas e, quando conversávamos, ela me contava sobre os homens com quem dormia ou outras coisas mundanas. Era a única que conseguia me fazer rir.

CAPÍTULO 47

Na manhã do sétimo dia, Mwita teve que me acordar. Eu havia conseguido dormir fazia apenas uma hora. Ainda não conseguia comer e sentia fome demais para conseguir dormir. Mwita fez o melhor que pôde para me deixar cansada. Mesmo em meu estado, seu toque era mais reconfortante do que comida ou água. Ainda assim, eu não conseguia parar de pensar em quantas pessoas morreriam se eu engravidasse. Nem conseguia tirar da cabeça que algo de ruim iria acontecer quando fosse para o retiro.

— Já posso ouvi-las cantando — disse Mwita. — Já estão reunidas.

— Mmmm — falei, os olhos ainda fechados. Estivera ouvindo o canto delas fazia uma hora. Suas músicas me faziam lembrar de minha mãe. Ela frequentemente cantava essa música, embora se recusasse a ir com as mulheres de Jwahir para conversar com Ani.

— Ela não vai aos retiros desde que fui concebida — murmurei, abrindo os olhos. — Por que eu deveria ir?

— Levante! — disse Mwita baixinho, beijando meu ombro nu. Ele se levantou, amarrou sua *rapa* verde ao redor da cintura e foi para fora. Voltou com uma xícara de água. Remexeu em minha pilha de roupas e pegou meu bustiê azul.

— Use isso — disse ele. — E... isso — falou, pegando a *rapa* azul. Me forcei a levantar, a coberta caindo de cima de mim. Quando o ar frio tocou meu corpo, a percepção tomou conta de mim. Queria soluçar. Me enrolei na *rapa* azul. Ele me entregou a água. — Seja forte — falou Mwita. — Levante-se.

Quando saí da tenda, fiquei chocada ao ver Diti, Luyu e Fanasi sentados, completamente vestidos e comendo pão fresco. O cheiro do pão fez meu estômago roncar. Não poderia comer até voltarmos.

— Estávamos começando a achar que vocês dois estavam... cansados demais para irem — disse Luyu, dando uma piscadela.

— Quer dizer que vocês estavam no acampamento e ouviram? — perguntei.

Fanasi riu amargamente. Diti desviou o olhar.

— Cheguei tarde, mas sim — disse Luyu com um sorriso malicioso.

Quando terminei de me lavar e me vesti, o grupo de mulheres estava indo embora. Elas caminhavam devagar, por isso foi fácil alcançá-las. Ninguém parecia se importar com Mwita e Fanasi, os dois únicos homens no grupo. Ting também estava ali. "Para representar Ssaiku", dissera ela. Percebi um olhar rápido sendo trocado entre Mwita e Ting.

Não era uma longa caminhada até a fronteira com a tempestade no lado oeste do acampamento, mais ou menos dois quilômetros. Mas caminhávamos a passos tão lentos, que levamos quase uma hora para chegar. Cantávamos músicas para Ani, algumas que eu conhecia, muitas que nunca tinha ouvido. Quando paramos, eu estava tonta de fome e grata por nos sentarmos. Estava ventando, fazia muito barulho e era um pouquinho assustador. Era possível ver onde o vento se transformava em tempestade, a poucos metros dali.

— Solte os cabelos dela — disse Ting a Mwita. Ele desamarrou o fio de fibra de palmeira dos meus cabelos e eles voaram. Todos estavam em silêncio agora. Rezando. Muitas estavam ajoelhadas, as cabeças na areia. Diti, Luyu e Fanasi permaneceram de pé, olhando para a tempestade. Luyu e Diti vinham de famílias que rezavam para Ani apenas de vez em quando. Suas mães jamais haviam ido para os retiros e elas também não. Não conseguia tirar minha mãe da cabeça e como tudo havia acontecido com ela, quando estava rezando, como essas mulheres, quando as motocicletas chegaram. Ting estava atrás de mim. Senti que estava fazendo alguma coisa em meu pescoço. Estava fraca demais para impedi-la.

— O que você está fazendo? — perguntei.

Ela se inclinou para falar em meu ouvido.

— É uma mistura de óleo de dendê, lágrimas de uma velha em seu leito de morte, lágrimas de um bebê, sangue menstrual, o leite de um homem, pele da pata de uma tartaruga e areia.

Tremi, enojada.

— Você não conhece Nsibidi — disse ela. — É um juju escrito. Marcar algo com ele é decretar mudanças; ele fala diretamente ao espírito. Marquei você com um símbolo dos cruzamentos onde todos os seus seres irão se encontrar. Ajoelhe-se. Peça para Ani. Ela lhe dará.

— Não acredito em Ani — falei.

— Ajoelhe-se e reze, mesmo assim — disse ela, me empurrando.

Pressionei minha cabeça contra a areia, o som do vento em meus ouvidos. Minutos se passaram. "Tenho tanta fome", pensei. Comecei a sentir alguma coisa me puxando para baixo. Virei a cabeça e olhei para o céu. Vi o sol se pôr, nascer e então se pôr novamente. O que importa é que muito tempo se passou.

De repente, caí para dentro da areia. Ela me sugou como a boca de um animal. A última coisa da qual me lembro antes de o mundo explodir foi uma menina dizendo:

— Está tudo bem, Mwita. Ela está se soltando. Estivemos esperando por isso desde que ela chegou aqui.

Cada parte de mim que era eu mesma. Meu corpo alto de *Ewu*. Meu temperamento explosivo. Minha mente impulsiva. Minhas memórias. Meu passado. Meu futuro. Minha morte. Minha vida. Meu espírito. Meu destino. Minha derrota. Tudo o que eu era foi destruído. Eu estava morta, quebrada, despedaçada e absorta. Foi mil vezes pior do que quando me transformei em um pássaro pela primeira vez. Não me lembro de nada, pois eu não era nada.

E então era alguma coisa novamente.

Podia senti-lo. Estava sendo montada novamente, pedaço por pedaço. O que estava fazendo isso? Não, não era Ani. Não era uma deusa. Era frio, se pudesse ser frio. E era duro, se pudesse ser duro. Lógico. Controlado. Poderia ousar dizer que era o Criador? Ele, O Que Não Pode Ser Tocado? Que *não quer* ser tocado? O quarto ponto que nenhum feiticeiro jamais deve considerar? Não, não posso dizer isso porque isso seria a mais profunda blasfêmia. Ou pelo menos era isso que Aro diria.

Mas meu corpo e meu espírito estavam totalmente, completamente destruídos... não havia sido isso que Aro disse que iria acontecer a qualquer criatura que encontrasse o Criador? Enquanto me montava novamente, Ele me rearrumou numa nova ordem. Uma ordem que fazia mais sentido. Lembro do momento em que o último pedaço de mim foi encaixado.

— Ahhhhhhhh! — respirei. Alívio, minha primeira emoção. Novamente, me lembrei da vez em que estava naquela árvore iroco. Quando minha cabeça era como uma casa. Naquele momento foi como se algumas das portas daquela casa estivessem se abrindo... portas de aço, madeira e pedra. Dessa vez, todas aquelas portas *e* janelas foram escancaradas.

Estava caindo de novo. Bati no chão com força. Vento em minha pele. Estava congelando. Molhada. "Quem sou eu?", pensei. Não abri os olhos. Não conseguia me lembrar como fazê-lo. Alguma coisa acertou minha cabeça. Depois outra. Instintivamente, abri os olhos. Estava numa tenda.

— Como ela pode estar morta? — gritava Diti. — O que aconteceu?

Então tudo voltou. Quem eu era, por que, como e quando. Fechei os olhos.

— Não toque nela — disse Ssaiku. — Mwita, fale com ela. Está voltando. Ajude-a a completar sua jornada.

Uma pausa.

— Onyesonwu. — A voz dele soava estranha. — Volte. Você ficou fora por sete dias. Então caiu do céu, como uma das crianças perdidas de Ani no Grande Livro. Se está viva novamente, abra os olhos, mulher.

Abri os olhos. Estava deitada de costas. Meu corpo doía. Ele pegou minha mão. Agarrei a dele. Me lembrei de mais coisas naquele momento. Mais coisas a respeito de quem eu era. Sorri, então gargalhei.

Aquele foi um momento de loucura e arrogância que não posso dizer que tenha sido inteiramente minha culpa. O poder e a habilidade que percebi que agora faziam parte de mim eram subjugantes. Estava mais forte e tinha mais controle do que jamais imaginei ser possível. Então, assim que retornei, fui embora de novo. Não comia havia sete dias. Minha mente estava lúcida. Eu estava extremamente forte. Pensei a respeito de onde queria ir. Fui até lá. Num minuto estava na esteira, na tenda, e no outro estava voando, como eu mesma, como meu espírito azul.

Estava indo atrás de meu pai.

Voei diretamente pela tempestade de areia. Senti seu toque áspero. Passei pelas suas paredes e adentrei a manhã quente. Sobrevoei vários quilômetros de areia, aldeias, dunas, uma cidade, árvores secas e mais dunas. Sobrevoei um pequeno campo verde, mas estava concentrada demais para me importar. Entrei em Durfa. Fui diretamente para uma casa grande de porta azul. Passei pela porta e subi até um quarto que cheirava a flores, incenso e livros empoeirados.

Ele estava sentado em frente a uma escrivaninha, de costas para mim. Caí mais fundo na natureza selvagem. Eu o havia feito com Aro quando ele se recusara a me aceitar. E havia feito com o mago de Papa Shee. Dessa vez, eu era ainda mais forte. Sabia onde dilacerar, morder e destruir, onde atacar. Sobre suas costas, eu podia ver seu espírito. Era de um azul profundo, como o meu. Isso me assustou por um momento, mas não me impediu de continuar.

Enfiei minhas garras da maneira que um tigre faminto provavelmente fazia quando encontrava sua presa. Estava ávida demais para perceber que, embora ele estivesse de costas, seu espírito não estava. Ele estivera me esperando. Aro jamais havia me contado o que ele sentiu quando o ataquei. O mago em Papa Shee havia simplesmente morrido, não havia qualquer marca física nele quando caiu no chão. Agora, nesse momento com meu pai, senti na pele.

Era o tipo de dor que a morte não fazia parar. Meu pai a infligiu em mim com força total. Ele cantava enquanto rasgava, devorava, golpeava e torcia partes de mim que eu nem sabia que estavam lá. Ele continuava sentado em sua mesa, de costas. Cantava em Nuru, mas não pude ouvir as palavras. Sou como minha mãe, mas não completamente. Não posso escutar e me lembrar das coisas quando estou sofrendo.

Algo em mim começou a funcionar. Um instinto de sobrevivência, responsabilidade e memória. "Não é assim que eu morro", pensei. Imediatamente, recolhi o que sobrou de mim. Enquanto me retirava, meu pai se levantou e se virou. Olhou dentro do que eram meus olhos e pegou o que era meu braço. Tentei fugir. Ele era forte demais. Virou a palma da minha mão direita para cima e enfiou a unha do seu dedão nela, desenhando algum tipo de símbolo. Me soltou e disse:

— Volte e morra nas areias onde nasceu.

Viajei de volta por um tempo que me pareceu interminável, soluçando, dolorida, sumindo. Enquanto me aproximava da parede de areia, o mundo ficou mais claro com espíritos e o deserto fez brotar aquelas estranhas árvores coloridas da natureza selvagem. Sumi completamente e não me lembro de nada.

Mais tarde, Mwita me contou que morri pela segunda vez. Que fiquei transparente e então desapareci completamente. Quando reapareci no mesmo lugar, era de carne e osso novamente, meu corpo sangrava por todos os lados, minhas roupas estavam encharcadas de sangue. Ele não conseguiu me acordar. Por três minutos, fiquei sem pulsação. Ele soprou ar para dentro dos meus pulmões e usou um juju leve. Quando nada disso funcionou, ficou ali sentado, esperando.

Durante o terceiro minuto, comecei a respirar. Mwita expulsou todo mundo da tenda e pediu a duas meninas que passavam por ali que trouxessem um balde com água morna. Ele me banhou dos pés à cabeça, lavando o sangue, colocando bandagens nas feridas, massageando minha pele para ajudar a circulação e me enviando bons pensamentos.

— Precisamos conversar — dizia ele. — Acorde.

Acordei dois dias depois e vi Mwita sentado ao meu lado, cantarolando para si mesmo enquanto tecia um cesto. Me sentei devagar. Olhei para Mwita e não consegui me lembrar quem ele era. "Eu gosto dele", pensei. "O que ele é?" Meu corpo doía. Grunhi. Meu estômago roncava.

— Não consegui fazer você comer — disse Mwita, pousando o cesto no chão. — Mas consegui que bebesse. Do contrário estaria morta... novamente.

"Eu o conheço", pensei. Então, como se sussurrado pelo vento lá fora, ouvi a palavra que ele havia dito para mim, *Ifunanya*.

— Mwita? — falei.

— O primeiro e único! — disse ele, vindo até mim. Apesar das dores por todo meu corpo e da restrição de movimentos por causa das bandagens em minhas pernas e torso, joguei meus braços ao redor dele.

— Binta — falei, por sobre os ombros dele. — Ah! Daib! — Me agarrei a Mwita com mais força, fechando os olhos. — Aquele homem não é um homem! Ele... — As memórias começaram a inundar os meus sentidos. Minha jornada para o oeste, ver o rosto dele, seu espírito. *A dor!* Derrota. Meu coração ficou apertado. Eu havia falhado.

— Shhh — disse ele.

— Ele deveria ter me matado — sussurrei. Mesmo depois de ter sido recriada por Ani, não consegui acabar com ele.

— Não — disse Mwita, pegando meu rosto. Tentei puxar meu rosto envergonhado, mas ele me segurou. Então me beijou longa e profundamente.

A voz em minha cabeça que estava gritando derrota e fracasso se aquietou, embora não tenha parado com seu mantra. Mwita se afastou e fitamos os olhos um do outro.

— Minha mão — sussurrei. Estendi para que ele visse. O símbolo era um verme enrolado ao redor de si mesmo. Era preto e cascudo e doía quando eu tentava cerrar meu punho. "Fracasso", sussurrou a voz na minha cabeça. "Derrota. Morte."

— Não havia percebido isso — disse Mwita, franzindo o cenho enquanto aproximava minha mão de seu rosto para ver melhor. Quando ele tocou o símbolo com o dedo indicador, puxou a mão, dando um grito de dor.

— O que foi? — perguntei, fraca.

— É como se estivesse energizado. Como se eu enfiasse meu dedo numa tomada — disse ele, esfregando a mão. — Minha mão está insensível.

— Foi ele que o colocou aí — falei.

— Daib?

Assenti. O rosto de Mwita ficou sombrio.

— A não ser por isso, você se sente bem?

— Olhe para mim — falei, sem realmente querer que ele olhasse para mim. — Como é que eu poderia estar...

— Por que você foi fazer isso? — perguntou ele, sem conseguir se conter.

— Porque eu...

— Você nem ficou feliz de estar viva. Nem ficou aliviada por poder nos ver novamente! Ah, seu nome realmente lhe cai bem!

O que eu poderia responder diante disso? Eu nem havia pensado a respeito. Foi apenas instinto. "E ainda assim você falhou", sussurrou a voz na minha cabeça.

Ssaiku entrou. Ele estava vestido como se tivesse estado viajando, usando uma bata longa e calças drapejadas com um pano grosso verde. No momento em que viu que eu estava acordada, seu rosto solene se alegrou. Abriu as mãos grandiosamente.

— Eeei, ela acordou para nos agraciar com sua magnificência. Bem-vinda de volta. Sentimos sua falta.

Tentei sorrir. Mwita tossiu.

— Mwita, como ela está? — perguntou Ssaiku. — Reporte.

— Ela está... bastante machucada. A maioria dos ferimentos abertos já se fechou, mas não pode curar tudo com suas habilidades Eshu. Deve ter algo a ver com a maneira com que os machucados foram feitos. Vários ferimentos profundos. Parece que algo arranhou seu peito. Ela tem queimaduras nas costas... pelo menos é assim que os ferimentos estão se manifestando. Tem um tornozelo e um pulso torcidos. Nenhum osso quebrado. Pelo que ela me disse que aconteceu, suspeito que sentirá dor para respirar. E quando sua menstruação chegar, também sentirá bastante dor.

Ssaiku assentiu e Mwita continuou.

— Tratei tudo com três unguentos diferentes. Ela deve evitar fazer pressão sobre o tornozelo e manter o pulso em repouso por alguns dias. Terá que ter uma dieta de fígado de lebres do deserto por uma semana quando sua menstruação chegar, porque o sangramento será bastante intenso. Ficará menstruada esta noite, por causa do trauma. Ting já foi pedir a algumas mulheres para providenciarem os fígados e fazerem um cozido.

Pela primeira vez, percebi como Mwita estava completamente exausto.

— E tem mais uma coisa — disse Mwita. Ele pegou minha mão direita e virou a palma para cima. — Isso.

Ssaiku pegou minha mão, olhando atentamente para a marca. Chupou os dentes, enojado.

— Ah, *ele* colocou isso nela.

— C-como você sabe que foi... ele? — perguntei.

— Para onde mais você iria com tanta pressa? — perguntou Ssaiku, levantando-se.

— O que é? — perguntou Mwita.

— Ting provavelmente saberá — disse ele. — Aos dois anos de idade ela já sabia ler Okeke, Vah e Sipo. Com certeza conseguirá ler isso. — Ele deu um tapinha no ombro de Mwita. — Queria que tivéssemos alguém como você aqui. Ser tão versado no mundo físico quanto no espiritual é um dom raro.

Mwita balançou a cabeça.

— Não tenho tanto conhecimento do mundo espiritual, *Oga* — disse ele.

Ssaiku riu, batendo de leve no ombro de Mwita novamente.

— Já volto — falou. — Mwita, descanse um pouco. Ela está viva. Agora vá cuidar de você mesmo como se vivesse também.

Segundos depois que Ssaiku saiu, Diti, Luyu e Fanasi entraram correndo. Diti gritou, me dando um beijo na testa. Luyu explodiu em lágrimas e Fanasi apenas ficou lá, olhando.

— Ani é maravilhosa! — choramingou Diti. — Ela deve amar muito você.

Eu poderia ter rido diante dessa observação.

— Nós também amamos você — completou Luyu.

Sem dizer uma palavra, Fanasi se virou e saiu da tenda. Quando saía, quase se bateu em Ting. Ela desviou dele e veio diretamente até mim.

— Deixe-me ver — falou, empurrando Luyu e Diti para o lado.

— O que foi? — perguntou Luyu, tentando olhar por sobre o ombro de Ting.

— Shhh — disse Ting, pegando minha mão. — Preciso de silêncio. — Ela aproximou o rosto da palma da minha mão e ficou olhando por vários minutos. Tocou o símbolo e puxou a mão, dando um grito de dor, olhando para Mwita.

— O que é isso? — perguntamos eu e Mwita ao mesmo tempo.

— Um símbolo Nsibidi. Somente. Mas muito, muito antigo — disse Ting. — Significa "veneno lento e cruel". Olhe, as linhas já começaram a subir. Elas viajarão pelo seu braço em direção ao coração e irão esmagá-lo, matando-a.

Eu e Mwita olhamos atentamente para minha mão. O símbolo desenhado ali estava mais preto do que nunca, mas agora havia pequenos filamentos saindo das extremidades.

— E quanto à raiz de agu e fungo de penicilina? — perguntou Mwita. — Se essa coisa se comportar como uma infecção, talvez...

— Você sabe muito bem, Mwita — disse Ting. — Isso é juju. — Ela fez uma pausa. — Onye, tente se transformar.

Mesmo com todos os meus machucados, a ideia era tentadora. Eu podia sentir. Não poderia me transformar em tantas criaturas quanto antes, mas poderia me transformar, por exemplo, num abutre e jamais arriscar me perder, independentemente do tempo que eu permanecesse como abutre. Me transformar. Foi fácil... até chegar à mão marcada com o símbolo. Ela não se transformava. Tentei com mais afinco. Como devo ter parecido aos olhos de Diti e Luyu, especialmente Luyu, que nunca havia visto me transformar.

Pulei sobre minhas bandagens caídas, completamente abutre, exceto por uma asa que era uma mão. Lutei contra o pânico e tentei outra forma, uma cobra. Minha cauda era uma mão. Nem conseguia me transformar num rato. Tentei uma coruja, uma águia, uma raposa do deserto. Quanto mais formas eu tentava, mais quente minha mão ficava. Desisti, me transformando em mim mesma novamente. Minha mão desprendia uma fumaça fedorenta. Me cobri com minha *rapa*.

— Não tente mais nada — disse Ting, rapidamente. — Não sabemos as consequências. Suspeito que tenhamos vinte e quatro horas. Me deem duas para que possa me consultar com Ssaiku. — Ela se levantou.

— Vinte e quatro horas antes de quê? — perguntei.

— Antes que isso a mate — disse Ting, saindo apressada.

Tremi de ódio.

— Independentemente de eu viver ou morrer, destruirei aquele homem. "Você vai falhar novamente", sussurrou a voz na minha cabeça.

— Veja o que aconteceu com você quando tentou — lembrou Mwita.

— Eu não estava pensando — respondi. — Da próxima vez eu...

— Você está certa. Não estava pensando — disse ele. — Luyu, Diti, vão e tragam alguma coisa para ela comer.

Elas pularam, felizes por terem algo para fazer.

— Não misturem a comida — disse ele.

— Nós sabemos — respondeu Luyu. — Você não é o único aqui que é amigo dela.

— Como pode ser que eu sei fazer isso? — perguntei a Mwita quando elas saíram. — Aro nunca me disse nada a respeito dessa habilidade de viajar.

Mwita suspirou, deixando sua raiva de mim ir embora.

— Acho que sei por que — disse Mwita, me surpreendendo.

— Hã? — falei. — Sério?

— Não é o momento para isso — disse ele.

— Eu tenho apenas vinte e quatro horas para viver — falei, com raiva. — Quando você planeja me contar?

— Daqui a vinte e cinco horas.

CAPÍTULO 48

Ting demorou três horas. Dessa vez, as linhas venenosas haviam aumentado quase oito centímetros e minha mão começara a coçar terrivelmente. O chefe Usson e a chefa Sessa vieram me ver com sua filha, Eyess. Ela pulou no meu colo. Escondi minha dor e deixei que ela me desse um beijo nos lábios.

— Você nunca vai morrer! — exclamou ela.

Outras pessoas vieram me desejar melhoras, trazendo comida e óleos. Me davam abraços apertados e apertavam minha mão. A mão que não continha o símbolo, é claro. Sim, agora que eu havia "libertado"o que quer que estivesse se acumulando dentro de mim, mesmo que estivesse sendo envenenada por algo que meu pai biológico havia escrito na minha mão, não era mais intocável. Eles trouxeram também pequenas estatuetas humanas feitas de areia. Se você as aproximasse do ouvido, podia ouvir uma música suave e agradável.

O que havia acontecido da primeira vez que morri estava começando a funcionar. O mundo ao meu redor estava mais vibrante. Sempre que Mwita me tocava, eu tremia. E quando as pessoas me abraçavam, podia ouvir seu coração batendo. Um velho me abraçou e seu coração soava como se estivesse cheio de vento. Senti uma vontade enorme de tocá-lo. Poderia curá-lo sem sofrer muito, mas obedeci ao alerta de Ting para não tentar nada. Era tão difícil ficar ali sentada, sem fazer nada. "E ainda assim, com todas essas ferramentas, Daib ainda vive e eu estou morrendo", pensei.

— Espere mais algumas horas — disse Mwita. — Se você se levantar agora, não vai estar fazendo nenhum bem a você mesma.

— Bem, é um risco que teremos que correr — disse Ssaiku, entrando. Atrás dele, Ting entrou seguida da sacerdotisa e do sacerdote de Ani, a julgar pelas suas roupas.

— Pode ser que eu seja capaz de impedir o veneno — falou Ting.

Eu e Mwita demos as mãos. Então ele se afastou.

— Ah, odeio essa coisa — disse ele, olhando para o símbolo na minha mão.

— Desculpe — falei.

— Não será fácil — falou Ting. — E aconteça o que acontecer, será permanente.

De repente, eu queria gargalhar bem alto. Quando ela disse *permanente*, percebi. Entendi uma parte do quebra-cabeça. Quando havia visto a mim mesma no futuro, naquela cela de concreto à espera da minha execução, havia olhado para minhas mãos. Elas estavam cobertas de símbolos tribais... Nsibidi.

— Vai ser você quem vai fazer, não é? — perguntei a Ting.

Ela assentiu.

— Serei supervisionada por Ssaiku. O sacerdote e a sacerdotisa irão rezar durante o processo. Palavras lutando contra palavras. — Ela fez uma pausa. — Seu pai é *muito* poderoso.

— Ele não é meu pai — falei.

Ela me deu um tapinha no ombro.

— Ele é. Mas jamais poderia tê-la criado.

Para me preparar para o processo, tive que tomar um banho depurativo. Mwita conseguiu uma enorme banheira de fibra de palma. Ela fora tratada com gel anti-intempérie, portanto era tão boa quanto qualquer banheira de metal ou pedra. Mwita e diversos outros pegaram água das estações de captura, ferveram-na e derramaram na banheira para mim. Meus machucados doeram quando entrei devagar naquela água fumegante. O símbolo coçava tanto, que tive que lutar contra a vontade de rasgar a pele da minha mão.

— Quanto tempo preciso ficar aqui? — choraminguei. A água cheirava às ervas adocicadas que Ting havia me dado.

— Mais trinta minutos — disse Mwita.

Quando saí da banheira, meu corpo estava vermelho por causa do calor. Olhei para os três arranhões profundos em meu peito. Bem entre meus seios. Como se Daib quisesse lembrar Mwita de sua presença. "Se eu sobreviver", pensei.

Odiava Daib.

Quando eu e Mwita retornamos para a tenda de Ssaiku, todos estavam prontos. O sacerdote e a sacerdotisa já estavam implorando para Ani. Me senti um pouco incomodada, pensando a respeito do Criador que havia me recriado e sobre o fato de que Ani era apenas uma débil ideia humana. Segurei minha língua, me lembrando da Regra de Ouro da caixa de ferramentas do feiticeiro: deixe que a águia e o gavião pousem. Ssaiku fechou a porta da tenda atrás de nós e correu sua mão por ela. Imediatamente, todo o ruído do exterior cessou. Ting estava sentada numa esteira, do seu lado, uma tigela com uma pasta bastante preta. Havia duas esteiras com símbolos desenhados nelas.

— Sente-se ali — disse Ting. — Onye, você não pode se levantar até que tudo esteja terminado.

Era como me sentar sobre aranhas de metal que se remexiam. Queria gritar, e se não fosse por Mwita, teria gritado.

— São os símbolos. Eles estão vivos, como tudo o mais — disse Ting. — Dê-me sua mão. — Ela olhou atentamente. — Está se espalhando. *Ogasse*, preciso de duas horas de proteção.

— Você as terá — respondeu Ssaiku.

— Proteção contra o quê? — perguntei.

— Infecção — disse Ting. — Quando eu a marcar.

— Se eu não puder mais fazê-lo, direi — falou Ssaiku. — Já alertei a todos. Acho que alguns deles irão gostar de usar esse tempo para explorar um pouco sem a tempestade.

Ssaiku não podia me proteger e manter a tempestade ao mesmo tempo.

— Isso vai doer — falou Ting. Ela parou um pouco, parecendo nervosa. — Se funcionar, jamais poderá curar com sua mão direita novamente.

— O quê? — guinchei.

— Você terá que usar sempre a mão esquerda para curar — falou Ting. — E eu não sei o que acontecerá se usar a direita. Está cheia do ódio dele. — Ela pegou a mão de Mwita. — Segure-a — falou.

Mwita colocou o braço esquerdo ao redor da minha cintura e a mão direita em meu ombro. Beijou minha orelha. Fiquei firme. Já havia passado por muitas coisas. Mas permaneci imóvel. Ela pegou minha mão direita e cutucou a parte de trás da minha mão com sua unha afiada. Senti uma dor aguda. Gritei, ao mesmo tempo me esforçando para me manter concentrada em seu rosto. Ela afundou a unha na pasta e começou a desenhar.

Era como se Ting entrasse num transe e outra pessoa assumisse o controle de seu corpo. Ela sorria enquanto trabalhava, gostando de cada círculo e espiral, cada linha, ignorando meus grunhidos e minha respiração pesada. O suor gotejava de sua testa e escorria pelo seu rosto. A tenda ficou cheirando a flores queimadas quando minha mão começou a desprender fumaça. E então a coceira. O símbolo estava lutando contra Ting.

Ela virou a palma de minha mão e começou a desenhar próximo ao símbolo. Olhei para baixo e fiquei aterrorizada. Ele estremecia, se enrolava e se afastava lentamente de seus desenhos. Era nojento. Mas não havia como ele escapar. À medida que os desenhos dela se fechavam ao redor do símbolo, ele começou a sumir. Toda a superfície da minha mão estava coberta. O símbolo de Daib desapareceu. Ela desenhou o último símbolo sobre o local onde ele estivera, um círculo com um ponto no meio. Os olhos de Ting clarearam e ela se recostou em sua esteira.

— Ssaiku? — chamou Ting, enxugando o suor do rosto com a parte de trás da mão.

Ele não respondeu. Seus olhos estavam fechados com força. Seu rosto estava extenuado e ele transpirava profusamente, círculos escuros sob as mangas de sua bata.

A coceira começou em minha mão esquerda. Ting xingou baixinho quando viu o pânico em meu rosto. O sacerdote e a sacerdotisa pararam suas orações.

— Funcionou? — a sacerdotisa perguntou.

Ting virou minha mão esquerda. Agora o símbolo estava lá.

— Ele pulou, como uma aranha — disse ela. — Me deem três minutos. Mwita, pegue o vinho de palma.

Ele rapidamente trouxe a garrafa e um copo para Ting. Ela pegou a garrafa e tomou um grande gole. Suas mãos tremiam.

— Homem diabólico — sussurrou ela, bebendo outro gole. — Essa coisa que ele desenhou em você... ah, você não pode entender. — Ela pegou minha mão. — Mwita, segure ela com firmeza. Não deixe que se vire. Preciso caçá-lo agora.

Começou a desenhar novamente. Rangi os dentes. Quando ela havia caçado e encurralado o símbolo no centro da minha palma, ele fez algo que me fez querer pular e rasgar aquela tenda como se minha vida dependesse disso. Afundou na minha mão e então emitiu um choque elétrico tão forte, que por um momento não pude controlar meus músculos. Todos os nervos de meu corpo se dilataram. Gritei.

— Segure ela! — disse Ting, agarrando minha mão com toda sua força, os olhos arregalados enquanto desenhava. Mwita me segurou enquanto eu tremia e me debatia. De alguma maneira, Ting conseguiu completar o último círculo. O símbolo, rechaçado, pulou da minha mão e caiu no chão. Abriu várias pernas negras e correu.

— Sacerdote! — gritou Ssaiku, enquanto caía sentado no chão e suspirava, extremamente fatigado. A porta da tenda se abriu sozinha. O barulho de fora entrou de repente.

O sacerdote pulou e correu atrás do símbolo. Desviando de um lado para o outro. Finalmente, *crac!* Ele pisou no símbolo com sua sandália. Quando ergueu o pé, restava apenas um borrão de carvão.

— Aha! — exclamou Ssaiku, triunfante, ainda respirando com dificuldade. Ting se sentou, exausta. Me deitei no chão, respirando rápido, a esteira sob mim ainda se remexendo como aranhas de metal. Rolei para fora dela e fiquei olhando para o teto.

— Tente transformar sua mão — disse Ting.

Consegui transformar minha mão na asa de um abutre. Entretanto, em vez de somente penas pretas, era salpicada de penas pretas e vermelhas. Eu ri e me deitei novamente no chão.

CAPÍTULO 49

wita e eu passamos a noite na tenda de Ssaiku. Ele tinha uma reunião importante e não iria retornar antes do amanhecer.

— E quanto à tempestade de areia? — Mwita perguntou para Ting. — Ela ainda está...

— Ouça você mesmo — disse ela. Eu podia ouvir o ruído distante do vento soprando. — Ele pode controlá-la mesmo quando viaja. Isso não é nada para ele. Entretanto, acho que as pessoas se divertiram enquanto a tempestade não estava ativa. Sempre digo a ele que deveria fazer isso de vez em quando. — Ela se afastou para ir embora. — Alguém virá trazer uma refeição farta para vocês dois.

— Oh, eu não poderia comer nada — gemi.

— Você precisa comer também, Mwita. — Ela olhou para mim. — A última vez que ele comeu alguma coisa foi quando você comeu, Onye.

Olhei para Mwita, chocada. Ele deu de ombros.

— Estava muito ocupado — falou.

Adormecemos poucos minutos depois que Ting saiu. Já passava da meia-noite quando Luyu nos acordou.

— Ting disse que vocês precisam comer — disse ela, me dando uma beijoca no rosto. Ela havia arrumado uma refeição farta de coelho assado, uma tigela grande de cozido de fígado de lebre do deserto, figo-da-índia, cozido de *curry*, uma garrafa de vinho de palma, chá quente e algo que eu não comia desde que estava no deserto com minha mãe.

— Onde eles encontraram aku? — perguntou Mwita, pegando um dos insetos fritos e colocando na boca. Sorri, fazendo o mesmo.

Luyu deu de ombros.

— Um monte de mulheres me deu esses pratos, mas esse me incomoda. Parece com...

— E é — falei. — Aku são térmites. Você os frita em azeite de dendê.

— Eca! — disse Luyu.

Eu e Mwita comemos vorazmente. Ele se assegurou de que eu comesse todo o cozido de fígado.

— Foi idiotice nossa comer tanto — falei, quando finalmente terminamos de comer.

— Talvez, mas foi um risco que assumi com prazer — disse ele.

Luyu sentou com as pernas estendidas enquanto nos observava e bebericava um copo de vinho de palma. Me deitei no chão.

— Onde estão Diti e Fanasi? — perguntei. Luyu deu de ombros.

— Acho que por aí. — Ela engatinhou em minha direção. — Deixe-me ver suas mãos.

Eu as estendi. Elas eram como uma das obras de arte de Ada. Os desenhos eram perfeitos. Círculos perfeitos, linhas retas, ascendendo e descendendo graciosamente. Minhas mãos se pareciam com páginas de algum livro antigo. Os símbolos na minha mão direita eram menores e mais próximos do que os da esquerda. Mais urgentes. Flexionei minha mão direita. Não doía. Nenhuma dor significava nenhuma infecção. Sorri, muito feliz.

— Eu poderia admirá-los o dia inteiro — disse Mwita.

— Mas essa mão agora é inútil — falei, fechando o punho da mão direita. — Ou melhor dizendo, é perigosa.

— Então, quando você acha que poderemos, bem, continuar a viagem? — perguntou Luyu.

— Luyu, eu mal posso andar — respondi.

— Mas logo, logo vai poder. Eu conheço você — disse ela. — Não que eu esteja com pressa. É legal aqui. Mas de certa forma estou com pressa, sim. Eu... estava conversando com alguns homens. Eles me contaram coisas, sobre como é lá no oeste. — Ela parou. — Sei que alguma coisa aconteceu com você. — Ela respirou fundo e se acalmou. — Eu rezo, rezo para Ani, juro por Ani, que é melhor que você seja de verdade. Você tem que ser aquela sobre a qual profetizaram. — Ela parou, olhando para Mwita com olhos arregalados, então para mim. — Me desculpem! Eu não queria...

— Tudo bem — falei. — Eu já contei para ele.

Mwita inclinou a cabeça, olhando para mim.

— Você contou a ela antes de me contar?

— Não importa — disse Luyu. — O que importa é que tem que ser verdade, porque o que está acontecendo lá, o que espera que você ponha um fim, é um mal muito antigo. Eu achava que eram os Nuru. Eles nasceram feios e superiores... mas é mais profundo do que seres humanos. — Ela enxugou os olhos. — Não podemos ficar aqui por muito mais tempo. Temos coisas a fazer!

Mwita pegou a mão de Luyu e a apertou.

— Eu mesmo não poderia ter dito melhor.

A tenda de Ssaiku era morna e confortável. Ao nosso redor havia vários pratos vazios. Estávamos vivos. Estávamos onde precisávamos estar naquele momento. Afastei minhas crescentes dúvidas e estendi a mão para segurar a de Mwita e de Luyu e, com nossas cabeças abaixadas, instintivamente oramos juntos.

Então Luyu soltou nossas mãos.

— Eu vou... socializar. Se precisarem de mim, venham até a tenda de Ssun e Yaoss. — Ela sorriu. — Chamem antes de entrar.

Logo caí num sono reenergizante. Acordei com o sol batendo nos meus olhos, entrando pela porta da tenda. Meu corpo doía, dizendo "oi". Os braços de Mwita estavam me envolvendo. Ele roncava suavemente. Quando tentei afastar seus braços, ele me apertou ainda mais. Bocejei e ergui minha mão direita. Mantive-a erguida contra a luz do sol e desejei que ela criasse penas. E com grande facilidade, ela o fez. Me virei para Mwita e encontrei seus olhos abertos.

— Já faz vinte e cinco horas? — perguntei.

— Você pode esperar mais uma hora? — perguntou ele, colocando a mão entre as minhas pernas. Ficou desapontado quando seus dedos ficaram ensanguentados. Minha menstruação havia chegado. Como que se dando conta desse fato, a cólica menstrual tomou conta de mim e de repente me senti enjoada.

— Deite-se — disse Mwita, pulando da esteira e enrolando sua *rapa* ao redor da cintura. Ele saiu e voltou com alguns panos e uma *rapa* limpa.

— Aqui — disse ele, colocando uma folha seca em minha boca. — Uma das mulheres me deu um saco delas.

Era amargo, mas consegui mastigar e engolir. Me levantei, fiz meu asseio e me deitei novamente. Minha náusea já começava a diminuir. Mwita me serviu de um copo do que restava do vinho de palma. Estava azedo, mas meu corpo ficou grato.

— Sente-se melhor?

Assenti.

— Agora, me conte uma história.

— Antes que eu diga qualquer coisa, lembre-se de que *ambos* temos mantido segredo um do outro — disse Mwita.

— Eu sei — respondi.

— Muito bem. — Ele fez uma pausa, passando a mão pela barba curta. — Você pode viajar daquele jeito porque possui a habilidade de *alu*. Você é...

— Alu? — falei. Aquela palavra soava familiar. — Você quer dizer, como Alusi?

— Apenas escute, Onyesonwu.

— Há quanto tempo você sabe? — perguntei, eufórica.

— Sei o quê? Você nem mesmo sabe o que está perguntando.

Franzi o cenho, mas mantive minha boca fechada, olhando para minhas mãos. "Então 'viajar' se chamava alu", pensei.

— Sua mãe é bastante amiga de Ada — disse Mwita.

Franzi o cenho.

— E daí?

Mwita me pegou pelos ombros.

— Onyesonwu, fique calada. Deixe-me falar. Você apenas escuta.

— Só...

— Shhh — disse ele.

Suspirei, cobrindo meu rosto com as mãos.

— Sua mãe é amiga de Ada — disse ele, calmo. — Elas conversam. Ada é esposa de Aro. Eles conversam. E você sabe o que Aro é para mim. Nós conversamos. Foi dessa maneira que fiquei sabendo sobre sua mãe. É bom que as coisas tenham acontecido dessa forma, pois agora posso contar *para você*.

— Por que não me contou antes? — perguntei. — Por que minha mãe não me contou?

— Onyesonwu?

— Fale mais rápido, então.

— Pensei a respeito — disse ele, me ignorando. — Sua mãe sabia exatamente o que estava fazendo quando pediu que você fosse uma feiticeira assim que você nasceu uma menina. Era a vingança dela. — Ele olhou para mim. — Sua mãe pode viajar para dentro, ela pode *alu*. A palavra para nomear a criatura mítica que chamamos de Alusi provém do termo de feitiçaria *"alu"*, "viajar dentro". Ela...

Ergui a mão.

— Espere — falei. Meu coração bateu acelerado. Tudo se encaixou. Pensei a respeito do *Kponyungo* que havia me levado *alu*. Sua voz me era familiar, mas eu não sabia por quê. Era a voz da minha mãe, uma voz que eu na verdade nunca ouvi. "Ela amava *Kponyungos*", pensei. "Como pude não perceber? O *Kponyungo* era minha mãe?" — sussurrei para mim mesma.

Mwita assentiu. Outro pensamento me ocorreu: "talvez tenha sido por isso que não pude me transformar e ficar do mesmo tamanho que ela quando ela me levou *alu*. Talvez, quando *alu*, uma pessoa não pode ser maior que sua própria mãe."

— Então eu herdei essa habilidade dela?

— Isso mesmo — disse ele. — E... isso pode ter causado.... — Não, essa não é a maneira certa de dizer.

— Não tente tornar as coisas mais fáceis — insisti. — Apenas me conte. Me conte tudo.

— Não quero machucá-la — disse ele, baixinho.

Sorri.

— Caso você não tenha notado, posso suportar bem a dor.

— Tudo bem, então — disse ele. — Bem, o fato é que sua mãe teria passado a iniciação. Isso é o que Aro acredita após ter conversado com sua mãe e com Ada. Tem alguma coisa a ver com sua avó. Você sabe alguma coisa sobre seus avós?

— Não muito — respondi, coçando o rosto. O que ele estava me contando parecia tão surreal, mas ainda assim fazia completo sentido. — Nada a respeito disso.

— Bem, isso é o que Aro acredita — disse ele. — Sabe o que você sentiu quando conheceu Ting e Ssaiku, aquela repulsa misturada com atração? Há sempre energia entre as pessoas do seu tipo. — Ele pausou. — Foi por isso que sua mãe escolheu viver quando percebeu que estava grávida de você. É parte do motivo que faz com que você e sua mãe sejam tão ligadas. E é provavelmente porque Daib escolheu sua mãe para engravidar. Sua mãe pode se tornar dois seres, ela mesma e um Alusi... ela pode se dividir. "Aro não contou por que não achava que você precisava de mais surpresas. Além do mais, você não havia dado pistas de que podia *alu*. Não acho que ele jamais tenha imaginado que você possui a habilidade, e tão forte."

Me recostei, boquiaberta.

— Já que estou contando tudo isso a você — disse Mwita — devo lhe contar tudo o mais que sei a respeito de sua mãe.

Queria que fosse minha mãe que tivesse me contado o que Mwita continuou a me revelar. Adoraria ter ouvido dela. Mas minha mãe sempre foi cheia de segredos. Era aquele seu lado Alusi, eu acho. Mesmo quando me mostrou o lugar verde, havia preferido fazê-lo sem que eu soubesse que era ela. Minha mãe também jamais me contou sobre sua infância. Tudo o que eu sabia era que sua ligação com o pai era muito grande, Xabief, e aos irmãos. Não era muito ligada à mãe, Sa'eeda. O povo de minha mãe era o Povo do Sal. A atividade principal deles era vender o sal extraído de um grande buraco que costumava ser um lago de água salgada. O povo de minha mãe era o único que sabia como chegar até lá. Seu pai costumava levá-la juntamente com os irmãos mais velhos durante a jornada de dois meses para coletar e trazer de volta o sal. Ela amava a estrada e não podia suportar ficar longe do pai por tanto tempo.

De acordo com Mwita, a mãe de minha mãe, Sa'eeda, também era um espírito livre. E embora amasse seus filhos, a maternidade não era fácil para ela. Ter todos os filhos fora de casa por aqueles meses lhe caía bem. E também caía bem ao marido, pois para ele a paternidade era fácil e ele amava e entendia a mulher.

Na estrada de sal, minha mãe aprendeu a amar o deserto, as estradas, o ar livre. Ela costumava beber chá com leite e conversar alegremente com o pai e os irmãos. Mas havia algo mais sobre aquelas viagens. Sempre que ela estava no deserto, seu pai a encorajava a fazer jejum.

— Por que? — ela perguntou da primeira vez.

— Você vai ver — respondeu seu pai.

Imagino se ela chegou mesmo a encontrar um *Kponyungo* lá também, enquanto ele surgia dos leitos de sal.

Fechei os olhos enquanto Mwita me contava aquelas coisas que minha mãe havia contado para Ada e jamais contara para mim.

— Então ela tinha pleno controle disso mesmo nessa época? — perguntei.

— Mesmo Aro parecia sentir inveja quando me contou sobre os muitos lugares para os quais sua mãe viajou — disse Mwita. — Especialmente as florestas.

— Oh, Mwita, é tão lindo.

— Não consigo nem imaginar — disse ele. — Tanta vida. Sua mãe... como tudo aquilo deve ter tocado ela.

— Mamãe é... eu nunca soube — sussurrei. — Mas quem pediu que fosse assim com ela? Se ela teria passado a iniciação, alguém tem que ter pedido que assim fosse.

Mwita deu de ombros.

— Minha intuição me diz que foi o pai dela.

— Algo terrível deve ter acontecido para que ele tenha feito esse pedido.

— Talvez — disse ele, pegando minha mão. — Uma última coisa. Quando deixamos Jwahir, Aro estava pensando a respeito de aceitar sua mãe como aprendiz.

— O quê? — falei, me sentando. Os cortes em meu peito e os machucados nas minhas pernas latejaram.

— E você sabe que ela dirá que sim — disse Mwita.

Capítulo 50

Senti-me estranha em minha própria pele a manhã inteira. Meu corpo doía terrivelmente por causa do ataque maligno de Daib. Eu estava cheia de dúvidas quanto às minhas próprias habilidades e meu propósito. Minha menstruação deixava meu útero quente como uma fogueira de pedras. Minhas mãos estavam cobertas de símbolos de juju. Minha mão direita era perigosa. Minha mãe era mais do que eu havia imaginado, e o que ela era estava dentro de mim também. E o mesmo com meu pai biológico. Mas a vida nunca para.

— Voltarei logo — disse Mwita. — Você consegue ficar sozinha?

— Consigo — falei. — Me sentia péssima, mas também queria ficar sozinha por algum tempo.

Minutos mais tarde, enquanto eu lentamente estendia minhas pernas, Luyu entrou correndo.

— Eles foram embora! — gritou ela.

— Hã? — perguntei.

— Eles foram embora quando a tempestade parou — balbuciou Luyu. — Eles levaram Sandi.

— Pare, espere, quem?

— Diti, Fanasi — gritou Luyu. — Todos os pertences deles sumiram. Encontrei isso.

A carta estava escrita com os garranchos de Diti num pedaço de pano branco rasgado.

Minha amiga Onyesonwu,

Eu a amo muito, mas não quero fazer parte disso. Desde que Binta foi morta tenho me sentido dessa maneira. E Fanasi também não quer. A tempestade parou e tomamos isso como um sinal para fugirmos. Não queremos morrer como Binta. Eu e Fanasi percebemos nosso amor. E Luyu, sim, nós consumamos nosso casamento. Retornaremos a Jwahir, se Ani quiser, e teremos a vida que devíamos ter. Onye, obrigada. Essa jornada nos transformou para sempre, para melhor. Simplesmente desejamos viver e não morrer como Binta. Levaremos notícias suas de volta a Jwahir. E esperamos ouvir grandes histórias sobre você. Mwita, tome conta de Onye.

Seus amigos,

Diti e Fanasi.

— Sandi sentiu que eles precisavam dela mais do que a gente — sussurrei, lágrimas rolando pelo meu rosto. — Aquela doçura de camelo. Ela não gosta muito de nenhum dos dois.

Olhei para Luyu.

— Estou com você até o fim — disse ela. — Foi por isso que vim. — Ela parou. — E foi por isso que Binta veio.

Ting entrou na tenda, apressada.

— Ssaiku está de volta — disse ela. — Você está vestida? Bom. — Ela saiu. Um momento depois, voltou com Ssaiku e Mwita, que parecia nervoso. Ele foi seguido por alguém coberto por um manto negro. Minhas pernas enfraqueceram.

Capítulo 51

Luyu escapuliu enquanto Sola entrou cheio de cerimônia. Ele era bem mais alto do que eu esperava. Nas duas únicas vezes em que o havia visto, durante minha iniciação e logo antes de deixar Jwahir, ele permanecera sentado. Agora parecia ser mais alto até mesmo do que eu. Não era possível saber por causa de sua longa túnica, mas acho que tinha as pernas compridas, assim como Ting, pois ela também parecia ser bem menos alta quando estava sentada.

— Onyesonwu, nos traga vinho de palma — ordenou Sola, sentando-se.

— Está logo ali fora — disse Ssaiku. — Você vai ver.

Fiquei aliviada por ter um motivo para sair dali. Diti e Fanasi haviam ido embora. Viajavam havia mais de um dia. Levaram Sandi com eles, mas eu não tinha certeza se ela conseguiria mantê-los vivos. Se um deles ficasse doente... afastei o pensamento. Fosse qual fosse o destino deles, viver ou morrer, haviam ido embora. Me recusei a pensar se jamais os veria novamente.

O vinho de palma estava perto dos camelos de Ssaiku, guardado junto de outros mantimentos. Peguei duas das garrafas verdes. Quando voltei à tenda, Ting se levantou para pegar os copos.

— Siga-me — murmurou ela, passando por mim. Entregou um copo a Sola e eu o servi de vinho, depois Ssaiku e então Mwita. Ela estendeu outro copo e eu a servi e por último a mim. Nos sentamos nas esteiras, num círculo, nossas pernas cruzadas. Mwita à minha esquerda, Ting à minha direita e Ssaiku e Sola à nossa frente. Ficamos bastante tempo sentados, bebendo vinho e olhando uns para os outros. Sola sorvia o vinho com pequenos goles. Assim como nas outras vezes, seu capuz cobria sua cabeça até a metade do rosto.

— Deixe-me ver suas mãos — disse Sola finalmente com sua voz seca e fraca. Pegou minha mão esquerda e hesitou por alguns segundos antes de pegar a direita. Percorreu o dedão por sobre minha pele cheia de símbolos, mantendo a unha amarelada erguida para não me arranhar. — Sua aprendiz tem um dom — disse ele a Ssaiku.

— Você soube disso antes de mim — disse Ssaiku.

Sola sorriu, os dentes brancos e perfeitos.

— É verdade. Conhecia Ting antes mesmo de ela nascer. — Ele olhou para mim. — Me conte como aconteceu.

— Hã? — perguntei, confusa. — Ah... bem, estávamos próximos da tempestade e então... — parei. — *Oga* Sola, posso fazer uma pergunta primeiro?

— Pode fazer duas, já que acabou de fazer uma.

— Por que Aro não veio?

— De que importa?

— Ele é meu Mestre e eu...

— Por que não pergunta por que sua mãe não pôde vir? Isso é mais lógico, não?

Não sabia o que responder.

— Aro não possui a habilidade — disse Sola. — Não pode percorrer as distâncias rapidamente. Não é o centro dele. Suas habilidades estão em outras coisas. Então alegre-se. Pare de reclamar. Me conte sobre suas atitudes tolas. — Ele estalou os dedos secos para que eu continuasse a falar.

Franzi o cenho. Era difícil contar alguma coisa a alguém que já havia rotulado de tolice o que aconteceu. Contei a ele tudo o que me lembrava, exceto minhas suspeitas de que o próprio Criador havia me trazido de volta na primeira vez.

— Há quanto tempo você sabe que Daib é seu pai? — perguntou Sola.

— Há alguns meses — falei. — Mwita e eu... aconteceu uma coisa. Nós o encontramos antes. É a terceira vez que viajo desta maneira.

— Na primeira vez, fui eu quem o atacou — disse Mwita. — O homem é... foi meu Mestre.

— O quê? — disse Ssaiku. — Como pode ser?

— *Ah!* — sussurrou Sola. — Então agora tudo se explica. — Ele riu. — Esses dois possuem o mesmo "pai". Uma é filha biológica de Daib e o outro, seu aprendiz. É um tipo de incesto metafórico. O que não é imoral a respeito desses dois? — perguntou, rindo novamente.

Ting olhava para Mwita e para mim com os olhos arregalados de fascinação.

— O que Daib se tornou? — perguntou Mwita. — Passei anos com ele. Ele é tão ambicioso quanto poderoso. Um homem assim *sempre* cresce.

— Ele cresceu como um câncer, um tumor — disse Sola. — Ele é como o vinho de palma para o beberrão do Grande Livro, exceto que a intoxicação que Daib cria faz com que os homens façam atos de violência que não lhes são próprios. Nuru e Okeke são como seus ancestrais. Se eu pudesse limpar a terra de todos vocês e deixar que o Povo Vermelho se multiplicasse, o faria.

Tentei imaginar de que povo Sola fazia parte e se eram tão melhores do que Okeke ou Nuru. Eu duvidava. Mesmo o Povo Vermelho não era perfeito.

— Deixe-me contar a vocês dois sobre seu... "pai" — disse Sola. — Ele é aquele que trará morte ao seu precioso leste. Está juntando milhares de homens, enlouquecidos pela facilidade com que dizimaram tantos Okeke no oeste. Convenceu-os de que a grandeza está em se espalhar. Daib, o gigante do militarismo. Mães e pais dão seu nome aos primogênitos. Ele também é um feiticeiro muito poderoso. Ele é mau.

"Suas palavras não são bravata. Ele *vai* suceder e seus seguidores *vão ver* os frutos de seus trabalhos. Primeiro ele vai acabar com os rebeldes Okeke que restaram. Antes de morrerem, eles também serão corrompidos. Morrerão maus. Mwita pode nos contar sobre como isso já está acontecendo, não?

"Algumas dessas aldeias são valiosas. Foi permitido que algumas delas cultivassem plantas como milho e palmeiras. Os Okeke administradores dessas plantações acumularam um certo poder devido ao seu bom trabalho. Perderão tudo, morrendo ou fugindo. Daib está fazendo isso agora mesmo, enquanto conversamos. Gradualmente, os Okeke serão varridos do reino. Os únicos que permanecerão serão aqueles escravos mais submissos. Muito em breve, pode ser em cerca de duas semanas, talvez menos, Daib irá começar a liderar o exército de Nuru para o leste para encontrar e destruir os exilados.

"Será, simplesmente, uma revolução. Já vi isso nos ossos. Uma vez que comece, uma vez que aqueles grupos de meninos e homens Nuru armados deixem seu reino, você não será mais capaz de impedi-los. Será tarde demais."

"Como se eu pudesse impedi-lo, independentemente do prazo", pensei. Eu não havia quase sido morta tentando?

Sola olhou para Ssaiku.

— Vocês parecem estar certos por aqui. Continuem se movendo e se escondendo.

Ssaiku franziu o cenho diante do insulto, mas não disse nada. Ting parecia irritada.

— Sei bastante sobre Daib — disse Sola, beliscando o queixo. — Deveria contar a vocês?

— Sim — disse Mwita, a voz extenuada.

— Ele nasceu na cidade de Durfa, no Reino dos Sete Rios, filho de uma mulher chamada Bisi. A mulher era Nuru, mas nasceu dada,[6] imagine só. Nunca ouvi falar disso. Tinha os cabelos tão longos, que aos dezoito anos arrastava-os pelo chão. Tinha uma alma criativa, por isso gostava de adornar os *dreadlocks* com contas de vidro. Era alta como uma girafa e barulhenta como um leão. Estava sempre gritando sobre a maneira injusta com que as mulheres eram tratadas.

"É por causa de Bisi que as mulheres em Durfa agora podem estudar. Ela começou aquela escola na qual todos querem estudar. Em segredo, ajudou muitos Okeke a escapar durante uma revolta de Okeke. Ela foi uma das poucas que rejeitou o Grande Livro. Vivia de acordo com os *dreadlocks* em sua cabeça. Os nascidos dada geralmente possuem a mente livre.

"Ninguém sabe quem foi o pai de Daib, pois Bisi nunca foi vista com nenhum homem em particular. Há rumores de que ela possuísse muitos amantes, mas também se diz que ela não tinha nenhum. Independentemente disso, um dia sua barriga começou a crescer. Daib nasceu durante um dia comum. Não houve nenhuma tempestade ou trovoada, o céu estava limpo. Sei de tudo isso porque esse homem foi e sempre será meu aprendiz."

Dei um pulo, como se alguém tivesse me chutado as costas. Ao meu lado, Mwita xingou em voz alta.

---

6 Em Iorubá, uma criança que nasce muito cabeluda e que logo forma cachos estilo rastafári. (N.T.)

— Bisi o trouxe até mim quando ele tinha dez anos. Suspeito que ela tenha sido capaz de me contatar porque nasceu com a habilidade de localizar. Jamais perguntei a ela. Também suspeito que, quando deu à luz, deve ter pensado profundamente sobre o estado em que se encontrava o Reino dos Sete Rios. Ela provavelmente ficava enojada com tudo o que acontecia. E desejou do fundo do coração que o filho pudesse fazer mudanças. Desejou que ele fosse um feiticeiro.

"De qualquer maneira, ela me contou que o viu se transformar numa águia, que os bodes o seguiam e obedeciam. Coisas pequenas assim. Eu e Daib tivemos uma conexão imediata. A partir do momento em que o vi, sabia que seria meu aprendiz. Por vinte anos ele foi minha criança, meu filho. Não vou entrar em detalhes. Apenas saibam que estava tudo certo e então deu tudo errado. É isso que vocês veem agora. Seu pai, o Mestre de Mwita e meu aprendiz — disse Sola. Então ele cantou. — Três é o número mágico. Sim, é. É o número mágico. — Ele deu uma piscadela. — Eu conhecia a mãe de Daib muito bem. Ela tinha quadris adoráveis e um sorriso malicioso."

Tremi diante do pensamento de Sola dormindo com minha avó. Novamente tentei imaginar se ele era humano.

— Então o que devo fazer, *Oga* Sola? — perguntei.

— Reescrever o Grande Livro — disse ele. — Não sabe disso?

— Mas *como* faço isso, *Oga* Sola? A ideia nem mesmo faz sentido! E você diz que temos apenas duas semanas? Não é possível reescrever um livro que já está escrito e é conhecido por milhares de pessoas. E nem é o livro que está fazendo com que as pessoas se comportem dessa maneira.

— Você tem certeza disso? — perguntou Sola friamente. — *Você já o leu?*

— Claro que sim, *Oga*.

— Então entendeu as imagens de luz e escuridão? Beleza e feiura? Limpeza e sujeira? Bom e mau? Noite e dia? Okeke e Nuru? Viu?

Assenti, mas senti que precisava olhar o livro novamente para ligar os pontos. Talvez eu pudesse encontrar algo de que precisava para aniquilar meu pai.

— Não — disse ele. — Deixe o livro por agora. Você sabe o que precisa fazer. Simplesmente não trouxe à tona em sua mente ainda. Foi por isso que ele foi capaz de humilhá-la da maneira que fez. Entretanto, é melhor que você descubra logo. Esse é meu único conselho: Mwita, não permita que ela vá *alu*. Vai levá-la diretamente a Daib outra vez. E agora ele vai matá-la sem piedade. O único motivo de ele ainda não o ter feito foi porque queria que ela sofresse. O que quer que aconteça entre ela e Daib, deve acontecer em seu próprio tempo, não no tempo *alu*.

— Mas como posso impedi-la? — perguntou Mwita. — Quando ela viaja, simplesmente viaja.

— Ela pertence a você, descubra uma maneira — disse Sola.

Ting me cutucou para que eu permanecesse calada.

Sola franziu os lábios.

— Agora, mulher, você venceu um obstáculo importante. Foi libertada. Muitos invejam o que somos capazes de fazer, mas se soubessem o que tivemos que fazer para ser o que somos, poucos iriam querer se juntar a nós. — Ele olhou para Mwita. — Poucos. — Olhou para Ting. — Essa mulher tem treinado há quase trinta anos. Você, Onyesonwu, não tem nem uma década ainda. É um bebê, ainda assim possui essa missão. Cuidado com sua ignorância.

"Ting soube sobre o seu centro logo cedo. Está nesses símbolos juju. Você, suspeito, se concentrará em seu lado Eshu, transformando-se e viajando. Mas lhe falta controle. Ninguém pode ajudá-la com isso. — Ele estalou os dedos e pareceu sussurrar a alguém. Então disse:

— Essa conversa está encerrada. — Deu um sorriso largo. — Não tenho fome, mas quero provar a culinária dos Vah, Ssaiku. E onde estão as mulheres mais velhas da sua cidade? Traga-as! Traga-as!

Ssaiku e Sola riram. Até Mwita pareceu achar divertido.

— Onyesonwu, Ting, vão até a tenda da chefa Sessa e tragam a comida que ela preparou — disse Ssaiku. — E diga àquelas que estão lá esperando que sua companhia é aguardada com ansiedade.

Eu e Ting deixamos a tenda rapidamente. Não me importei com o protesto de meu corpo diante da movimentação rápida, eu teria feito qualquer coisa para sair dali. Uma vez fora da tenda, caminhamos calmamente enquanto eu tentava disfarçar o fato de estar mancando.

— Acho que eles querem falar com Mwita em particular — disse Ting.

— Certo.

— Eu sei — disse Ting. — Eles são velhos e têm o mesmo problema. Mas está mudando.

Resmunguei.

— Sola riu de mim na primeira vez que fui até ele... até que ele jogou os ossos e teve o maior susto de sua vida — disse Ting. — Então Sola teve que convencer Ssaiku a ser meu Mestre.

— Como você... encontrou Sola?

— Acordei um dia, sabia o que queria e onde encontrá-lo, então encontrei-o. Eu tinha apenas oito anos. — Ela deu de ombros. — Você deveria ter visto a cara dele quando entrei em sua tenda. Me olhou como se eu fosse um monte de cocô de cabra.

— Acho que conheço bem esse olhar. Ele é tão branco. É... humano?

— Quem sabe? — disse ela, rindo.

— Você... acha que quando chegar a hora saberei o que fazer? Assim como você?

— Vai descobrir logo, logo. — Ela olhou meu calcanhar. — Talvez você devesse se sentar. Eu trarei a comida.

Balancei a cabeça.

— Estou bem. Você carrega os pratos mais pesados.

Mwita, Ting e eu não comemos com Ssaiku e Sola. Fiquei aliviada. Sola não ergueu os olhos uma vez que a comida foi colocada à sua frente. Havia de tudo, até mesmo sopa de egusi, algo que eu não havia visto desde que deixara Jwahir. Nós três saímos rapidamente assim que os dois começaram a comer e falar sobre os seios e nádegas das mulheres que chegariam em breve.

Levamos quase meia hora para chegar ao local do nosso acampamento, por causa do meu calcanhar. Me recusei a caminhar apoiada em Ting ou Mwita. Quando chegamos lá, encontramos Luyu sentada, sozinha. Ela havia destrançado e penteado seus cabelos. Mesmo estando triste, era bela. Congelei, olhando para Mwita, que observava os espaços vazios onde antes estavam as tendas de Fanasi e Diti. Seu rosto adquiriu uma expressão de extremo desgosto.

— Você *não pode* estar falando sério — disse ele. — Eles *foram embora*?

Luyu assentiu.

— Quando? Durante a... quando Ting estava salvando a vida de Onyesonwu? Eles *foram embora*?

— Descobri logo depois que você saiu — falei. — Depois Sola chegou e...

— Como ele pode ter feito isso? — gritou Mwita. — Ele sabia... eu contei tantas coisas a ele... e ainda assim ele fugiu? Por causa de *Diti*? Daquela *menina*?

— Mwita! — exclamou Luyu, levantando-se. Ting riu.

— Você não sabe — disse Mwita. — Vocês apenas fizeram sexo com ele, com outros homens, como coelhos, você e Diti.

— Ei! — exclamou Luyu. — É preciso de uma mulher *e um homem* para...

— Eu e ele conversávamos como irmãos — disse ele, ignorando-a. — Ele disse que entendia.

— Talvez ele entendesse — falei. — Mas isso não o torna igual a você.

— Ele tinha pesadelos sobre as matanças, as torturas, os estupros. Disse que tinha um dever a cumprir. Que valia a pena morrer para mudar as coisas. Agora ele foge por causa de uma mulher?

— Você não faria o mesmo? — perguntei.

Ele me olhou, bastante sério, os olhos vermelhos e úmidos.

— Não.

— Você veio por minha causa.

— Não misture nossa história com isso — disse ele. — Você está *amarrada* a isso tudo, vai morrer por isso. Morrerei por você. Não é apenas sobre nós dois.

Congelei.

— Mwita, o que você quer dizer...

— Não! — disse Ting. — Segurem suas línguas. Todos vocês. Parem com isso.

Ting segurou meu rosto com suas mãos mornas.

— Escute — disse ela. Enquanto eu olhava no fundo dos seus olhos castanhos, lágrimas desciam abundantemente dos meus. — Chega de respostas. Não é a hora, Onye. Você está exausta, dominada pela dor. Descanse. Deixe isso para lá. — Ela se virou para Mwita. — Restam três de vocês. Está tudo certo. Aceite.

De alguma forma, consegui dormir aquela noite. O corpo de Mwita estava junto ao meu e meu estômago estava cheio devido ao pequeno banquete que Ting nos trouxe. Ainda assim, foi durante essa noite que os sonhos começaram. Mwita voando. O sonho era sobre eu e Mwita numa pequena ilha com uma casinha. Ao nosso redor, apenas água. O chão era macio por causa da água e coberto de plantinhas aquáticas. Mwita abriu as asas de penas marrons. Sem me dar ao menos um beijo, voou, foi embora sem olhar para trás.

Capítulo 52

Deixamos Ssolu tarde da noite. Chefa Sessa, chefe Usson, Ssaiku e Ting nos acompanharam.

— Vocês terão uma hora, portanto vão depressa — disse Ssaiku, enquanto passávamos por todas as tendas pela última vez. — Se vocês forem pegos quando eu reiniciar a tempestade, abaixem-se e continuem caminhando.

Ouvi o som de passinhos.

— Eyess! — sussurrou chefa Sessa. — Volte para a cama!

— Mas mamãe, ela está indo embora! — gritou Eyess, aos prantos. Seu grito acordou diversas pessoas nas tendas mais próximas. Ting xingou baixinho.

— Voltem para a cama todos vocês, por favor — disse chefe Usson.

As pessoas saíram das tendas, mesmo assim. — Não podemos nos despedir, chefe? — perguntou um homem. O chefe Usson suspirou e relutantemente assentiu. Mais sussurros e pessoas se reunindo. Em um minuto, havia uma grande multidão.

— Sabemos para onde eles estão indo — disse uma mulher. — Deixe que pelo menos os vejamos partir.

— Gostamos de ter Onyesonwu entre nós — disse outra mulher. — Mesmo ela sendo estranha.

Todos riram. Mais pessoas começaram a chegar, seus pés descalços roçando a areia.

— Também gostamos de sua bela amiga Luyu — disse um homem. Diversos homens assentiram e todos riram novamente. Alguém acendeu incensos. Minutos depois, como se alguém tivesse dado uma deixa, todos começaram a cantar em Vah. A música parecia com um coral de cobras e se fazia ouvir facilmente por sobre o ruído da tempestade de areia. Não sorriam enquanto cantavam. Tremi.

Eyess segurou minha perna apertado. Ela soluçava e vez ou outra afundava o rosto em meu quadril. Se não estivesse carregando uma mochila pesada nas costas, a teria pegado no colo. Coloquei minha mão em suas costas e a trouxe para mais perto de mim. Quando a música terminou, chefa Sessa teve que arrancar Eyess das minhas pernas. Permitiu que ela me desse um abraço e um beijo no pescoço entremeado por soluços, então pediu que me soltasse. Chefa Sessa deu um beijo no rosto de cada um de nós. Chefe Usson apertou a mão de Mwita e beijou a Luyu e a mim na testa. Ssaiku e Ting nos acompanharam até a fronteira com a tempestade.

— Observe com cuidado — disse Ssaiku a Ting enquanto permanecíamos em frente à tempestade. — É diferente quando você está perto dela. Ajoelhem-se todos.

Ele ergueu as mãos e virou as palmas para a tempestade. Falou alguma coisa em Vah e virou as mãos para baixo. O chão tremeu enquanto ele pressionava a força da tempestade contra o solo. As mãos de Ssaiku faziam força e pude ver os músculos em seu pescoço se contraindo sob suas rugas. Toda a areia que estava no ar caiu. O som me lembrava aquele feito pelos Vah tão frequentemente quando falam sua língua. *Sssss*. Cobrimos nossos rostos, procurando proteção contra a poeira. Ssaiku gesticulou para frente. O vento soprou toda a poeira, limpando o ar. O céu estava cheio de estrelas. Estava tão acostumada com o barulho da tempestade como pano de fundo, que o silêncio foi profundo.

Ssaiku se virou para Ting.

— Em vez de usar palavras, como eu fiz, você vai escrever no ar.

— Eu sei — disse ela.

— Aprenda de novo — disse ele. — E de novo. — Ele olhou para Mwita e pegou sua mão. — Tome conta de Onyesonwu.

— Sempre — disse Mwita.

Virou-se para Luyu.

— Ting me contou sobre você. Em vários aspectos, é como um homem em sua bravura e... outros apetites. Novamente, me pergunto se Ani está me testando ao me mostrar uma mulher como você. Você entende no que está se envolvendo?

— Com certeza — disse Luyu.

— Então cuide desses dois. Eles precisam de você — disse ele.

— Eu sei — respondeu Luyu. — E obrigada. — Ela olhou para Ting.

— Obrigada a ambos e também agradeço a sua aldeia. Por tudo. — Ela apertou a mão de Ssaiku e deu um abraço apertado em Ting. Então Ting foi até Mwita e deu um abraço e um beijo no rosto. Nem Ssaiku nem Ting me abraçaram ou mesmo me tocaram.

— Tome cuidado com suas mãos — disse Ting. — E lembre-se delas. — Ela se calou, os olhos se enchendo de lágrimas. Balançou a cabeça e deu um passo para trás.

— Você conhece o caminho — disse Ssaiku. — Não parem de caminhar até chegarem lá.

Havíamos caminhado cerca de um quilômetro e meio quando a tempestade chicoteou atrás de nós. Se mexia e enrolava como uma nuvem viva arranhando o céu límpido. Nós, feiticeiros, certamente somos poderosos. A força e ferocidade daquela tempestade apenas confirmava isso ainda mais. Mwita, Luyu e eu nos viramos para o oeste e começamos a caminhar.

— Estamos próximos da água — disse Mwita.

Puxei meu véu sobre o rosto. Mwita e Luyu fizeram o mesmo. O calor era sufocante, mas era um tipo de calor diferente. Mais pesado, mais úmido. Mwita estava certo. Havia água por perto.

Nos dias seguintes, passamos a usar o véu durante todo o tempo para nos proteger do sol. Mas as noites eram confortáveis. Nenhum de nós falava muito. Nossas mentes estavam pesadas demais. Isso me deu tempo e silêncio para refletir sobre tudo o que havia acontecido em Ssolu.

Eu havia morrido, sido refeita e então trazida de volta. Minhas mãos ainda me pareciam estranhas, cobertas de símbolos negros e sempre exalando o odor de flores queimadas. Quando Mwita e Luyu dormiam, eu me esgueirava para fora, me transformava num abutre e voava. Era a única maneira de afastar um pouco o peso da dúvida.

Como abutre, o abutre que também era Aro, minha mente era única, afiada e confiante. Sabia que se me concentrasse e fosse audaciosa, poderia derrotar Daib. Entendia que agora era extremamente poderosa, que era capaz de fazer mais do que o impossível. Mas como Onyesonwu, a feiticeira *Ewu* construída pela própria Ani, tudo o que eu pensava era sobre a surra que Daib havia me dado. Eu não havia sido páreo contra ele nem mesmo em meu estado "refeito". Deveria ter sido morta. E quanto mais os dias se passavam, mais eu queria me esgueirar até uma caverna e desistir de tudo. Mal sabia eu que logo teria a chance de fazer exatamente isso.

Capítulo 53

Quatro dias depois de deixarmos Ssolu, o chão ainda era rachado, seco e descorado. Os únicos animais que vimos foi um ou outro besouro no chão ou gaviões voando no céu. Por sorte, por enquanto ainda tínhamos comida o suficiente para não precisarmos comer besouro ou gavião. O calor estranho e úmido tornava tudo nebuloso e parecido com um sonho.

— Olhem para aquilo — disse Luyu. Ela estava liderando o caminho, seu computador portátil nas mãos para nos manter no curso certo.

Eu estava caminhando com a cabeça abaixada, afundada em meus pensamentos sombrios sobre Daib e a morte para a qual eu caminhava voluntariamente. Olhei para cima e guinchei. De longe, pareciam-se com gigantes magros reunidos.

— O que é aquilo? — perguntei.

— Logo descobriremos — disse Mwita.

Era um punhado de árvores mortas. Elas estavam a cerca de 800 metros fora da linha reta em que estávamos caminhando para chegar no Reino dos Sete Rios. Era meio-dia e precisávamos de um pouco de sombra, por isso caminhamos até elas. De perto eram ainda mais estranhas. Não apenas eram largas como uma casa, mas também pareciam feitas de pedra ao toque, não de madeira. Luyu bateu num tronco marrom-acinzentado enquanto eu estendia minha esteira sob a sombra de outra daquelas enormes árvores.

— São tão sólidas — disse Luyu.

— Conheço esse lugar — disse Mwita, soltando um suspiro.

— Sério? — perguntou Luyu. — Como pode ser?

Mas Mwita apenas balançou a cabeça e se afastou.

— Ele está de mau humor hoje — disse Luyu, sentando-se ao meu lado na esteira.

Dei de ombros.

— Ele provavelmente passou por aqui quando fugia do oeste — falei.

— Oh — exclamou Luyu, olhando na direção dele. Eu não havia contado muito a ela sobre o passado de Mwita. Não achava que Mwita iria gostar que eu contasse a alguém sobre o assassinato de seus pais, seu aprendizado humilhante sob os cuidados de Daib ou seus dias como soldado.

— Não imagino como ele deve estar se sentindo ao voltar aqui — falei.

Depois de duas horas de descanso tranquilo, continuamos a caminhar. Ela chegou mais ou menos cinco horas depois. E veio com força. Nuvens cinza-escuro se amontoaram no céu.

— Isso não pode estar acontecendo — murmurou Mwita enquanto olhávamos para o oeste. Estava vindo em direção a leste, diretamente para nós. Não era uma tempestade de areia. Era uma tempestade ungwa, uma tempestade perigosa com raios e trovões terríveis, juntamente com uma chuva forte e intermitente. Até então tivéramos sorte, pois era a estação seca quando deixamos Jwahir e essas chuvas acontecem apenas durante a breve estação chuvosa. Estávamos viajando havia pouco menos de cinco meses. Em Jwahir, a estação chuvosa estava justamente chegando. Acho que aqui era a mesma coisa. Ser pego por uma tempestade ungwa era arriscar morrer atingido por um raio.

Esses foram os únicos momentos em que eu e minha mãe corremos risco de morte nos nossos dias como nômades. Minha mãe disse que foi só pela vontade de Ani que sobrevivemos às dez tempestades ungwa que encontramos.

Esta não estava muito longe e vinha rápido. Tudo ao nosso redor era terra seca. Não havia qualquer árvore morta por perto, não que árvores fossem ajudar. Estaríamos correndo perigo ainda maior se a chuva nos alcançasse enquanto estivemos sob aquelas árvores de pedra. O vento ganhou força, quase soprando meu véu para longe. Tínhamos cerca de meia hora.

— Eu... conheço um lugar onde podemos nos abrigar — disse Mwita subitamente.

— Onde? — perguntei.

Ele parou.

— Uma caverna. Não muito longe daqui. — Pegou o computador portátil das mãos de Luyu e apertou um botão na lateral, para ter mais luz.

As nuvens haviam acabado de encobrir o sol. Embora fosse cerca de três horas da tarde, parecia o crepúsculo. — Fica a cerca de dez minutos daqui... se corrermos.

— Tudo bem, para que lado? — perguntou Luyu. — Por que estamos...

— Ou então podemos tentar correr dela — disse ele de repente. — Poderíamos ir em direção a noroeste e...

— Você ficou *maluco*? — ralhei. — Não podemos correr de uma tempestade ungwa!

Ele murmurou alguma coisa que não pude escutar por causa de um trovão.

— O quê?

Ele olhou feio para mim. Um relâmpago riscou o céu. Todos olhamos para cima.

— Para que lado fica a caverna? — exigi.

Ainda assim, ele permaneceu calado. Luyu parecia perto de explodir. Cada segundo que ficávamos ali nos aproximava da morte por um raio.

— Eu... não acho que deveríamos ir para lá — disse ele depois de alguns instantes.

— Então devemos ficar aqui *e morrer*? — gritei. — Você sabe o que vai...

— Sei! — ralhou ele — Também já passei por isso! Mas o abrigo... aquele lugar não é legal, é...

— Mwita — disse Luyu. — Vamos, não temos tempo para isso. Lidaremos com o que quer que haja lá. — Ela olhou temerosa para o céu. — Não temos escolha.

Observei Mwita atentamente. Era raro ver medo nele, mas lá estava.

— Então você me empurra em direção a um mascarado cheio de agulhas e exige que eu encare meu medo, mas não pode encarar uma caverna idiota? — gritei, balançando os braços. — Prefere que morramos aqui? Achei que você fosse o homem e *eu* a mulher.

Minhas palavras o atingiram fundo, mas não me importei. Começou a chover em adição ao som dos relâmpagos e trovões. Ele ergueu o dedo no meu rosto e o encarei, desafiadora. Luyu gritou diante de um trovão especialmente forte. Escondeu-se atrás de mim.

— Você foi longe demais — disse ele.

— Posso ir ainda mais longe! — gritei, lágrimas de raiva rolando pelo meu rosto e se misturando à chuva.

No meio do nada, uma tempestade ungwa prestes a cair sobre nós, ficamos ali encarando um ao outro. Ele agarrou minha mão e começou a me puxar. Por sobre os ombros, gritou:

— Luyu?

— Estou logo atrás de vocês!

Não corremos. Não me importei. Eu não sentia medo... estava com raiva demais. Mwita me puxava a passos ritmados, Luyu segurava meus ombros, a cabeça baixa. Não sei como ele conseguia enxergar o caminho com toda aquela chuva.

Não fomos atingidos. Acho que não era o desejo de Ani. Ou talvez fosse nosso destino. Levamos quinze minutos para chegar. Quando alcançamos uma grande formação de granito com a caverna na base, eu e Luyu instantaneamente soubemos por que Mwita não queria vir.

A chuva caía forte fazendo com que a água caísse em jatos sobre a entrada da caverna, mas a cada relâmpago era possível vê-los claramente. Eles balançavam com o vento da tempestade. Os corpos de duas pessoas dependurados na entrada da caverna. Corpos tão antigos que haviam secado por causa do sol e calor, mais ossos do que carne.

— Há quanto tempo eles estão aqui? — sussurrei. Nenhum deles me ouviu.

Houve um ruído enorme quando um raio atingiu o chão não muito longe de onde estávamos. Um vento forte nos empurrou em direção à caverna. Mwita nos guiou sem soltar minha mão. Eu havia exigido que ele entrasse na caverna, portanto estávamos todos entrando nela.

A água que caía sobre a entrada da caverna bateu em minha cabeça e em meus ombros quando entramos. Minha atenção estava nos corpos dependurados balançando à minha direita. Eram um homem e uma mulher, pelo menos de acordo com os trapos descorados pelo sol. A mulher usava um vestido longo e um véu, e o homem, uma bata e calças. Não era possível saber se eram Okeke, Nuru ou qualquer outra coisa. Estavam presos por cordas grossas amarradas a anéis de cobre cravados no teto da caverna. Tivemos que nos espremer contra a parede para evitar tocar neles. Dentro estava escuro demais para ver a profundidade da caverna.

— A caverna não é muito profunda — disse Mwita, juntando algumas pedras. Ajudei, tentando ignorar o cheiro forte, quase metálico, do local. Precisávamos de uma boa fogueira de pedras, mais para iluminar do que para aquecer. Luyu apenas ficou parada de pé, olhando para o casal morto. Não pedi a ela para nos ajudar. Eu e Mwita havíamos experienciado nossa própria morte. Luyu, não.

— Mwita — falei baixinho.

Ele me lançou um olhar, irritado.

Sustentei o olhar, desafiante.

— Mantenho o que disse — falei.

— Claro que sim — disse ele.

— Você também precisa enfrentar seus próprios medos — falei. — E além do mais, você iria nos matar.

Após alguns instantes seu rosto relaxou.

— Tudo bem — então ele disse: — Eu jamais deixaria que qualquer uma de vocês morresse. Só precisava de um momento para pensar. — Ele começou a se virar, mas peguei a mão dele e o virei para me olhar.

— Eles já estavam aqui quando você...

— Sim — respondeu ele, evitando me olhar nos olhos. — Estavam bem mais... frescos naquela época.

Então essas pessoas estavam penduradas aqui havia mais de uma década. Queria perguntar se ele sabia o que haviam feito. Queria perguntar muitas coisas, mas não era o momento.

— Luyu — disse ele assim que juntamos uma boa pilha de pedras. — Venha até aqui. Pare de olhar para eles.

Lentamente ela se virou, como se saísse de um transe. Seu rosto estava úmido.

— Sente-se — disse Mwita. Caminhei até ela e peguei sua mão.

— Deveríamos enterrá-los — disse ela enquanto se sentava em frente à pilha de pedras frias.

— Tentei isso — disse Mwita. — Não sei como eles foram colocados lá em cima, mas não podem ser arrancados e seus ossos não caem. — Ele olhou para mim e entendi. O que os mantinha ali era juju. Quem haviam sido eles?

— Não vamos nem tentar? — disse ela. — Quero dizer, aquilo é só corda e você era só uma criança. Deve ser fácil tirá-los dali.

Mwita a ignorou enquanto acendia a fogueira de pedra. O que o fogo iluminou foi o suficiente para afastar a atenção de Luyu daqueles corpos. Eu já estava me sentindo estranha, agora queria apenas sair correndo na chuva e arriscar ser atingida pelos raios. No fundo da caverna, entrecobertos por areia que havia entrado ali ao longo dos anos, estavam possivelmente centenas de computadores, monitores, aparelhos portáteis e *e-books*. Agora eu sabia de onde vinha o cheiro metálico.

Os monitores antigos eram largos, nem chegando perto dos monitores vistos hoje em dia, que são muito mais finos, e a maioria deles estava quebrada ou esmagada. Os *laptops* eram grandes demais para segurar com uma mão. Coisas incrivelmente velhas amontoadas numa caverna no meio do nada e há muito esquecidas. Olhei para Mwita, assustada.

O Grande Livro falava desses lugares, cavernas cheias de computadores. Eles haviam sido colocados ali por Okeke assustados que tentavam fugir da ira de Ani quando se virou para o mundo e viu a devastação que eles haviam feito. Isso foi logo antes de ela trazer os Nuru das estrelas para escravizar os Okeke... ou pelo menos era o que o livro dizia. Isso queria dizer que partes do Grande Livro eram verdadeiras? Será que os Okeke haviam realmente escondido a tecnologia em cavernas para ocultá-la de uma deusa irada?

— Esse lugar é assombrado — sussurrou Luyu.

— Exatamente — disse Mwita.

Não havia nada que eu pudesse dizer. Estávamos numa tumba de seres humanos, máquinas e ideias enquanto uma tempestade mortal caía lá fora.

— Como você encontrou esse lugar? — perguntei. — Como você acabou aqui?

— E como se lembrava do caminho tão bem? — completou Luyu.

Ele caminhou até os corpos que balançavam. Eu e Luyu nos juntamos a ele.

— Olhem para cima — disse ele, apontando para as argolas de cobre. — Quem cravaria aquilo na pedra dessa maneira? — Ele suspirou. — Jamais saberei o que aconteceu ou quem eram essas pessoas. Quando cheguei aqui, eles provavelmente haviam acabado de ser enforcados. Ainda tinham... carne. Eu diria que eles tinham mais ou menos a idade que temos agora.

— Okeke ou Nuru? — perguntou Luyu. — Notei que ela nem havia considerado a hipótese de eles serem *Ewu* ou do Povo Vermelho.

— Nuru — disse ele. Olhou para os corpos. — Não acredito que eles ainda estão aqui... mas ao mesmo tempo, posso acreditar sim.

Depois de alguns instantes, ele disse:

— Cheguei a essa caverna alguns dias depois de ter escapado dos rebeldes Okeke, depois que eles me enterraram vivo. — Apontou para a esquerda. — Sentei encostado naquela parede, comi minhas plantas medicinais e rezei para Ani que elas funcionassem.

Luyu parecia estar morrendo de curiosidade sobre a história de Mwita e o que ele quis dizer ao falar que fora enterrado vivo. Por sorte, teve tato suficiente para não perguntar. A melhor maneira de lidar com Mwita quando ele estava de mau humor era deixá-lo falar.

— Eu estava meio que fora de mim, na verdade — continuou ele. Estendeu a mão e tocou a perna do homem morto. Tremi. — Eu havia perdido a única família que conhecia. Havia perdido meu Mestre, mesmo que ele fosse uma pessoa terrível. Tinha visto coisas horríveis enquanto fora forçado a lutar para os Okeke, havia feito coisas terríveis. Era *Ewu*. E tinha apenas onze anos de idade.

"Tinha alguns suprimentos. Água e comida. Não estava morrendo de sede nem de fome e sabia como encontrar comida no deserto. Foi o calor que me trouxe até aqui. Ambos estavam mortos, mas não fediam... — Ele deu um passo em direção à mulher. — Ela estava coberta por pequenas aranhas brancas, exceto pelo rosto e mãos — continuou ele. — Estavam subindo umas nas outras, mas se você observasse tempo o suficiente, o que eu fiz, perceberia que seguiam um padrão ao redor do corpo. Lembro que as pontas dos dedos estavam azuis. Como se ela tivesse mergulhado os dedos em índigo.

Ele parou novamente.

— Mesmo naquele tempo, entendi que as aranhas a estavam protegendo. O padrão em que se moviam me lembrou de um dos símbolos Nsibidi que Daib me ensinara. O símbolo de propriedade. Acho que fiquei uns vinte minutos observando. Tudo no que eu conseguia pensar era em meus pais, que eu jamais conheci. Não haviam sido enforcados, mas ambos foram executados... por terem me gerado. Enquanto fiquei ali de pé, as aranhas começaram a descer dela lentamente e ir em direção às laterais da caverna. Quando todas haviam descido, apenas ficaram ali paradas. Como se estivessem esperando que eu fizesse alguma coisa.

"Tentei de tudo. Tentei descer os corpos. Cortar a corda. Queimá-la. Queimar os corpos fazendo uma fogueira enorme sob eles. Tentei até usar juju. Quando nada funcionou, apenas passei por elas, me sentei de costas para os computadores e chorei. Depois de algum tempo, as aranhas... subiram nela novamente. Fiquei ali dois dias, fingindo não ver os corpos nem as aranhas sobre a mulher. Me restabeleci, melhorei e fui embora."

— E quanto ao homem? — perguntou Luyu. — Havia algo de estranho sobre ele?

Mwita balançou a cabeça, sua mão ainda pousada sobre a perna empoeirada do homem.

— Vocês não precisam saber disso tudo.

Silêncio. Eu queria perguntar, assim como tinha certeza de que Luyu queria também. Saber de tudo o quê?

— Então você acha que eles eram feiticeiros? — perguntou ela.

Ele assentiu.

— E os assassinos deles também eram, obviamente — ele pausou, franzindo o cenho. — Agora são apenas um monte de ossos. — Ele subitamente pegou a perna do homem e a golpeou com força. A corda rangeu e a poeira se desprendeu do corpo, mas nada além disso. O quase esqueleto permaneceu intacto. Me perguntei para onde foram as aranhas da mulher.

Um manto de tristeza, desespero e ruína caiu sobre mim naquela noite, ficando mais pesado quanto mais forte a chuva ficava e os relâmpagos caíam sobre a terra. Luyu escolheu um lugar do outro lado da caverna, o mais longe possível dos computadores e dos corpos. Mwita havia feito uma pequena fogueira de pedras para ela. Não tenho certeza se ela queria privacidade ou se queria nos dar privacidade, mas funcionou, fosse uma coisa ou outra.

Eu e Mwita nos deitamos em sua esteira, cobertos pela sua *rapa*, nossas roupas dobradas ao nosso lado. A fogueira de pedras provia calor mais do que suficiente, mas eu não queria calor nem sexo. Pela primeira vez, não me importei com o fato de ele me apertar enquanto dormia. Não gostava de estar naquela caverna. Podia ouvir o tilintar forte da chuva lá fora, o estrondo dos trovões, o som dos corpos balançando ao sabor do vento.

Tanto Mwita quanto Luyu dormiram, apesar de tudo. Estávamos todos exaustos. Não dormi nada, embora tenha mantido os olhos fechados. Mesmo com o calor do corpo de Mwita e da fogueira de pedra, eu tremia. Os fatos passavam pela minha mente como morcegos: não tinha jeito de eu vencer meu pai. Eu iria matar nós três. "Ele estava esperando por mim", pensei, me lembrando dele de costas para mim quando fui até ele.

— Onyesonwu — ouvi Mwita dizendo.

Não estava com vontade de responder. Não queria abrir minha boca nem meus olhos. Não queria respirar ou falar. Só queria chafurdar na minha tristeza.

— Onyesonwu — repetiu ele, baixinho, me abraçando mais forte. — Abra os olhos. Mas não se mova.

Suas palavras enviaram uma onda de adrenalina pelo meu corpo. Minha mente se concentrou. Meu corpo parou de tremer. Abri os olhos. Talvez fosse minha tristeza ou uma necessidade de provar meu poder, mas quando olhei nos muitos olhos das centenas de aranhas brancas amontoadas diante de mim, juntamente com um medo profundo, me senti... pronta. Uma das aranhas na frente lentamente ergueu uma das pernas e a manteve daquele jeito.

— Então elas *ainda estão* aqui — falei sem me mover.

Ambos estávamos calados, parecendo ler a mente um do outro. Ficamos escutando para ver se Luyu estava acordada. Mas a tempestade era barulhenta demais.

— Elas estão em cima de mim — disse ele, sua voz tremendo um pouco. — Nas minhas costas, pernas, nuca... — Todas as partes do corpo dele que não estavam em contato comigo.

— Mwita — falei baixinho. — O que foi que você não nos contou sobre o homem?

Ele não respondeu imediatamente. Comecei a sentir muito, muito medo.

— Ele estava coberto de picadas de aranha — disse Mwita. — O rosto dele estava contorcido de dor. — Me perguntei se as aranhas haviam começado a picar o homem antes que seus assassinos o pendurassem ali em cima.

Meu rosto estava pressionado contra a esteira. A aranha ainda mantinha sua perna erguida. Mil coisas passaram pela minha cabeça. Suspeitei que elas queriam Mwita. Eu *jamais* as deixaria tê-lo. A aranha com a perna levantada estava esperando. Bem, eu estava esperando também.

Ela abaixou a perna. Pude senti-las atrás de mim, subindo em Mwita. Vi que elas estavam vindo para cima de mim, pela frente. Podia sentir o cheiro delas, um odor de fermentação, como vinho de palma bem forte. Desde quando as pernas das aranhas faziam aquele barulho tão alto contra a areia? Como metal contra metal? Isso era tudo o que eu precisava saber. Pela primeira vez, usei meu novo controle sobre minhas habilidades, puxei a natureza selvagem ao meu redor e entrei nela.

Na natureza selvagem e no mundo físico elas se pareciam com aranhas. Mas na natureza selvagem elas eram bem maiores e feitas de fumaça branca. Passavam umas pelas outras enquanto tentavam se amontoar sobre minha forma azul. Fiz com elas o que havia feito com Aro no dia em que ele se recusou a me ensinar mais uma vez. Arranhei, rasguei, despedacei, desmembrei. Me tornei um animal. Destruí aquelas criaturas.

Coloquei um pé de volta no mundo físico, esmagando um monte de aranhas que fugiam, e olhei para os olhos arregalados de Mwita. Ele ainda estava deitado na esteira, nu e coberto de aranhas brancas desafiadoras. Ao redor dele, centenas de aranhas mortas se amontoavam no chão da caverna. Se uma delas o picasse, eu iria caçá-las e matar cada uma daquelas criaturas e então caçá-las no mundo espiritual e destruí-las novamente. Cada uma delas.

Olhei em direção a Luyu. Ela estava de pé, do outro lado de sua fogueira. Balancei a cabeça, ela assentiu. Ótimo. Do lado de fora, o brilho de um relâmpago. Minha mente estava bem alerta agora. Eu não era a mesma Onyesonwu que estava aqui sentada falando com você. Não consigo imaginar o que eu parecia à luz daquela fogueira, nua, com raiva, selvagem, o homem que eu amava ameaçado. "Elas acham que irei preferir deixar que levem Mwita a arriscar a morte dele", pensei. Ri diabolicamente.

Outro relâmpago, o som do trovão chegou um segundo depois. Chovia forte. O cheiro de ozônio era forte. Era possível sentir a carga no ar. Esperei, desejei, enquanto repetia meu nome em minha mente, como um mantra. O trovão caiu do lado de fora da caverna com um grande *BOOM!* Uma chama foi lançada ao chão. Manquei até Mwita, agarrei a perna dele e puxei o que a tempestade havia lançado. Mandei para Mwita. Cada aranha que estava sobre ele estourou como milho numa fogueira. O cheiro de seus corpos queimados encheu a caverna.

As aranhas que sobreviveram correram para as chamas na entrada da caverna. Jamais saberei se foi um suicídio em massa ou uma decisão de voltar para o lugar de onde vieram. Eu havia voltado completamente da natureza selvagem assim que o relâmpago atingiu o chão, por isso não vi se elas foram para lá.

— Mwita? — sussurrei, ignorando as carcaças de aranha ao redor dele. Meu corpo estava coberto de suor, ainda assim eu tremia de frio. Luyu correu e jogou a *rapa* sobre nós.

— Estou bem — disse ele, acariciando meu rosto.

— Eu guiei — falei.

— Eu sei — disse ele, rindo. — Não senti nada.

— O que são elas? — perguntou Luyu.

— Não faço a mínima ideia — respondi.

Algo chamou a atenção de Mwita. Me virei na direção que ele estava olhando. Luyu fez o mesmo.

— Oh! — disse ela.

Os corpos haviam caído, as cordas que os mantinham seguros arrebentaram com a explosão. E agora os corpos secos queimavam nas chamas. Os misteriosos feiticeiros executados finalmente receberam a pira funerária que mereciam.

A tempestade ainda caía quando amanheceu. Só soubemos que era de manhã porque checamos o horário no computador portátil de Luyu. Enquanto ela cozinhava arroz para misturar à carne de bode seca e temperos, Mwita usou uma panela para cavar uma cova do lado da caverna. Ele havia insistido em fazer isso sozinho.

Caminhei até os computadores no fundo da caverna. Havíamos evitado aqueles itens mais ainda do que os corpos. Eram aparelhos velhos de um povo condenado. Depois do que havia acontecido na noite anterior, eu estava disposta a olhar a perdição nos olhos.

— O que você está fazendo? — perguntou Luyu, enquanto virava o arroz. — Não acha que já basta...

— Deixe ela — disse Mwita, parando de cavar. — Um de nós deveria olhar.

Luyu deu de ombros.

— Tudo bem. Eu sei que eu não vou chegar perto desse lixo amaldiçoado.

Ri comigo mesma. Entendia seu sentimento e acho que Mwita provavelmente sentia o mesmo. Mas eu, bem, isso era tirado diretamente de uma página do Grande Livro. Se eu iria reescrevê-lo de alguma forma, então fazia sentido que eu olhasse.

O cheiro de estanho da fiação velha e placas-mãe quebradas era mais forte de perto. Havia teclas espalhadas na areia e pequenos pedaços de plástico provenientes de telas quebradas e capas protetoras. Alguns dos computadores tinham desenhos nas capas — borboletas apagadas, espirais, formas geométricas. A maioria era preto sem desenhos.

Um aparelho que parecia um pequeno livro fino preto chamou minha atenção. Estava preso entre dois computadores e quando o puxei e abri, fiquei surpresa ao ver que tinha uma tela. Parecia bastante gasto, mas não velho, ao contrário dos outros. Era mais ou menos do tamanho da palma da minha mão. A parte de trás era feita de um material bastante duro que tinha a estranha aparência de uma folha preta. A tela não tinha nenhum arranhão.

Todos os botões da parte da frente eram lisos, as palavras haviam sido apagadas havia muito tempo. Apertei um botão. Nada aconteceu. Apertei outro e o aparelho emitiu um som de água.

— Oh! — exclamei, quase o deixando cair.

A tela se iluminou, mostrando um lugar com plantas, árvores e arbustos. Exclamei baixinho. "Exatamente igual ao lugar que minha mãe me mostrou", pensei. "O lugar da esperança." Meu peito se encheu e sentei ali, ao lado daquela pilha de *hardware* inútil de uma outra época.

A imagem rolava e se movia, como se fosse alguém caminhando e eu estivesse observando através de seus olhos. Pelos seus alto-falantes pequenos vinha o som de pássaros e insetos cantando e grama, plantas e folhas sendo pisadas ou afastadas. Então o título lentamente surgiu da parte inferior da tela e entendi que aquele era um computador portátil grande com um livro embutido. O título do livro era *O Guia de Campo da Floresta Verde Proibida,* escrito por algum grupo que se intitulava *Organização dos Grandes Exploradores do Conhecimento e Aventura.*

De repente a imagem congelou e o som parou. Apertei mais botões, mas não adiantou nada. O aparelho desligou sozinho e não importava quantas vezes eu apertasse os botões, nada acontecia.

Não importava. Joguei-o para o lado e me endireitei. Sorri. Horas mais tarde, o céu sorriu também. A tempestade finalmente havia passado. Deixamos a caverna antes do amanhecer.

Durante os próximos dois dias de viagem, o terreno ficou mais montanhoso. O solo era uma mistura de areia com alguns tufos de grama seca. Aqui encontramos lagartos e lebres para comer, o que foi bem a tempo, pois nossa carne seca estava acabando. Nos deparamos com árvores de troncos largos que eu não conhecia e muitas palmeiras. O clima permanecia frio à noite e relativamente quente durante o dia. E, graças a Ani, não nos deparamos com mais nenhuma tempestade ungwa. Mas é claro que existem coisas piores.

Capítulo 54

Existe uma parte do Grande Livro que é excluída da maioria das versões. Os Documentos Perdidos. Aro possui uma cópia deles. Os Documentos Perdidos descrevem detalhes sobre como os Okeke, durante os séculos em que viveram no escuro, eram cientistas malucos. Os Documentos Perdidos discutem como eles inventaram as antigas tecnologias, como computadores, estações de captura de água e computadores portáteis. Inventaram formas de se duplicarem e permanecerem jovens até a morte. Cultivavam em solo morto, curavam todas as doenças. Na escuridão, os incríveis Okeke borbulhavam de criatividade.

Os Okeke que conhecem os Documentos Perdidos se envergonham deles. Os Nuru gostam de citá-los sempre que querem mostrar como os Okeke são defeituosos em seu âmago. Durante o tempo da escuridão, os Okeke podem ter sido problemáticos, mas agora eram piores ainda.

"Uma porção de gente triste e que não pensa", murmurei comigo mesma enquanto nos aproximávamos da primeira de muitas aldeias que faziam fronteira com o Reino dos Sete Rios. Podia entender como eles se sentiam. Havia me sentido da mesma maneira fazia apenas alguns dias. Sem esperança alguma. Se não tivéssemos encontrado aquela caverna com os cadáveres, aranhas e computadores velhos, eu provavelmente iria querer me juntar a eles.

Essas aldeias consistiam de Okeke que estavam assustados demais para lutar ou fugir. Eram pessoas que não olhavam nos olhos e seriam facilmente exterminadas quando meu pai chegasse com seu exército. Caminhavam com a cabeça baixa, temendo suas próprias sombras. Cultivavam cebolas e tomates tristes num solo trazido da beira do rio. Na frente e atrás de suas cabanas de argila, cultivavam uma planta marrom que eles secavam e fumavam para esquecer. Ela deixava seus olhos vermelhos, os dentes escuros, fazia a pele cheirar a fezes e não possuía qualquer valor nutricional. É claro, de todas as coisas, essa erva crescia facilmente no solo do lugar.

As crianças tinham barrigas grandes e rostos assustados. Cães sarnentos caminhavam por ali, tão patéticos quanto as pessoas; vimos um deles comendo as próprias fezes. E, às vezes, quando o vento mudava de direção, era possível ouvir o som de gritos a distância. Essas aldeias não tinham nome. Era repugnante.

Todos, mesmo as crianças, usavam argolas com contas azuis e pretas na parte superior de sua orelha esquerda. Era o único traço de cultura e beleza que essas pessoas possuíam.

Passamos pelo primeiro conjunto de cabanas sem sermos percebidos. Ao nosso redor, Okeke caminhavam sem destino, brigavam, dormiam pelas ruas ou choravam. Vimos homens desmembrados, alguns deles encostados em cabanas, as feridas purulentas. Quase morrendo ou mortos. Vi uma mulher grávida rindo histericamente consigo mesma enquanto sentava diante de sua cabana fazendo um monte de areia. Minhas mãos coçavam e me senti agitada.

— Como você se sente, Onyesonwu? — perguntou Mwita assim que passamos pela última cabana. A um quilômetro e meio ficava outra aldeia.

— O estímulo não é forte aqui — falei. — Não acho que essas pessoas querem ser curadas.

— Não podemos rodear essas aldeias como fizemos com Banza? — perguntou Luyu.

Balancei a cabeça, sem oferecer qualquer explicação. Eu não tinha nenhuma. O próximo grupo de cabanas estava na mesma condição. Pessoas tristes. Mas esse lugar ficava no sopé de uma colina, por isso fomos facilmente notados enquanto descíamos. Quando passávamos pela primeira cabana, uma mulher velha com muitos cortes abertos no rosto parou e ficou olhando para mim. Ela olhou para Mwita e seu rosto se escancarou num sorriso banguela. Então o sorriso da mulher diminuiu.

— Mas onde estão os outros? — perguntou ela.

Olhamos uns para os outros.

— Você — disse a mulher olhando para mim. Dei um passo para trás. — Você está de rosto coberto, mas eu sei. Oh, eu sei. — Então ela se virou e gritou: — Oooooonyesonwuuuuuu!

Andei para trás e me abaixei, pronta para lutar. Mwita me pegou e me puxou para perto de si. Luyu correu para minha frente, empunhando uma faca. Eles vieram correndo de todos os lados. Rostos sombrios. Almas machucadas. Usavam *rapas* desgastadas e calças rasgadas. Enquanto se amontoavam, o cheiro de sangue, urina, pus e suor ficou forte.

— Ela está aqui!

— A menina que vai terminar com as matanças?

— A mulher sussurrou a verdade! — continuou a velha. — Venham ver, venham ver! Ooooooonyesonwuuuuu! *Ewu, Ewu, Ewu!*

Estávamos cercados.

— Tire o véu — disse a velha, de pé na minha frente. — Deixe-nos ver seu rosto.

Olhei para Mwita. Seu rosto não me disse nada. Minhas mãos coçavam. Retirei meu véu e a multidão exclamou.

— *Ewu, Ewu, Ewu!* — cantavam eles. — Um grupo de homens à minha direita se aproximou.

— Aha! — gritou a velha, mantendo-os afastados. — Não fomos exterminados ainda! O general deve ter medo agora! Ha! Seu oponente chegou!

— Aquele ali — disse uma mulher, aproximando-se, apontando para Mwita. O lado de seu rosto estava inchado e ela estava grávida. — Ele é o marido dela. Não foi isso o que a mulher falou? Que Onyesonwu viria e poderíamos ver o amor mais verdadeiro? O que pode ser mais verdadeiro do que dois *Ewu* que podem amar um ao outro? Que *podem* amar?

— Cale-se, concubina de Nuru, prostituta pronta para dar à luz lixo humano — cuspiu um homem, de repente. — Deveríamos enforcá-la e cortar o mal que cresce dentro de você!

As pessoas se calaram. Então diversas pessoas gritaram, concordando com o homem, e a multidão começou a se dispersar para os lados.

Empurrei Luyu e Mwita para o lado e dei um passo em direção à voz. Todos que estavam na minha frente pularam para trás, inclusive a velha.

— Quem acabou de falar? — gritei. — Venha até aqui! Mostre-se!

Silêncio. Mas ele foi empurrado para frente. Um homem de cerca de trinta anos, talvez mais, talvez menos. Não era possível dizer com certeza, pois metade do seu rosto estava destruída. Ele me olhou dos pés à cabeça.

— Você é o mal que aconteceu a uma mulher Okeke. Que Ani ajude sua mãe tirando a sua vida.

Meu corpo inteiro enrijeceu. Mwita pegou minha mão.

— Controle-se — disse ele no meu ouvido.

Engoli meu instinto de rasgar o que sobrava da cabeça daquele homem. Minha voz tremia enquanto eu falava.

— Qual é a sua história?

— Venho de lá — disse ele, apontando para o oeste. — Eles começaram de novo e dessa vez vão nos exterminar. Cinco deles estupraram minha mulher. Então cortaram meu rosto. Em vez de me matarem, deixaram que eu e minha mulher vivêssemos. Rindo, disseram que logo iriam se reencontrar comigo. Depois de algum tempo, descobri que minha mulher carregava um deles. Um de *vocês*. Matei-a e ao mal que crescia dentro dela. A coisa parecia errada mesmo morta.

Ele deu um passo para frente.

— Não somos nada diante do general. Ouçam todos — disse ele, erguendo as mãos e se virando para a multidão. — Estamos no fim dos nossos dias. Olhem para nós, esperando que essa personificação do mal nos salve! Deveríamos...

Puxei meu braço da mão de Mwita, peguei a mão do homem com minha mão esquerda e segurei firme. Ele lutou, rangeu os dentes, xingou. Mas nenhuma vez tentou me machucar. Me concentrei no que estava sentindo. Não era o mesmo de quando eu trazia os seres de volta à vida. Eu tirava, tirava, tirava, da mesma maneira que um verme come a carne podre de uma perna podre, mas viva. Coçava, era doloroso e... impressionante.

— Afastem... todos — murmurei através de meus dentes travados.

— Para trás! Para trás! Afastem-se! — gritou Mwita, empurrando as pessoas.

Luyu fez o mesmo.

— Se vocês prezam pelas suas vidas! — gritou ela. — Afastem-se!

Relaxei meu corpo, me ajoelhando enquanto o homem caía no chão. Então soltei a mão dele e prendi a respiração. Quando nada aconteceu, soltei o ar.

— Mwita — falei, fraca, estendendo o braço. Ele me ajudou a levantar. As pessoas se amontoaram de volta para olhar o homem. Uma mulher se ajoelhou ao lado dele e tocou seu rosto curado. Ele se sentou.

Silêncio.

— Veem como Oduwu pode sorrir? — disse a mulher. — Nunca o vi sorrindo.

Mais sussurros enquanto Oduwu lentamente se levantava. Ele olhou para mim e sussurrou, *Obrigado!* Um homem deixou Oduwu se apoiar nele e começaram a ir embora.

— Ela chegou! — disse mais alguém. — E o general irá correr. — Todos começaram a festejar.

Eles se amontoaram ao meu redor e eu dei o que pude. Se tivesse tentado curar tantas pessoas — homens, mulheres e crianças — de doenças, angústia, medo, ferimentos... se antes do que aconteceu quando estava com o Povo Vermelho eu tivesse tentado uma fração do que fiz agora, teria morrido. Cada um que veio até mim naquelas horas, eu curei. Sim, agora eu era uma mulher diferente daquela que tornou cegas as pessoas em Papa Shee. Mas eu *jamais* irei me arrepender do que fiz àquelas pessoas por causa do que fizeram com Binta.

Mwita preparou remédios à base de ervas para as pessoas e checou as barrigas das mulheres grávidas para ter certeza de que tudo estava bem. Mesmo Luyu ajudou, sentando-se com os que foram curados e contando histórias da nossa jornada. Essas pessoas estavam preparadas para espalhar as notícias sobre a feiticeira Onyesonwu, o curandeiro Mwita e a bela Luyu dos exílios do leste.

Um homem correu até mim quando estávamos indo embora. Ele estava inteiro, mas mancava terrivelmente enquanto caminhava. Não me pediu para curá-lo. Não ofereci.

— Para aquele lado — disse ele, apontando para o oeste. — Se você é aquela mulher, eles começaram novamente nas aldeias que plantam milho. Gadi é a próxima, pelo que parece.

Acampamos num pedaço de terra sem grama não muito longe de Gadi.

— Eles disseram que uma mulher Okeke que nunca comeu, mas que parecia bem alimentada, estava indo de um lugar a outro "sussurrando as notícias" — disse Luyu, enquanto nos sentávamos no escuro. — Ela previu que uma feiticeira *Ewu* irá acabar com o sofrimento deles. — Estava frio, mas não queríamos atrair atenção ao fazer uma fogueira de pedras. — Eles disseram que ela falava baixinho e tinha um dialeto estranho.

— Minha mãe! — falei. — De outra maneira, eles teriam nos matado. — Minha mãe estava *alu*, vindo até aqui e contando aos Okeke sobre mim, para que eles me esperem e fiquem felizes com minha chegada. Então Aro estava realmente ensinando ela.

Ficamos calados por um momento, pensando sobre isso. Perto dali, uma coruja piou.

— Eles estavam tão machucados — disse Luyu. — Mas será que podemos culpá-los?

— Sim — disse Mwita.

Concordei com ele.

— Eles ficavam falando sobre o general — disse Luyu. — Disseram que é ele quem está por trás de tudo isso, pelo menos nos últimos dez anos. Eles o chamam de A Vassoura do Conselho, porque está incumbido de limpar os Okeke.

— Quanto progresso ele fez desde que fui seu aprendiz — disse Mwita, amargo. — Eu nem mesmo entendo por que ele me aceitou como estudante se iria fazer algo desse tipo.

— As pessoas mudam — disse Luyu.

Mwita balançou a cabeça.

— Ele sempre odiou qualquer coisa que tivesse a ver com Okeke.

— Então talvez seu ódio não fosse tão grande naquela época — disse Luyu.

— Foi grande o suficiente, anos antes, para estuprar minha mãe — falei. — A maneira como eles... nunca se cansavam. Daib deve ter feito algum juju naqueles homens.

— Vejam os Vah — disse Luyu. — São um povo que abraça o juju abertamente. Eyess nasceu numa comunidade que pensava dessa maneira, portanto muito embora ela não vá se tornar uma feiticeira, não teme feitiçaria. Agora veja Daib, nascido e criado em Durfa, onde tudo o que ele vê e aprende é que Okeke são escravos e devem ser tratados pior do que camelos.

— Não — falei, balançando a cabeça. — E quanto à mãe dele, Bisi? Ela nasceu e foi criada em Durfa também. Ainda assim, ajudava os Okeke a fugir.

— Isso é verdade — disse Luyu, franzindo o cenho. — E ele foi aprendiz de Sola.

— Algumas pessoas simplesmente nascem más — disse Mwita.

— Mas ele não foi sempre assim — disse Luyu. — Lembra do que Sola disse?

— Nada disso me importa — disse Mwita, suas mãos em punhos fechados. — Tudo o que importa é o que ele é *agora*, e o *fato* de que ele precisa ser impedido.

Eu e Luyu tivemos que concordar com essa observação.

Naquela noite sonhei novamente sobre estar naquela ilha e ver Mwita ir embora voando. Acordei e olhei para ele, dormindo ao meu lado. Cutuquei seu rosto até que acordasse. Não precisei pedir o que queria. Ele me deu com prazer.

De manhã, quando saí da tenda, quase tropecei nas cestas. Cestos de tomates deformados, sal grosso, uma garrafa de perfume, óleos, ovos de lagarto cozidos, entre outras coisas.

— Eles nos deram o que podiam — disse Luyu. Alguém deve ter dado um lápis de olho para ela, pois havia pintado os olhos de azul-claro e tinha esfumaçado um pouco de azul no rosto. Também estava usando duas pulseiras de pedras verdes, uma em cada pulso. Peguei a garrafa de óleo e cheirei. Tinha um cheiro forte de flor de cacto. Esfreguei um pouco em meu pescoço e fui até nossa estação de captura de água. Liguei-a.

— Espero que isso não atraia ninguém. — falei.

— Provavelmente vai atrair — disse Luyu. — Mas todos por aqui, talvez até nas cidades do Reino dos Sete Rios, sabem sobre o que você fez ontem. Uma ou outra versão.

Assenti, observando o saco se encher de água fresca.

— E isso é ruim?

Luyu deu de ombros.

— É a menor de nossas preocupações. Além do mais, sua mãe já pôs as cartas na mesa.

Capítulo 55

O Reino dos Sete Rios e suas sete grandes cidades, Chassa, Durfa, Suntown, Sahara, Ronsi, Wa-wa e Zin, nomes bastante poéticos para um lugar tão pervertido. Cada uma delas possui um rio e todos eles se encontram no centro para formar um grande lago, como uma aranha na qual falta uma perna. O lago não tinha nome, pois ninguém sabia o que vivia em suas profundezas. Em Jwahir, ninguém jamais acreditaria que era possível existir tamanha quantidade de água. Durfa, a cidade de meu pai, é a que fica mais perto desse misterioso lago. De acordo com o mapa de Luyu, seria a primeira cidade do Reino que iríamos interceptar.

As fronteiras do Reino não eram protegidas por muros nem juju, e também não eram exatas. Você saberia que estava no Reino quando estivesse nele. Imediatamente ficava ciente do escrutínio, dos olhares. Não dos soldados nem nada parecido, mas dos Nuru. Policiais patrulhavam a área, mas as pessoas policiavam umas às outras.

Antigamente havia pequenas aldeias Okeke entre essas cidades e ao longo dos rios. Quando chegamos ali, essas aldeias estavam praticamente vazias. Os poucos Okeke que restaram estavam sendo forçados a deixar o lugar. No lado oeste do Reino, todas essas aldeias haviam sido tomadas. O êxodo lento acontecia no lado oriental, a leste de Chassa e Durfa, as duas cidades mais ricas e mais prestigiosas. Ironicamente, essas cidades eram as que mais precisavam do trabalho dos Okeke. Sem eles, os trabalhadores Nuru das cidades mais pobres como Zin e Ronsi assumiriam o trabalho.

Ouvimos o que estava acontecendo antes de podermos ver, pois tivemos que subir um morro. Gadi, a aldeia onde Aro nasceu, estava sendo destruída. Observamos por cima da grama seca e vimos coisas terríveis. À nossa direita, uma mulher lutava contra dois Nuru que a chutavam e rasgavam suas roupas. O mesmo estava acontecendo à esquerda. Ouvimos um barulho alto e um Okeke que estava correndo caiu no chão. Um Nuru e um

Okeke rolavam no chão brigando. Eram os Nuru que estavam no controle aqui. Isso era claro.

Olhamos uns para os outros, os olhos arregalados, as narinas infladas, boquiabertos.

Deixamos no chão tudo o que estávamos carregando e corremos para o caos. Sim, até mesmo Luyu. Há falhas em minha memória sobre o que aconteceu depois disso. Lembro de Mwita correndo e um Nuru apontando uma arma para as suas costas. Me joguei em cima do homem. Ele derrubou a arma. Tentou me agarrar. Chutei-o, entrando na natureza selvagem como se fosse água. Podia vê-lo golpeando o lugar onde o meu corpo estava antes. Mwita fugiu. Manquei atrás dele, ainda na natureza selvagem. Assim, não matei aquele homem que havia tentado matar Mwita.

Eu e Mwita havíamos discutido sobre como jamais sucumbiríamos em vão à violência para a qual as pessoas, tanto Nuru quanto Okeke, acreditavam que os *Ewu* estavam predispostos por natureza. Aqui, fomos contra tudo isso. Nos tornamos exatamente o que as pessoas acreditavam que éramos. Mas nossos motivos para usar a violência não jaziam em sermos *Ewu*. E Luyu dividia conosco o mesmo propósito. Ela era uma mulher de sangue Okeke puro, o sangue mais dócil de acordo com o Grande Livro.

Me lembro de entregar minhas roupas a Mwita e então me transformar em coisas, criando garras e dentes de tigre. Me lembro de oscilar entre o mundo físico e a natureza selvagem, como se fossem terra e água. Arranquei homens de cima de mulheres, os pênis ainda eretos e sujos de sangue e umidade. Lutei contra homens que empunhavam facas e armas. Havia muitos soldados Nuru e poucos Okeke; eu lutei contra ambos, ajudando quem quer que estivesse desarmado. Recebi balas, as expeli e continuei. Curei meus próprios ferimentos de faca e mordidas. Cheirei sangue, suor, sêmen, saliva, lágrimas, urina, fezes, areia e fumaça com as narinas de vários animais. Isso é o pouco de que me lembro.

Não paramos o que estava acontecendo, mas permitimos que diversos Okeke fugissem. Empurrei no chão e curei tantos Nuru quanto pude subjugar. Esses homens então se encolhiam nos cantos, assustados com o que haviam feito minutos antes. Em poucos minutos, eles começaram a ajudar os feridos, Nuru e Okeke. Apagaram os focos de incêndio. Então tentaram parar aqueles outros Nuru que estavam alegremente matando Okeke. E então esses Nuru que foram curados foram mortos pelo seu próprio povo.

Quando voltei a ser eu mesma estava puxando Luyu para dentro de uma cabana. Seu telhado de palha estava queimando. Momentos depois, Mwita entrou conosco. Entregou minhas roupas e me vesti rapidamente. Tanto ele quanto Luyu carregavam armas. Não muito adiante, a coisa continuava — gritos, lutas, matanças. Respirando com dificuldade, olhamos uns para os outros.

— Não podemos impedir isso — disse Mwita, finalmente.

— Precisamos impedir isso — disse Luyu ao mesmo tempo.

Fechei meus olhos e suspirei.

Perto dali, um homem chamou e outro gritou. O fogo no telhado estava se espalhando.

— Quando encontrarmos Daib, acho que saberemos o que fazer — falei.

Dali em diante, caminhamos nos escondendo. Foi difícil fazer isso. Os Nuru haviam suprimido os rebeldes fracos e agora estavam simplesmente torturando as pessoas. Os gritos de terror misturados às risadas e resmungos dos torturadores fizeram meu estômago revirar. Mas de alguma forma conseguimos passar por aquilo e nos vimos diante de uma visão espetacular.

Logo atrás do último grupo de cabanas havia um grande milharal. Centenas de brotos, um campo inteiro. Não chegava a ser de tirar o fôlego como o lugar que minha mãe havia me mostrado, mas ainda assim era impressionante para os meus olhos de menina nascida no deserto. Minha mãe cultivara milho quando estávamos no deserto e havia alguns canteiros de milho em Jwahir, mas nunca um milharal dessa magnitude. Uma brisa soprou de leve as plantas. Era um som adorável. Soava como a paz, crescimento, generosidade e uma pitada de esperança. Cada planta estava pesada pelas espigas de milho, prontas para serem colhidas. Que momento oportuno para os Nuru aparecerem. Sem dúvida alguma, o plano do general Daib.

Havíamos deixado nossas coisas para trás. Por sorte, Luyu havia mantido seu computador portátil no bolso. Usamos o mapa para encontrar nosso caminho através do milharal. Durfa ficava do outro lado. Nos movemos rapidamente e paramos apenas uma vez para arrancar e comer um pouco de milho. Depois de andarmos por cerca de meia hora, ouvimos vozes. Nos abaixamos.

— Vou ver — falei, tirando a roupa.

Mwita pegou meu braço.

— Tenha cuidado — disse ele. — Será difícil nos localizar no meio do milharal.

— Coloque minha *rapa* em cima das plantas — falei. Me transformei num abutre e voei. O milharal era enorme, mas foi fácil localizar a origem daquelas vozes. A menos de 800 metros adiante, no meio do milharal, havia uma cabana.

Pousei o mais silenciosamente possível na beirada do seu telhado de palha. Contei oito Okeke de roupas esfarrapadas. Dois deles tinham grandes armas pretas e brilhantes presas às costas.

— Ainda deveríamos ir — dizia um deles.

— Não são essas as ordens que recebemos — insistiu outro, parecendo frustrado.

Fui embora, voando bem alto para poder ver melhor a terra. O milharal era margeado pelas cidades de Durfa a oeste, Gadi a leste e o lago sem nome ao sul. Quando voei mais alto, vi o que queria. Não havia mais morros. Dali em diante o terreno era plano.

Com a *rapa* sobre as plantas, foi fácil encontrar Mwita e Luyu.

— Rebeldes — falei enquanto vestia minhas roupas. — Não estão muito longe. Talvez eles possam nos dizer onde encontrar Daib.

Mwita olhou para Luyu. Depois olhou para mim com uma expressão preocupada.

— O quê? — perguntou Luyu.

— Deveríamos tentar chegar lá por nós mesmos — disse ele para mim, ignorando a pergunta de Luyu. — Confio nos rebeldes tanto quanto confio nos Nuru.

— Oh! — exclamei, me lembrando da experiência de Mwita com os rebeldes Okeke. — Certo. Eu... não estava pensando.

— E quanto a mim? — disse Luyu. — Eu poderia...

— Não — disse ele. — É perigoso demais. Nós podemos fazer coisas, mas você...

— Eu tenho uma arma — disse ela.

— E eles têm duas — falei. — E sabem como usá-las.

Ficamos ali, pensando.

— Não quero matar ninguém, a menos que seja extremamente necessário — disse Mwita com um suspiro. Coçou seu rosto suado. Então, subitamente, jogou sua arma no milharal. — Odeio matar. Prefiro morrer a continuar fazendo isso.

— Mas isso tem a ver com muito mais do que apenas você ou qualquer um de nós — disse Luyu, parecendo assustada. Ela começou a ir em direção à arma, para pegá-la.

— Deixe onde está — disse Mwita, firme.

Ela congelou. Então jogou sua própria arma fora também.

— O que acham disso — falei. — Mwita, nós podemos nos fazer ignoráveis. Assim, Luyu pode se aproximar deles e, se tentarem qualquer coisa, temos o elemento surpresa. Diga a eles... diga que você traz boas notícias sobre a chegada de Onyesonwu ou algo assim. Se são rebeldes, então ainda devem ter *alguma* esperança.

Nos aproximamos da cabana lentamente, Mwita do lado esquerdo de Luyu e eu do direito. Lembro da expressão no rosto de Luyu. Sua mandíbula estava firme, sua pele escura brilhava de suor, havia alguns pingos de sangue em suas bochechas. Seus cabelos estavam emaranhados. Parecia tão diferente da menina que era quando estávamos em Jwahir. Mas uma coisa nela não havia mudado: sua audácia.

Alguns homens estavam sentados em bancos ou no chão, três deles jogavam *warri*. Outros estavam de pé ou recostados contra a cabana. Todos haviam usado uma pasta vermelha para desenhar listras no rosto. Nenhum deles parecia ter mais do que trinta anos. Quando viram Luyu, os dois homens armados imediatamente apontaram as armas para ela. Ela não recuou.

— Quem é essa? — perguntou um soldado em voz baixa, levantando-se do jogo de *warri*. Puxou do bolso uma faca que parecia cega. — Não atirem — disse ele, erguendo uma mão. Olhou para além de Luyu. — Chequem ao redor da cabana. — Um dos soldados armados correu em direção ao milharal. O outro manteve a arma apontada para Luyu. O soldado chefe olhou Luyu de cima a baixo. — Quantos estão com você?

— Eu trago boas notícias.

— Veremos — disse ele.

— Meu nome é Luyu — disse ela, olhando nos olhos do homem. — Sou de Jwahir. Você ouviu falar da feiticeira Onyesonwu?

— Sim — disse o soldado chefe, assentindo.

— Ela está aqui comigo. Assim como seu companheiro, Mwita — disse Luyu. — Acabamos de vir daquela aldeia. — Ela apontou para trás. Quando se moveu, o homem armado retrocedeu.

— A aldeia foi tomada? — perguntou o chefe.

— Sim — disse Luyu.

— Então onde ela está? Onde ele está?

Alguns dos homens retornavam agora e diziam que não havia mais ninguém.

— Você vai nos machucar? — perguntou Luyu.

Ele a olhou nos olhos.

— Não. — Seu controle se quebrou e uma lágrima rolou pelo seu rosto. — Nós *jamais* machucaríamos vocês. — Ele ergueu uma mão e disse baixinho. — Abaixem. — O soldado abaixou a arma. Eu e Mwita nos mostramos. Quatro dos homens gritaram e saíram correndo, um deles desmaiou e três caíram de joelhos.

— Ajudaremos no que vocês precisarem — disse o chefe.

Apenas três deles falavam conosco: o líder do grupo, cujo nome era Anai, e dois soldados chamados Bunk e Tamer. Os outros mantiveram distância.

— Há dez dias eles reiniciaram a matança, e dessa vez exércitos inteiros estão se reunindo em Durfa — disse Anai. Ele se virou e cuspiu. — Outro golpe. Talvez o último. Minha mulher, filhos e sogra, finalmente os enviei para o leste.

Eu havia acendido uma fogueira convencional e estávamos assando milho.

— Mas você não viu nenhum exército passar por aqui? — perguntou Luyu.

Anai balançou a cabeça.

— Disseram para esperarmos aqui. Não recebemos notícias de ninguém há dois dias.

— Não acho que vocês terão notícias de alguém — disse Mwita.

Anai assentiu.

— Como vocês escaparam?

— Sorte — disse Luyu. Anai não quis saber mais.

— Como vocês viajaram tão longe sem camelos? — perguntou Bunk.

— Tivemos camelos por algum tempo, mas eles eram selvagens e tinham seus próprios planos — falei.

— Hã? — exclamou ele.

Anai e Tamer riram.

— Estranhos — disse Anai. — Vocês são estranhos.

— Acho que estamos viajando há cinco meses — disse Mwita.

— Aplaudo vocês — disse Anai, batendo de leve no ombro de Mwita.

— Viajar todo esse caminho liderando duas mulheres em direção a isso.

Eu e Luyu nos entreolhamos, viramos os olhos mas não dissemos nada.

— Vocês parecem saudáveis — disse Bunk. — São abençoados.

— Nós somos — disse Mwita. — Nós somos.

— O que sabem sobre o general? — perguntei.

Diversos dos homens que estavam perto ouvindo nossa conversa olharam para mim, com medo.

— É um homem mau — disse Bunk. — Já é quase noite. Não fale dele.

— Ele é apenas um homem — disse Tamer, parecendo irritado. — O que você quer saber?

— Onde posso encontrá-lo? — perguntei.

— Hã? Você está louca? — disse Bunk, horrorizado.

— Por que você quer saber? — repetiu Anai, franzindo o cenho e se inclinando para frente.

— Não pergunte sobre o que você não quer realmente saber — disse Mwita.

— Por favor, apenas nos diga onde podemos encontrá-lo — falei.

— Ninguém sabe onde o general vive ou mesmo se tem uma casa nesse mundo — disse Anai. — Mas ele tem um prédio onde trabalha. Não é guardado. O General não precisa de proteção. — Ele fez uma pausa para dar mais ênfase. — É um prédio simples. Vá ao Local de Conversação — é um grande local aberto no centro de Durfa — o prédio dele fica no lado norte. A porta da frente é azul. — Ele se levantou. — Amanhã vamos para Gadi, com ordens ou sem ordens. Fiquem conosco essa noite. Protegeremos vocês. Durfa fica perto daqui. É só atravessar o milharal.

— Podemos simplesmente entrar na cidade? — perguntou Luyu. — Ou as pessoas irão nos atacar?

— Vocês dois, não — disse Anai, apontando para mim e Mwita. — Verão seus rostos *Ewu* e os matarão em segundos. A não ser que vocês fiquem... invisíveis novamente. — Ele se virou para Luyu. — Amanhã podemos dar *a você* tudo o que precisa para transitar por Durfa sem nenhum problema.

CAPÍTULO 56

Eles insistiram em nos dar a cabana para passarmos a noite. Mesmo os soldados que se recusaram a falar conosco concordaram em dormir do lado de fora. Com os guardas, nos sentimos seguros o bastante para dormir de verdade. Bem, Luyu dormiu. Ela já estava roncando segundos depois de se aninhar no chão. Eu e Mwita não dormimos por dois motivos: o primeiro deles apareceu logo depois que me deitei. Estava pensando em Daib. "Tudo o que é necessário é a morte dele", pensei. Cortar o mal pela raiz.

Logo que Mwita ajeitou sua esteira e se deitou ao meu lado, passando o braço ao redor da minha cintura, comecei a flutuar. Passei pelos braços dele, meu corpo insubstancial.

— Hã? — exclamou ele, chocado. — Ah, não, você não vai! — ele estendeu o braço e me agarrou pela cintura, me puxando para baixo. Flutuei de novo, a mente concentrada em Daib. Então, com um grunhido, ele me puxou de volta para o chão, de volta para o meu corpo. Saí do meu transe.

— Como... — suspirei. Daib teria me matado. Tudo teria terminado simples assim. — Você não é um feiticeiro — falei. — Como você...

— O que há de errado com você? — resmungou ele, esforçando-se para manter a voz em sussurros. — Lembre-se do que Sola falou!

— Eu não pretendia fazer isso.

Nos observamos, impressionados com coisas das quais não tínhamos certeza.

— Que tipo de casal somos nós? — murmurou Mwita, virando-se de costas.

— Não sei — falei, me sentando. — Mas como você conseguiu fazer aquilo? Você nem é...

— Não sei e não quero saber — disse ele, irritado. — E pare de me lembrar sobre o que não sou.

Chupei os dentes e me virei de costas para ele. Do lado de fora, ouvi um dos soldados sussurrando e outro rindo consigo mesmo.

— Eu... sinto muito — falei. — Obrigada. Novamente, você salvou minha vida.

Ouvi Mwita suspirar. Ele me virou para poder fitá-lo.

— É por isso que estou aqui — disse ele. — Para salvar você.

Coloquei seu rosto entre minhas mãos e o aproximei do meu. Era como uma fome que nenhum de nós podia saciar. Quando o sol já estava nascendo, meus mamilos estavam doloridos por causa dos lábios de Mwita, havia arranhões nas costas dele e marcas de mordidas em seu pescoço. Estávamos doloridos, mas felizes. E tudo aquilo nos deixou ainda mais energizados, em vez de nos cansar. Ele me abraçou apertado e olhou fundo dentro dos meus olhos.

— Queria que tivéssemos mais tempo. Não terminei ainda o que queria fazer com você — disse ele, sorrindo.

— Eu também ainda não terminei o que queria fazer com você — falei, sorrindo de volta.

— Uma bela casa — disse ele. — No deserto, longe de tudo. Dois andares e muitas janelas. Nada de luz elétrica. Quatro filhos. Três meninos e uma menina.

— Só uma menina?

— Ela vai trazer mais problemas do que todos os meninos juntos, acredite em mim — disse Mwita.

Ouvimos passos do lado de fora da cabana. Alguém enfiou o rosto para dentro, para espiar. Puxei minha *rapa*, apertando-a mais sobre meu corpo.

— Só estava checando — disse o soldado. Mwita colocou a *rapa* ao redor de sua cintura e foi lá fora conversar com o soldado. Fiquei deitada, olhando para o teto chamuscado, que na semiescuridão do amanhecer parecia um abismo.

Mwita voltou.

— Eles precisam fazer uma coisa em Luyu antes de podermos ir — disse ele.

— Fazer o quê? — disse Luyu, ainda sonada, acabando de acordar.

— Nada demais — disse Mwita. — Vistam-se.

Mwita ficou atrás de Anai, que se ajoelhou em frente a uma fogueira, segurando um atiçador de fogo de metal sobre as chamas. Os outros estavam empacotando suas coisas. Peguei a mão de Luyu e apertei forte. Uma brisa suave fez os pés de milho penderem para oeste.

— O que é aquilo? — perguntou Luyu.

— Venha e sente-se — disse Mwita.

Luyu me puxou com ela. Mwita entregou a cada uma de nós um pequeno prato com pão, milho assado e algo que eu não comia desde que deixamos Jwahir: frango assado. Estava sem tempero, mas delicioso. Quando terminamos de comer, dois dos soldados que se recusaram a conversar conosco pegaram nossos pratos.

— Okeke são escravos aqui, vocês sabem disso — disse Anai. — Vivemos livres, mas precisamos responder a qualquer Nuru. A maioria de nós passa os dias trabalhando para Nuru e parte da noite trabalhando para nós mesmos. — Ele riu consigo mesmo. — Embora nossa aparência seja obviamente diferente da dos Nuru, eles acham que é importante nos marcar. — Ele pegou o atiçador de fogo, agora quente e vermelho.

— Ah, não! — exclamou Luyu.

— O quê? — falei. — Isso é mesmo necessário?

— É — disse Mwita, calmo.

— Quanto mais rápido você fizer, menos tempo terá para pensar a respeito — disse Anai para Luyu.

Bunk ergueu uma pequena argola de metal com uma corrente de contas pretas e azuis. — Essa era minha — disse ele.

Luyu olhou para o atiçador e respirou fundo.

— Tudo bem, faça! Faça logo! — ela apertou minha mão com força.

— Relaxe — sussurrei.

— Não posso! Não posso! — Mas ela permaneceu imóvel. Anai foi rápido, enfiando o atiçador fino na cartilagem da parte superior da orelha direita de Luyu. Ela emitiu um gritinho agudo, mas isso foi tudo. Eu quase ri. Era a mesma reação que ela tinha tido durante a circuncisão no rito dos onze anos.

Anai colocou o brinco. Mwita entregou uma folha para Luyu comer.

— Mastigue — disse ele. Observamos enquanto ela mastigava, seu rosto contorcido de dor. — Você está bem? — perguntou Mwita.

— Acho que vou... — ela se virou e vomitou.

Capítulo 57

ossa despedida foi rápida.

— Mudamos nossos planos — disse Anai. — Vamos caminhar ao redor de Gadi. Não há nada lá para nós. Então vamos esperar.

— Pelo quê? — perguntou Mwita.

— Por notícia de vocês três — disse Anai.

E, assim, nos separamos. Eles seguiram para leste e nós para oeste, para a cidade de meu pai, Durfa. Começamos a descer o milharal verde.

— O que acha? — perguntou Luyu, virando a cabeça para me mostrar seu brinco.

— Na verdade, acho que fica bem em você — falei.

Mwita chupou os dentes, mas não disse nada, caminhando alguns passos à nossa frente. Não tínhamos nada, senão as roupas do corpo e o computador portátil de Luyu. Era uma sensação boa, quase de liberdade. Nossas roupas estavam sujas de terra. Anai disse que os Okeke perambulavam com roupas sujas e rasgadas, portanto isso ajudaria Luyu a se misturar.

Onde o milharal acabava, começava uma estrada pavimentada com bastante movimento de pessoas, camelos e motocicletas. Os rebeldes haviam dito que nas cidades do Reino dos Sete Rios elas eram chamadas *okada*. Algumas das *okada* tinham passageiras, mas não vi nenhuma mulher dirigindo; era o mesmo em Jwahir. Do outro lado da estrada, estava a fronteira de Durfa. As construções eram robustas e velhas, como a Casa de Osugbo, mas nem de perto tão viva quanto ela.

— E se alguém me pedir para trabalhar para ele? — perguntou Luyu. Ainda estávamos escondidos no milharal.

— Diga que sim e continue caminhando — falei. — Se eles insistirem, então você não tem escolha até ter uma chance de fugir.

Luyu assentiu. Ela respirou fundo e fechou os olhos, agachando-se.

— Você está bem? — perguntei, me abaixando ao lado dela.

— Estou com medo — disse ela, franzindo o cenho.

Toquei seu ombro.

— Estaremos ao seu lado. Se alguém tentar machucá-la, se arrependerá amargamente. Você sabe do que sou capaz.

— Você não pode vencer uma cidade inteira — disse ela.

— Já fiz isso antes.

— Não falo muito bem Nuru — disse Luyu.

— Eles partem do pressuposto de que você é ignorante — falei. — Você vai ficar bem.

Nos levantamos juntas. Mwita beijou Luyu no rosto.

— Lembre-se — disse ele para mim. — Só posso fazê-lo por uma hora.

— Tudo bem — falei. Eu podia me manter ignorável por quase três horas.

— Luyu — disse ele. — Depois de quarenta e cinco minutos, encontre um lugar onde possamos nos esconder.

— Tudo bem — disse ela. — Prontos?

Eu e Mwita cobrimos nossas cabeças com o véu e nos preparamos. Observei até Mwita ficar difícil de enxergar. Olhar para alguém que está ignorável é sentir os olhos ficarem extremamente secos, doloridos, ao ponto de enxergar tudo embaçado. Você precisa desviar o olhar e não sente vontade de olhar para trás. Eu e Mwita não poderíamos olhar um para o outro.

Entramos na estrada e parecia que tínhamos sido sugados para dentro da barriga de um monstro. Durfa era uma cidade extremamente movimentada. Entendi por que era o centro da cultura e da sociedade Nuru. As pessoas em Durfa eram trabalhadoras e ativas. Claro, grande parte disso era crédito dos Okeke, que vinham todas as manhãs das aldeias Okeke e que faziam todos os trabalhos que os Nuru não queriam ou sentiam que não precisavam fazer.

Mas as coisas estavam mudando. Uma revolução estava acontecendo. Os Nuru estavam aprendendo a sobreviver por si mesmos... depois que os Okeke os colocaram numa posição confortável o suficiente para poderem fazê-lo. Toda a feiura estava acontecendo nos limites do Reino dos Sete Rios e as pessoas em Durfa eram especialmente indiferentes a ela. Embora o genocídio estivesse acontecendo a poucos quilômetros de distância, essas pessoas se mantinham afastadas. O máximo que percebiam era que havia uma quantidade significativamente menor de Okeke.

Tudo começou antes mesmo que Luyu chegasse às primeiras construções da cidade. Ela estava caminhando pela estrada quando um Nuru gordo e careca deu-lhe um tapa no traseiro e disse:

— Vá até minha casa. — Ele apontou para trás dela. — Aquela descendo a rua, onde aquele homem está de pé. Faça o café da manhã da minha mulher e dos meus filhos!

Por um momento, Luyu apenas o encarou. Prendi a respiração, esperando que ela não desse um tapa na cara do homem.

— Sim... senhor — disse ela finalmente, submissa.

Ele impacientemente balançou as mãos.

— Então vá, mulher! — virou-se e foi embora. Ele estava tão certo de que Luyu iria cumprir suas ordens, que nem percebeu quando ela simplesmente continuou caminhando. Ela andou mais rápido. — É melhor se eu der a impressão de estar indo para algum lugar — disse ela em voz alta.

— Me ajude com isso — disse uma mulher, pegando o braço de Luyu; dessa vez ela ficou presa, ajudando a mulher a carregar tecidos para um mercado próximo. Ela era uma Nuru alta e magricela, com cabelos pretos longos que desciam-lhe pelas costas. Usava uma *rapa* e um bustiê da mesma cor, assim como Luyu, exceto que o seu tinha a cor amarelo viva de uma roupa que só havia sido usada uma vez. Luyu carregou os fardos pesados de tecido em suas costas. Pelo menos isso nos fez entrar em Durfa em segurança e silenciosamente.

— Belo dia, hein? — perguntou a mulher enquanto caminhavam.

Luyu grunhiu vagamente, assentindo. Depois disso, foi como se Luyu não estivesse ali. A mulher cumprimentou várias pessoas no caminho, todas bem-vestidas e nenhuma delas parecia perceber a presença de Luyu. Quando a mulher não conversava com as pessoas caminhando na rua, falava num aparelho preto e quadrado, que ela segurava na altura da boca. Fazia um monte de sons estáticos entre o momento em que ela e a outra pessoa falavam.

Fiquei sabendo que a filha da vizinha dessa mulher fora alvo de um "assassinato em nome da honra", para apaziguar a família de um homem do qual o irmão mais velho da menina havia roubado.

— Em que o General nos transformou? — perguntou a mulher, balançando a cabeça. — O homem está indo longe demais. — Também fiquei sabendo que o preço do combustível feito de milho havia caído e o combustível feito de cana-de-açúcar estava subindo. Imagine isso? E que a mulher tinha um joelho doente, adorava sua neta e era a segunda esposa. A mulher falava pelos cotovelos.

Eu e Mwita fomos forçados a nos desviar das pessoas pelo caminho, para permanecer junto de Luyu. Ficar perto demais dela significaria trombar com uma porção de pessoas, o que deixaria Luyu encrencada. Era difícil, mas o que Luyu estava fazendo era muito mais.

A mulher parou numa loja e comprou para Luyu um anel feito de areia derretida.

— Você é uma menina bonita. Vai ficar bem em você — disse a mulher, então continuou tagarelando em seu aparelho. Luyu pegou o anel, murmurando um "obrigada" em Nuru e o colocou no dedo. Ergueu a mão e o colocou contra a luz do sol.

Vinte minutos mais tarde, finalmente chegamos à enorme barraca da mulher no mercado movimentado.

— Deixe aqui. — E assim Luyu estava livre. Dentro de alguns minutos, pediram que ela carregasse um fardo de fibra de palmeira, depois varresse a barraca de alguém, servisse de modelo para um vestido e limpasse fezes de camelo. Eu e Mwita descansávamos onde podíamos, nos escondendo sob alguma mesa ou entre as barracas e reaparecendo por alguns minutos antes de ficarmos ignoráveis de novo.

Quando pediram que ela colocasse combustível em recipientes, os vapores e o cansaço fizeram com que ela desmaiasse. Mwita teve que dar um tapa em seu rosto, para que acordasse. O bom desse trabalho era que ela o estava fazendo sozinha numa tenda, então eu e Mwita pudemos ajudá-la e também descansar um pouco.

A essa altura, o sol estava no meio do céu. Estávamos em Durfa havia três horas. Luyu teve sua chance quando terminou de encher os recipientes com combustível. O mais rápido que pôde, correu para um beco entre dois prédios grandes. Roupas estavam penduradas de um lado a outro e pude ouvir o choro de um bebê vindo de uma das janelas. Eram prédios residenciais.

— Ani seja louvada — sussurrou Luyu.

Eu e Mwita reaparecemos.

— Ufa, estou exausto — disse Mwita, colocando as mãos nos joelhos.

Esfreguei minhas têmporas e o lado da cabeça. Minha dor de cabeça estava chegando. Estávamos todos suados.

— Luyu, tem todo o meu respeito — falei, dando um abraço nela.

— *Odeio* esse lugar — disse ela em meu ombro, começando a chorar.

— É — falei. Eu também odiava. Só de ver os Okeke arrastando coisas de um lado para o outro. Ver Luyu tendo que fazer o mesmo. Alguma coisa estava errada... com *todos* aqui. Os Okeke não pareciam muito perturbados enquanto trabalhavam. E os Nuru não eram abertamente cruéis com eles. Não vi ninguém apanhando. Aquela mulher havia dito que Luyu era bonita e comprou um anel para ela. Era confuso e estranho.

— Onyesonwu, voe e veja se consegue achar o lugar onde eles conversam com Ani — disse Mwita.

— Mas como vou encontrar vocês? — falei.

— Você consegue trazer as pessoas de volta do mundo dos mortos — disse Luyu. — Pense em alguma coisa.

— Vá — disse Mwita. — Rápido.

— Pode ser que nem estejamos aqui quando você voltar — disse Luyu.

Tirei minhas roupas. Luyu as enrolou e as colocou no chão, encostadas na parede do beco. Mwita me abraçou apertado e beijei seu nariz. Então me transformei num abutre e voei.

A corrente morna do meio-dia me chamava para voar mais alto, mas me mantive voando baixo, perto do topo dos prédios e das palmeiras. Como abutre, eu podia de fato sentir meu pai. Ele estava mesmo em Durfa. Voei alto por um instante, os olhos fechados. Abri os olhos e olhei na direção que senti que ele estava. Lá estava o Local de Conversação. Meus olhos foram atraídos em direção a um prédio a norte dali. Eu sabia que ele teria uma porta azul.

Voei em círculos, memorizando o caminho. Um pássaro sempre sabe sua localização. Ri, o som saindo como um grasnado. "Como pude achar que não seria capaz de encontrar Mwita e Luyu?", pensei. Enquanto voava de volta ao beco, um brilho dourado chamou minha atenção. Virei e voei para o leste, em direção a uma rua larga onde uma parada estava acontecendo. Pousei no topo de um prédio e assumi minha maneira de abutre.

Olhei para baixo e agora não vi apenas um brilho dourado, mas centenas de distintivos dourados costurados em uniformes militares marrom-amarelados. Cada um carregava uma mochila da mesma cor. Estavam preparados para qualquer coisa. As pessoas festejavam enquanto os soldados marchavam. Eles iriam congregar em algum lugar que eu não conseguia ver. "Chegamos tarde demais", pensei, me lembrando do aviso de Sola. Aqueles exércitos não podiam deixar Durfa antes que eu fizesse o que tinha que fazer, fosse lá o que fosse.

Sobrevoei os soldados, baixo o suficiente para que me vissem. Precisava seguir as filas. Olhei para seus rostos, jovens determinados de pele dourada, tão diferente da pele escura de minha mãe. Eles estavam marchando em direção a um prédio grande feito de tijolo e metal. Não consegui ler a placa com o nome do prédio. Já tinha visto o suficiente. Ainda não estavam deixando a cidade. Mas logo, logo. Talvez dentro de poucas horas, mas ainda não.

Voei de volta para o beco. Mwita e Luyu se foram. Xinguei. Me transformei de volta. Enquanto me vestia, suava profusamente e minhas mãos tremiam. Logo depois de passar a camisa pela cabeça, encontrei os olhos de um Nuru, de pé na entrada do beco. Seus olhos estavam arregalados, ele havia acabado de ver meus seios e agora estava olhando meu rosto. Coloquei o véu, me fiz ignorável e caminhei ao redor dele. Quando olhei para trás, ele ainda estava de pé ali, olhando para o beco. "Que ele pense que viu um fantasma", pensei. "Que isso o deixe maluco."

Procurei por algum tempo. Sem sorte. Fiquei de pé no meio de uma multidão de Nuru e um ou outro Okeke. Como eu detestava esse lugar! Xinguei comigo mesma e um Nuru que passava franziu o cenho e olhou em volta. "Como irei encontrá-los?", pensei, desesperada. Meu pânico estava fazendo com que fosse difícil me concentrar. Fechei os olhos e fiz algo que jamais havia feito antes. Rezei para Ani, o Criador, Papai, Binta, para quem pudesse me ouvir. "Por favor. Não posso fazer isso sozinha. Não posso ficar sozinha. Cuide de Luyu. Preciso de Mwita. Binta deveria estar viva. Aro, você pode me escutar? Mamãe, eu queria ter cinco anos de idade novamente."

Eu não estava fazendo qualquer sentido, estava apenas rezando, se isso era rezar. Fosse o que fosse, me acalmou. Minha mente me mostrou a primeira lição de Aro sobre os Pontos Místicos.

— *Bricoleur* — falei em voz alta, enquanto ficava de pé ali. — Aquele que usa tudo o que possui para fazer o que precisa fazer.

Repassei três dos quatro pontos. *O Ponto Mmuo move e dá forma à natureza selvagem. O Ponto Alusi fala com os espíritos. O Ponto Uwa move e dá forma ao mundo físico, o corpo.* Eu precisava encontrar os corpos de Luyu e Mwita. "Eu posso encontrar Mwita", percebi. Tinha uma parte dele dentro de mim. Seu esperma. Conexão. Fiquei imóvel e me virei para dentro de mim mesma. Através de minha pele, gordura, músculo, meu ventre. Lá estavam eles, se remexendo.

— Onde está ele? — perguntei. Eles me disseram.

— *Ewu!* — gritou alguém. — Olhem!

Diversas pessoas exclamaram. Todos no mercado de repente me olharam e se afastaram de mim. Eu havia ficado tão concentrada dentro de mim, que havia me tornado visível. Alguém agarrou meu braço. Puxei-o, me tornei ignorável e abri caminho entre a multidão. Novamente, pensei a respeito dessas pessoas, que pareciam tão alegres e pacíficas, mas se transformavam em monstros quando seu ambiente Nuru estéril ficava levemente comprometido. Houve um caos enquanto eles procuravam desesperadamente por mim. As notícias iriam se espalhar, especialmente num lugar como esses, onde tantas pessoas andavam com aqueles dispositivos de comunicação.

Estávamos ficando sem tempo.

Corri, procurando não com meus olhos, mas com outra coisa dentro de mim. Vi Luyu fora do grande Local de Conversação. Ela estava lá com outra mulher Okeke. Observavam um grupo de crianças Nuru, enquanto seus pais tinham ido ao local de oração para rezar. Luyu parecia infeliz.

— Estou aqui — falei, ficando ao lado dela.

Ela deu um pulo e olhou ao redor.

— Onye? — perguntou ela.

A Okeke que estava perto de Luyu olhou para ela.

— Shhhh — falei.

Luyu sorriu.

— Mwita? — chamei.

— Estou aqui — respondeu ele.

— Vi soldados se preparando para deixar a cidade. Não temos muito tempo.

Uma criança Nuru de mais ou menos dois anos puxou as mangas de Luyu.

— Pão? — pediu a menininha. — Pão?

Luyu estendeu a mão para a sacola ao lado dela e partiu um pedaço de pão, entregando-o à criança. A menina sorriu para ela.

— Obrigada.

Luyu sorriu de volta.

— Precisamos ir. *Agora* — falei, tentando manter a voz baixa.

— Shhh! — disse Luyu. — A mulher vai fazer um escândalo se eu for embora. Não sei o que há de errado com esses Okeke.

— Eles são escravos — falei.

— Tente falar com ela, mesmo assim — ouvi Mwita sussurrando. — Rápido!

Luyu se virou para a mulher.

— Você já ouviu falar em Onyesonwu, a feiticeira?

Ela olhou para Luyu, nenhuma expressão em seu rosto. Então me surpreendeu ao olhar ao redor, se aproximar de Luyu e dizer "sim".

Luyu também ficou surpresa.

— Bem... o que você acha a respeito?

— Eu posso desejar, mas isso não faz com que seja verdade — sussurrou a mulher.

— Então deseje novamente — falei.

A mulher gemeu, olhando para Luyu. Ela deu um passo atrás, os olhos arregalados, as mãos sobre o peito. Não gritou nem chamou atenção enquanto Luyu foi embora. Não disse nada. Apenas ficou ali, as mãos sobre o peito.

Fiquei visível, puxando o véu sobre o rosto. Luyu e Mwita tinham que poder me ver. Apenas eu podia subir no prédio de porta azul. Por quinze minutos, nós corremos sem parar. Por causa da pele clara em minhas mãos, à primeira vista as pessoas achavam que eu era Nuru e que Luyu era minha escrava. E porque estávamos correndo, eu já tinha ido embora antes que alguém pudesse me analisar demais. Evitamos *okadas* e camelos e passamos por crianças Nuru de uniformes escolares, Okeke tristes trabalhando, e Nuru ocupados. E lá estávamos, diante da porta azul.

CAPÍTULO 58

Esse prédio realmente me lembrava a Casa de Osugbo. Era feito de pedra, suas paredes externas grossas eram cheias de sinais e ele exalava uma misteriosa autoridade. A porta azul era, na verdade, uma pintura das ondas de crista branca de um corpo d'água. O lago sem nome? Havia uma placa de pedra na frente do prédio, com uma bandeira laranja tremulando no mastro. Em sua placa, lia-se:

Quartel-General

Daib Yagoud

O Conselho do Reino dos Sete Rios

— Eu entro primeiro — disse Luyu. — Eles vão pensar que sou apenas uma escrava ignorante.

Antes que qualquer um de nós pudesse responder, ela subiu as escadas correndo e abriu a porta azul. A porta bateu atrás dela. Mwita segurou minha mão. A mão dele estava fria, a minha provavelmente estava também. Queria olhar para ele, mas ainda estávamos nos mantendo ignoráveis. Sete minutos se passaram. Atrás de nós, as pessoas passavam montadas em camelos, a pé ou em motocicletas. Ninguém se aproximou ou saiu do prédio. Posso arriscar dizer que ninguém nem mesmo olhou na direção dele. Sim, era mesmo muito parecido com a Casa de Osugbo.

— Se ela não sair daqui em mais um minuto, provavelmente está morta — disse Mwita.

— Ela vai sair — murmurei.

Outro minuto se passou.

— Você acha que foi Daib que pendurou aquelas pessoas na caverna? — disse ele.

Eu nem tinha pensado a respeito. E não queria pensar sobre isso agora. Mas era do feitio de Daib matar uma pessoa e então se certificar de que o corpo não pudesse apodrecer.

— Então quem eram as aranhas? — perguntei.

Ele riu.

— Não sei.

Ri também. Apertei a mão dele. A porta azul se abriu com uma batida forte. Luyu saiu de lá, sem fôlego.

— Está vazia — disse ela. — Se ele está aqui, está no segundo andar.

Sem olhar para trás, eu e Mwita nos tornamos visíveis.

— Ele está nos esperando — disse Mwita. Entramos.

Lá dentro estava fresco, como se tivesse uma estação de captura de água por perto. O ruído de uma máquina funcionando vinha de algum lugar. Havia mesas com tampos azul-escuros e cadeiras da mesma cor. Escritórios. Cada mesa tinha um computador velho empoeirado. Eu nunca tinha visto tanto papel. Havia pilhas no chão, dentro de cestos de lixo e muitos livros. Era um espaço de desperdícios. Uma escadaria do outro lado do escritório levava ao andar de cima.

— Eu não subi — disse Luyu.

— Foi esperta — falei.

— Fique aqui — disse Mwita para ela. — Grite se vier alguém.

Ela assentiu, pousando a mão sobre uma das mesas, para se equilibrar. Seus olhos estavam arregalados, lágrimas brilhavam dentro deles.

— Tenham cuidado — disse ela.

Eu e Mwita ficamos ignoráveis e subimos. Paramos na entrada. Aquela sala grande era bem diferente daquela do andar de baixo. Era como eu me lembrava. As paredes eram azuis. O chão era azul. A sala cheirava a incenso e livros velhos. E era sinistramente silenciosa.

Ele estava sentado à sua mesa, olhando para nós. Havia uma janela grande atrás dele, permitindo a entrada da luz do sol. Ela, ao mesmo tempo, lançava uma sombra sobre o rosto dele e reluzia reflexos dos pequenos discos que estavam numa cesta sobre a mesa dele. Ele era claro e escuro... mas em sua maioria escuro. Suas mãos grandes seguravam com firmeza o descanso de braço de sua cadeira. Trajava uma bata branquíssima, de colarinho bordado e um fino colar de ouro. Sua barba negra como granito descia-lhe até o peito e os cabelos negros lanuginosos eram cobertos por uma capa branca. Quando ele apenas permaneceu olhando para nós, eu e Mwita entendemos a deixa e nos tornamos visíveis.

— Mwita, meu aprendiz feio — disse ele. Olhou para mim e eu instantaneamente gelei de frio, me lembrando da dor que havia me causado logo antes de cravar aquele símbolo venenoso e cruel em minha mão. Minha coragem começou a me deixar. Eu era patética. Ele riu consigo mesmo, como se soubesse que eu perdera toda a minha ousadia.

— E *você*, deveria ter continuado desaparecida ou morta, ou fosse lá o que fosse — disse ele.

Mwita entrou na sala.

— Mwita, o... o que você está fazendo? — sussurrei.

Ele me ignorou, caminhou em direção a Daib e pegou o cesto contendo os estranhos discos.

— Sua mente é doentia — disse ele, balançando o cesto no rosto de Daib. — Tudo em sua casa foi destruído! Ainda assim, *de alguma forma*, você conseguiu salvar *isso*? Você achava que eu não sabia sobre essa sua coleção nojenta! Eu estava limpando a sua mesa quando os encontrei. Coloquei um deles em seu tocador portátil antes da revolta; vi você bater em um homem até a morte. Você estava rindo e... excitado enquanto o fazia!

Daib se recostou e riu novamente.

— Estou ficando velho. Às vezes um homem precisa de um pouco de ajuda. Minha memória frequentemente falha. Perder isso seria como perder parte da minha memória. — Ele inclinou a cabeça. — Então foi isso que você veio até aqui dizer? É por isso que você me atormenta com suas lembranças infantis? — Ele arrancou o cesto das mãos de Mwita e enfiou a mão, procurando por alguma coisa. Todos os discos tinham a mesma aparência, mas ele conseguiu encontrar aquele que procurava em questão de segundos. Ergueu-o. — Por *isso*? A honra de sua mulher? — Ele o jogou em Mwita. Errou a pontaria e o disco rolou pelo chão, caindo perto dos meus pés. Peguei-o. Era só um pouco maior do que minha unha. Mwita olhou para mim. Virou-se para Daib novamente.

— Saiam daqui — cuspiu Daib. — Tenho um plano a completar. Tenho a profecia de Rana para cumprir: *um feiticeiro Nuru alto com barba vai vir e reescrever o Grande Livro*. Que livro diferente será assim que eu exterminar o restante dos Okeke. — Ele se levantou, um Nuru alto de barba. Um feiticeiro com habilidades de cura. Assim como a profecia de Rana havia previsto. Franzi o cenho, questionando tudo aquilo pelo qual havia viajado. Será que Rana, o Vidente, havia de fato dito a verdade? Será que aquele sobre quem a profecia falava era homem, *não* mulher? Talvez "paz" significasse a morte de todos os Okeke.

— Oh, Ani, nos salve — sussurrei.

— Mas você, menina, devo exterminar — continuou Daib. — Me lembro de *sua* mãe. — Ele franziu o cenho. — Eu deveria tê-la matado. Deixei que meus homens se divertissem e depois deixassem a maioria daquelas mulheres Okeke vivas. Soltá-las é como enviar um vírus para todas aquelas comunidades do leste. As mulheres desgraçadas correm para lá para dar à luz seus bebês *Ewu*. Eu mesmo trouxe essa parte do plano à mente do conselho dos Sete Rios. Sou seu maior general e meu plano era brilhante. Claro que fui ouvido. O conselho é apenas uma marionete.

Ele sorriu, deleitando-se com suas palavras.

— É um juju simples o que eu coloco nos soldados. Eles se tornam como gado, produzindo leite sem parar. Eu? Eu prefiro esmagar a cabeça de uma mulher Okeke depois de tê-la. Exceto sua mãe. — Seu sorriso diminuiu. Seus olhos vagaram. — Eu gostei dela. Não queria matá-la. Ela deveria ter me dado um grande filho. Por que você é uma menina?

— Eu...

— Porque assim foi escrito — disse Mwita.

Daib se virou para Mwita, lentamente, percebendo-o de verdade pela primeira vez. Os movimentos de Daib foram instantâneos. Num momento ele estava de pé atrás de sua mesa, no outro estava sobre Mwita, suas mãos fortes ao redor do pescoço dele. Milhares de coisas tentaram acontecer em meu corpo ao mesmo tempo, mas nenhuma delas permitiu que eu me movesse. Alguma coisa estava me segurando. Então estava me apertando. Arfei e teria caído para frente se a coisa não estivesse me segurando.

Pisquei. Pude ver o que era. Um galho azul havia se enroscado em mim como uma cobra. Uma árvore da natureza selvagem. Era fria, áspera e terrivelmente forte, embora eu pudesse ver através dela. Quanto mais eu lutava, mais ela me apertava. Estava expulsando todo o ar dos meus pulmões.

— Sempre tão desrespeitoso! — disse Daib, rangendo os dentes enquanto estrangulava Mwita. — É o seu sangue *sujo*. Você nasceu *errado*. — Ele apertou mais forte. — Por que Ani daria tantos dons a uma criança como você? Eu deveria ter rasgado sua garganta, transformado você em cinzas de novo para que Ani pudesse acertar da segunda vez. — Ele jogou Mwita no chão e cuspiu nele. Mwita tossiu e cuspiu, tentando se reerguer. Caiu para trás.

Daib se virou para mim. Meu rosto estava úmido de lágrimas e suor enquanto a planta me libertava. O mundo ao meu redor ficou embaçado, depois reavivou. Abri a boca e respirei, tremendo ao me levantar.

— Meu único filho e é *isso* que Ani me dá — disse ele, me olhando dos pés à cabeça.

A natureza selvagem se ergueu ao nosso redor. Mais árvores nos rodearam como uma multidão de curiosos. Atrás dele, eu podia ver Mwita, seu espírito amarelo brilhava feroz.

— Tenho observado você — rosnou Daib. — Mwita morrerá hoje. Você morrerá hoje. E não vou parar por aí. Vou caçar seu espírito. Se tentar se esconder, vou encontrá-la. E vou destruí-la novamente. Depois que eu liderar os exércitos Nuru e completar a profecia, vou encontrar sua mãe. Ela irá carregar meu filho.

Eu perdia partes de mim a cada palavra que ele dizia. Uma vez que minha crença na profecia começou a se despedaçar, minha coragem foi junto. Eu estava me esforçando para conseguir respirar. Queria implorar a ele. Chorar. Ficaria aos seus pés para impedir que machucasse Mwita ou minha mãe. Minha jornada havia sido em vão. Eu era um nada.

— Não tem nada a dizer? — disse ele.

Fiquei de joelhos.

Triunfante, ele continuou falando.

— Não espero...

Mwita gritou enquanto se lançou sobre Daib. Então gritou algo que parecia Vah. Bateu a mão no pescoço de Daib. Daib guinchou e rodou. E, não importa o que Mwita havia feito nele, já estava funcionando. Mwita caiu para trás.

— O que você fez? — gritou Daib, tentando pegar o que estava em seu pescoço. — Você não pode...! — Senti todo o ar na sala mudar e a pressão cair.

— Então venha — disse Mwita. Ele olhou por sobre Daib, para mim. — Onyesonwu, você sabe *exatamente* o que é verdade e o que é mentira.

— Mwita! — gritei tão alto, que senti sangue em minha garganta. Comecei a correr em direção a ele, mal percebendo os machucados e cortes profundos que a árvore havia feito em meu corpo. Mas antes que eu pudesse chegar até ele, Daib se lançou sobre Mwita como um gato. Enquanto ambos estavam caídos no chão, as roupas de Daib se rasgaram, seu corpo ondulou, nasceram pelos laranja e preto, presas e garras afiadas. Como tigre, ele rasgou as roupas de Mwita, abriu seu peito e enfiou os dentes em seu pescoço. Então Daib ficou fraco e caiu, arfando e tremendo.

— Saia de cima dele! — gritei, agarrando o pelo de Daib. Tirei-o de cima de Mwita. Tanto sangue. O pescoço de Mwita estava aberto. De seu peito, o sangue jorrava. Pousei minha mão esquerda sobre ele. Ele tremeu, tentando falar.

— Mwita, shhh, shhh — falei. — Eu... eu irei curá-lo.

— N-não, Onyesonwu — disse ele, segurando minha mão, fraco. Como ele conseguia falar? — Isso é...

— Você sabia! Foi *ISSO* que você viu quando tentou passar a iniciação! — gritei. — Oh Ani! Você *sabia*!

— Será? — perguntou ele. O sangue jorrava pelo seu pescoço a cada batimento de seu coração. Estava formando uma poça ao meu redor. — Ou... o fato de eu saber... fez acontecer?

Solucei.

— Encontre — disse ele. — Termine. Ele respirou com dificuldade e as palavras que ele disse vieram cheias de dor. — Eu... sei quem você é... você deveria saber também.

Quando ele ficou imóvel em meus braços, meu coração deveria ter parado também. Abracei-o com força. Não me importava o que ele havia dito. Eu o traria de volta. Procurei pelo seu espírito. Ele se fora.

— Mamãe! — gritei, meu corpo tremendo enquanto eu soluçava. Minha boca estava tão seca. — Mamãe, me ajude!

Luyu entrou. Quando viu Mwita, caiu de joellhos.

— Mamãe! Ele não pode me deixar aqui! — Ouvi Luyu se levantar e descer e subir as escadas. Não me importava. Estava tudo acabado.

Daib ficou lá, deitado, nu, tremendo e arfando. Ainda enfiado em seu pescoço estava o pedaço de pano cheio de símbolos. Ting deve ter dado esse juju a Mwita. Ela deve ter usado o Ponto Uwa, o do mundo físico, do corpo. O ponto mais perigoso e útil aos nascidos Eshu. Enquanto segurava o corpo de Mwita, um pensamento me ocorreu. Eu o peguei e imediatamente o coloquei em ação. Não considerei as consequências, as possibilidades ou perigos.

Eu e Mwita não havíamos dormido aquela noite. Lembrei de como ele havia entrado em mim e relaxado. Ainda estava dentro de mim. Ainda estava vivo. Eu podia senti-lo em mim, nadando, se remexendo. Não estava em meu período fértil, mas fiz ser assim. Movimentei meu óvulo para encontrar o que pude encontrar da vida de Mwita. Mas não fui eu quem fez com que se unissem. Tudo o que pude fazer foi tornar possível. Algo mais fez o resto. Algo que não era humano. No momento da concepção, uma onda forte passou por mim, uma onda como aquela tantos anos antes, no funeral de papai. Explodi o teto e as paredes ao meu redor.

Fiquei ali sentada, com o corpo de Mwita, em meio aos escombros e à poeira, esperando que algo caísse sobre mim e me arrancasse a vida. Mas nada caiu. Logo a poeira começou a assentar. Apenas a escadaria permaneceu intacta. Podia ouvir gritos vindos da rua e dos prédios ao redor. Todos eles, gritos agudos.Vozes de mulher. Tremi.

— Acorde! — gritou uma mulher. — *Acorde!*

— Ani, me mate também! — gritou outra.

Pensei na aprendiz Sanchi, que havia apagado uma cidade inteira quando concebeu enquanto ainda era aprendiz. Pensei na reserva de Aro em ensinar meninas e mulheres. E em meus braços, eu segurava Mwita. Morto. Queria jogar minha cabeça para trás e gritar, rir. Era a ideia de nossa criança em meu ventre? Talvez. Seja o que for, as nuvens em minha mente começaram a me levar ao meu sonho com Mwita. A ilha.

Alguém estava correndo escadas acima.

— Onye! — gritou Luyu, tropeçando num bloco de pedra e numa estante que havia caído sobre Daib. — Onye, o que aconteceu? Oh, graças a Ani você está bem.

— Sei o que temos que fazer — falei.

— O quê? — perguntou Luyu.

— Encontrar o Vidente — falei. — O que viu e profetizou a meu respeito. — Pisquei enquanto tudo me vinha à mente. — Rana, o nome dele é Rana.

Sola havia falado sobre Rana logo antes de eu deixar Jwahir.

— Esse vidente, Rana, ele é o guardião de um documento precioso. Deve ter sido por isso que ele recebeu a profecia — dissera Sola.

Do lado de fora, as mulheres continuavam a choramingar e a gritar.

— Então... então se despeça e vamos — disse Luyu, pousando a mão sobre meu ombro. — Ele se foi.

Olhei para ela. Então olhei para Mwita.

— Levante-se — disse Luyu. — Temos que ir.

Beijei seus lábios uma última vez. Olhei para o corpo nu e trêmulo de Daib e rosnei. Não tinha saliva em minha boca ou teria cuspido nele. Não o matei. Deixei que ele ficasse lá também. Mwita teria ficado orgulhoso de mim.

Acha que arenito não fica quente quando queima? Fica sim. Jamais teria deixado o corpo de Mwita para trás para ser profanado. Jamais. Tudo queima, pois tudo deve voltar a ser pó. Fiz o prédio do General queimar. Era minha culpa Daib ainda estar lá? Duvido que Mwita tivesse ficado bravo comigo por incendiar o prédio enquanto Daib estava lá dentro, indefeso.

O prédio do General Daib não pararia de queimar até virar cinzas. Ainda assim, enquanto paramos diante dele, vi um grande morcego voar pelas labaredas com esforço, como um pedaço de pedra chamuscada. Voou alguns metros, caiu, retomou a altitude e foi embora. Meu pai estava machucado, mas ainda vivia. Eu não me importava. Se conseguisse realizar o que tinha que fazer, lidaria com ele em seu devido tempo.

Caminhamos depressa pela rua enquanto mulheres corriam de um lado para o outro. Ninguém olhou duas vezes para a gente. Conseguimos caminhar até o lago sem nome.

CAPÍTULO 59

into-me estranha — disse Luyu. Então ela correu para a beira do rio e vomitou pela segunda vez naquele dia.

Fiquei de pé, o rosto exposto, esperando Luyu terminar.

Ninguém se importava comigo. As pessoas podem ter ouvido coisas a respeito da *Ewu* maluca, mas o que estava acontecendo na cidade de Durfa havia usurpado isso. Por enquanto.

Todos os homens na cidade de Durfa capazes de engravidar uma mulher estavam mortos. Minha ação os havia matado. Os exércitos que eu havia visto, cada um daqueles homens havia morrido instantaneamente. Enquanto caminhávamos até o rio, vimos corpos de homens nas ruas, ouvimos gritos vindos das casas, passamos por mulheres e crianças em estado de choque. Temi novamente, pensando em Daib... "Ele é meu pai e eu sou sua filha", pensei. "Ambos deixamos corpos para trás no nosso despertar. Campos cheios de corpos."

— Você já terminou? — perguntei. Meu rosto estava quente e eu também sentia que estava prestes a vomitar.

Ela grunhiu, levantando-se devagar.

— Minha barriga está... não sei.

— Você está grávida — falei.

— O quê?

— Eu também estou.

Ela ficou me olhando.

— Você...

— Eu me fiz conceber. Alguma coisa aconteceu por causa disso. Alguma coisa... terrível. — Olhei para minhas mãos. — Sola disse que meu maior problema seria a falta de controle.

Luyu enxugou a boca com a mão e tocou a barriga.

— Então... não sou só eu. *Todas* as mulheres.

— Não sei quão longe chegou. Não acho que chegou a tocar as outras cidades. Mas onde existem homens mortos, existem mulheres grávidas.

— O-O que aconteceu? Por que os homens estão mortos? — perguntou ela.

Balancei a cabeça e olhei para o rio. Era melhor para ela não saber. Uma mulher gritou perto de nós. Eu também queria gritar.

— Meu Mwita — sussurrei. Meus olhos ardiam. Não queria erguer os olhos e ver mulheres cheias de pesar correndo pelas ruas.

— Ele morreu bem — disse Luyu.

— Um filho mata seu pai — falei. "Mas Daib não está morto", pensei.

— Um aprendiz mata seu mestre — disse Luyu, cansada. — Daib odiava você, Mwita a amava. Mwita e Daib, talvez um não possa sobreviver sem o outro.

— Você fala como uma feiticeira.

— Estive rodeada de muitos deles — disse ela.

— Meu Mwita — sussurrei novamente. Então me lembrei de algo e procurei nas dobras da minha *rapa*. Esperava que não estivesse lá. Estava. Ergui o pequeno disco de metal. — Luyu, você ainda está com o computador portátil? — Dentro de um prédio, do outro lado da rua, uma mulher gritou até ficar sem voz. Luyu piscou.

— Sim — disse ela. — Onde conseguiu esse disco?

Me aproximei enquanto ela cuidadosamente o inseria no computador. Meu coração batia tão rápido, que segurei o peito. Luyu franziu o cenho e me abraçou. O aparelho emitiu um som baixinho enquanto uma pequena tela se ergueu. Luyu a virou.

Minha mãe olhava diretamente para nós enquanto estava deitada na areia. Meu pai enfiou a faca na areia ao lado dela. Percebi que o cabo da faca tinha símbolos muito parecidos com aqueles que ele havia colocado na minha mão. Ting teria sabido o que eles significavam. Ele abriu as pernas de minha mãe e então começaram os grunhidos, a respiração ofegante, a cantoria e as palavras que ele rosnava entre uma canção e outra. Mas dessa vez eu estava assistindo a uma gravação, não uma visão da minha mãe. Eu ouvia suas palavras Nuru fora da perspectiva da minha mãe. Eu podia entendê-las.

— Encontrei você. Você é a escolhida. Feiticeira. *Feiticeira!* — Ele cantou uma canção. — Você vai carregar meu filho. Ele será grandioso. —

Outra música. — Irei criá-lo e ele se tornará o maior homem que essa terra já viu. — Outra música. — Está escrito. Eu vi!

Algum objeto de vidro voou pela janela da casa no outro lado da rua. Caiu no chão, se espatifando. A seguir, o som de uma criança chorando aos soluços. Eu estava insensível àquilo tudo, as imagens de minha mãe sendo estuprada por um feiticeiro Nuru diante de meus olhos e meus pensamentos ficaram sombrios. Pensei nas mulheres, crianças e velhos ao meu redor, lamentando, chorando e soluçando; *eles* haviam *permitido* que isso acontecesse com minha mãe. Não a teriam ajudado.

O que teria acontecido se minha mãe fosse a feiticeira que seu pai havia pedido que fosse quando Daib a atacou naquele dia? Teria havido uma grande batalha. Em vez disso, tudo o que ela tinha para se proteger era seu lado Alusi.

— Basta! — disse Luyu, tirando o aparelho das minhas mãos.

As pessoas estavam enchendo as ruas. Corriam, se arrastavam, iam de um lado para o outro, para lugares que não me interessavam. Fantasmas de si mesmas, suas vidas alteradas para sempre. Fiquei ali, meus olhos embaçados. Meu pai realmente achava aquele disco *precioso demais* para guardá-lo por vinte anos.

— Precisamos continuar — disse Luyu, me arrastando. Mas enquanto caminhávamos, lágrimas corriam pelo seu rosto também. — Espere — disse ela, ainda segurando meu braço. Jogou o computador portátil no chão. — Pise nele — disse ela. — Com toda a sua força. Esmague-o no chão.

Fiquei observando o aparelho por um momento, então pisei nele com toda a minha força. O som dele quebrando me fez sentir melhor. Peguei o que sobrara e tirei o disco. Esmaguei o disco com meus dentes e o joguei no rio.

— Vamos — falei.

Quando chegamos ao lago, esperamos um minuto. Eu o havia visto antes, sim, mas durante minha visão eu não tivera a chance de parar e realmente apreciar. Em algum lugar daquele lago havia uma ilha.

Atrás de nós, o caos. As ruas estavam cheias de mulheres, crianças e velhos correndo, tropeçando e se lamentando. "Como isso pode ter acontecido?" Mulheres rasgavam suas roupas. Muitas caíam de joelhos e gritavam para Ani salvá-las. Eu tinha certeza de que, em algum lugar, as poucas mulheres Oke-ke que sobraram em Durfa foram arrastadas e mortas. Durfa estava doente e eu havia feito sua doença surgir como uma naja em cólera.

Demos nossas costas a isso tudo. Tanta água. Iluminada pela luz do sol, a água era azul-clara, a superfície calma. O ar era bastante úmido, e me perguntei se era esse o cheiro que os peixes e outras criaturas aquáticas tinham. Um odor doce e metálico que era música para os meus sentidos doloridos. Em Jwahir, nem eu nem Luyu poderíamos ter imaginado isso.

Diversos veículos aquáticos pararam na beira do rio. Eles cortavam e interrompiam a tranquilidade da água. Barcos, oito deles. Todos feitos de madeira amarela polida, com insígnias azuis quadradas pintadas na fente. Descemos a colina rapidamente.

— Vocês! Esperem! — gritou uma mulher atrás de nós.

Andamos mais rápido.

— É a menina *Ewu*! — disse a mulher.

— Peguem o demônio! — gritou uma outra.

Começamos a correr.

Os barcos eram pequenos, mal podendo comportar quatro pessoas dentro deles. Tinham motores que soltavam fumaça e faziam barulho enquanto agitavam a água. Luyu correu para um barco operado por um jovem Nuru. Pude ver por que ela o havia escolhido; ele parecia um pouco diferente dos outros operadores. Parecia chocado, enquanto os demais me observavam com horror. Quando chegamos até ele, a mesma expressão permaneceu em seu rosto. Ele abriu o portão do barco. Entramos.

— Você... você é a...

— Sim, sou — respondi.

— Ligue logo esse negócio! — gritou Luyu.

— Essa mulher matou todos os homens em Durfa! — gritou para os homens uma mulher que descia a colina correndo. — Peguem-na, *matem-na!*

O homem fez o barco funcionar bem a tempo. O motor soltou fumaça e fez um barulho agudo. Ele moveu uma alavanca e o barco começou a navegar para frente. Os outros operadores correram para as beiradas de seus barcos. Estavam longe demais para pularem em cima de nós.

— Shukwu! — gritou um deles. — O que você está fazendo?

— Ah, ele já foi enfeitiçado — disse outra mulher.

Uma multidão de mulheres corria em direção ao rio. Uma pedra atingiu o barco e outra me atingiu nas costas quando me virei.

— Para onde? — perguntou o barqueiro chamado Shukwu.

— Para a ilha de Rana — falei. — Você sabe onde fica?

— Sei — disse ele, virando o barco na direção sul.

Atrás de nós, as mulheres conversavam com os homens, apressadas. Eles partiram os motores e rapidamente vieram atrás de nós.

— Pare o barco! — gritou um homem. Eles estavam a cerca de 400 metros distantes de nós.

— Shukwu, não iremos machucar você! — gritou outro. — Só queremos a menina.

Shukwu se virou para mim.

Olhei no fundo dos olhos dele.

— Não pare esse barco! — falei.

Continuamos.

— Então esses rumores são verdadeiros? — perguntou ele. — Todos os homens... o que aconteceu em Durfa? — Ele viera do outro lado do rio, provavelmente de Suntown ou Chassa. As notícias corriam rápido. Ele se arriscara bastante ao atravessar o rio. O que eu iria dizer a ele?

— Por que você está nos ajudando? — perguntou Luyu, desconfiada.

— Eu... não acredito em Daib — disse ele. — Muitos de nós não acreditam nele. Aqueles que rezam cinco vezes ao dia, amam o Grande Livro e são pessoas devotas sabem que isso não é o desejo de Ani. — Ele olhou para mim, analisando meu rosto. Estremeceu e desviou o olhar. — E eu a vi — disse ele. — A mulher Okeke que ninguém podia tocar. Quem poderia odiá-la? A *filha dela* jamais faria nada de mal.

Ele estava falando de minha mãe, viajando *alu* e tentando me ajudar contando às pessoas sobre mim. Então ela estava aparecendo também para os Nuru. Ela estava falando a todo mundo sobre a pessoa boa que eu era. Quase ri diante daquele pensamento. Quase.

Apesar de suas cargas pesadas, não conseguimos ser mais rápidos do que os outros barcos. Atrás deles, vi outros cinco barcos, cheios de homens.

— Eles irão matá-la — disse Shukwu. Apontou para a direita. — Viemos de Chassa e estava tudo bem. Por favor. Me diga o que aconteceu em Durfa.

Apenas balancei a cabeça.

— Apenas nos leve até lá — disse Luyu.

— Espero estar fazendo a coisa certa — murmurou ele.

Eles xingavam e gritavam ameaças enquanto se aproximavam.

— Está muito longe? — perguntou Luyu, nervosa.

— Olhe para lá — disse ele.

Eu podia vê-la, uma ilha com uma cabana de arenito e teto de vime. Mas o motor do barco estava se esforçando, cuspindo ainda mais fumaça negra. Começou a fazer um ruído estranho, que não parecia ser bom. Shukwu xingou.

— Meu combustível está quase acabando — disse ele, pegando uma pequena cabaça. — Posso reabastecer e...

— Não temos tempo! Vamos — disse Luyu, pegando meu ombro. — Se transforme e voe. Me deixe aqui. Eu lutarei com eles.

Balancei a cabeça.

— Não vou abandonar você. Vamos conseguir.

— Não vamos conseguir — disse Luyu.

— Vamos! — gritei. Ajoelhei e me inclinei para o lado. — Ajude! — e comecei a remar com o braço. Luyu se inclinou do outro lado e começou a fazer o mesmo.

— Usem isso — disse Shukwu, nos entregando dois grandes remos. Ele colocou o motor em potência máxima, o que não era muita potência. Lentamente nos aproximamos da ilha. Nada passava pela minha cabeça, exceto CHEGUE ATÉ LÁ! Minha *rapa* azul e camiseta branca estavam ensopadas de suor e da água fria do lago sem nome. Acima de nós, o sol brilhava. Um pequeno grupo de pássaros passou voando. Eu remava pela minha vida.

— Vá! — gritei, quando chegamos perto o suficiente. Eu e Luyu pulamos, caímos na água e corremos até a pequena ilha que mal tinha espaço para uma cabana e duas árvores. Faltavam apenas alguns metros até a cabana. Parei para olhar Shukwu afobado, remando o barco para longe dali.

— Obrigada! — gritei.

— Se... Ani... desejar. — Ouvi ele gritar sem fôlego. Os barcos dos Nuru estavam se aproximando. Virei e corri até a cabana.

Fiquei ao lado de Luyu na soleira. Não havia porta. Dentro da cabana, jazia o corpo sem vida de Rana. No canto, um grande livro empoeirado.

Não sei o que aconteceu com Rana. Ele poderia ter sido uma das minhas vítimas, mas as mortes que eu causei acidentalmente teriam chegado tão longe? Jamais saberei. Luyu se virou e correu de volta para onde viemos.

— Eu vou segurá-los.

Os homens que haviam nos seguido viram Luyu sair da cabana. Ela era linda e forte. Não sentiu medo enquanto os observou descendo dos barcos, devagar, agora que sabiam que estávamos encurraladas. Acho que a ouvi rir e dizer, "Então venham!".

Aqueles Nuru viram uma linda Okeke protegida apenas pelo seu senso de dever e suas mãos vazias, que haviam ficado mais ásperas pelo uso nos últimos meses. E eles a atacaram. Rasgaram sua *rapa* verde, seu bustiê amarelo, agora sujo, os braceletes de contas que ela tirara dos cestos ainda ontem, muito tempo atrás. Então a estraçalharam. Não me lembro de ter ouvido ela gritar. Eu estava ocupada.

Fui imediatamente atraída por aquele livro. Ajoelhei ao lado dele. A capa era fina, mas forte, feita de um material resistente que eu não sabia o nome. Lembrava a capa preta daquele livro eletrônico que encontrei na caverna. Não havia título nem desenhos nela. Estendi a mão, mas então hesitei. *O que é...* Não, eu cheguei longe demais para perguntar isso.

Quando toquei o livro, estava morno. Febril. Descansei a mão sobre sua capa dura. Era áspera, como uma lixa. Queria parar para apreciar isso, mas não tinha tempo. Arrastei-o até meu colo e o abri. Imediatamente, senti como se alguém tivesse me batido com força na cabeça, fazendo minha visão embaralhar. Eu mal podia olhar para o que estava escrito nas páginas, fazia minha cabeça e meus olhos doerem muito. A essa altura eu estava concentrada. Estava ali por um propósito, apenas. Um propósito que havia sido profetizado naquela mesma cabana.

Folheei as páginas do livro e parei numa página que estava mais quente ao toque do que as demais. Pousei minha mão esquerda sobre ela. Não fazia sentido, mas me senti inclinada a fazê-lo, de tão doente que senti que aquele livro estava. Parei. Não, pensei. Troquei de mão, me lembrando das palavras de Ting a respeito de minha mão, "Não sabemos qual será a consequência". Esse livro estava cheio de ódio e foi isso que causou sua doença. Minha mão direita estava cheia do ódio de Daib.

— Eu não odeio você — sussurrei. — Prefiro morrer. — Então comecei a cantar. Cantei a música que havia feito quando tinha quatro anos e morava com minha mãe no deserto. Durante o período mais feliz da minha vida. Havia cantado essa canção para o deserto quando ele estava contente, pacífico. Cantava agora para aquele misterioso livro no meu colo.

Minha mão ficou quente e vi os símbolos na mão direita se partirem ao meio. As duplicatas caíram no livro, onde se aninharam entre os outros símbolos, formando uma escrita que eu não podia ler. Podia sentir o livro sugando de mim, como uma criança faz no seio da mãe. Pegando, pegando. Senti algo mexendo em meu ventre. Parei de cantar. Enquanto eu observava, o livro foi ficando escuro, cada vez mais escuro. Mas não tão escuro que eu não pudesse vê-lo. Ele se escondeu ali, no cantinho, enquanto os homens entraram e me encontraram.

Capítulo 60

QUEM TEME A MORTE?

As mudanças requerem tempo, e meu tempo havia acabado. No momento em que eu havia terminado de fazer o que tinha que fazer com aquele livro, algo começou a acontecer. Enquanto acontecia, me levantei para correr e percebi que havia sido pega. O que posso dizer é que o livro e tudo o que ele tocou e então tudo o que tocou o que ele havia tocado e assim por diante, tudo naquela pequena cabana de arenito começou a se transformar. Não na natureza selvagem, isso não teria me assustado. Em outro lugar. Ouso dizer que num bolso dentro do tempo, uma fenda entre tempo e espaço. Para um lugar onde tudo era cinza, branco e preto. Eu teria adorado ficar e observar. Mas a essa altura eles estavam me arrastando pelos cabelos, passando pelo que restara do corpo de Luyu, em direção a um dos barcos. Estavam cegos demais para ver o que havia começado a acontecer.

Estou sentada aqui. Eles virão me pegar. Não tenho motivos para resistir. Nenhum propósito para viver. Mwita, Luyu e Binta estão mortos. Minha mãe está longe demais. Não, ela não virá me ver. Sabe que não deve. Sabe que o destino deve seguir seu curso. A criança em mim, minha e de Mwita, ela está condenada. Mas viver, mesmo que apenas por três dias, é viver. Ela entenderá. Não deveria tê-la criado. Fui egoísta. Mas ela entenderá. Sua hora chegará novamente, assim como a minha também chegará quando for o momento certo. Mas esse lugar que você conhece, esse reino, ele mudará depois de hoje. Leia em seu Grande Livro. Você não irá perceber que ele foi reescrito. Ainda não. Mas foi. Tudo foi. A maldição dos Okeke foi retirada. Nunca existiu, *sha*.

EPÍLOGO

Sentei-me com ela por todas aquelas horas, digitando e escutando, mais escutando. Onyesonwu. Ela olhou para suas mãos cheias de símbolos e então as aproximou do rosto. Finalmente, chorou.

— Está feito — soluçou ela. — Agora me deixe.

Inicialmente me recusei, mas então vi seu rosto se transformar. Eu o vi se tornar como o de um tigre, com listras, pelo e dentes afiados. Corri de lá, agarrado ao meu *laptop*. Não dormi aquela noite. Ela me assombrava. Poderia ter escapado, voado para longe dali, se tornado invisível, entrado no mundo astral e fugido, ou "viajado", como ela gostava de dizer. Mas não fez nada disso. Por causa do que havia visto em sua iniciação. Ela era como um personagem preso dentro de uma história. Era terrível.

Da próxima vez que a vi foi quando a arrastaram para aquele buraco no chão e a enterraram até o pescoço. Eles haviam cortado seus cabelos longos e volumosos e o que havia restado parecia tão desafiador quanto ela. Fiquei no meio da multidão de homens e mulheres. Todos estavam gritando por sangue e vingança. "Matem a *Ewu!*", "Estraçalhem ela!", "Demônio *Ewu!*". As pessoas riam e zombavam. "A salvadora dos Okeke é mais feia do que eles!", "Com certeza é feiticeira, não é capaz de nada além de machucar nossos olhos", "*Ewu* assassina!"

Notei um homem alto com barba, o rosto parcialmente queimado, uma perna que parecia severamente machucada e sem um braço. Ele estava na frente, apoiado numa bengala. Como todos os demais, ele era Nuru. Mas diferente de todos os outros, ele estava calmo, observando. Nunca vi Daib, mas Onyesonwu o havia descrito claramente. Tenho certeza de que era ele.

O que aconteceu quando aquelas pedras atingiram a cabeça de Onyesonwu? Ainda me pergunto isso. Luz emanou dela, uma mistura de azul e verde. A areia ao redor de seu corpo enterrado começou a derreter. Aconteceu mais, mas não ouso descrever tudo. Aquelas coisas são apenas para aqueles que estavam lá, as testemunhas.

Então o chão tremeu e as pessoas começaram a correr. Acho que, naquele momento, todos nós, Nuru, entendemos onde erramos. Talvez o livro reescrito por ela finalmente tenha surtido efeito. Todos estávamos certos de que Ani havia voltado para nos transformar em poeira. Tanta coisa havia acontecido. Onyesonwu falou a verdade. Toda a cidade de Durfa, todos os homens férteis foram exterminados e todas as mulheres férteis estavam vomitando e grávidas.

As crianças pequenas não sabiam o que fazer. Havia caos nas ruas por todo o Reino dos Sete Rios. Muitos dos Okeke que restaram se recusaram a trabalhar e isso causou ainda mais caos e violência. O Vidente, Rana, que havia predito que algo iria acontecer, estava morto. O prédio de Daib havia queimado. Todos estávamos certos de que aquele era o fim.

Por isso, a deixamos lá. Naquele buraco. Morta.

Mas eu e minha irmã não corremos muito longe. Voltamos depois de quinze minutos. Minha irmã... sim, sou gêmeo. Minha irmã, minha gêmea, ela usa meu computador. E ela tem lido a história de Onyesonwu. Veio comigo à execução. E quando tudo estava terminado, fomos os únicos a retornar.

E porque minha irmã conhecia a história de Onyesonwu, e também porque era minha gêmea, não sentiu medo. Como gêmeos, sempre sentimos que tínhamos a responsabilidade de fazer o bem no mundo. Meu prestígio por ser um dos gêmeos de Chassa foi o motivo de eles terem permitido que eu a visse na cadeia. Foi o que me moveu a escrever a história dela. E é o que me ajudará a lutar para publicá-la e manterá a mim e a minha irmã a salvo das retaliações. Meus pais eram dois dos poucos Nuru que achavam que estava *tudo* errado, o modo como vivíamos, nos comportávamos, o Grande Livro. Não acreditavam em Ani. Portanto, eu e minha irmã crescemos descrentes no Livro também.

Enquanto caminhávamos de volta para encontrar o corpo de Onyesonwu, minha irmã gritou. Quando olhei para ela, estava a três centímetros do chão. Minha irmã pode voar. Mais tarde, descobrimos que não é a única.

Todas as mulheres, Okeke e Nuru, descobriram que alguma coisa nelas havia mudado. Algumas podiam transformar vinho em água fresca e potável, outras brilhavam no escuro, à noite, algumas podiam ouvir os mortos. Outras se lembravam do passado, bem antes do Grande Livro. Outras podiam examinar o mundo espiritual e ainda viver no físico. Milhares de habilidades. Todas concedidas às mulheres. Lá estava. O presente de Onye. Em sua morte, e na de sua criança, Onye deu à luz nós todos. Esse lugar jamais será o mesmo. A escravidão aqui acabou.

Retiramos seu corpo daquele buraco. Não foi fácil, pois tudo ao redor dela era areia derretida, vidro. Tentamos quebrá-lo para tirá-la dali. Minha irmã chorou o tempo inteiro, seus pés mal tocando o chão. Chorei também. Mas nós conseguimos tirá-la. Minha irmã retirou seu véu e cobriu a cabeça quebrada de Onye com ele. Usamos um camelo para ajudar a levar seu corpo para o deserto, a leste daqui. Trouxemos outro camelo conosco para carregar madeira. Queimamos o corpo de Onyesonwu na pira funerária que ela merecia e enterramos suas cinzas perto de duas palmeiras. Enquanto enchíamos o buraco, um abutre pousou na árvore e observou. Quando terminamos, ele foi embora. Dissemos algumas palavras para Onyesonwu e então fomos para casa.

Foi o máximo que pudemos fazer pela mulher que salvou o povo do Reino dos Sete Rios, esse lugar que costumava ser parte do Reino do Sudão.

Capítulo 61

PAVÃO

Capítulo 62

SOLA FALA

Ah, mas o Grande Livro havia sido reescrito. Em Nsibidi. Durante aqueles primeiros dias, em Durfa, *houve* mudança. Algumas mulheres começaram a encontrar os fantasmas daqueles homens exterminados pelas ações... impetuosas de Onyesonwu. Alguns fantasmas voltaram à vida. Ninguém ousou perguntar como isso era possível. Sábia decisão. Outros fantasmas desapareceram com o tempo. Onyesonwu poderia ter ficado remotamente interessada em tudo isso. Mas, novamente, ela tinha outras coisas com que se preocupar.

Lembrem-se de que a filha de meu aprendiz que deu errado nasceu Eshu, um mudador de formas em sua essência. A própria essência de Onyesonwu era mudança e desafio. Daib deve ter sabido disso mesmo quando saiu voando de seu quartel-general em chamas, onde o corpo do falecido amor de Onyesonwu, Mwita, se tornava cinzas. Daib, que agora estava aleijado e não podia mais enxergar as cores ou usar os Pontos Místicos sem sofrer uma dor inimaginável. Certemanete, existem coisas piores do que a morte.

De fato, Onyesonwu morreu, pois algo tem que ser escrito antes que possa ser *reescrito*. Mas agora, veja o símbolo do pavão. Onyesonwu o escreveu na areia de sua cela. Esse símbolo é escrito por um feiticeiro que acredita que foi injustiçado. De vez em quando, é escrito por uma *feiticeira* também. Ele significa "alguém vai agir". Não é compreensível que ela quisesse *viver* no mundo que havia ajudado a refazer? Isso, de fato, é um destino mais lógico.

CAPÍTULO I

REESCRITO

Deixe que eles venham, então — disse Onyesonwu, olhando para o símbolo que havia escrito na areia. O pavão orgulhoso. O símbolo era uma queixa. Argumentação. Insistência. Ela olhou para si mesma e esfregou as coxas, nervosa. Eles a haviam vestido com um vestido longo branco. Era como outra prisão. Haviam picotado seus cabelos. Tinham tido a *coragem* de picotar seus cabelos. Ela olhou para suas mãos — os círculos, espirais e linhas se trançavam em desenhos complexos, subindo pelos seus pulsos.

Ela se recostou contra a parede e fechou os olhos sob a luz do sol. O mundo ficou vermelho. Eles estavam chegando. A qualquer momento agora. Ela sabia. Tinha visto. Anos atrás, havia visto.

Alguém a agarrou com tanta violência, que ela grunhiu. Seus olhos se abriram, um ódio amargo inundando seu corpo e espírito. Vermelho vivo sob a luz do sol. Ela havia curado tudo e ainda assim, ao fazê-lo, seus amigos haviam morrido, seu Mwita... oh, seu amado Mwita, sua vida, sua morte. A fúria tomou conta dela. Podia sentir sua filha se enfurecendo também. Sua filha tinha o rugido de um leão.

Seis homens de braços fortes entraram na cela para levá-la. Três deles tinham facões. Talvez os outros três fossem arrogantes demais e achassem que não precisavam de armas para domá-la. Talvez todos eles achassem que a feiticeira maligna chamada Onyesonwu estivesse resignada diante de seu destino. Ela podia entender por que eles haviam cometido esse erro. Entendia muito bem.

Ainda assim, o que qualquer um deles poderia ter feito quando uma força estranha os lançou para trás? Três deles caíram fora da cela. Sentaram, deitaram e ficaram olhando, boquiabertos e aterrorizados enquanto

Onyesonwu tirava seu vestido e... se transformava. Ela se transformou, brotou, envolveu, esticou e fez seu corpo crescer. Onyesonwu era especialista nisso. Ela era Eshu. Ela se transformou num *Kponyungo*, um cuspidor de fogo.

FOOOOOM! — ela cuspiu uma bola de chamas tão intensas, que a areia ao redor se derreteu, virando vidro. Os três homens que permaneceram em sua cela estavam chamuscados, como se tivessem ficado deitados por dias sob o sol do deserto, à espera da morte. Então ela voou como uma estrela cadente pronta para voltar para casa.

Não, ela *não* era um sacrifício a ser feito para o deus de homens e mulheres, tanto Okeke quanto Nuru. Ela era Onyesonwu. Havia reescrito o Grande Livro. Estava tudo acabado. E jamais poderia permitir que seu bebê, a única parte de Mwita que ainda vivia, morresse. *Ifunanya*. Ele havia falado aquelas antigas palavras místicas para ela, palavras que eram mais verdadeiras e puras do que o amor. O que eles dividiam era o suficiente para mudar o destino.

Ela pensou sobre o Beberrão de vinho de palma do Grande Livro. Ele vivia apenas para beber seu doce vinho. Quando um dia seu produtor caiu de uma árvore e morreu, ficou inconsolável. Mas então percebeu que se o produtor estava morto e se fora, então ele deveria ter ido para outro lugar. E foi aí que sua busca começou.

Onyesonwu considerou isso enquanto pensava sobre seu Mwita. De repente, ela soube onde iria encontrá-lo. Ele estaria num lugar que era tão cheio de vida, que a morte iria correr dele... por um tempo. O lugar verde que sua mãe havia mostrado a ela. Além do deserto, para onde a terra era coberta de árvores cheias de folhas, arbustos, plantas e as criaturas que viviam nele. Estaria esperando na árvore iroco. Ela quase gritou de alegria enquanto voava mais rápido. Será que um *Kponyungo* pode derramar lágrimas de verdade? Esse podia.

"Mas e quanto a Binta e Luyu", pensou ela com uma pitada de esperança. "Elas estarão lá também?" Ah, mas o destino era frio e cruel.

Nós três, Sola, Aro e Najeeba sorrimos. Nós (mentor, professor e mãe) vimos tudo da maneira que os feiticeiros, experientes e em treinamento, frequentemente veem as coisas que estão profundamente conectadas a eles. Imaginamos se algum dia a veremos de novo. O que ela vai se tornar?

Quando ela e Mwita se unirem, e eles o farão, o que será da filha deles que ria tão alegre dentro do ventre de Onyesonwu, a caminho daquele lugar verde?

Se Onyesonwu tivesse dado mais uma olhada para baixo, para o sul, com seu olho de *Kponyungo*, teria visto uma criança Nuru, uma Okeke e duas *Ewu* em trajes escolares brincando no pátio da escola. A leste, se estendendo até o horizonte, teria visto estradas pavimentadas populadas por homens e mulheres, Okeke e Nuru, dirigindo motocicletas e carros puxados por camelos. No centro de Durfa, teria visto uma mulher voando, encontrando-se discretamente com um homem que voava, no topo do prédio mais alto.

Mas a onda de mudanças ainda estava para acontecer, diretamente abaixo. Lá, milhares de Nuru ainda esperavam por Onyesonwu, todos eles gritando, rindo, zombando... esperando para molhar suas línguas com o sangue de Onyesonwu. Deixe que esperem. Eles ficarão esperando por muito, muito tempo.

AGRADECIMENTOS

Aos ancestrais, espíritos e àquele lugar tão frequentemente chamado "África". Ao meu pai, cujo falecimento me levou a questionar "Quem teme a morte"? À minha mãe. À minha filha, Anyaugo, sobrinho Onyedika e sobrinha Obioma por me alegrarem quando eu estava escrevendo as partes dessa história que me deixaram tristes. Aos meus irmãos (Ife, Ngozi e Emezie) por seu apoio constante. À minha família por extensão, sempre minha base. A Pat Rothfuss por ler e criticar *Quem Teme a Morte* em sua infância, em 2004. A Jennifer Stevenson por ter pesadelos causados por este livro. Ao meu agente, Don Maass por sua visão e guia. À minha editora, Betsy Wollheim por pensar, ver e ser fora do padrão. A David Anthony Durham, Amaka Mbanugo, Tara Krubsack e ao professor Gene Wildman pelas suas excelentes observações ao longo do caminho. E para a reportagem de Emily Wax para a *Associated Press*, em 2004, intitulada *We want to make a light baby*. Esse artigo sobre o estupro usado como arma no Sudão criou a porta pela qual Onyesonwu entrou no meu mundo.

Impressão e acabamento:

tel.: 25226368